춘하추동 대행자

여름의 춤 下

아카츠키 카나

illustration 스오우

목차

황혼의 사수

후게키 카구야

야마토의 밤을 관장하는 현인신. 아내와 사수지기가 사라져 실의에 빠졌다. 경호하러 온 츠키히에게 말로 표현할 수 없는 감정을 품고 있다.

황혼의 사수의 사수지기

후게키 에켄

대행자 호위관과 같은 위치인 「
지기」 소년. 카구야를 존경하며
는 부자지간처럼 생활했지만,
날 그의 곁에서 모습을 감춰버렸

등 장 인 물 소 개

여름의 대행자 호위관 후보

키미카게 라이쵸

루리의 약혼자이자 호위관 후보. 자신감이 넘쳐서 때때로 거만하며, 괴짜 취급을 받고 있다. 하지만 자신이 인정한 사람에게는 호의적이며 아낌없이 헌신한다. 루리에게 푹 빠져서 빨리 결혼하고 싶어 한다.

여름의 마을 의국 소속

로오 렌리

아야메의 약혼자. 여름의 마을의 의국에서 일하는 의사. 겉모습 때문에 쉽게 오해받지만, 내면은 다정하며 섬세하다. 아야메와의 결혼을 고대하고 있으나, 두 사람 사이에는 큰 비밀이 있다.

춘하추동 대행자

여름의 춤

下

그 존재를, 무의 사수라고 한다.

꽃구경을 하는 계절에 날이 흐려도 비탈을 오르고.

여름의 땡볕에 몸이 타도 화살로 하늘을 뚫는다.

가을의 단풍에 시선을 빼앗겨도 결코 걸음을 멈추지 않고.

시리게 맑은 겨울날에 외로움을 느껴도, 사람들과 똑같은 삶을 추구하지 않는다.

세계에 편안한 밤을 하사하기 위해 365일 하늘에 화살을 쏘는 자.

드넓은 바다에 떠 있는 야마토라는 섬나라에서, 사수의 거처는 남북으로 나뉘어 있다.

북쪽에서 아침을 가져오는 자.

세상을 아침노을로 물들이는 현인신『새벽의 사수』.

남쪽에서 밤을 가져오는 자.

세상을 별하늘로 물들이는 현인신『황혼의 사수』.

두 명의 무의 사수는 정해진 땅에서 평생을 이동하지 않고 책무를 위해 몸을 바치는 운명이다.

인생에 큰 뜻은 없고, 그저 조용히, 무탈하게 끝난다.

어디로도 갈 수 없는 신에게 파란만장은 어울리지 않는다.

그래야 했지만.

여름의 어느 날, 야마토의 밤의 신은 자신과 같은 현인신과 만났다.

“반가워. 황혼의 사수 후게키 카구야야.”

““황혼의 사수님. 우리, 여름의 대행자는 암랑 사건을 해결하러 왔습니다.””

흉조라는 낙인이 찍힌 자매, 하자쿠라 루리와 하자쿠라 아야메가 후게키 카구야에게 미소 지었을 무렵.

마치 수면에 뜬 꽃잎이 서로에게 이끌려 꽃의 바다를 만드는 것처럼, 다른 이들도 류구에 모이고 있었다.

하자쿠라 루리의 약혼자, 키미카게 라이쵸.

하자쿠라 아야메의 약혼자, 로오 렌리.

봄의 대행자 카요 히나기쿠.

봄의 대행자 호위관 히메다카 사쿠라.

가을의 대행자 이와이즈키 나데시코.

가을의 대행자 호위관 아자미 린도우.

겨울의 대행자 칸츠바키 로우세이.

겨울의 대행자 호위관 칸게츠 이테쵸.

그리고 모든 사건의 중심에는 고독한 짐승 한 마리가 있었다.

“하아……, 하아, 하아……!”

옛 주인 후게키 가쿠야에게 정체를 간파당한 전 사수지기.

온화하고 다정해 보여서 남을 해치려는 생각 따위는 하지 않을 것처럼 생겼으나, 속에는 짐승을 키우고 있었다. 그는 누구와도 이어지지 못한 채 산속을 달리고 있었다.

쫓아온 카구야 경호 부대의 눈을 환술로 속여서 어떻게든 그 자리를 벗어났다.

잡혀도 괜찮지 않을까 생각했지만, 걸음은 멈추지 않았다.

자신이 시작한 일인데, 지금 왜 달리고 있는지 이유를 알 수 없었다. 그래도 발은 멈추지 말고 뛰라며 그를 질타했다.

뭘 하고 싶은 걸까. 그런 의문이 불현듯 떠올랐다.

—모르겠어.

다만, 자신이 제어할 수 없는 짐승으로 전락해버렸다는 것만큼은 알 수 있었다. 사랑했던 주인을 상처 입히면서까지 관철할 의지는 가지고 있지 않은데, 주인을 원해서 시험하는 짓을 했다.

사랑했던 주인이 자신을 인식해줬으면 해서 상처 입혀버렸다.

—맞아.

그는 그저 카구야의 시선을 받고 싶었다.

—봐줬으면 했어.

울음소리를 들어줬으면 했다.

—카구야 님.

왜 그랬냐고 물어줬으면 했다.

—카구야 님.

이어져 있고 싶었다.

—카구야 님.

분노라도 좋으니, 자신에게 감정을 품어줬으면 했다.

—카구야 님.

무시하지 말아 주세요. 마음속으로 주인을 타박하고서 떠올렸다.

전부 자신이 잘못했다는 것을.

—카구야 님, 저는 이제 잊으셨나요.

가슴이 괴로웠다. 고독한 그는 몹시 상처받았고, 완전히 변해버려서, 이젠 돌이킬 수 없었다. 황혼의 사수에게 사랑받았던 그는 이젠 없었다. 과거의 그는 죽은 것과 다름없다.

에켄은 울며 달렸다. 갈 곳은 없었다.

이미 수백 번, 수천 번은 자문했던 물음을 머릿속에 떠올렸다.

어째서, 자신은 늑대로 전락해버렸을까.

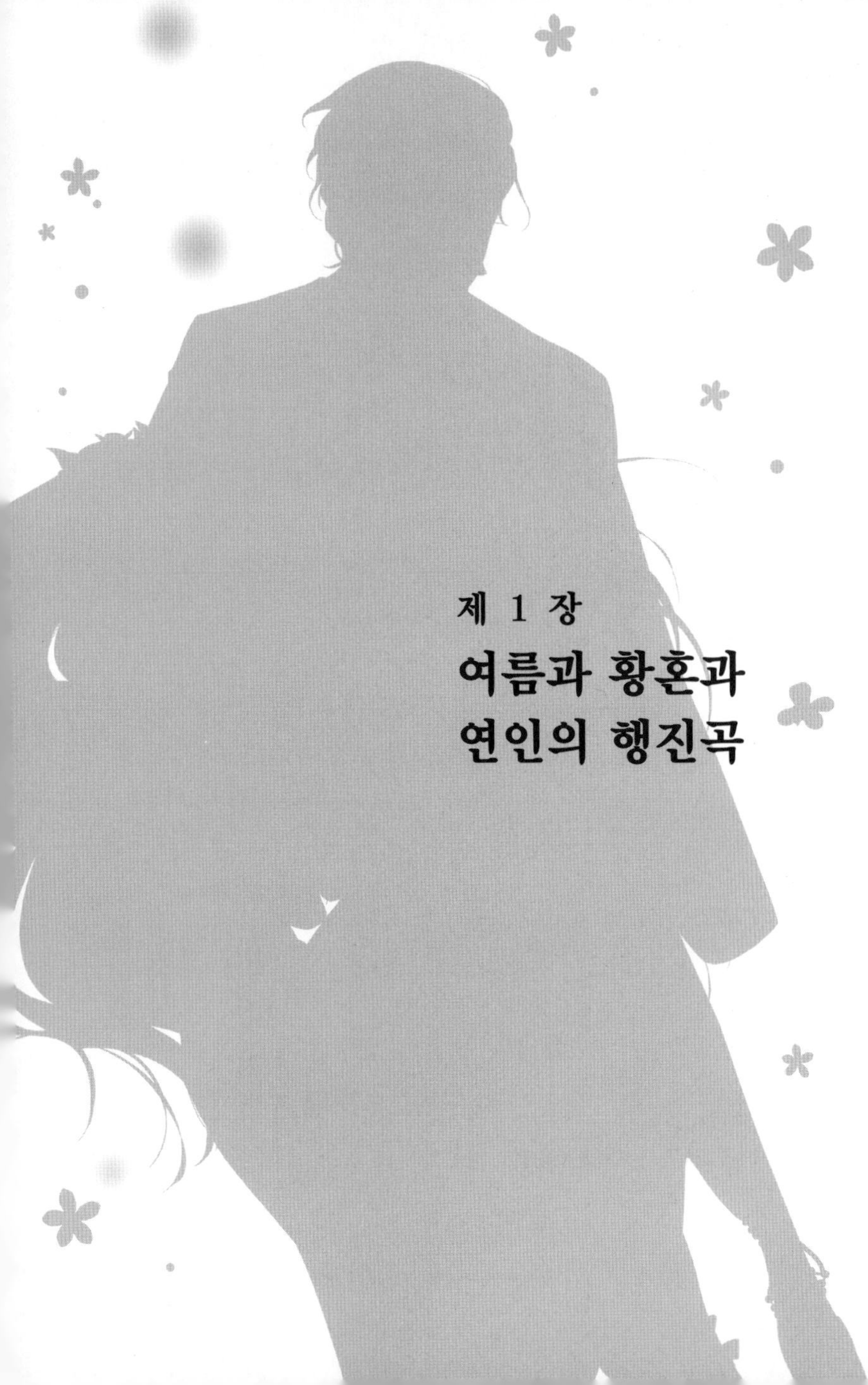

제 1 장

여름과 황혼과 연인의 행진곡

레이메이 20년, 7월 23일. 야마토 최남단의 섬, 후게키 카구야의 저택.

오후 열한 시경.

하자쿠라 자매의 등장으로 사태는 급전개되었다.

류구다케에서 그리 멀지 않은 삼림 속에 은밀히 지어진 현대식 저택에서, 원래는 운명이 교차되지 않았을 현인신들이 얼굴을 맞대고 있었다.

"여름의 대행자님, 들어오세요. 짐 안 무거워? 내가 들까?"

"괘, 괜찮아요, 사수님! 실례합니다……. 우와, 아야메, 이것 좀 봐! 수조가 있어!"

"루리, 뒷사람들이 못 들어오고 있잖아. 현관 막히니까 얼른 들어가……! 죄송해요, 실례합니다……."

사계의 대행자와 무의 사수, 영역이 다른 자들의 만남이었다.

하자쿠라 자매가 등장하자, 암랑 사건의 원인으로 여겨지는 후게키 에켄은 환영을 지우고 퇴각했다. 본체인 에켄을 포박하는 것이 카구야와 츠키히가 이끄는 경호 부대의 목적이었지만, 그것이 예상보다 더 어려운 일임을 알게 되면서 환술에 대항할 대책을 세울 필요가 생겼다. 또한 쌍둥이신을 데리고서 후게키 에켄을 찾기 위해 산을 뒤질 수도 없기에, 협의 끝에 일단 모두 철수하기로 했다.

서로 초면이니 여러 가지로 정보를 공유하고 싶다고 카구야가 강력히 원하기도 해서, 이렇게 그의 사저에 루리와 아야메를 초대했다. 쌍둥이신은 조금 긴장한 모습이었다.

다른 영역의 신과의 접촉이다. 마음속은 기대와 두려움이 반반이었다.

손님인 그녀들을 접대하는 카구야가 조금 범접하기 어려운 분위기를 풍기고 있어서 그렇기도 했다.

황혼의 신으로 뽑힌 남자는 신비로운 분위기가 있었다. 표정이 어두운 탓에 처음 만나는 사람은 위압감을 받지만, 그가 자아내는 목소리는 상냥했다.

"갑자기 집에 초대해서 폐가 되진 않았을까?"

커다란 존재가 작은 존재를 감싸며 지키는 듯한, 그야말로 밤과 같은 음성이었다.

"초대해 주셔서 영광입니다, 사수님."

"저, 저도 아야메랑 같은 마음이에요……! 영광이에요."

여름의 소녀신들은 당치도 않다고 송구스러워하며 고개를 가로저었다.

의도한 것은 아니었으나 동작이 거의 똑같아서 쌍둥이다움이 두드러졌다. 카구야는 30대 중반. 그의 눈에 올해 초여름에 막 19세가 된 두 사람은 뭘 해도 어려 보였다.

—에켄은 이 아이들보다도 어린가.

전혀 닮지 않았는데, 자신의 사수지기였던 아이를 떠올리고 애달파졌다.

—그 녀석, 오늘 밤은 어디서 자는 걸까.

열여섯 살 소년의 행방은 여전히 오리무중이다.

“우리는 이제 식사를 준비할 건데, 금방 준비되니 여름의 대행자님들도 같이 먹자. 그리고 방도 준비할 테니까 오늘은 묵고 가.”

그 말을 듣고 루리는 얼굴이 환해졌다.

“앗, 그래도 되나요?!”

이에 아야메는 황급히 끼어들었다.

“루리! 아뇨, 저기…… 엉겁결에 따라왔지만…… 얘기를 나누자는 전제로 온 것이니 숙박도 식사도 신경 써주지 않으셔도 됩니다. ……정보 공유가 끝나면 호텔로 돌아가겠습니다.”

“말도 안 돼……! 아야메, 지금 열한 시야…….”

“알아.”

“알긴 뭘 알아! 얘기 끝나면 날짜가 바뀔 거라고.”

“안다니까. 돌아가자. 다른 영역의 현인신님이야. 폐를 끼칠 수는 없어.”

“그럴 수가…….”

루리는 배고프다고 비명을 지르는 배에 손을 얹고서 아야메를 보았지만, 아야메는 양보하지 않았다.

“우리만의 문제가 아니야. 사수님에게 폐를 끼치면 사계 분야 전체의 허물이 될 수도 있어. 그러면 다른 대행자님들에게 죄송스럽잖아…….”

루리는 시무룩해졌다. 자신들 때문에 가을이 피해를 입고 있는지라 방금 그 잔소리는 따끔했다. 아야메도 피곤하고 배가 고플 텐데, 호위관이었던 경험 덕분인지 얼굴에는 드러나지 않았다. 두 사람의 대화를 듣고 있던 카구야는 아야메를 보며 물었다.

"으음…… 그쪽은…… 아야메 님이지? 질문해도 될까?"

"네."

"두 사람은 호텔에 귀중품을 두고 왔어?"

"아, 아뇨. 귀중품은 딱히. 갈아입을 옷은 두고 왔지만……."

"그건 내일 사람을 보내서 가져오면 되겠네. 알레르기 때문에 못 먹는 거 있어?"

"……없어요."

"그럼 우리 집에 묵는 데 지장을 주는 건 사양하는 마음뿐인 거네?"

"……."

아야메는 입을 다물어 버렸다.

"그렇다면 긴말할 필요없지. 아야메 님, 후게키 일족의 명예를 위해서도 초대에 응해줬으면 해. 젊은 현인신님을 보호도 없이 밤중에 내보내는 게 더 문제야."

"걱정하지 않으셔도 됩니다, 사수님. 이래 봬도 저와 루리는 강하거든요. 자기 몸은 지킬 수 있어요."

"그럴지도 모르지만, 그런 문제가 아니야. 그리고 아까 네가 신경 쓴 건 체면이 걸려 있다는 점이었지. 안 그래?"

"그렇긴 한데……."

"나는 솔직히 체면 같은 거 때문에 뭐라 하는 걸 싫어해."

뾰족한 말투는 아니었지만, 아야메는 어깨를 움츠렸다. 카구야는 한층 더 다정하게 말했다.

"그러니까 이건 황혼의 사수로서 하는 말이 아니라, 어디서나 흔히 볼 수 있는 어른의…… 당연한 의견으로 들어줬으면 해…….”

현관에 들어오면 바로 보이는 2층 창문을 가리키며 말했다.

“아야메 님, 밖은 이미 어두워. 내가 밤을 가져왔어.”

강요하는 태도는 아니었다. 그러나 반론을 허락하지 않는 의지가 있었다.

“여자 둘이 여행하는 건 위험이 따라. 걱정돼. 우리 집에 묵는 게 나아. 네가 내 입장이었다면 어땠을까? 이런 밤중에, 이 지역 사람도 아닌 아이를 밖에 내보냈을까?”

“그건…….”

“나는 나이를 먹은지라 부모님 입장에서 생각하게 돼. 이 저택에는 국가 치안 기구의 근접 보호관이 상주하고 있어서 호텔보다 안전해. 부모님은 너희가 안전한 곳에 있기를 바라지 않을까?”

옆에 있던 츠키히와 다른 보호관들도 동의하듯 고개를 크게 끄덕였다.

“무엇보다, 모처럼 같은 현인신끼리 만났잖아. 친분을 다지기 위해서도 하룻밤 정도는 묵고 갔으면 해.”

“사수님…….”

거의 넘어온 것 같았다. 카구야는 확실히 굳히려는 듯 말을 이었다.

“아야메 님. 오늘은 내 말에 동의해줘. 도저히 안 되겠다고 하면 내일부터는 너희가 원하는 대로 할 테니까. 부탁할게. 걱정되니까 오늘은 우리 집에서 묵어줘.”

“…….”

이렇게까지 말하면 거절하는 것이 더 실례다. 마침내 아야메도 그렇게 생각하게 되었다.

이 밤의 신이 그저 순수하게 자신들을 걱정해서 말하고 있음을 알 수 있었다.

연장자로서 젊은 아가씨들을 한밤중에 내보내고 싶지 않다는 그의 의견은, 봄에 재기를 결심하고 여행을 시작한 봄의 주종을 여름 별궁에 초대했던 아야메의 마음과 그리 다르지 않을 것이다.

"그, 그래도 될까요……."

아직 송구스럽다는 마음이 강했지만, 감사히 받아들이자고 각오를 다졌다.

조심조심 살피는 아야메를 보고 카구야는 환하게 미소 지었다.

"물론이지. 바로 밥먹자. 먹으면서 얘기하자. 다 얘기하지 못하면 내일 마저 하기로 하고…… 일단 다 같이 좀 쉬자."

얌전히 입을 다물고 있던 루리는 『말해도 돼?』라는 얼굴로 아야메를 본 뒤 카구야에게 말했다.

"감사합니다, 사수님! 있죠, 있죠, 정말로 고마워요……!"

"그냥 카구야라고 불러. 나도 루리 님, 아야메 님이라고 부를 테니까. 둘 다 하자쿠라 씨니 말이지."

"감사합니다, 카구야 님! 아야메, 잘됐다! 그치?"

"응……. 루리도 미안. 피곤하지……? 제가 너무 고집을 부렸어요……. 감사히 제안을 받아들이겠습니다. 카구야 님, 죄송해요. 동생과 함께 잘 부탁드립니다……."

카구야는 웃는 얼굴로 고개를 끄덕이며 생각했다.

—똑같이 생겼지만, 이렇게 보면 전혀 달라.

처음에는 쌍둥이를 구별할 수 있을지 내심 불안했으나, 이걸 보면 문제없을 듯했다. 천진난만한 루리와 예의 바른 아야메. 익숙해지면 차이는 뚜렷했다.

"물론이야. 같은 현인신끼리니 사양 말고 편히 쉬어. 일단 마실 걸 가져올 테니까 거실에 앉아서 기다려줄래?"

하자쿠라 자매는 고개를 끄덕거리고서 순순히 거실 소파에 앉았다.

다른 사람들은 각기 다른 방으로 가버려서 루리와 아야메만 남았다.

"……아야메, 카구야 님 자상하셔."

"……그러게, 죄송스러울 정도로……."

왠지 피로가 확 몰려와서 둘이서 멍하니 집을 둘러보았다. 고전적인 서양 저택 스타일인 하자쿠라 저택과 달리, 카구야의 저택은 현대적인 건축물이었다. 남쪽 섬답게 청색과 흰색을 베이스로 한 바다 느낌의 인테리어가 특징적이었다. 현관에도 수조가 있는데 거실에도 커다란 수조가 있었고, 물고기들이 흥미롭게 하자쿠라 자매를 보고 있었다.

"……국가 치안 기구의…… 시크릿 서비스 부대가 있으니까, 우리에 관해 사계청에 알리려나……. 알리겠지……? 그러면 마을에도 연락이 가겠네……."

"어쩔 수 없어. 부모님도 걱정하고 있을 테고, 오히려 잘된 일일지도……. 마을에 연락이 가더라도, 암랑 사건의 중심에 있는 분과 만나게 된 건 정말로 행운이야. 현 상황을 바꿀 만남이 될지도 몰라. 오늘 산에 오르자고 말해준 루리 덕분이야."

"……그, 그렇진 않은 것 같은데…… 그런가?"

"응. 루리가 이끌어주지 않았다면 이런 귀중한 기회는 얻을 수 없었어."

루리는 아야메에게 칭찬받고 쑥스러워했다. 항상 혼나기만 해서 그렇기도 했지만, 눈앞에서 칭찬받는 것에 익숙하지 않았다. 기쁨을 숨기지 못하는 모습으로 중얼거렸다.

"……아야메 덕분이야. 아야메가 있으면 나는 언제든 힘낼 수 있어……."

루리는 그렇게 말하고서 아야메의 어깨에 머리를 기댔다. 아야메는 그 모습을 보고 웃었다.

"툭하면 사람한테 달라붙지……."

"나, 아무한테나 안 달라붙어. 아야메라서 그런 거야……."

루리의 어리광을 받아주듯, 아야메도 고개를 기울여 루리에게 몸을 붙였다.

둘만의 여행은 일단 끝나려 하고 있었다.

"언니…… 우리치고는 노력하지 않았어?"

"응……. 나랑 루리, 둘이서 집을 나온 것에는 의미가 있었어."

딱 붙어 앉은 두 사람은 그 후로도 보호받는 안심감 속에서 이야기를 나눴다.

여름의 자매가 안도하여 쉬는 동안, 카구야는 주방에서 허둥거리고 있었다.

이유는 물론 여름의 대행자를 환대하기 위해서였다.

허둥거리고 있는 사람은 카구야뿐만이 아니었다. 그를 지키기 위해 국가 치안 기구에서 파견된 아라가미 츠키히와 그녀가 이끄는 경호 부대의 대원들도 바쁘게 움직이고 있었다. 츠키히가 손을 들고 말했다.

"카구야 님, 보고할 것이 있습니다. 냉장고에 있는 음료가…… 맥주뿐입니다."

카구야는 주방 냉장고 안에 쭉 늘어선 눈부신 캔들을 보고 눈썹을 찌푸렸다.

"심각한 사태야. 우리가 주정뱅이 집단이라는 걸 들킬 거야……."

"저, 저는 그렇게까지 마시지 않습니다!"

"거짓말. 나랑 비슷하게 마시면서."

아까 카구야가 하자쿠라 자매에게 보여줬던 신사적이고 어른스러운 부분은 안으로 쏙 들어가 있었다.

―냉장고도, 셋이서 살 때와 비교하면 많이 달라졌어.

카구야는 원래부터 술을 좋아하긴 했지만, 경호 부대 사람들과 친해진 뒤로는 매일 술잔치를 벌이는 것이 일을 끝낸 후의 즐거움이 되었다. 이제껏 저녁 반주를 함께해주는 사람이 없었기도 해서 카구야의 자제심이 느슨해지는 것은 금방이었다.

처음에는 류구의 전통주를 대접하는 정도였는데, 지금은 맥주를 포함해 각종 주류 상시 완비, 결품은 용납되지 않는 상태까지 와 있었다. 그 결과가 눈앞의 냉장고였다.

"저 아이들한테 이 꼴은 못 보여줘……."

"네……. 카구야 님, 음료는 뭘 대접하죠……? 아, 술에 섞어 마시려고 산 주스는 있어요. 이쪽을 대접할까요?"

"안되는 건 아닌데 뭔가 싫은걸……. 술에 타 마시려고 산 주스를 저 아이들한테 대접하다니. 아, 차 있잖아. 차를 내가자."

카구야는 하자쿠라 자매를 위해 비교적 귀여운 잔을 골라서 냉차를 따랐다.

"……교육적으로 안 좋은 부분은 숨기기로 할까요. 빈 캔이 든 쓰레기봉투는 안 보이는 곳으로 치우겠습니다. 부하에게도 품행을 바르게 하라고 단단히 이르겠습니다."

"그래. 나는 두 사람에게 차를 내갈게. 바로 돌아올 거야."

그나마 다행인 점이라면 카구야와 경호 부대의 의사소통이 원활하다는 것이었다.

다들 합심하여 하자쿠라 자매를 위해 움직이고 있었다. 카구야는 천연덕스러운 얼굴로 하자쿠라 자매에게 차를 제공하고 다시 주방으로 돌아왔다. 츠키히와 좋은 연계 플레이를 보이며 저녁 식사를 준비해 나갔다.

"돌아오는 길에 인원을 나눠서 마트에 보내길 잘했네요. 얼마 전에 카구야 님이 불판도 더 사주셨고, 대접에 부족함은 없을 것 같아요. 저녁밥은 카구야 님이 말씀하신 대로 철판구이로 하고…… 아침밥은 취향을 물어서 만들기로 할까요."

"그러자. 뭣하면 내가 새벽 시장에 다녀올게. 그리고 2층 끝방을 준비해줄래? 그 방 벽장에 예비 이불이 있으니까 그걸 꺼내둬. 츠키히 씨, 여자가 숙박할 때 필요한 물건을 빌려줄 수 있을까? 사용한 물건은 전부 나중에 나한테 청구해."

"괜찮아요. 두 분과 이동 중에 조금 얘기를 나눴는데, 필요한 건 스킨이랑 클렌징폼 같은 거였어요. 잠옷도 빌려드릴 수 있어요."

"나도 포장 안 뜯은 티셔츠가 있어. 좀 클지도 모르지만……. 갈아입을 옷은 호텔에 두고 온 것 같던데, 그거 줄까?"

루리와 아야메는 어른들이 자신들을 위해 바쁘게 움직이고 있음을 몰랐다.

그 후, 주방의 지시와 준비가 대충 끝나자 경호 부대 사람들이 말을 걸어왔다.

"아라가미 대장님, 이쪽은 준비가 다 됐습니다."

"카구야 님, 대장님과 함께 여름의 대행자님들을 상대해 주십시오."

"알았어. 츠키히 씨, 가자."

자잘한 대접은 경호 부대 대원들에게 맡기고서, 카구야와 츠키히는 천연덕스러운 얼굴로 하자쿠라 자매에게 돌아갔다. 테이블을 사이에 두고서 맞은편 소파에 앉았다.

"미안. 많이 기다렸지……? 밥도 금방 먹을 수 있을 거야. 먹으면서 이것저것 서로 정보를 교환하기로 하고…… 정식으로 나랑 경호 부대의 대장을 소개해도 될까?"

루리와 아야메는 자세를 바로 했다.

"나는 후게키 카구야. 황혼의 사수야. 이쪽은 경호 부대의 대장, 아라가미 츠키히 씨."

츠키히는 앉으며 가볍게 머리를 숙였다.

"국가 치안 기구에서 파견되어 카구야 님의 신변을 경호하고 있는 근접 보호관, 아라가미 츠키히입니다. 아무쪼록 잘 부탁드립니다. 여름의 대행자님, 그, 뵙게 되어 영광입니다……."

츠키히는 조금 긴장한 것 같았다. 현인신 신앙의 신도로서 무례를 저지르지 않도록 최대한 신경 쓰고 있는 것이 보였다.

"믿음직한 사람이야. 내게 말하기 어려운 일이 있다면 츠키히 씨에게 말해줘. 츠키히 씨의 경호 부대는 총 여덟 명이고, 같이 살고 있어. 뭔가 곤란한 일이 생기면 바로 대응할 테니까 아무한테나 말해줘."

하자쿠라 자매는 대장이라는 츠키히를 흥미롭게 보고 나서 인사했다.

"저는 하자쿠라 아야메. 루리의 쌍둥이 언니입니다."

"저는 하자쿠라 루리. 아야메의 동생이에요."

정식으로 자기소개가 끝나자, 카구야는 신경 쓰였던 점을 물었다.

"학식이 얕아서…… 틀렸다면 미안한데, 이번 대 여름의 대행자님은 두 명이네? 두 사람이 쌍둥이라서 그런 거야? 내 기억이 옳다면, 사계의 대행자님은 우리와 마찬가지로 넓은 의미에서 한 나라에…… 좁은 의미로는 각 지역에 수가 정해져 있을 텐데……."

이건 예상했던 질문이었다. 루리가 즉각 대답했다.

"으음…… 저희가 왜 둘 다 여름의 대행자냐면, 제가 올봄에 한 번 죽었기 때문이에요."

"네?"

카구야와 츠키히는 똑같이 얼빠진 소리를 냈다. 루리는 손짓을 섞어 가며 설명했다.

"대행자는 죽으면 즉각 차기 대행자가 선출돼요. 올봄에 역적과 이런저런 일이 있었는데, 전투 중에 제가 죽어버렸거든요."

"저기, 그건 당시 호위관이었던 제 과실이에요……."

가냘픈 목소리로 속삭인 아야메의 말을 루리는 바로 부정했다.

"아야메 잘못이 아니야! 아무튼 그래서, 그 후에 언니인 아야메가 차기 여름의 대행자로 선출됐어요. 하지만 가을의 대행자님이 권능으로 저를 소생시켜 주셨고…… 그랬더니 놀랍게도 저는 여전히 여름의 대행자의 힘을 가지고 있었어요. 그래서 이례적으로 자매가 여름의 대행자인 상태가 됐죠. 그래서 여름의 대행자 두 명이 동시에 존재하고 있는 거예요."

루리가 청산유수로 꺼낸 말을 듣고, 황혼의 사수 진영은 당황했다.

카구야는 조심스러운 분위기를 풍기면서도 물었다.

"너는…… 그러니까, 한 번…… 사망했다고……?"

"죽었어요!"

루리는 씩씩하게 대답했다.

"……혹시 다쳐도 회복되는 자가 재생 권능이 있어?"

"아뇨. 저는 그런 힘 없어요. 가을의 대행자님의 힘이에요."

루리와 아야메는 카구야와 츠키히를 위해 자세히 이야기했다.

사계의 대행자는 각각 계절과 관련된 권능을 가지고 있다.

봄의 대행자는 『생명 촉진』.

여름의 대행자는 『생명 사역』.

가을의 대행자는 『생명 부패』.

겨울의 대행자는 『생명 동결』.

현인신과 관련된 분야에는 알려져 있는 사실이었지만, 어디까지나 그렇다는 것을 알 뿐이지 사계의 대행자가 실제로 어떤 능력을 가지고 있는지 상세히 공표되어 있지는 않았다. 그래서 가까이서 능력을 본 사람은 놀라고 만다.

봄의 대행자 카요 히나기쿠는 식물로 공격하고 방어할 수 있다.

여름의 대행자 하자쿠라 자매는 카구야에게 보여준 것처럼 인간 이외의 생명을 사역할 수 있다.

가을의 대행자 이와이즈키 나데시코는 어느 정도 조건은 있으나 타인의 생사를 조작할 수 있다.

겨울의 대행자 칸츠바키 로우세이는 눈과 얼음을 소환하여 마음대로 형태를 바꿀 수 있다. 그 형태는 소규모 공격부터 시작해서 수도 고속도로를 봉쇄한 것과 같은 대규모 공격으로도 발전할 수 있었다.

어떻게든 정보를 이해한 카구야는 츠키히에게 물었다.

“굉장하네…… 사계의 대행자님의 권능. 츠키히 씨는 알고 있었어?”

“아뇨, 전부 알지는 못했어요……. 저는 국가 치안 기구 특수 부대【호저】에 소속되어 있었기에, 역적에게 가장 많이 피해를 입는 겨울의 대행자님의『생명 동결』은 본 적이 있어요. 이번 대 겨울의 대행자님은 가차 없이 역적 격퇴에 능력을 쓰셔서…… 그 무용담은 널리 알려져 있거든요. 하지만 다른 분들의 능력은 자세히 몰라요.”

“역시 그렇지? 나도 영역이 다른 현인신님에 관해서는 전혀 몰라.”

설명하기 힘든 사태였다.

“저기, 카구야 님.”

아야메가 조심스럽게 불렀다.

“지금 사계의 대행자와 관련해서 벌어지고 있는 일은, 저희도 구두로 설명하기 어려울 만큼 복잡하게 얽혀있어요. 고풍스러운 방식이지만, 중요한 것들을 문자로 적어가며 설명하는 편이 이해하기 쉬울 것 같아요. 저희에게도 카구야 님의 상황을 똑같이 설명해 주시면 좋겠어요."

"알았어. 그러자. 츠키히 씨…… 거기 있는 것 좀 줄래? 바로 옆에. 사이드 테이블에 있는 거……."

이리하여 황혼 진영과 여름 진영의 상황 설명이 시작되었다.

아야메가 말한 것처럼 말만으로는 설명하기 어려워서, 서로의 사정을 이야기 하니 한 시간 정도가 지난 뒤였다.

그 사이에 식사도 준비되어, 경호 부대 사람들과 함께 식사하며 다 같이 현재 상황도 헤아렸다. 흰밥과 해산물과 고기와 채소의 하모니를 맛있게 즐기면서도 머리는 팽팽 돌아갔다.

그 결과로 알게 되었는데, 쌍방 모두 분야가 다르기도 해서 서로의 상황을 잘 모르고 있었다.

"……그거, 정말로 지식인들이 모인 회의 맞아?"

카구야는 암랑 사건이 방아쇠가 되어 사계의 대행자를 향한 악평이 퍼진 것을 알고 놀람을 감추지 못했다.

"생태계 이상으로 야마토에 늑대가 생겼다느니, 그런 생각은 한 적도 없어. 봄의 대행자님이 부재하시기 전부터 매일 산을 오른 사람으로서 말하는데, 만약 정말로 그랬다면 잃었던 10년 동안 새끼 늑대를 봤을 거야……. 똑같이 산 근처에 사는 류구 신사의 신관과도 아는 사이……라기보다 친구인데, 늑대 같은 건 본 적 없다고 했어. 동물 브로커가 놓친 개체일 거라고 둘이서 얘기했을 정도니까…….”

카구야가 정상적인 반응을 보여준 것이 기뻤는지, 루리도 아야메도 계속 고개를 끄덕거렸다.

“보통은 나처럼 생각하겠지. 야마토에 없는 생물이 시가지에서 발견되고, 어딘가에서 탈출한 거였다고 뉴스가 보도되기도 하잖아? 부호가 비밀리에 기르던 멸종 위기종이 실수로 가출한 경우도 수두룩해. 왜 천벌이라는 개념이 나온 거야? 도감에 나오는 늑대보다 비정상적으로 크다고 내가 보고해서? 그렇다고 해도 너무 과한 트집 아니야? 어디 소속 사람이 꺼낸 말이야? 츠키히 씨, 알고 있었어?”

츠키히는 잇따라 질문받고 고개를 저었다.

“모, 몰랐어요. 알았다면 카구야 님에게 보고했을 거예요. 본부에 있을 때라면 모를까, 여기서 매일 카구야 님과 함께 등산하고 있는지라 저는 거의 보고만 올리고 있거든요……. 가끔 본부로부터 꾸중을 듣고……. 본부에 있는 친구와 연락을 하긴 했었지만, 아마 일부러 저희에게 정보를 주지 않은 걸 거예요…….”

아야메는 그 대답을 듣고 의문을 품었다.

“하지만 국가 치안 기구와 후게키 일족이 구태여 그럴 이유는 없잖아요? 카구야 님이 동요하실지도 모르고, 항의할지도 모른다는 우려는 확실히 있지만, 그렇더라도 두 분이 소속된 조직에는 책임이 없어요. 사계의 마을과 사계청의 입장이 더 나빠질 뿐, 실질적으로 보는 손해는 없죠. 어째서 그 사실을 숨긴 걸까요?”

타당한 지적이었다. 루리가 팔짱을 끼고서 끼어들었다.

"저기…… 두 분이 소속된 조직을 나쁘게 말하고 싶은 건 아니지만, 우리 쪽 조직의 제안에 넘어가서 높으신 분이 매수당했을 가능성은 없나요……?"

"……아직 젊은데 용케 그런 생각을 했네."

카구야는 놀란 모습으로 말했다. 루리는 멋쩍어하며 어깨를 으쓱였다.

"……봄의 사건이 그랬거든요. 역적【카사이】가 돈을 뿌려대서, 사계청뿐만 아니라 국가 치안 기구에서도 배신자가 나왔어요. 왜 그런 짓을 하는 건가 싶었죠. 하지만 세상에는 놀랍도록 나쁜 짓을 하는 사람이 실제로 있어요. 돈을 받은 사람은 곤란한 상황이었을지도 몰라요. 인간은 궁지에 빠지면 무슨 짓이든 한다는 것을, 지금은 조금 알 것 같아요……. 천벌설파 지지자 중에는 높으신 분이 많다고 들었고, 높으신 분이 다른 단체에 압력을 가하거나 뇌물을 줘서 자신들이 규탄받는 일을 피하려는 전법을 취하고 있다면…… 충분히 있을 법한 일이에요……."

이야기를 듣는 동안 얼굴이 파랗게 질린 츠키히가 떨리는 손을 들고 발언했다.

"죄송합니다. 봄의 사건에 관해서는 국가 치안 기구를 대표하여 사죄를……."

츠키히의 부하들도 따라서 고개를 숙이기 시작하여 여름의 자매는 당황했다.

"아니, 거기서 일하는 사람이 전부 나쁘다는 건 아니에요! 대장님은 관계없고!"

"맞아요. 고개를 들어주세요!"

그래도 의기소침한 모습인 츠키히를 위로하듯 카구야가 어깨를 툭 두드렸다. 츠키히는 조심스레 고개를 들고 다시 말했다.

"……매수당했다고 믿고 싶지는 않지만…… 말씀하신 대로, 이미 봄의 사건 때 많은 체포자가 나왔다는 건 저도 알고 있습니다. 이건 관공서, 민간, 독립 기관뿐만 아니라…… 사람이 모이는 곳이라면, 좋지 못한 일을 꾸미거나, 욕망에 눈이 멀어서 본래 가져야 할 이념을 버리는 자가 적잖이 존재하기에…… 그럴 일은 절대 없다고는 하지 못합니다. 밝혀진 사실을 대조해 보면, 뭔가 교섭이나 압력이 있었다고 봐야겠죠. 즉, 사계의 대행자님들을 둘러싼 책략…… 음모에 다양한 단체의 이권이 얽혀있다고 예상됩니다."

우울해하는 츠키히와는 반대로, 카구야는 조직의 부패 의혹을 냉정하게 받아들이고 있는 것 같았다.

"나는 내가 속한 조직에 애착이 없어서 별 감흥은 없어. 평범하게 비리가 있었겠지."

"카구야 님……."

"부끄러운 일이지만 말이야. 오래 살다 보면 안 좋은 것도 이것저것 보게 되는지라……."

카구야는 한숨을 쉬었다.

이 화제에 관해서는 예측만 세울 수 있기에 일단 거기서 이야기를 끝냈다.

이어서 카구야가 하자쿠라 자매에게 자신들의 사정을 설명했다.

"그쪽은 호위관……이 아니라 사수지기에게도 권능이 있는 건가요! 우와~ 그래서 갑자기 그 녀석이 사라지고 사역도 안 됐던 거구나……. 그럼 구속당해서 움직임이 멈췄던 게 아니라, 술자가 놀라서 환영도 굳어버렸던 건가……?"

루리도 아야메도, 암랑의 정체가 동물이 아니라 카구야의 전 사수지기가 사용한 환술임을 듣고 깜짝 놀랐다.

"우리의 힘이 부족했던 게 아니었어……. 그건 기쁜 점이네. 그나저나…… 우리랑 카구야 님은 똑같은 현인신이지만 정말로 다른 존재구나. 아주 비슷한데 시스템은 전혀 다르다고 해야할까……. 애초에 섬기는 신이 세계 구조의 다른 부분을 맡고 있으니까, 신의 권속인 우리의 능력이 다른 건 당연한 걸지도……."

식사가 끝날 무렵에는 정보 교환이 끝나 양자가 원하는 것도 확실해졌다.

황혼 진영은 소동의 발단인 암랑, 후게키 에켄을 붙잡는 것이 가장 큰 목적이었다.

그것도 가능하다면 자신들이 먼저 확보해서 후게키 일족의 개입 없이 에켄과 대화하기를 희망하고 있었다. 카구야는 여전히 자신의 전 사수지기에게 정이 있었다. 츠키히도 떨떠름하게나마 그 의향을 헤아려, 주인의 바람을 이루어 주고 싶어 했다.

이걸 이해받으려면 하자쿠라 자매에게도 카구야의 아내와 사수지기가 실종됐던 것을 이야기해야 했다.

사건의 시초를 들은 하자쿠라 자매는 몹시 놀랐다.

"지, 진심으로 하는 소리예요?"

특히나 루리의 거부 반응이 가장 심했다.

"어? 그거…… 내 경우로 생각하면…… 호위관이었던 아야메가 나의 라이쵸 씨랑 그, 뭔가 그런 느낌이 되어서 도망쳤을지도 모른다는…… 그런 말인 거잖아? 심지어 이유는 알 수 없지만 아야메가 돌아와서 나를 공격하고…… 영문을 알 수 없으니 붙잡아서 얘기를 듣고 싶다. 그런 말이잖아?"

"잠깐만, 나를 예시로 들지 마."

루리의 표현 방식에 아야메는 진저리를 쳤다.

"하지만 내가 카구야 님이 됐다고 생각하면 그런 거잖아!"

"그렇긴 하지만, 예시여도 나를 쓰지 마."

"카구야 님의 슬픔을 이해하기 위해 우리의 환경에 맞춰서 생각해본 거잖아. 아야메는 나로 생각해봐. 내가 렌리 씨랑 그런 느낌이 돼서……."

"그만, 그만! 듣기 싫어! 렌리 씨는 그런 짓 안 해!"

아야메는 상상하기도 싫은지 루리의 어깨를 주먹으로 쳤다.

"아파! 미, 미안……. 그렇게 화낼 건 없잖아……. 그보다…… 카구야 님, 괜찮으신 거예요? 엄청 불쌍한데……. 제가 그런 일을 당했다면 야마토를 멸망시켰을 거예요. 심지어 용서하신 거예요? 돌아오길 바라는 거예요? 어째서? 어째서? 어째서?"

"루리, 그만해. 카구야 님에게 실례야!"

장본인은 민망한지 양손으로 얼굴을 가리고서 몸을 숙였다. 애수가 감도는 모습이었다. 경호 부대 사람들도 가만 있지 않았다.

"역시 카구야 님도 화내셔야 한다니까요."

"역시 이상하다고 생각하시죠? 여름의 대행자님, 더 말씀해 주세요."

"카구야 님은 불쌍하시지만 그 점이 좋은 거예요."

다들 제멋대로 말했다. 카구야는 이것에도 정신적 대미지를 받았는지 얼굴을 손으로 가리고서 신음했다. 츠키히가 두둔하듯 대원들을 견제했다.

"다들 그만해, 섬세한 문제니까! 카구야 님, 죄송합니다…… 부하가 무례를……."

루리도 아야메도 황급히 사과했다.

"미, 미안해요, 카구야 님! 미안해요……. 그런 일이 있었는데도 매일 야마토에 밤을 주신 거군요……. 무척 갸륵해요! 존경해요……!"

"카구야 님, 죄송합니다……. 정말로, 힘든 상황인데도 늘 밤을 주셔서 감사합니다……. 루리 너는 정말! 괜히 소란을 피워서!"

"뭐~?! 아야메도 소란 피웠잖아! 큰 소리 냈잖아!"

"나는 말리려고 그런 거야!"

"저기…… 나는 그렇게 불쌍한 녀석이야?"

불쌍하다고 하면 그런 기분이 드는 법이다. 한동안 카구야의 눈이 암담했다.

하지만 이로써 황혼 진영의 바람은 확실해졌다. 이제 여름 자매의 차례였다.

그녀들도 마찬가지로 암랑 사건을 해결하고 싶어 했다.

루리는 의욕적으로 주먹을 쥐며 말했다.

"카구야 님만 괜찮으시다면 사수지기 수색을 돕고 싶어요."

하자쿠라 자매로서는 어떻게든 허락받고 싶은 부분이었다.

"오늘은 놓쳤지만…… 만회할 기회를 주세요! 우리 여름의 대행자의 권능은 벌레나 새, 물고기, 동물까지 사역할 수 있어요. 오늘 산에서 의식을 치렀으니까 내일도 우리가 말하면 온갖 생물이 도와줄 거예요. 필요한 서포트는 얼마든지 하겠어요. 사람을 찾는 데 안성맞춤인 권능이에요. 반드시 도움이 될 거예요!"

열의가 전해지는 말이었으나, 카구야는 수긍하지 않고 지극히 타당한 반론을 꺼냈다.

"그건 고맙지만, 협력해주지 않아도 암랑 사건은 사계의 대행자님들과 무관하다고 내 쪽에서 성명을 낼 거야. 현시점에 봄의 대행자님께 폐를 끼치고 있으니 당장 착수해야지. ……다만, 무의 사수측이 사계의 대행자 측에 성명을 내는 건 이례적인 일이고, 우리 일족이 나한테 이 안건을 알려주지 않은 걸 보면 쉽지는 않을 거야. 내 의견을 통과시키는 데 시간이 걸리겠지. 경과는 알릴 테니까, 너희는 일단 부모님 곁으로 돌아가. 가족한테도 말 안 하고 나왔다면 더더욱 돌아가야 해."

루리는 그래서는 안 된다며 고개를 저었고, 이어서 아야메가 물고 늘어지듯 말했다.

"성명을 발표해주신다면 감사하죠. 봄의 대행자인 카요 히나기쿠 님은 저희의 친구이기도 해요. 지금까지 고생하셨던 분이 더 힘든 일을 겪으시는 건 볼 수 없어요. ……하지만 그것과 암랑 사건을 저희가…… 여름의 대행자가 해결로 이끄는 건 또 다른 문제예요. 설명해 드린 것처럼 저희는 두 명이 동시에 여름의 대행자로 존재한다는 것 때문에 흉조 취급을 받고 있어요. 그 탓에 저도 루리도 진행 중이던 약혼이 깨졌어요. 봄의 대행자님이 받은 애먼 피해도 불식하고 싶지만, 저희도 저희의 억울한 악평을 어떻게든 하고 싶어요."

현시점에 황혼의 사수가 이번 암랑 사건의 원인은 생태계 파괴도 아니고 천벌도 아니라고 부정해 준다면 사계의 대행자를 향한 악평은 수습될 것이다.

하지만 루리와 아야메의 흉조 취급을 해결하기에는 부족하다.

"그러려면 활약이 필요해요. 그러니 꼭 돕고 싶어요. ……동행을 허락해 주신다면 반드시 힘이 될 거예요."

그녀들에게 필요한 것은 『우리는 세상에 평안을 가져오는 길조다』라고 대꾸할 재료였다.

가만히 대화를 듣고 있던 츠키히가 신경 쓰인 점을 말했다.

"저기…… 소박한 의문인데, 사계의 대행자님들은 그렇게 권능을 막 써도 괜찮습니까?"

"……괜찮은지 안 괜찮은지가 중요한 게 아니라, 권능을 사용해야 하는 조건 속에 있는지, 대의명분이 있는지가 중요하죠. 협력을 허락해 주신다면, 이번에는 밤과 여름의 공동 전선이 될 거예요."

츠키히의 부하들이 술렁거렸다. 국방을 맡은 조직에 소속되어 현인신을 지키는 일을 하는 그들에게 『밤과 여름의 공동 전선』은 가슴이 뛰는 말이었다. 츠키히는 들떠서 흥분하기 시작하는 부하들을 달래듯 『다들 조용』 하고 말했다. 아야메는 설명을 계속했다.

"저희는 확실히 사계 조례에 묶여있어요. 다만 그건 사계의 대행자가 상식의 범위 내에서 행동하도록, 현인신의 입장과 권위를 지키도록, 일탈 행동을 하지 않도록 막기 위한 명목으로 만들어진 거예요. 저희가 황혼의 사수님을 돕는 것은 조례 위반이라고 단언할 수 없어요. 돕게 된다면 산을 수색하는 걸 도울 테니까요. 류구다케는 폐산 중이고, 백성이 저희를 볼 일은 거의 없어요. 카구야 님이 국가치안 기구의…… 【호저】 같은 곳에 협력을 요청하신다면 얘기가 또 다르겠지만, 그들은 수호 대상의 비밀을 지킬 의무가 있고……."

일단 아야메는 일반인과는 거리가 먼 싸움이라는 것을 강조했다.

"가장 중요한 건…… 지금 대장님의 주인이자 이 나라의 밤의 왕이신 카구야 님의 안전이 위협당하고 있다는 거예요. 정신적으로도, 육체적으로도. 이건 틀림없죠?"

그 사실은 틀림없었다. 카구야의 심신을 가장 걱정하는 츠키히에게 현 상황은 심각한 사태였다. 츠키히는 고개를 끄덕였다.

"카구야 님이 위험한 상태라는 것을 염두에 두고 생각해 주세요. 상대는 신에게 받은 『신성 은폐』 권능을 가졌어요. 사건이 벌어지는 곳은 카구야 님이 매일 오르시는 류구다케. 우러러야 할 영산을 어지럽히고 있어요. 카구야 님의 심신도 위협받고 있어요. 그러던 차에 저희가 등장한 거예요. 수색 활동에 안성맞춤인 능력을 가진 여름의 대행자가 똑같은 현인신을 구하기 위해, 더 나아가 야마토에 평온을 가져오기 위해 힘을 쓰는 거죠. 말하자면…… 세계 구조를 유지하기 위한 싸움이에요. 역적과의 싸움과 마찬가지로, 구조 유지를 위해 힘을 쓰는 건 인정돼요. 저희가 개입하는 것이 그렇게 이상한 일인가요?"

츠키히도 고민하는 표정을 보였다.

"인간이 헤아릴 수 없는 힘이 작용하는 사건이고, 여름의 대행자님의 권능은 말씀하신 대로 후게키 에켄의 수색에 안성맞춤이니 이상하다고 할 수는 없습니다……. 카구야 님의 심신을 평화롭게 유지하면 야마토의 밤도 안정되고요. 같은 현인신이신 두 분이 후의로 이 사건을 해결하고자 하시는 것도 객관적으로 보면 공격받을 요소가 없습니다. 다만…… 두 분이 한층 더 비판받지는 않을지, 저는 그게 걱정입니다. 전례도 없고, 개인의 목적도 있어요."

날카로운 지적이었다. 츠키히도 심술부리려고 하는 말은 아니었지만, 아야메의 목소리는 작아졌다.

"하지만, 저희 현인신의 존재 의의는 세계의 구조를 유지하는 거예요. 카구야 님을 돕는 것은 방금 납득해 주신 것처럼 정당성이 있어요. 그에 편승해서 오명도 씻고자 하지만, 그건 결과가 좋으면 따라오는 거니까……."

"아!"

그때 루리가 말허리를 자르듯 소리를 냈다. 모두의 시선이 루리에게 향했다.

"왜 그래? 루리."

"……아야메, 나데시코는……? 아까 문득 생각나서 말했던 거 있잖아."

"그건…… 대행자 측의 문제인걸. 류구에 있을 때만 우리가 호위해주면 돼."

"하지만 빨리 해결하는 것과 관련 있는 일이야."

"그렇긴 한데……."

"무슨 문제 있어? 신경 쓰이는 점이 있다면 지금 말해줘."

카구야가 재촉해서 루리와 아야메는 얼굴을 마주 보았다.

"으음. 암랑 사건과 관련된 일이기는 하지만, 후게키 일족과는 별로 상관이……."

"괜찮으니까 말해줘, 아야메 님. 지금은 전부 털어놓는 시간이니까."

"……그럼 외람되지만 말씀드리겠습니다. 앞으로 여름이 끝나면 가을이 옵니다. 가을의 대행자인 이와이즈키 나데시코 님도 류구다케에서 계절을 현현합니다. 영맥의 힘을 빌리지 않으면 대행자도 신통력 사용의 영향으로 피로가 쌓여서 쓰러지니까, 류구다케 부근에서 하는 건 확정 사항입니다만……."

카구야와 츠키히, 경호 부대 사람들이 『그게 뭐가 문제지?』라는 표정을 지었다.

"그게, 가을의 대행자 이와이즈키 나데시코 님은 불과 몇 달 전에 유괴를 당하셨던지라……."

"……봄의 사건 말이구나. 개요는 나도 들었어. 역적에게 납치당한 가을의 대행자님을, 춘하추동 진영이 협력해서 탈환했다지?"

이건 카구야와 츠키히도 알고 있었는지 이야기가 빨리 통했다.

"네. 모두가 노력한 보람이 있어서 구출은 성공했어요. ……하지만 전부 해결된 건 아니에요. 과제가 남았다고 할까……. 나데시코 님은 역적에게 폭행도 당하셔서…… 본인은 씩씩하게 행동하시지만, 여러 아픔과 불안을 품고 계실 거예요."

"그런가…… 딱하게도……."

"어쨌든 아직 일곱 살인지라, 저희도 걱정돼서……."

"일곱 살?!"

카구야가 갑자기 얼빠진 소리를 냈다. 이것도 처음 들은 정보인 것 같았다. 같이 있던 사수 진영 사람들도 모두 『어려!』 하고 놀랐다. 그리고 하자쿠라 자매가 하고자 하는 말을 마침내 이해했다.

"어린 분이에요. 그리고 아시다시피 현인신이 신통력을 쓸 때는 정신 안정이 필요해요. 위험한 장소에서 의식을 치르는 건 정신 안정에 좋지 않죠. 가을의 호위관도 애가 탈 거예요."

지금처럼 미해결 상태가 계속되면, 그 영향은 사계의 대행자에게도 미친다.

카구야는 만난 적도 없는 가을의 대행자를 머릿속으로 상상하고 침통한 표정을 지었다.

어떤 아이를 떠올렸든, 실제로 만나면 애처로워서 마음이 아플 것이다.

10년 전부터 봄의 대행자를 걱정했던 카구야라면 더더욱.

"아직 시간이 있으니 그렇게 조급해할 필요는 없어요. 만에 하나 암랑 사건이 해결되지 않는다면 그런 상황이 될 거고, 그때는 류구에서 현현할 때 여름도 달려가서 호위하자는 얘기를 했을 뿐이에요. ……카구야 님이 보호하고 싶다고 하시는 걸 보면 사수지기도 나쁜 분은 아닐테고, 뭔가 사정이 있어서 지금 이런 상황이 된 거라고 저는 받아들이고 있어요. 하지만 아무런 관계도 없는 가을은 자신들도 해를 입는 게 아닐지 걱정을 반드시 할 거예요……."

카구야는 이에 씁쓸한 표정을 지으며 동의했다.

"……그렇겠지……. 아무 관계도 없는 작은 여자아이 입장에서는 당연히 무서울 거야……."

카구야와 츠키히, 경호 부대 사람들은 얼굴을 마주 보았고, 자신들의 시야가 좁았음을 통감했다.

"카구야 님…… 듣고 보니 저희만의 문제가 아니었습니다……."

"응. 류구다케는 사계의 대행자님도 이용하시는 영산이야. 사건을 조기에 해결하지 않으면…… 사계의 대행자님 측에도 폐를 끼치게 돼. 게다가…… 오늘 너희는 신분을 밝혔어. 아마 에켄도 너희가 누구인지 파악했기에 모습을 감췄겠지. 그저 놀라서 사라진 거라면 괜찮겠지만, 이상하게 원한을 품고 대행자님들을 적대하면 어쩌지……. 그 아이…… 지금 정상이 아닌 것 같고…… 그러지 않을 거라고 단언할 수가 없어……."

공격받았던 경호 부대 대원들은 카구야의 염려에 크게 동의했다.

환술 공격을 받았던 자는 다행히 후유증이 생기지 않았다. 하지만 그건 운이 좋았을 뿐이다. 암랑 후게키 에켄은 명확하게 적의를 가지고 있었다. 그 적의가 대행자에게 향하지 않을 거라는 보장이 없었다.

"입추 전에 해결하지 못 할 장기적인 문제……가 되진 않겠지만…… 빨리 해결해야 하는 건 분명해. 이건 대행자님 측만의 문제가 아니야. 솔직히 말하면 우리도 그래. 얼른 해결해서, 우리 대장에게 땍땍거리는 국가 치안 기구의 윗사람들을 다물게 만들고 싶어. 나도 에켄을 보호하고 싶어. 백성에게 산을 돌려주고 싶어. 당장 내일에라도 여름의 대행자님에게 협력받아 산을 뒤져서 에켄을 찾는 게 나아. 두 사람의 말이 맞긴 한데……."

루리도 아야메도 이어질 말을 기대했으나, 결과는 좋지 않았다.

"결심이 안 서네……. 츠키히 씨가 걱정한 것처럼 여름의 대행자님의 도움을, 영역을 넘어선 침해 행위로 인식하는 자는 적잖이 나타날 거야. 사계와 후게키는 비유하자면 국가 치안 기구와 소방대만큼 다르니까. 그 결과…… 너희에 대한 흉조 취급에 박차가 가해지진 않을지……."

카구야는 입을 다물고 생각했다. 머릿속으로 회의를 열었다.

—신중해져야 하는 문제야.

솔직히 말해서 곤란했다. 부모 몰래 뛰쳐나온 두 아가씨의 폭주를 과연 긍정해도 되는 걸까.

—아직 보호받아야 할 아이로 봐야 할지, 현인신으로 봐야 할지.

하지만 하자쿠라 자매는 평범한 인간이 아니다.

이 야마토의 여름의 대행자로, 상식을 벗어난 세계에서 살고 있었다.

루리는 사계의 대행자 중에서 겨울의 칸츠바키 로우세이 다음으로 재위 햇수가 길었다. 신인이 고집을 피우는 게 아니었다. 오랫동안 야마토에 헌신한 현인신이, 큰 사건을 거치고 음모에 당하여, 배타적인 틀 안에서 조용히 고통받고 있었다.

마을 내에서 어떻게 해결할 수 있는 문제가 아니기에 뛰쳐나온 것이었다. 위험을 무릅쓰고 행동하지 않으면 그녀들의 미래는 더 나빠진다. 그런 상황인 것은 틀림없었다.

—이렇게 젊은 아가씨들이 해야할 고생은 아니야.

"……."

카구야는 고민에 고민을 거듭했다.

"……."

루리도 아야메도 묵묵히 고민하는 카구야를 끈기 있게 기다렸다. 이윽고 카구야는 무거운 입을 열었다.

"……타개책을 제시해도 될까?"

최종적으로는 어떻게든 해주고 싶다는 마음이 이겼다.

어쨌든 자신이 지켜줘야 한다고 생각했다.

"황혼의 사수인 내가, 여름의 대행자님에게 빌고 빌어서 협력을 받게 되었다고 하면 어떨까? 이건 나 때문에 시작된 사건이야. 내가 주도해서 해결해야 하고, 그게 가장 모나지 않는 현명한 방법이라고 생각해."

루리와 아야메는 깜짝 놀랐고, 기뻐했지만, 이내 당황과 걱정에 지배되었다.

"앗싸……! 가 아니라……! 그러면 카구야 님이 곤란해지지 않아요? 우리 때문에……."

"맞아요. 비판받을 거예요. 저도 루리도 그건 바라지 않아요. 실제로는 저희가 들이닥친 건데……. 그러면 사람들이 보는 카구야 님의 인상도 크게 달라질 테고……."

"결국, 인상이지."

카구야는 팔짱을 끼며 모두의 얼굴을 순서대로 보았다.

"여름의 대행자님이 주도하게 되면 아무래도 다른 영역에 참견하는 느낌이 나. 지금 두 사람의 상황을 생각하면 그건 좋지 않아. 하지만 나랑 대행자님이 우연히 만나서 얘기를 나누고, 내 쪽에서 두 사람에게 꼭 좀 힘을 보태달라고 간청한 거라면…… 전혀 느낌이 다르잖아?"

때로는 차갑고 때로는 상냥한 카구야의 음성은 모두가 귀를 기울이게 했다.

"따지고 보면 이건 우리 문제야. 그런데 나는 다른 대행자님에게 폐를 끼치고 있는 줄도 모르고 지냈어. 그러는 동안에도 루리 님과 아야메 님을 포함해서 다른 사계의 대행자님들은 고통 속에 있었지. 용감하게도 직접 암랑 사건을 해결하려고 두 사람이 와서 진실을 알게 됐고. 당연히 나는 매우 마음이 아프고, 솔직히 부끄러워. 내가 피해자처럼 되어 있는데 사실은 전혀 다르고, 실제 원인은 에켄이니까, 한 식구가 저지른 일 때문에 가슴이 괴로워. 나는 류구다케의 영산에서 밤을 부르는 황혼의 사수로서 암랑 사건을 조기 해결로 이끌어야 해. 그래서 창피를 무릅쓰고 여름의 대행자님들에게 협력을 요청했다고 하자. 물론 백성을 위한 일이기도 해. 내 사수지기 때문에 류구 신사도 지금 폐쇄 중이니 신관에게도 정말 미안해. 그곳은 관광 자원이고, 그곳 때문에 산을 오르고 싶어 하는 사람도 있어. 내가 움직이는 건 필연이야. 이곳은 내 지역인걸."

카구야가 어떻게 인상을 조작하려고 하는지, 모두의 머릿속에 떠

오르기 시작했다.

그는 비판을 반전시키려는 것이다.

“후게키 일족이나 사계의 마을 사람들이 현인신끼리 멋대로 굴지 말라며 비판하겠지만, 그런 말을 할 수 있는 입장인가? 당사자인 나한테 말을 안 해서 내가 지금 창피함을 느끼고 있는데? 미안하지만 나는 그쪽 마을에도 쓴소리를 하고 싶어. 생태계 파괴, 천벌설, 『그럴지도 모르는』 추론으로…… 젊은 현인신들을 잘도 괴롭혔다고 말이야. 그 괴롭힘의 핑계로 내 사건이 쓰이고 있는 것에 정식으로 유감을 표하고 싶어. 본인이 모르는 곳에서 큰 논쟁을 벌인 거, 나를 정말로 무시하고 업신여긴 거잖아? 오랫동안 얌전히 신으로 지냈지만, 이제 무리야. 최악에는 『어쩌라고. 그럼 하늘에 화살 안 쏜다?』를 발동하겠어. 어디까지나 으름장이지만…….”

자신과 관련된 일을 몰랐다고 생각하니 점점 화가 났는지 카구야의 얼굴에서 짜증이 보였다.

“방금 말한 흐름으로 무사히 암랑 사건이 해결되면, 여름의 대행자님들은 길조라는 걸 내가 보장할 수 있지 않을까……?”

카구야는 루리와 아야메를 향해 서툴게 웃었다.

루리와 아야메의 눈이 순식간에 반짝이기 시작했다.

““카구야 님, 감사합니다!””

둘이서 동시에 인사했다. 정말로 그래 준다면, 여름의 마을의 중진들도 반발할 수 없을 것이다. 상대는 야마토의 밤을 관장하는 왕. 실적을 동반한 성명을 사계 측에 낸다면 트집 잡기는 어렵다. 사계청도 마을도, 후게키 일족과 굳이 싸우고 싶지는 않을 것이다.

카구야는 손을 맞잡고 기뻐하는 하자쿠라 자매를 보고 이어서 말했다.

"단! 이 작전은 너희 부모님에게 제대로 사정을 설명하고 승인받는다는 게 전제야! 물론 내가 먼저 통화하겠지만, 너희도 부모님과 확실히 얘기해."

쌍둥이의 눈에서 막 생겨났던 빛이 사라졌다. 알고 있었던 일이지만, 이 무모한 모험을 부모에게 어떻게 변명할 것인가라는 현실을 마주하고 절망했다. 카구야는 쓴웃음을 지었다.

"당연한 일이잖아? 너희는 아직 부모의 슬하에 있으니까……. 그리고, 일단 물어봐두고 싶은데 괜찮을까? 진행 중이던 약혼이 깨졌다고 했는데, 이것저것 무사히 해결되면…… 상대방에게 달린 일이기도 하지만 다시 결혼 얘기가 나올지도 몰라. 그건 괜찮아?"

카구야는 자신의 결혼을 떠올렸다. 하고 싶었는지 아닌지 묻는다면 모른다고 말할 수밖에 없는 결혼이었다. 다른 사람들이 준비한 결혼이었기 때문이다.

—나도 가족을 갖고 싶어서 생각 없이 승낙했어.

하지만 상상했던 결혼 생활이 되지는 않았고, 결국 파탄이 났다.

아내였던 사람에게는 불행한 결혼이었다. 앞으로 같은 길을 걸을지도 모르는 젊은이들이 그런 일을 겪지 않았으면 했다. 그렇게 생각했지만.

"나, 나는, 엄청 결혼하고 싶어요! 다른 사람은 싫어! 라이쵸 씨가 좋아!"

"저는…… 이루어질지 모르겠지만, 만약 가능하다면 그랬으면 해요."

루리와 아야메의 반응은 예상과 전혀 달랐다.

포기하고 싶지 않다는 마음이 전해졌다. 카구야는 눈을 끔뻑였다.

"그런가."

그가 걱정했던 불행한 혼인은 아니었다. 그걸 알고 카구야도 활짝 웃었다.

"그렇구나……."

남의 일이지만 기뻐졌다.

이 아이들의 결혼에는 제대로 행복이 있음을 알게 되니, 협력하자는 마음이 커졌다.

여기서 남을 질투하지 않는 것이 카구야의 멋진 점이었다.

"그렇다면 이해관계는 일치해. 황혼의 사수, 후게키 카구야는 여름의 대행자님들에게 조사 협력을 부탁하고 싶어."

기뻐하는 하자쿠라 자매.

정의감을 가슴에 품는 카구야.

경애하는 마음으로 카구야와 자매를 보는 츠키히.

여름과 밤의 회담은 이렇게 일치단결하는 흐름이 되었다.

한편 그 무렵, 여름의 마을을 출발한 여름의 대행자의 약혼자들은 류구다케에 있었다.

"렌리 군, 괜찮아요? 카메라 잘 설치했어요?"

하자쿠라 루리의 약혼자, 키미카게 라이쵸.

"……설치는 했는데."

하자쿠라 아야메의 약혼자, 로오 렌리.

"확인할게요."

두 사람은 행군 중이냐고 묻고 싶어질 만큼 큰 짐을 지고서 밤의 산길을 걷고 있었다.

그들 곁에는 낯선 자들이 있었다.

"도련님, 지금 설치가 끝났다고 다른 팀에서 연락이 왔습니다."

통일된 검은 전투복을 입은 집단이었다. 자세히 보니 키미카게 가문의 문장이 들어간 배지가 옷에 달려 있었다.

"알았어요. 나 대신 체크 시트에 표시해둬요. 그대로 진행하라고 지시하고."

"예!"

렌리는 카메라를 체크하는 라이쵸를 빤히 보았다.

"도련님인가요……."

야유한 것은 아니었지만, 라이쵸는 그렇게 느꼈는지 얄궂게 웃었다.

"가주 후보는 따로 있는데 말이죠. 뭐, 일단 저는 직계라서. 저들은 방계고요."

"방계 입장에서 주눅이 드는 광경이네요……."

"아픈 구석을 찌르네……. 렌리 군, 하지만 저는 저들을 억지로 여기까지 끌고 온 게 아니에요. 저들은 본인의 의지로 여기 있어요. 【한 마리의 뿔토끼】로서 【늙은 거북】의 폭주를 막기 위해 일치단결한 동지예요. 우리 마을 【늙은 거북】의 두목은 이장인 마츠카제 세이란이에요. 다들 말은 안 해도 알고 있죠. 이장의 자세는 마을에 사는 사람들에게도 큰 영향을 줘요. 정변을 꾀할 거라면 기회는 정말로 지금뿐이에요. 추부를 물갈이하여 제대로 된 정치가 이루어져야 저들도 살 만해져요. 격이 낮은 가문일수록 고초를 겪기 쉬우니까요. ……명가인 하자쿠라의 영애이자 대행자이기도 한 두 사람이 흉조 취급을 받고 인생을 빼겼어요. 【늙은 거북】의 기분에 따라서 반감을 산 자는 얼마든지 핍박받는 미래가 보이죠. 안 그런가요?"

"……."

"렌리 군?"

"아, 죄송해요. 뭐랄까…… 제가 모르는 곳에서 여러 사람이 움직이고 있고, 각자 다른 측면을 가지고 있다는 게 아직 어색해서……. 라이쵸 씨도, 불과 어제까지는 이렇게 행동력 있고 남을 이끄는 존재인 줄 몰랐고요……."

"뭐, 저는 기본적으로 외로운 늑대니까요. 이상하게 보이는 건 어쩔 수 없죠."

"그렇게 생각하진 않아요."

"그런가요……?"

"네, 라이쵸 씨는…… 굉장히 강제적이지만, 다른 사람을 잘 챙기니까요. 통솔하는 입장인 것도 납득이 가요."

라이쵸는 뭐라 형용하기 어려운 표정을 지었다. 기뻐 보이긴 했다.

"렌리 군도 의외로 근성이 있어서 놀랐어요. ……응, 괜찮은 것 같네요."

라이쵸가 확인한 것은 렌리가 나무 위에 설치한 트레일 카메라였다.

기본적으로 야외에 설치하고 원격으로 조작하는 물건이었다. 주로 방범이나 동물 관찰 목적으로 사용되었다. 일행은 어째서인지 트레일 카메라를 류구다케 곳곳에 설치하고 있었다.

라이쵸는 트레일 카메라가 문제없이 기동하는 모습을 보고서 렌리를 향해 미소 지었다.

"몇 번 하다 보니 익숙해졌네요. 앞으로 몇십 개만 더 설치할 거니까 힘내요."

"네……."

렌리는 아직 석연치 않은 모습이었다.

"렌리 군, 대답이 시원치 않네요. 아직 할 말이 더 있어요?"

"……아뇨. 정말 이래도 되나 싶어서요."

이해 못 한 것 같은 라이쵸에게 렌리는 말했다.

"영험한 산에 무인 카메라를 설치하다니……."

"저는 용의주도한 타입이니까요."

"다 같이 무서운 폭력 행위를 준비하고 있잖아요."

"폭력의 주체는 저랑 제 부하예요. 렌리 군은 말하자면 히어로를 보좌하는 조수죠. 그 왜, 전자 기기 앞에 앉아 안전권에서 거들먹거리며 지시하는 사람 있잖아요. 그 사람이 바로 렌리 군이에요. 비교적 안전한 포지션이니까 안 무서워요."

"저는 괜찮지만, 그거, 세상의 모든 서포터에게 실례예요……."

"미안해요. 하지만 사실인걸. 그렇게 걱정돼요? 곤란한 사람이네."

라이쵸가 진지하게 들어 주지 않으니, 역시 렌리의 어조도 짜증스러워졌다.

"절 걱정하는 게 아니에요. 이런 방법으로 해결해도 되는 건지, 그게 걱정인 거예요. 정말로 이래도 되는 건지……. 하더라도 다른 방법이 있지는 않은지……. 여기 있는 키미카게 일문 사람들도 무사히 돌아갈 수 있을지 알 수 없고……."

라이쵸는 그 말을 듣고 한숨을 쉬었다.

"렌리 군…… 해도 되는지 안 되는지 저한테 판단을 바라지 말아요. 어른이잖아요."

그 말은 렌리의 가슴에 푹 박혔다.

"선택지를 주지 않는 가정에서 자란 탓인지, 큰 문제를 남한테 맡기는 경향이 있단 말이죠. 그런 부분은 고치는 게 좋아요. 좀 더 자신감을 가져요. 렌리 군은 하면 잘하는 남자예요."

"……저도 제가 비굴하다는 건 알아요. 하지만 그거랑 이건 다른 문제잖아요."

"투정이 심하네……."

"아뇨, 투정 부리는 게 아니라……."

"일단 대답해 주자면, 상처받기 싫다면 안 하는 게 낫겠죠."

그 대답을 듣고 렌리는 주춤했다. 어두운 산속에 있는 라이쵸는 이미 각오를 한 얼굴이었다.

"하지만 상처받지 않고 얻을 수 있는 건 거의 다 사소한 것들이에요."

이제껏 표표하게 굴던 라이쵸도 진지하게 태도를 바꿨다.

"저는 결혼을 포기하지 않았어요. ……최악에는 결혼을 못 하더라도 상관없어요. 【늙은 거북】을 혼내주고 싶은 것도, 안 그러면 언제까지고 그 아이들이 핍박받기 때문이에요."

"라이쵸 씨……."

"누군가에게 피해를 주더라도, 루리와 아야메 씨를 위해 이렇게까지 할 수 있는 사람이 우리 말고 또 있나요?"

"……없죠."

"제 설명을 듣고 납득했기에 지금 같이 있다고 생각했는데, 아닌가요? 루리와 아야메 씨를 돕고 싶다고 했잖아요."

렌리는 말문이 막혔다.

"그걸 위해서라면 뭐든 하겠다고 했잖아요?"

말없이 고개를 끄덕였다. 그 의지는 굳건한 듯했다. 그저 결심이 서지 않는 것이다. 마음을 다잡은 렌리가 망설일 만한 일을 하려는 것이리라.

결단력이 있는 라이쵸는 망설이는 기색이 없었다.

"간단한 양자택일이에요. 일반적으로 올바른 모습을 고르든가. 좋아하는 여자를 위해 나쁜 놈이 되든가. 답은 정해져 있다고 보는데, 어느 쪽을 택할 거죠?"

추궁하듯 말했지만, 렌리는 자신의 의지로 확실하게 대답했다.

"좋아하는 여자를 위해서라면, 저는 나쁜 놈이 될 수 있어요……."

라이쵸는 렌리의 등을 크게 때리고서 웃었다.

"잘 알고 있잖아요! 가죠. 그 아이들이 이 산에 다시 오는 때가 결전이에요."

강력한 일격에 앞으로 휘청거리면서도, 렌리는 라이쵸를 따라갔다. 라이쵸가 움직이니 그의 부대도 움직였다. 난폭한 사람이라고 생각하면서, 자신과 달리 뜻이 확고한 그가 부러웠다.

라이쵸의 넓은 등을 본 후, 별생각 없이 뒤를 돌아보았다. 그러자 밤에 휩싸인 류구의 풍경이 보였다. 거리의 불빛은 희미했다. 전부 멀리 있었다. 렌리와 아야메는 지금 같은 섬에 있는데도 기분이 들뜨지는 않았다. 마을에 있을 때와 같았다. 언제까지고 다가갈 수 없다.

이 여행의 끝에 바라는 결말이 있을 거라는 생각은 도저히 안 들었다.

좋아하는 여자를 위해, 해서는 안 될 죄를 저지르고, 그리고 그 후에는?

—아야메.

최악에는 이 산에서 목이라도 매달까.
그렇게 생각하며, 렌리는 라이쇼를 쫓았다.

제 2 장

벚꽃과 나비의 애가

레이메이 20년, 7월 23일. 오후 열 시경.

류구에서 손꼽히는 리조트 호텔의 VIP 전용 입구 앞에 택시가 도착하고 사람이 내렸다.

봄의 주종, 가을의 주종, 겨울의 주종은 테이슈에서 이동하여 류구에 도착했다.

"히나기쿠 님, 조금만 걸으시면 있으면 쉴 수 있습니다."

"응. 괜찮, 아. 사쿠라. 히나기쿠도, 짐, 들게."

"히나, 내가 들 거니까 괜찮아. 이테쵸, 사쿠라를 도와줘."

"알고 있어. 사쿠라, 그쪽도 이리 줘. 기자재는 내가 들게."

"이테쵸, 됐어. 내 짐은…… 아, 잠깐만."

"왜 그래?"

"역시 들어줘. 나는 아자미 님을 도울게. 나데시코 님을 안고 계시니까 가방을 들어 드려야…… 인형 떨어졌어!"

"응…… 린도우, 도착했어……?"

"네. 곧 있으면 침대에서 잘 수 있습니다. 아, 죄송합니다, 히메다카 님! 감사합니다!"

"아, 사쿠라 님…… 죄송해요. 주워 주셔서 고마워요."

대행자와 호위관, 겨울의 호위진과 사계청 겨울 직원은 나뉘어서 다른 비행기에 탑승했지만, 야마토 하늘의 항구라고도 할 수 있는 테이슈 공항이 류구 공항행 항공편을 국내에서 가장 많이 보유하고 있기도 해서 시간차 없이 공항에서 합류할 수 있었다. 공항에 도착한 시점에 시곗바늘은 오후 아홉 시를 지난 상태였다.

최연소 사계의 대행자 이와이즈키 나데시코가 꾸벅꾸벅 졸기 시작해서, 오늘은 행동을 종료하고 호텔로 이동. 내일부터 본격적으로 수사를 개시하기로 했다.

카요 잔세츠의 준비는 매우 친절하여, 일행이 테이슈 공항에 도착하니 잔세츠의 측근인 아보시 츠바메가 안내인으로 파견되어 있었다.

마찬가지로 잔세츠가 마련한 호텔로 유도되어 이런저런 수속을 마친 일행은 일단 해산하기로 했다.

이 원조가 없었다면 각자 다른 호텔에 묵어야 해서 경비하기 힘들었을 것이다. 시간도 늦었기에 저녁밥은 공항에서 산 음식을 각자의 방에서 먹게 되었다.

이것도 여행안내를 맡은 츠바메가 제안한 것이었다. 소년 종자 아보시 츠바메는 내내 긴장한 기색이었으나 매우 유능했다. 방의 카드키를 손에 넣고 해산하려는 어른들 앞에서 또랑또랑하게 말했다.

"여러분, 한 말씀 올려도 될까요?"

티 없이 맑은 눈으로 쳐다보면 자연스럽게 말을 듣게 되는 법이다.

"아침은 여섯 시 반부터 먹을 수 있습니다. 받으신 식사권을 반드시 식당에 가져와 주세요. 내일은 아침 식사를 마치고 이동할 수 있도록 제 쪽에서 차량을 준비해두겠습니다. 공교롭게도 저는 운전할 수 없어서 안내 역할만 할겁니다. 무슨 일이 생기면 제 방으로 내선전화를 걸어주세요. ……그럼, 내일 뵙겠습니다."

해산시키는 역할도 츠바메가 맡았다. 아직 어린 소년이 어른들을 서포트하는 모습은 매우 위화감이 들었지만, 처리가 깔끔해서 아무도 뭐라고 하지 않았다. 다만 유일하게 그와 동향인 봄의 대행자 호위관 히메다카 사쿠라만큼은 모두가 해산한 뒤에도 어린아이인 츠바메를 걱정하듯 말을 걸었다.

"아보시 공, 잠깐 괜찮을까?"

"네, 히메다카 님."

츠바메는 기쁘게 대답했지만, 옆에 히나기쿠가 있는 것을 보고 조금 동요했다. 그녀는 봄의 대행자. 츠바메에게는 상사인 잔세츠의 이복동생이다. 그리고 남몰래 지켜야 할 존재이기도 했다.

"저녁밥, 방에서 먹을 거잖아? 우리는 기내식이 나와서 조금 먹었지만, 야식도 샀어. 아보시 공은 1인실이었지? 그쪽 방에서 같이 먹자. 히나기쿠 님도 좋다고 말씀해 주셨고, 자기 전에 조금 얘기도 하자."

"어어……."

제안받아서 기쁜 마음은 바로 얼굴에 드러났지만, 긍정의 말은 나오지 않았다.

잔세츠는 자신의 존재를 히나기쿠에게 숨기고 있었다. 면식이 있는 자들에게도 알리지 말라고 해 둔 상태였다.

그러니 잔세츠의 부하인 츠바메는 히나기쿠와 최대한 엮이지 않는 편이 좋았다.

"히메다카 님, 저는……."

머뭇거리고 있으니, 사쿠라가 짐짓 별일 아니라는 것처럼 말했다.

"걱정할 게 뭐 있어? 아보시 공은 나와 같은 자원 출신이야. 고귀한 분에게 거둬져서 섬기고 있는 동료잖아."

아무래도 중요한 부분은 숨기고 있는 듯했다.

"히나기쿠 님에게도 설명해 드렸어. 우리가 마을과 사이가 안 좋아서 아보시 공의 주군도 대놓고 모습을 드러내시지는 않지만, 봄의 사건 이후로 줄곧 지원해주신 것이 아보시 공의 주인이라고 말이야. 히나기쿠 님은 매우 고맙게 여기고 계셔."

진실 70%, 거짓 30%의 배분이라고 해야할까. 상대가 카요 잔세츠고, 대화한 적도 없는 동생을 걱정해서 도와주고 있다는 것을 제외하면 정확한 정보이니 흠잡을 데가 없었다. 히나기쿠가 미소 지으며 말했다.

"츠바메, 군."

"앗, 네."

"히나기쿠, 지금 지내는 곳, 누가 마련해, 줬다는 건, 알고, 있었지, 만, 누군지는, 몰랐어, 요. 츠바메 군, 의, 주인님, 이었군요."

"네……."

"기뻐, 요. 매우, 매우, 도움받고, 있어요. 마을은…… 히나기쿠를, 별로, 안 좋아, 하니까…… 봄에…… 아군, 있다는 거, 알고, 그것만으로도, 무척, 기뻤어, 요……."

마을이 자신을 안 좋아한다는 것을 알고 자신의 입으로 그걸 말하는 걸 보면 봄의 주종이 마을에서 어떤 위치인지 알 만했다. 츠바메도 슬픈 표정이 되었다.

히나기쿠는 그런 츠바메의 표정에도 아랑곳없이 웃으며 말했다.

"정말로, 고마워, 요."

그리고 깊이 머리를 숙였다. 사쿠라도 히나기쿠를 따라 머리를 숙였다.

츠바메는 그걸 보고 비명을 지르듯 외치고 말았다.

"두, 두 분 다 이러지 마세요!"

"츠바메 군, 에게도, 고마워, 요. 오늘, 이동부터, 전부, 도와줬어, 요……."

"당연한 일이에요! 저는 여러분의 수족이 되기 위해 파견됐으니까요!"

"……친절하게, 대해 주는, 거, 당연한, 일, 아니에요. 츠바메 군, 의, 주인님, 에게도, 히나기쿠…… 무척, 무척, 고마워, 한다고…… 전해, 줬으면, 좋겠어요……."

"전할게요! 전할게요!"

"츠바메 군이랑, 밥, 같이, 먹고 싶은, 데……."

"먹을게요! 먹을게요!"

물 흐르듯 부탁해서, 츠바메는 자연스럽게 요구를 받아들이고 말았다.

아차 하는 표정이 되었다. 사쿠라도 히나기쿠도 생글생글 웃으며 츠바메를 보고 있었다. 그리고 거의 연행하듯 츠바메를 재촉했다.

"그럼 아보시 공의 허락도 받았으니 셋이서 야식을 먹을까요."

"응, 가자. 츠바메 군, 도시락, 뭐 샀어요?"

"네? 네? 햄버그스테이크 도시락이요……. 정말 저도 같이 먹어도 돼요? 저는 그런 신분이 아닌데……."

봄의 주종은 여전히 사양하는 츠바메를 끌고 갔다.

히나기쿠와 사쿠라 입장에서 츠바메는 안심하고 이야기할 수 있는 고향 사람이었다. 두 사람에게 그런 존재는 처음이었다. 단순히 친하게 지내고 싶을 것이다.

"……."

정다운 세 사람의 모습을 멀리서 가만히 보고 있는 자가 있었다. 로우세이였다.

그는 아쉬운 기색으로 눈을 돌리고 앞서 걷고 있는 이테쵸를 보았다.

믿음직한 호위관의 뒷모습이 어딘가 평소보다 쓸쓸하게 느껴지는 것은 분명 착각이 아니다.

"이테쵸, 너 괜찮아?"

"뭐가……?"

대답하는 목소리도 평소보다 몇 배는 지친 음성이었다.

"너, 어디 안 좋지?"

로우세이가 자기도 봄의 주종과 같이 저녁 먹고 싶다고 하지 않고 이테쵸에게 간 것에는 이유가 있었다.

—이 녀석, 진짜 왜 이러지?

이테쵸는 줄곧 마음이 다른 곳에 있는 모습이었다. 로우세이는 전용기에 탑승했을 때부터 그의 이변을 눈치채고 있었다. 둘만 있을 시간이 별로 없었기에 묻지 못하다가 겨우 추궁하게 된 형태였다.

"……몸의 상태는 딱히 나쁘지 않아. 자, 여기가 네 방이야. 나는 옆방이니까 무슨 일 있으면 말해."

감시 카메라를 설치하고 방 안내가 끝나자, 이테쵸는 자신에게 배정된 방으로 냉큼 들어가 버렸다. 로우세이는 당연하다는 듯 뒤따랐다. 쿵, 문이 닫혔다.

"……."

"……."

어째선지 자신의 방에 주인이 있음을 깨달은 이테쵸는 깊이 한숨을 쉬었다. 하지만 차갑게 내쫓지는 않았다. 짐을 내려놓고 로우세이와 다시 마주했다. 그리고 다정하게 말했다.

"왜? 히나기쿠 님 때문에? 같이 밥 먹고 싶었으면 아까 말하지……. 알았어, 방에 가자. 사쿠라도 어이없어하겠지만 허락해 줄 거야. 도시락은 가져왔어?"

이테쵸의 반응에 로우세이는 벌컥 화를 냈다.

"누가 그렇대?! 아니야. 나는 널 걱정하고 있는 거야!"

분노를 받은 당사자는 놀라서 눈을 깜빡였다.

"나를……? 하지만 몸 상태는 나쁘지 않다고 했잖아."

"거짓말하지 마! 나는 알 수 있어. 너는 분명 어딘가 안 좋아! 다른 계절도 있어서 말을 못 꺼낸 거라면 내일은 푹 쉬든가 병원에 가. 이 타이밍이라면 가능해. 움직인 결과 어떻게 됐는지는 내가 전달해 줄게. 알았어? 병을 방치하지 마!"

"로우세이……."

"너는 날 위해서도 오래 살아야 한다고! 말해 두는데, 거짓말은 안 통해."

"거짓말 아니야. 정말로 몸은 문제없어……. 걱정해줬는데 미안하지만…… 그렇게 얼굴이 안 좋아? 굳이 말하자면 신경 쓰느라 피곤한 정도인데……."

이테쵸는 방의 침대에 앉았다. 자연스럽게 또 한숨이 나왔다.

피곤한 것은 틀림없을 것이다. 대규모 이동이었다. 지켜야 할 존재가 늘어난 이번 여행이 호위관에게 심적 부담을 주는 것은 분명하다. 하지만 사계의 대행자 호위관 중에서도 가장 베테랑인 이테쵸에게, 오늘 소화한 일정은 그렇게 어려운 호위 임무도 아닐 터. 이 남자가 포커페이스를 유지하면서도 『아픔』을 완벽히 숨기지 못한다면 그 이유는 한정적이다.

"……뭐야, 정말로 아니야? 하지만 너, 이동이 힘들어서 그렇게 된 건 아니잖아?"

"……."

"더위 먹었어? 그거 말고 네가 고민할 문제라면, 나나 히나나…… 사쿠라 때문에?"

『사쿠라』라는 이름이 나왔을 때, 이테쵸는 로우세이라서 알 수 있을 만한 수준의 반응을 보였다.

"사쿠라 때문인가. 걔가 왜? 그러고 보니 아자미 공이랑 사쿠라랑…… 너희 호위관끼리 뭔가 얘기했었지?"

"……."

"그 녀석도 이상했어. 뭔가 문제가 생겼어? 근데 왜 나한테 공유를 안 해? 너는 나를 지키는 입장이라서 일부러 알리지 않는 게 있다는 건 알아. 하지만 그런 네 상태가 이상해질 정도의 일이라면 나한테 말해야지. 판단을 들어야 해. 안 그래?"

"……가끔 너는 주인다운 말을 하더라."

"무례한 녀석이네. 나는 언제나 네 주인이거든?"

이테쵸는 말없이 방에 있는 의자를 가리켰다. 앉으라는 듯이.
로우세이는 순순히 의자에 앉았다.
"비밀로 해줘. 특히 히나기쿠 님한테는 절대 말하지 마."
그렇게 다짐을 받고서 이테쵸가 시작한 이야기는 로우세이의 예상을 크게 배반하는 내용이었다.

"사쿠라가 잔세츠 공에게 청혼받은 데다가, 그 제안을 받아들이려 한다고……?"

로우세이는 혼란스러워하지는 않았으나 상당히 동요했다.
"아니, 하지만, 그 녀석은……."
—사쿠라는 이테쵸를 좋아할 텐데?
재회하기 전부터, 재회하고 나서도, 로우세이가 보기에 사쿠라는 이테쵸를 좇고 있었다.
그 마음은 로우세이가 히나기쿠를 생각하는 것과 다름없다고, 그는 느끼고 있었다.
좋아하는 사람이 있는데 다른 사람의 청혼을 받아들이는 것은 대체 무슨 마음인지.
"아무래도 그 아이는 히나기쿠 님을 위해 그러는 게 좋다고 생각하는 것 같아……."
이유를 듣고 로우세이는 이해했다.
"그건가? 자기 위치를 확고히 하고 싶어서?"
"……어떻게 바로 알았어?"

놀라는 이테쵸에게, 로우세이는 씁쓸한 표정을 지으며 말했다.

"놀이공원에서 좀…… 이것저것 들었어."

로우세이는 조금 쓸쓸해 보였던 사쿠라의 옆모습을 떠올리며 이야기했다.

"그 녀석, 지금 고민이 많은 것 같아. 전부 히나와 관련된 일이지만……."

이테쵸는 살짝 어이없어하며 말했다.

"그 아이답네……."

"그러니까 말이야……. 사쿠라는 봄의 마을에서 두 번이나 쫓겨났잖아?"

"그랬지."

"히메다카 일문의 보호도 기대할 수 없고, 이장은 자기가 불러 놓고서 다시 내쫓은 인물이야. 앞으로도 뭔가 핑계를 찾아서 사쿠라를 히나한테서 떼어내고, 좀 더 조종하기 쉬운 호위관을 히나 옆에 두고 싶어 할지도 몰라. 사쿠라는 그걸 경계하고 있는 것 같아. 봄의 사건으로 마을과는 한층 더 균열이 생겼으니까."

이테쵸는 침통한 얼굴이 되었다. 그가 아무리 사쿠라를 걱정해도, 할 수 있는 일은 한정적이다. 특히나 다른 마을이 행사하는 권력과 관계된 일이라면 더더욱 그렇다.

"잔세츠 공도 아마 마을의 그런 분위기를 느끼고 있는 거겠지. 그래서 제안한 게 아닐까?"

"……."

"이장에게 사쿠라는 방해되는 존재지만, 【한 마리의 뿔토끼】에 소속되어 중진들을 증오하는 잔세츠 공에게는 갖고 싶은 인재일 거야. 특히 히나 곁에 두고 싶겠지. 이장의 입김이 닿지 않은 자를 호위관으로 두는 게 좋아. 그 녀석의 충성심은 진짜니까 말이야."

이테쵸는 그 말을 듣고 불쾌감을 드러냈다.

"그러니 사쿠라보고 이익을 위해 결혼하라는 거야?"

이에 로우세이는 쓴소리를 했다.

"……야, 나는 이해를 표한 게 아니야. 그저 정보를 밝히고 추측했을 뿐이야."

로우세이는 그 부분을 틀리지 말라며 이테쵸를 향해 손가락을 들었다. 이테쵸는 침대에서 일어나 로우세이 앞으로 다가가서 그 손가락을 잡아 내렸다. 그의 눈에는 분노가 담겨 있었다. 하지만 그건 로우세이를 향한 것이 아니라, 벌어진 일 전체를 향한 분노였다.

이테쵸는 조금 쌀쌀맞은 목소리로 말했다.

"확실히 합리적이야. 카요의 며느리라는 지위를 손에 넣으면 지금보다는 마을과 연계하기 쉬워지겠지. 이장도 견제할 수 있어. 그런데, 결혼한 후에는?"

앞일까지는 생각하지 않았던 로우세이는 입을 다물었다.

"히나기쿠 님을 죽이려고 했던 시라후지 가문의 영애, 카요 슌게츠의 정처가 시어머니가 돼. 듣자 하니 줄곧 요양 중이라고 하지만, 언제 복귀할지 몰라. 그렇게 되면 카요의 도련님이 자기 입으로 지독한 가정 환경이라고 말할 정도의 마굴에 시집가게 되는 거야. 무슨 일이 벌어질지 뻔해. 자신을 내쫓은 이장과 친척이 되는 거라고. 정말로 좋은 결혼이라고 할 수 있나?"

"그건……."

"지금은 마을과 사이가 안 좋기에 별로 엮이지 않고 지내고 있는 거야. 현재 상황이 나쁘기만 한 건 아니야. ……두 사람이 정말 서로를 사랑한다면 악감정을 품은 친척과의 교류도 견딜 수 있겠지만, 아니잖아? 히나기쿠 님을 위해 자신을 죽이게 될 것이 훤히 보여……."

이테쵸는 괴로운 표정을 짓고서 마지막으로 말했다.

"왜 다들 이익만을 보고…… 그 아이의 인생을 봐주지 않는 거야?"

그는 봄의 아가씨의 행복만을 생각하고 있었다.

"그 아이라면 괜찮다는 거야?"

다른 이가 눈치채지 못한 부분까지 추측해서 말하는 것은, 그가 착해서만은 아니다.

"사쿠라는 특별히 마음이 강한 게 아니라고!"

이테쵸의 인생에서 히메다카 사쿠라라는 아가씨는 큰 자리를 차지하고 있었다.

10년 전에 처음 만나고, 사제 관계를 맺고, 온화한 시간을 보낸 후에 히나기쿠 유괴 사건이 일어났다.

울면서 마을의 문을 두드리던 그녀를 보호하여 소중히 지켰다.

이테쵸 자신도 사쿠라 덕분에 버티는 나날을 보냈다.

이윽고, 엇갈려 상실했다.

상실하고 처음으로, 얼마나 애정을 주며 보고 있었는지 재인식했다.

그런 그녀가 올봄에 마침내 돌아와줬다.

단순한 동료, 소원해진 제자가 아니었다.

"그 아이는, 히나기쿠 님을 좋아하기에 강하게 있으려는 거야."

사쿠라의 인생은 이테쵸의 인생의 일부이기도 했다.

"……이테쵸."

로우세이는 이테쵸의 격정을 묵묵히 받아들이고 있었지만, 이어서 나온 말은 허용할 수 없었다.

"강해진 것도, 허세를 부리는 것도, 자신을 위해서가 아니야. 희생에 가까운 헌신이야."

로우세이의 마음을 찔렀다. 그 말만큼은 하지 않길 바랐었다.

"이테쵸."

이테쵸는 자신을 타박하는 목소리를 듣지 않았다. 자제심으로 똘똘 뭉친 것 같은 남자가 이렇게 된 것을 보면, 이번 일이 그의 마음을 상당히 무겁게 짓누르고 있음을 알 수 있었다.

"나는 이제…… 사쿠라가 뭔가에 억눌리는 꼴은 못 봐……. 그렇게 고생했는데 더 고생하라고? 카요의 도련님도 자기 생각밖에 안 하고 있어……!"

마치 이곳에 잔세츠가 있는 것처럼 소리 높여 규탄했다. 하지만 눈앞에 있는 것은 로우세이였다.

"사쿠라를 생각한다면 절대 청혼 따위 못 했을 거야!"

"……이테쵸!"

로우세이가 외쳤다. 이테쵸는 깜짝 놀라서 말을 멈췄다.

"로우세이……?"

"히나기쿠를 나쁘게 말하지 마!"

로우세이가 호통치자, 이테쵸는 퍼뜩 정신을 차리고 후회하는 표정을 지었다.

"히나기쿠는…… 히나는 되고 싶어서 대행자가 된 게 아니야! 그러고 싶어서 사쿠라를 희생시키고 있는 게 아니야!!"

그 호통은 어떤 의미에서 로우세이의 비명이기도 했다. 이테쵸는 마침내 자신의 과실을 알아차렸다.

과격하게 감정을 터뜨려버린 상대는 그가 지켜야 할 존재였다.

"……로우세이, 나는…… 그런 의도는……."

로우세이가 슬프게 노려보았다. 사계의 대행자와 호위관은 일련탁생. 사쿠라를 이야기하면 히나기쿠가 반드시 따라온다. 로우세이가 받아들인 것 같은 의도는 이테쵸에게 없었다.

"……아니지. 방금 그건 내 잘못이야……. 미안하다……."

이테쵸는 뉘우치듯 고개를 숙였다. 로우세이는 몹시 씁쓸한 뒷맛을 느끼고 있었다.

벌레 씹은 얼굴을 하며 속으로 자신을 나무랐다.

—이 바보야. 지금 이 녀석한테 해야할 말은 아니잖아.

울컥해서 안 해도 될 말까지 해버렸다. 로우세이의 행동은 본말전도다.

원래는 이테쵸를 걱정해서 시작된 대화였다. 자신의 호위관이 이렇게나 괴로워하고 있는 것은 로우세이의 친구이기도 한 사쿠라를 아끼기 때문이었다. 지금 이테쵸를 괴롭게 하면, 걱정해서 말을 건 자신의 행동 자체가 물거품이 되는 것이다.

—그리고, 이테쵸는 틀린 말은 안 했어.

호위관이 대행자를 위해 인생을 희생하는 것은 다들 아는 사실이다.

그들은 대행자를 위해 인생을 바친다. 그런 역할이었다.

—그렇기에 싫다고 생각해 버렸어.

로우세이는 자신이 이테쵸를 희생시켜서 살고 있음을 분명히 알고 있었다.

—네가 지켜주는 은혜를, 나는 평생 갚을 수 없어.

자신이 신이 아니었다면 그에게 희생을 강요하지 않아도 됐을 텐데.

—내가 신이 아니었다면.

하지만, 야마토의 「겨울」은 로우세이밖에 없다. 그렇기에 괴로웠다.

『왜 네가 그 말을 하는 거야.』

『가장 가까이에서 괴로워하는 모습을 보고 있으면서.』

『네가 나를 신으로 만들었는데.』

종자를 희생시키고 있다는 죄를 자각하고 있기에, 그렇게 생각하고 말았다.

"로우세이, 미안해……."

어떻게 사과하면 좋을지 망설이는 사이에, 이테쵸가 또 사죄를 거듭했다.

"……이테쵸, 나도 알고 있어."

로우세이는 마침내 반성의 색이 묻어나는 말을 꺼냈다. 고개 숙이고 있던 이테쵸는 로우세이를 보았다.

"……네가 히나를 그렇게 여기지 않는다는 것 정도는, 알고 있어…….

하지만, 네 입으로 듣고 싶지 않았어."

"……로우세이."

드물게도 로우세이는 나약한 얼굴을 보였다.

"호위관이 대행자를 위해 희생하고 있다는 건 알아. 하지만, 나는 이제 너를 놓아줄 수 없고, 너도 내 곁을 떠날 수 없잖아……?"

오만하게도 들리는 물음이었지만, 로우세이는 진지하게 말하고 있었다.

"맞아……."

이테쵸의 마음이 환희했다. 주인이 확신을 가지고서 그렇게 말해 준 것이 기뻤다.

호위관으로서의 습성이었다.

"이제 어떻게도 할 수 없는, 깊은 수렁 속인데…… 바꿀 수 없는 것을 말하지 않았으면 했어. 아니면 너, 내 곁을 떠날 거야?"

저주라고도 할 수 있는 이 관계는, 그저 무대 장치로서 애정이 작용하고 있는 걸지도 모른다.

누군가에 의해 만들어진 감정이라고도 할 수 있다. 그 가능성은 완전히 버릴 수 없다.

"말도 안 되는 소리 하지 마, 로우세이. 마지막까지 나를 부리고, 내가 죽으면 네가 장례를 치러."

하지만 그거면 된다고 말할 수 있는 것이 신과 인간의 주종 관계였다.

이테쵸의 대답은 로우세이를 상처 입힐 수도 있는 종류였으나, 그는 그 말을 받아들였다.

"……알았어."

로우세이가 고개를 끄덕이자 이테쵸도 고개를 끄덕였다.

"이 얘기는 내 사죄로 이만 끝내고 싶어. 내게 있어 사쿠라는…… 타인이라고 내버려 둘 수 있는 존재가 아니야. 변명이 되지만, 걱정된 나머지 피가 거꾸로 솟았어."

"그 녀석이 걱정되는 건 나도 마찬가지야……."

두 사람은 그 후 한동안 침묵했으나, 이윽고 로우세이가 앉으라고 말했다. 이테쵸가 지친 얼굴로 다시 침대에 앉았다. 그리고 중얼거렸다.

"……얘기가 다른 길로 샜네. 꼴사나운 모습을 보였지만, 그 아이가 뭔가 이상한 일에 휘말리진 않을지 주시하고 싶어. 너도 마음에 새겨 줄래?"

로우세이도 심기일전하여 말했다.

"새겨만 두겠다고? 대책이 필요해."

이테쵸는 당황한 표정을 지었다.

"대책이라니……? 외부인인 우리가 어떻게 할 수 있는 문제가 아니야."

"뭐야. 이테쵸, 너 관조할 생각이야?"

"아니…… 관조한다고 할까…… 마을이 다르잖아? 참견할 방법이 없어. 겨울의 마을에서 일어난 일이라면 냉큼 처리했겠지."

"다른 마을이면 포기하는 거야? 너한테는 그 정도야?"

"……로우세이."

나무라듯 말해서 이테쵸는 가슴이 무거워졌다.

"나도 사쿠라가 불행해지는 걸 지켜보고 싶진 않아. 하지만 나는 칸게츠의 자식으로서 칸츠바키의 자식인 너를 먼저 존중해야 해. 그런 입장이야."

"……그거 미안하게 됐네."

이건 이테쵸가 소극적인 것이 아니라, 그가 상식인이기에 내린 선택이었다.

타인의 혼인 문제, 그것도 다른 마을의 결혼에 참견하는 것은 월권행위다. 경솔하게 행동하면 주인인 로우세이에게도 폐가 된다. 그렇기에 혼자서 고민했던 것이다.

"하긴, 확실히 간단히 참견할 수는 없어. 게다가…… 내가 보기에 잔세츠 공은 사쿠라에게 호감이 있는 것 같아. 너도 느끼지 않았어?"

"그건……."

별로 인정하고 싶지 않은지 이테쵸는 대답을 망설였다.

"역시 너도 그렇게 생각했구나. 두 사람 사이에는 우리가 모르는 시간에 키운 정이 있는 것 같아. 사쿠라도 잔세츠 공의 인품은 괜찮게 여기는 듯해."

"……."

이테쵸는 침묵해 버렸다.

"의외로 잘 지낼지도 몰라. 그렇다면 응원하는 게 나을 수도 있지. 어떻게 생각해?"

표정 관리를 잘할 터인 이테쵸는 심장에 총을 맞은 듯한 얼굴을 했다.

그걸 보고 로우세이는 속으로 중얼거렸다.

—미안, 이테쵸.

가장 아끼는 사람에게 심술궂은 말을 하고 있었다. 그런 자각은 로우세이에게도 있었다.

지금 하는 말은 전혀 로우세이의 본심이 아니었다.

—나는 너의 가장 큰 아군이지만, 사쿠라의 편이기도 해.

이 문제를 조금이라도 좋은 방향으로 해결하기 위해 거짓말을 하고 있었다. 로우세이는 누가 뭐래도 사쿠라와 잔세츠의 혼인에 개입하기로 결심한 상태였다.

—그 녀석은 너를 좋아해.

사쿠라는 잔세츠를 인간적으로 좋아하긴 하지만, 그 감정은 어디까지나 친애의 범위였다.

로우세이는 사랑에 빠진 사쿠라의 눈을 알고 있었다.

잔세츠를 보는 눈은 그렇지 않았다.

—불행해지는 걸 가만히 보고 있을 수는 없지.

그저 이테쵸를 부추기고 싶어서, 평소라면 하지 않았을 터인 응원을 하고 있었다.

왜 그렇게나 분개하는지, 이테쵸 자신이 생각해줬으면 했다.

—이테쵸, 너 정말로 사쿠라를 어떻게 생각하는 거야?

그 감정이 단순한 사제애인지, 아니면 다른 것이 되고 있는지.

—아무리 소중해도, 이렇게 화내는 건 다른 이유가 있어서라고. 내가 그렇게 생각하고 싶어.

자각 없이 사랑하고 있는 거라면, 알아차렸으면 좋겠다.

칸게츠 이테쵸는 히메다카 사쿠라를 어떻게 생각하고 있는가.

이건 주인인 로우세이도 알 수 없었다.

이테쵸가 사쿠라를 소중히 여긴다는 것은 보면 알 수 있지만, 그는 원래부터 누구에게나 보호자처럼 행동하는지라 이성을 향한 연모로는 보이지 않았다.

그러나 사쿠라에 관해서만큼은 사제 관계를 넘어서지 않았나 싶을 정도로 깊은 애정을 드러내는 일이 많았다. 오늘 꺼냈던 일련의 발언도 그랬다. 나쁘게 말하면, 자기한테 마음이 있는 게 아닐까 상대가 착각할만한 행동을 했다. 좋고 싫은 것이 확실한 로우세이는 전혀 이해할 수 없었다. 『좋아하는 게 아니라면 오해할만한 행동은 하지 마. 사쿠라한테 실례인 짓이잖아』라고 말하고 싶었다.

—애석하게도 이 녀석은 성실함의 결정체 같은 남자라 곤란하단 말이지.

이테쵸는 10년 전의 사건 때문에 줄곧 로우세이 제일주의로 살았다.

그의 사생활을 전부 파악하고 있는 것은 아니지만, 같이 지내는 로우세이가 보기에 연애와는 거리가 먼 생활을 보내는 것 같았다. 더 젊었을 적에는 그런 일이 있었을지도 모르지만, 지금은 어떻게 연애하는지도 잊어버렸을 가능성이 컸다.

게다가 상대가 죄책감을 품고 있는 사쿠라라면, 그녀에게 뭔가 느끼는 바가 있더라도 자연스럽게 마음을 봉인해버렸을 수도 있다. 로우세이는 그렇게 추측하고 있었다.

그럴 경우, 섣불리 뭔가 말했다가 얘기가 꼬여서 사쿠라에 대한 마음을 접어버린다면 돌이킬 수 없다. 신중히 발언해야 했다.

—아마도 지금은 이테쵸와 사쿠라의 인생의 분기점이야.

두 사람의 관계가 사랑이 되는지 마는지.

로우세이는 자신의 사랑을 응원한다고 말해 준 친구에 대한 감사를 잊지 않았다.

"이테쵸, 야, 입 다물지 마."

이테쵸는 점점 초조해했다.

"……잠깐만. 지금 생각 중이야."

"그래? 뭐, 당장 대답해야 하는 것도 아니고, 사쿠라도 내일 당장 청혼을 받아들이진 않겠지. 그 녀석은 분명 꽤 고민할 거야."

"……."

"그럼 한동안 지켜보기로 하고, 사쿠라가 역시 이 결혼은 하기 싫다고 했을 때 지켜줄 방법을 준비해둬야 해. 그런 대책은 필요하지 않아?"

이 말에는 이테쵸도 동의했다.

"그렇지…… 봄의 마을에 싸움을 거는 방식이 아니라면……."

"그래. 차라리 사쿠라를 양자로 들일까?"

로우세이는 일단 이테쵸를 안심시키고서, 대형 폭탄을 투하했다.

"뭐?"

이테쵸는 그답지 않은 소리를 냈다.

"그 녀석은 봄의 마을 사람이지만, 우리가 보호했던 겨울의 아이기도 해. 잔세츠 공도 포함해서 봄은 그걸 몰라. 봄의 마을이 쫓아내서 우리가 맡았어. 그 경위를 고려하면 나랑 너한테는 경솔하게 불평할 수 없어."

로우세이는 이런 일에는 머리가 아주 잘 돌아갔다.

거침없이 말이 나왔다.

"봄의 마을 사람들한테 똑똑히 알려줘야 하는 걸지도 몰라. 『히메다카 사쿠라는 우리, 겨울의 아이다. 너희 따위가 적당히 다룰 수 있는 여자가 아니다』라고. 그러려면 칸게츠나 칸츠바키에 들이는 게 가장 좋겠지."

"로우세이…… 그건……."

"그런 얘기는 이전에도 나왔었잖아? 그 녀석이 겨울의 마을에서 나가서 흐지부지됐지만, 지금이라도 하면 되지. 나랑 너, 둘 중 하나가 살아있는 동안에는 그 방법으로 보호할 수 있어. 봄의 마을도, 자신들이 내쫓은 아이를 맡아서 보호했던 겨울의 마을의 칸츠바키 가문과 칸게츠 가문은 쉽게 건드릴 수 없겠지. 그 녀석이 부당한 일을 당하면 가족으로서 항의할 수 있어. 네가 고민하고 있으니까 칸게츠 가문의 양자여도 좋아."

"……."

좋은 제안일 텐데, 이테쵸는 당혹스러워했다.

"그 아이는, 분명 수락하지 않을 거야……."

"그래서 도주로인 거야. 사쿠라가 곤란해졌을 때, 그런 제안을 하는 것도 괜찮지 않냐는 거지."

"하지만……."

"사쿠라 입장에서 잔세츠 공은 매우 거절하기 어려운 상대야. 지원도 받고 있고, 히나의 오빠라서 뭘 해도 모나게 돼. 하지만 봄의 사건 후에 그 녀석을 보호한 우리가 신변을 맡는다고 하면, 그걸 이유로 결혼을 사양할 수도 있겠지. 그 녀석에게 부담이 적은 거절 방식 아니야? 호위관 지위도 확고해져. 실현된다면, 적어도 카요 가문은 우리의 눈치를 보게 될 테니까. 다른 마을 가문을 상대로 배짱을 부릴 수 없는 건 저쪽도 마찬가지야. 게다가 이쪽은 계절의 최상위인 겨울. 가문의 격은 카요 못지않아. 무엇보다…… 우리 세력 내에서라면 사쿠라도 잔세츠 공 옆에 있는 것보다 편히 지낼 수 있어."

로우세이는 속으로 이테쵸에게 사과하면서도 말했다.

"그러니까 너…… 사쿠라와 남매가 되더라도 아무 문제 없지?"

고집스럽게 외부인으로 있으려 한다면 그렇게 될 거라고 몰아붙였다. 이테쵸는 말을 잇지 못했다.

—생각해, 이테쵸.

"원래부터 남매 같은 사이잖아."

왜, 그렇다고 즉답하지 못하는가.

"뭐야. 싫어?"

왜, 지키고 싶은데 멀리서 지켜볼 수밖에 없는가.

—생각해, 이테쵸.

여러 가지를 버릴 줄 아는 남자가 이렇게나 한 사람에게 집착하고 있었다.

"싫은 건 아니야. 하지만 사쿠라가 제안에 응할 거라는 생각이 도저히 안 들어서……."

단순한 보호자라면 지금 이렇게나 괴로운 얼굴을 하지는 않을 터.

"그 녀석은 히나를 위해서라면 뭐든 하니까, 어떻게 얘기하느냐에 달렸을걸? 그래서 잔세츠 공에게 제안받고 고민 중인 거잖아. 우리가 먼저 양자 얘기를 꺼냈다면 똑같이 고민하지 않았을까?"

"……."

"잔세츠 공한테는 미안하지만, 더 안심이 되는 건 우리야. 히나는 너를 『이테쵸 오라버니』라고 부를 만큼 잘 따르고 있고…… 잘 모르는 오빠한테 시집보내는 것보다는 네 동생이 되어 보호받기를 바라지 않을까? 그 부분은 사쿠라도 인정하겠지. 물론 칸츠바키에 입적시켜도 상관없어. 이테쵸, 어떻게 얘기하느냐에 달렸어."

"그럴지도 모르지만……."

"다만, 이건 어디까지나 대책이니까 지금은 숨겨둬. 정말로 결혼할 것 같은 상황이 되면 그때 말해."

이테쵸는 아직 결심이 서지 않는 것 같았지만, 고개를 끄덕였다.

"……알았어."

—진지하게 생각해, 이테쵸.

로우세이는 기도를 담아 그렇게 생각했다.

"이테쵸, 나는 네가…… 사쿠라의 아군으로 있었으면 해."

겨울처럼 차가우면서 눈처럼 아름다운 로우세이의 눈동자가 이테쵸를 꿰뚫었다.

"사쿠라는 내 친구야. 그리고 생명의 은인이기도 해. 겨울의 마을이 습격받았을 때, 나 대신 총에 맞았어. 자살하려 할 때마다 구해주기도 했지. 목을 매달았을 때는 다리를 들어줬었고. 정말로…… 기특한 녀석이야. 나는…… 내가 가진 힘을 얼마든지 써서 히메다카 사쿠라를 지킬 거야. 그 녀석은 내게 그래야 할 여자야. 그만한 은혜를 입었어. 주인인 내가 이렇게 말하잖아. 종자인 너도 그렇게 생각해."

너무나도 무거운 말이었다. 로우세이와 이테쵸와 사쿠라가 함께 지냈던 5년간. 사쿠라가 그저 보호만 받은 것이 아니라, 두 사람에게도 버팀목이 되어줬음을 알 수 있었다.

"일단 명령을 내리겠어. 스승으로서가 아니라 칸게츠 이테쵸 개인으로서, 사쿠라와 허심탄회하게 얘기하고 와. 잔세츠 공이 채어가기 전에 말이야."

일부러 명령이란 말을 쓴 것은 그의 죄책감을 없애기 위해서였다.

움직이지 않는 그를 어떻게든 하려면 로우세이가 가라고 말하는 것이 가장 좋았다.

"……명을 받들겠습니다."

이테쵸는 그때까지 망설이던 것을 봉인하고 신하답게 대답했다.

암랑과 황혼의 소동과 병행하여,
벚꽃(사쿠라)과 나비(이테쵸)의 이야기가 움직이기 시작했다.

제 3 장

지배자의 간주곡

레이메이 20년, 7월 24일, 미명. 여름의 마을.

현인신들이 저마다 복잡한 사정을 품은 채 잠들었을 무렵.

여름의 마을 이장, 마츠카제 세이란은 자신의 저택에서 커피를 마시며 아직 깨어있었다.

신경 쓰이는 일이라도 있는지 잠을 잘 채비는 하지 않았다.

곧 날이 밝을 시간인데, 소파에 그저 가만히 앉아있었다. 커피잔이 비자 방의 조명을 봤다가, 창문의 커튼을 젖히고 밖을 보았다.

"……."

—곧 아침인가.

이제부터 밤하늘은 아침노을로 장식된다. 새벽의 사수가 오늘도 역할을 다하기 때문이다.

세이란의 입장을 생각하면 세상을 위해 봉사하는 현인신에게 감사하는 마음을 품어야겠지만, 그는 그런 감정을 전혀 가지고 있지 않았다. 현인신은 세계의 장치. 기능하는 것이 당연하다.

당연한 것을 고마워하다니, 어리석기 그지없다. 그것이 세이란의 생각이었다.

—여름의 대행자들을 오늘 중으로 죽일 수 있을까.

양심의 가책도 없이 그렇게 생각했다. 세이란에게 현인신은 자신보다 격이 낮은 존재였다.

얼마든지 대체할 수 있는 인형. 기우제를 위한 제물. 커다란 기계 속의 작은 톱니바퀴.

요컨대 정을 가지고서 대할 가치가 없는 도구였다. 이렇게 생각하는 사람은 일정 수 존재했다. 잔혹한 사고지만, 현인신이라는 시스템의 측면이 그렇기 때문이다.

현인신이든 민간인이든, 대단한 재능과 힘을 가진 자 주위에는 사람이 모인다.

그 힘을 숭배하는 자들에 의해 헌금과 사업이 발생하여 하나의 경제권이 된다.

예로부터 이어져 내려온 경제권은 이제 국가 기관과 어깨를 나란히 하는 독립 기관이 되었다.

사계의 마을과 사계청, 후게키 일족 등 현인신들을 관리하는 측도 큰 권위를 가지게 됐다.

왜 현인신이 아니라 관리하는 측의 권력이 강해졌는가.

현인신이 어릴 때 신으로 각성하기 때문이다.

어린이는 쉽게 착취당한다.

아직 식견이 부족한 어린아이에게 책임과 중압을 설파하고, 가족을 인질로 잡아 장악하는 것은 그리 어려운 일이 아니다. 본인이 납득하지 못해도 주변 사람들이 그렇게 시킨다.

그 과정에서 현인신의 지위는 내려가고, 둘러싼 자들의 지배력은 커진다. 일종의 꼭두각시 국가를 구축한 것은 세이란과 그 부모, 부모의 부모, 선조들이다.

그들이 꾸준하게 노력한 결과, 특권 계급이 만들어졌다. 이러한 자들이 지금은 【늙은 거북】이라고 불리고 있었다. 그리고 그 지배 구조와 특권 계급의 정치를 비판하는 자가 바로 【한 마리의 뿔토끼】였다.

세이란은【한 마리의 뿔토끼】에게 적대심을 가지고 있었다. 조상들이 구축한 경제권 안에서 살면서 권력자에게 불만을 표하는【한 마리의 뿔토끼】는 부끄러운 줄 알아야 했다.

—누구 덕분에 지금처럼 생활하는 건데.

그에게는 지배자의 후손이라는 긍지가 있었다.

—제물을 동정해서 어쩌자는 거야? 식탁에 오른 생선을 동정하는 것과 같아. 시답잖아.

돌이켜 봐도, 세이란의 인생에 현인신에 대한 경애는 없었다.

세이란은 여름의 마을 명가, 마츠카제 일문의 직계 장남으로 태어났다.

모친이 두 번 유산하고 낳은 아이였다.

자손 번영이 장려되는 혈족. 심지어 후사가 필요한 집안에 시집온 모친의 책임은 상당히 막중했을 것이다.

그래서인지 세이란은 그야말로 눈에 넣어도 아프지 않다고 할 만큼 예쁨받으며 자랐다.

모든 것이 충족된 어린 시절을 보냈다고 할 수 있었다.

세이란은 여름의 이장이 되기 전부터 떠받들리는 입장이었다.

『너는 아무것도 안 해도 돼. 그저 건강히 지내렴.』

갖고 싶은 것은 뭐든 손에 들어왔다.

겨우 태어난 아이를 고생시키고 싶지 않다, 튼튼하게, 행복하게 컸으면 좋겠다는 모친의 바람 때문이었다.

그 보람이 있어서, 세이란은 조금 입이 짧긴 해도 건강한 몸을 가지게 되었다.

고생을 모르는 것은 딱히 나쁜 일이 아니다. 행복한 일이다. 사랑받고 자란 것은 세이란에게 자신감을 줬고, 자신을 긍정하게 했다.

다만 모친의 맹목적인 애정이 세이란의 인격 형성에 안 좋게 작용하기도 했는데, 자신은 타인에게 『봉사받아야 할 존재』라고 착각하게 만든 것이다.

세이란이 위고 타인은 아래. 세이란이 말하면 타인이 움직인다. 땀흘리며 일하는 것은 타인이 할 일이고, 자신은 아니라는 의식이 확실히 박혔다.

그 의식은 모친에게도 적용되었다. 애정이라는 원동력이 있어서 이루어진 봉사가, 자신을 우러러야 할 사람이라서 그렇다고 처리되었다.

세이란은 그런 특권 의식을 가진 인간이 되었다.

유년기에 오만하게 사고하는 것은 그리 드문 일이 아니다.

성장 과정에서 실패를 경험하고 환상이 깨졌다면 특별히 문제는 없었겠지만, 타인을 깔보는 세이란의 성격은 제삼자에 의해 더욱 굳건해졌다.

세이란의 인생에 영향을 준 것은, 자신을 사랑해준 어머니가 아니라 무관심한 아버지였다.

어머니와 달리 아버지는 세이란에게 별로 관심이 없었다.

세이란뿐만 아니라 집 자체에 관심이 없었다. 그의 관심은 여름의 마을 추부 내의 권력 투쟁에 있었다. 그것이 그의 최대 관심사였고, 다른 것은 사소한 일이었다.

누구에게나 역사가 있다. 세이란의 아버지에게도 이야기가 있었다.

세이란의 아버지의 아버지, 즉, 세이란의 할아버지는 여름의 마을 이장이었으나 세이란의 아버지는 그 자리에 앉을 기회를 얻지 못했다. 이장을 임명하는 방식은 마을에 따라 다른데, 여름의 마을은 우선 선대가 차기 이장을 추천하고, 그와 동시에 여름 추부 내에서 추천 싸움이 벌어진다.

세이란의 아버지는 조부에게 추천받았음에도 불구하고 그 의자 뺏기 게임에서 패배했다. 이후로 줄곧 지배욕과 자기 현시욕을 발산하지 못하고 썩혔다. 남들 앞에서는 마을을 좋게 만들고 싶다고 했지만, 실제로는 그저 이장 자리를 갖고 싶을 뿐이었다.

이장의 임기는 사람마다 다른데, 오래 하는 사람은 수십 년이나 이어갔다. 업무가 다양하여 인계하기 어렵고, 그 자리에 앉아서 다른 잘난 사람들을 다룰 수 있는 인재는 귀한지라 자연스럽게 사람들이 붙잡기 때문이었다.

세이란의 아버지는 다음 권력 투쟁에서도, 그다음 권력 투쟁에서도 졌다.

권력 투쟁에서 계속 지다보니, 이 사람은 무리라는 풍조가 생겼다.

그러한 평가는 피부로 느껴지는 법이다. 어느 날, 세이란의 아버지는 문제를 바꾸기로 했다.

자신은 이장이 될 수 없다. 하지만 아들이 이장이 되면 꿈을 이뤘다고 할 수 있지 않을까. 그런 계시가 내려왔다.

집에서 왕처럼 굴며 살던 세이란의 어린 시절은 그렇게 끝났다.

세이란이 여덟 살이 될 즈음에, 이제껏 잘 잤냐는 말도, 잘 자라는 말도 하지 않았던 부친이 갑자기 세이란에게 말을 걸어오게 되었다.

그렇긴 해도 부자지간의 대화와는 거리가 멀었다. 이 미숙한 생물을 어떻게 자신이 원하는 대로 조교할 수 있을지 파악하기 위해 이루어진 교육에 불과했다.

인간은 어째선지 자신을 봐주는 상대보다도 자신을 부정하는 상대가 신경 쓰이는 법이다. 백 번의 칭찬보다 한 번의 모욕이 눈에 밟힌다.

세이란은 부친의 관심을 얻는 데 열중하게 되었다.

기대에 부응할 수 있는 우수함도 갖추고 있었다.

더 공부하자. 아버지가 나를 봐주니까.

더 행동을 조심하자. 아버지를 모방하는 거다.

더 타인을 부리는 법을 배우자. 언젠가 자신은 이장이 된다.

자신이 부친의 모조품으로 이용되고 있다는 것은 어렴풋이 눈치챘지만, 그래도 좋았다.

『세이란, 이장이 된 모습을 꼭 보여줄 거지?』

아버지의 바람을 이루어 주고 싶다고, 그도 순수하게 생각했다.

하지만 안타깝게도 부친은 세이란이 이장이 되기 전에 죽었다.

죽기 직전까지도 세이란에게 계속 말했다.

『네가 이장이 되는 모습을 보고 싶었다.』

『무덤 앞에서 보고해다오.』

『이장이 된 너를 보기 전까지 편히 잠들 수 없다.』

세이란은 저주를 받았다. 모친은 몇 번이나 아들에게 그런 기대를 하지 말라고, 자기가 원하는 대로 살게 하라고 저주를 막으려 했지만 소용없었다.

『네, 아버지.』

그는 자진하여 부모가 자식에게 거는 저주를 받아들였다.

모친의 말은 세이란에게 닿지 않았다. 자신을 부정했던 아버지의 말만이 닿았다.

그의 완벽한 세계에서 부친만이 완벽하지 않았다. 도구 취급이어도 좋으니 부친도 자신을 봐준다면 얼마나 마음이 충만해질까.

『반드시 이장이 되어 무덤 앞에서 보고하겠습니다.』

조금 비틀린 부자애는 몇 년 후에 완성되었다.

세이란은 고생 끝에 마침내 대망을 이루었다. 그는 약속한 대로 무덤에 찾아가 보고했다.

이장이 되었다고.

묘비에 대고 말해도 대답은 없었다. 그래도 세이란은 기뻤다.

이장이 된 것은 그에게 통솔자로서의 재능이 있었기 때문이지만, 그것만으로는 우두머리 자리를 손에 넣을 수 없다. 지반을 꼼꼼히 다지고, 남다른 노력으로 지지자를 늘렸다. 자신의 훌륭한 모습을 부친에게 보여주고 싶어서. 오로지 그 이유로 인생의 대부분을 썼다.

세이란은 무덤 앞에서 생각했다.

왜 더 빨리 바람을 이루어 드리지 못했을까.

아버지는 이 순간을 함께 맛보기 위해 자신에게 정열을 쏟아줬는데.

—너무 늦었어.

어릴 때부터 운 적이라고는 손에 꼽을 정도인 남자였지만, 세이란은 무덤 앞에서 울었다.

『아버지, 죄송합니다.』

효도하는 것이 너무나도 늦었다고. 그 이후로는 마침내 모친도 순수하게 사랑하게 되었다. 이렇게 세이란의 존재 의의는 훌륭하게 확립되었다.

하지만 진짜 싸움은 이제부터였다.

그의 가치는 계속【이장】으로 있는 것이니까.

시간은 흘러, 레이메이 20년.

세이란뿐만 아니라, 사계 분야 전체를 뒤흔드는 사태가 벌어졌다.

봄의 대행자가 귀환한 후 일어난 가을의 대행자 유괴 사건.

여름의 대행자 하자쿠라 루리와 호위관 하자쿠라 아야메도 마을의 반대를 무릅쓰고 사건을 해결하기 위해 테이슈로 가버렸다.

—세상의 톱니바퀴들이, 인간이라도 된 줄 아는 건가?

멋대로 굴지 마. 얌전히 있어. 시키는 대로 해.

그 외의 감정을 대행자에게 품은 적이 없는 세이란에게 있어서 더할 나위 없이 짜증 나는 일이 연속으로 일어났다.

물론 감정은 겉으로 드러내지 않았다. 세이란과 같은 사고방식을 적대하는 자도 일정 수 존재했다.

의견이 다른 자들을 아우르지 못한다면 이장으로 일하는 건 불가능하다.

그래도 상황을 지켜보는 것은 고통에 가까웠다.

대행자는 죽으면 대체품이 태어나니까 구출 작전을 벌이는 것 자체가 쓸모없는 짓이었다. 인건비만 드는 꼴이다. 더욱 짜증 났던 것은, 겨울의 대행자 칸츠바키 로우세이가 이와이즈키 나데시코 구출을 위해 춘하추동 공동 전선을 제안하러 여름의 마을에 왔을 때였다.

아주 정중하게 사정을 설명하고 고개를 숙였지만, 거절하면 얼려버릴 것 같은 분위기였다.

세이란은 지금도 그건 협박이었다고 여기고 있었다.

그 후, 겨울의 대행자가 【카사이】의 자객에게 살해당할 뻔했다고 부하가 보고했을 때는 그대로 죽었으면 좋았을 거라고, 【카사이】의 역량 부족을 원망했다.

성인이 된 현인신만큼 다루기 어려운 것도 없다. 심지어 자아가 강하다면 더욱 최악이다.

그 밖에도 짜증 나는 일은 있었지만, 그래도 자신과는 상관없다는 마음으로 있었다. 이윽고 그런 세이란의 뒤통수를 치는 일이 일어났다.

각 마을과 사계청에서 배신자가 나온 것이다.

자신과는 상관없다며 관조하던 세이란에게 전환기가 찾아왔다.

『아버지, 이건 죄인가요?』

가문에서 범죄자가 나왔다.

【카사이】를 거들고, 역적이 청사에 침입하도록 도운 배신자 중 한 명. 하필이면 그건 사계청에 취직한 세이란의 아들이었다.

당연히 아들은 국가 치안 기구에 체포되었다. 세이란은 혼란에 빠졌다.

왜 내 아들이 【카사이】 따위에게 협력을?

세이란은 현인신을 경시했으나, 계절의 순환을 담당하는 자신들 일족을 자랑스럽게 여겼다.

역적을 동경하는 아이로 키우지는 않았다. 그런 교육도 하지 않았다.

면회하러 간 세이란은 아들에게 물었다. 왜 이런 짓을 했냐고. 아들은 이렇게 대답했다.

『대행자는 죽어도 바로 대체품이 태어나는 도구잖아요.』

왜 그런 소리를 하냐는 얼굴로.

『아버지도 말씀하셨죠. 그래서 저는 역적의 주장도 이상하지 않다고 생각했어요. 이장이신 아버지가 그렇게 말씀하셨으니까…… 그래서…….』

어릴 때부터 세이란이 주입한 대행자에 대한 멸시. 대행자는 마을의 꼭두각시이자 도구라는 사상. 그렇기에 개혁파인【카사이】에게 감명받았다. 그건 당신이 준 독이라고, 아들은 말했다.

—괴물을 만들어 버렸나.

세이란에게 아버지는『세계』였다.

세이란의 아들에게 세이란은『세계』였다.

자란 환경은 그 사람의 인격 형성에 확실하게 영향을 준다.

건넨 말은 분명히 돌아온다.

그것이『고마워』,『건강하렴』이라는 말이었다면 얼마나 좋았을까.

세이란은 자식에게 그런 말은 하지 않았다.

왜냐하면 세이란의 아버지도 하지 않았으니까. 그래도 세이란은 이장이 됐다.

—그러니 내 자식도, 제대로 클 줄 알았는데.

누군가의 모조품으로 살기로 한 자와 그렇지 않은 자의 말로는 다르다.

세이란은 상상력이 부족했다.

죄를 저지른 아들은 자신의 자식치고는 능력이 부족했기에, 여름 추부에 취직시키지 않고 사계청에 보냈다. 세이란의 자식은 더 있었다. 차기 이장은 그 아이들이 되면 된다.

쫓겨난 아이가, 그래도 부모의 관심을 받고 싶어 할 줄은 생각도 못 했다. 자신도 아버지의 시선을 받고 싶어 했으면서, 『자식』의 감정이 어떤 것이었는지 잊었다.

세이란의 아들은 그와는 다른 형태로 충족되지 않은 승인 욕구를 다른 곳에 터뜨렸다.

『아버지 잘못이에요. 이러면 안된다는 걸 왜 안 가르쳐 주셨어요?』

세이란은 그제야 알았다.

부모가 자식에게 건네는 말은 저주가 되기도 하고 축복이 되기도 한다는 것을.

자신이 아직 저주 속에 있는 것은 상관없었다.

그래도 세이란은 계속 이장으로 있어야 했다. 이장으로 있는 것은 이제 세이란만의 문제가 아니었다. 이 자리에 있기에 할 수 있는 일이 있었다. 지킬 수 있는 것이 있었다.

괴물이 된 아들을 지키기 위해서 온갖 관계자를 돈으로 매수하고, 협박하여, 죄를 경감시켰다.

봄부터 줄곧 암약하는 나날이었다.

지키는 자가 있으면 공격하는 자도 있다.

마을 사람들이 곧장 세이란을 규탄하기 시작했다.

집안에서 범죄자가 나온 사람이 이장으로 있는 것은 이상하다. 아들이 저지른 일을 책임지라는 목소리가 나오기 시작했다.

이장 지위를 박탈당하면 복권은 절망적이다. 선조로부터 이어진 영광이 세이란 대에서 끝나려 하고 있었다. 그런 일은 절대 용납할 수 없었다. 세이란에게 있어서 가문의 명예를 더럽히는 일은 대죄였다. 게다가 지금은 아들을 감옥에서 꺼내기 위해서도 이 자리에 있어야 했다.

—하자쿠라 자매는 흉조가 되어줘야겠어.

세이란의 완벽한 세계를 유지하려면 새로운 악이 필요했다. 큰 문제로 시선이 가도록 정보를 조작하여, 자신에게 향하는 비난을 돌리는 것이다.

—【늙은 거북】 동지와 결탁해서 도중까지는 잘 풀렸어.

하자쿠라 자매는 매우 도움이 됐다.

원래부터 하자쿠라 루리의 행동은 자주 문제시되었기에 대행자를 공격하는 쪽으로 여론을 모는 것은 그렇게 어렵지 않았다. 하자쿠라 아야메가 차기 대행자가 된 것에는 놀랐지만, 동생보다는 다루기 쉬워보이는 아가씨였다. 그녀의 마음을 꺾으면 어떻게든 될 것 같아서 향후 관리도 희망적이었다.

세이란은 그녀들의 존재를 흉조로 만들어서 자신에게 향했던 비난을 돌리는 데 성공했다.

이제 반발하는 자들을 뇌물과 기타 수단으로 포섭하여 비판을 완화하고, 큰 과실을 작은 과실로 만드는 긴 공정을 밟기만 하면 됐다.

오점이 사라지는 것은 아니지만, 몇 년간 얌전히 있으면 이윽고 사람들은 과거의 과실을 잊고, 지금 같은 열량으로 세이란을 비난하는 목소리는 줄어들 것이다. 교활한 책임 회피였다.

『다른 사람에게 이장 자리를 양보해야 하는 것 아닌가.』

『오명을 쓴 가문이 마을을 대표하는 건 이상하다.』

『다른 가문의 책임은 규탄하면서 자기 가문의 일에는 침묵하는가.』

귓가에 계속 맴도는 것 같은 모독적인 말들을 잊을 수 없었다.

【한 마리의 뿔토끼】인듯한 자들의 공격은 세이란을 병들게 했다.

—듣기 싫어.

그들에게는 세이란이 가진 것 같은 확실한『뜻』이 없다. 진정으로 대행자 편에 있는 자는【한 마리의 뿔토끼】중에서도 한 줌밖에 안 될 것이다. 그저 권력자를 공격할 재료가 손에 들어와서 신이 났을 뿐이다. 적어도 세이란은 그렇게 생각했다.

—선조로부터 물려받은 가문 번영의 바람을 짊어지지도 않은 애송이들.

그리고 현재, 세이란은 지금까지 받았던 굴욕을 갚아주기 위해 반격을 개시했다.

세이란은 타는 듯한 분노를 느끼면서도 휴대전화를 보았다.

화면에【복룡 동자】라고 표시되어 있었다.

사계 분야에서는 유명한 정보상이었다. 어리지만 승천을 기다리는 용. 그래서 언젠가는 모든 것을 다스리는 자리에 오를 자를 가리키는 말인 복룡이란 이름을 쓰는 것만 봐도 자신감이 상당했다.

세이란은 이 인물과 만난 적이 없었고, 어느 마을의 소속인지도 몰랐다. 다른 사람의 소개로 알게 되었고, 몇 년 전 이장 자리에 오를 때 다른 후보를 실각시키고 협박할 재료를 얻은 인연이 있었다. 그때부터 세이란은 그의 고객이었다.

"……."

세이란이 움켜쥐고 있던 휴대전화가 착신음을 연주했다. 세이란은 곧장 받았다.

잠시 아무 소리도 없다가 들려온 것은 남자의 목소리였다.

『【복룡 동자】다. 게임판에 모든 말이 모였어.』

열이 없는 목소리였다.

『그쪽에서 보내기로 한 인원은 어떻게 됐지?』

냉담하여 감정을 읽기 어려웠다.

"전부 보냈어. 류구에서 대기 중이다.【복룡 동자】, 다른 대행자들도 류구에 갔다는 속보가 사계청 경유로 들어왔어. 게다가 여름의 대행자는 황혼의 사수와 합류했다고 해. 예상치 못한 일이 너무 많이 일어나고 있어……. 어쩔 셈이지?"

『나는 어디까지나 정보를 제공할 뿐이야. 책임을 물어도 곤란해.』

음성뿐만 아니라 답변도 냉담했다.

『처음에 말했잖아. 나는 단순한 정보상이야. 물론 그 정보에 맞춰서 어느 정도 전략도 세워 주지만, 실제로 행동에 옮기는 건 당신이지. 본인이 판단하기에 위험하다면 순순히 물러나는 게 나아. 나도 그쪽을 추천해. 내가 뭔가를 강요한 적은 한 번도 없어.』

"……하지만 발언에 대한 책임은 져야지. 너는 자기가 한 말을 책임지지 않는 건가?"

음성의 냉담함이라면 세이란도 지지 않았다. 세이란은 타인을 억압하는 성질을 가진 인간이었다. 이 자리에 그의 가족이나 부하가 있었다면 몸서리쳤을 만큼 매서웠다. 이런 인간의 발언은, 설령 내용이 잘못됐더라도 사람을 공포로 복종시킨다.

하지만【복룡 동자】는 신경 쓰는 것 같지도 않았다.

『나는 그저 곤란해하는 사람들을 중개하고, 연결하며, 아마 이러한 일이 일어날 거라고 시사할 뿐이야.』

이러한 고압적인 태도에는 익숙하다는 것처럼.

『상담 자문과 비슷한 일은 하고 있지만, 자문료를 받은 적은 없어. 누군가가 멋대로 꺼낸 말이지. 덤으로 건넨 조언이 호평을 받게 됐을 뿐이야. 내가 전문으로 파는 건 조언이 아니야. 의뢰인이 제삼자의 의견을, 객관적인 시점을 원해서 지혜를 빌려주는 거지. 그걸 들을지 말지는 전부 의뢰인의 선택에 달렸어. 즉, 결과는 어쨌든 당신에게 달린 거야. 당신은 다른【늙은 거북】과 연계하고 싶어 했어. 정보를 원했지. 나는 당신의 선택지를 늘렸을 뿐, 결정권을 뺏은 적은 한 번도 없어. 당신은 언제나 자신이 고르고 결정했어. 그게 가능한 입장이었어. 내게 불합리하게 화를 낼 거라면, 지금껏 받은 돈은 전부 돌려주지. 그 대신 모든 연락을 끊겠어.』
세이란은 분노를 느끼며 어금니를 악물었다.
"결국 천박한 장사꾼인가!"
『그런 말로 붙잡을 수 있겠어?』
"【복룡 동자】……!!"
『……농담이야. 아니, 절반은 진심이지. 알았어? 경의를 표해줘. 나는 당신에게 경의를 표하고 있어. 사람들이 잠든 시간에도 이렇게 전화하고 있는 건 당신을 생각해서야. 나는 당신의 부하가 아니고, 우리는 대등한 존재야. 우위에 선 것 같은 언동은 삼가 줘. 불쾌해.』
세이란은 아무 말도 하지 않고 입을 다물었다. 【복룡 동자】의 말은 일리가 있었다. 대행자들에 대한 짜증, 현재 상황에 대한 초조함 때문에, 대화를 시작하자마자 상대를 비난하는 듯한 태도를 보인 것은 세이란이다.
"……그렇다면 너도 도발하듯 말하지 마."
이런 상황에서도 사과하지 않는 것이 세이란다웠다.
【복룡 동자】의 한숨이 세이란의 귀에도 들렸다.
『나는 위험한 줄타기라고 말했어. 하지만 당신이 하겠다고 했지. 장기적인 명예 회복 계획을 걷어차고 단기적인 모략을 바란 건 당신이야. 나는 분명히 안전한 길도 제안했어.』
"그건 설명했을 텐데. 빨리 결판을 내지 않으면 내 지위가 위험해. 여유 부릴 수는 없어. 【한 마리의 뿔토끼】들이 내 권위를 실추시키려고 움직이고 있어. 다음 마을 회합이 열리기 전에, 대들면 어떻게 되는지 알려줘야 해. 나는 가문을 지켜야 하는 입장이야. 마을을 위해서도, 자손들을 위해서도……. 알겠어? 물러날 때를 몰라서 이러는 게 아니야. 할 수밖에 없어."

세이란의 말에는 확실한 결의가 있었다. 그가 부친에게 맡아서 살아온 인생은, 많은 사람이 그러하듯 노력해서 얻은 영광이었다. 버리라고 해서 바로 버릴 수 있는 게 아니었다.

그는 인생의 대부분을『꿈』을 성공시키기 위해 썼다.

그것이 자신의『꿈』이 아니기에 지키고 싶었다.

『……대행자들이 움직이고 있는 건 그쪽도 필사적이기 때문이야. 우리가 건투하고 있다는 증거이기도 해. 봄의 사건으로 망신을 당한 당신들한테 필요한 건 남들이 비난할 수 없게 하는 공포 정치야. 그 분위기는 만들어졌어. 당신은 탄압하는 측이고, 대행자는 탄압받는 측이야. 위기를 느낀 상대가 움직이는 건 당연해. 대행자는 도구이기 전에 인간이야. 【한 마리의 뿔토끼】도 인간이야. 반발이 있는 건, 이견조차 못 꺼내도록 당신이 탄압하지 못하고 있어서 그런 거지.』

"그렇다고 해도, 여름의 대행자들의 폭주는 묵과할 수 없어! 황혼의 사수에게 빌붙다니, 월권행위야! 그 책임은 누가 지지? 그 계집들은 역시 봄에 죽었어야 했어……!"

『당신이 해야할 일은 앞으로 어떻게 행동해야할지 결단하는 거야. 적을 규탄하며 속을 달래는 게 아니라.』

【복룡 동자】의 말은 대체로 옳았다. 옳지만, 제삼자 시점의 말은 당사자가 듣기에 따끔했다. 그리고 세이란의 신경을 건드렸다.

"……【복룡 동자】…… 네놈, 대행자 편을 들려는 건가?"

『그렇게 들렸다면, 당신이 냉정하지 못하다는 증거지.』

"누군 안 냉정해지고 싶은 줄 알아?! 생태계 파괴, 천벌설…… 허황된 말을 퍼뜨리고, 환경보호청과 후게키 일족과도 교섭에 교섭을 거듭하여 겨우 여기까지 끌고 왔어! 그런데……!"

세이란은 분노로 떨었다.

"그 멍청한 계집들이 도망쳤어! 어떻게 감시를 피한 거지?【한 마리의 뿔토끼】가 도와줬다고 생각할 수밖에 없어……! 통치가 뭔지 모르는 바보들이 계획을 전부 망쳤다고……!"

『그 아가씨들을 돕는 자가 있었던 거겠지. 대행자를 동정하는 자가 전혀 없진 않아. 당신의 방식은 조금 난폭하니까 반발이 있는 건 당연해.』

"……전부 짜증스러워. 왜 다들 내가 쌓아 올린 걸 부수려 하는 거야!"

세이란은 눈앞에 있는 탁자를 걷어찼다.

탁자 위에 뒀던 빈 커피잔이 바닥에 떨어져 무참히 깨졌다. 상황을 눈치챘는지【복룡 동자】는 또 긴 한숨을 쉬었다.

『슬슬 화를 가라앉히고 대화를 진행하면 안 될까? 당신이 그렇게 소란을 피우면 나를 카운슬러로 쓰는 것에 무슨 의미가 있어? 나는 카운슬러가 아니고 정보상이야. 알았어? 다시 한번 말하지. 전화로 고함을 질러대지 마.』

"……."

세이란은 원래부터 한번 화가 나면 물건에 화풀이하는 경향이 있었지만, 오늘은 그 경향이 심했다. 혈압이 급격히 올랐는지, 괴로운 듯 손으로 가슴을 쥐어뜯었다.

【복룡 동자】는 이어서 말했다.

『……냉정하게. 알았어? 상황을 정리하지. 여름의 대행자가 우리의 예상을 배반하고 류구다케에 갔어. 심지어 황혼의 사수와 만나버렸어.』

세이란은 어떻게든 고개를 끄덕였다. 그 정보를 들었을 때는 미쳐버리는 줄 알았었다.

『흉조 취급을 불식하고 싶은 하자쿠라 자매. 정의감만큼은 훌륭하다고 평판이 자자한 황혼의 사수. 서로 협력해서 암랑 사건을 해결하려 들 것이 뻔해. 하지만 대략적인 흐름은 당신이 계획한 각본에서 벗어나지 않았어.』

"하지만 원래는 올해 여름 현현으로 이상이 생겼다고 허위 보고를 날조하고, 지방에서 재현현 예정을 잡은 다음 죽일 예정이었어."

『죽이는 무대가 달라졌을 뿐이야. 아직 각본이 틀어지진 않았어.』

달래듯 말해서, 세이란은 다시 호통치고 싶은 기분을 억눌렀다.

『흉조 쌍둥이는 자신의 흉조와 마주하고 그 땅에서 돌연사를 맞이했다……라는 시나리오는 류구에서도 가능해. 오히려 지금이 더 자연스럽게 죽이기 쉬운 상황이야.』

흉흉한 이야기를 하고 있지만【복룡 동자】의 음성은 일정했다. 감정이 흔들리지 않았다.

『암랑 사건의 혼란을 틈타 죽이면, 마을 사람들도 멍청한 쌍둥이의 말로로 쉽게 받아들이겠지. 마을 사람들은 당연히 누가 죽였는지 알아볼 거야. 바보가 아니라면【늙은 거북】의 누군가가 죽였다는 걸 알겠지. 여름의 마을에서 【늙은 거북】의 필두는 당신이고…… 마을 사람들은 두려워할 거야. 그런 당신이 신속하게 사후 처리를 하면, 당신은 귀한 인재임과 동시에 거슬리면 죽이는 인물이라는 걸 다들 알 거야. 두려움과 경의를 품겠지. 위정자에게 필요한 것들이야. 그런 다음에는 비난의 눈길이 다른 곳에 가 있는 동안 뇌물을 주든 협박을 하든 해서, 당신 아들이 질러놓은 불을 끄면 돼. 계획에 큰 차질은 없어.』

세이란은 아직 의심하는 어조로 말했다.

"네 정보에 의하면 다른 대행자들도 류구로 달려갔잖아? 그런 상황에서 과연 쌍둥이를 죽일 수 있을까?"

『어렵긴 하지만…… 두 명이 아니라 한 명을 죽이는 데 모든 무력을 집중한다면 불가능하진 않겠지.』

"누구를?"

『누구든 좋아. 그 쌍둥이는 한 명이 죽으면 다른 하나는 위축되어서 움직이지 못할 거야. 다음에는 부모가 죽으리라는 걸 알만한 머리는 있어. 자신들의 죄를 인정하지 않았기에 어리석게도 죽었다는 것을, 마을이 시키는 대로 안 했기에, 주제넘게 굴었기에 이렇게 됐다는 것을 알려주면 대행자들의 존엄을 높이려는 움직임을 멈출 거고, 당신의 권위를 되찾는 건 그렇게 어렵지 않아. 다른 불확실한 요소가 없다면 아슬아슬하게 합격점인 성과를 얻을 수 있겠지. 현 시점에 당신을 돕는 병사는 많아. 당신과 신분이 같은 동료가 사병을 지원해줬어. 모든 부대를 류구다케로 보낼 예정이야. 【늙은 거북】 동료에게 고마워하도록 해.』

“수는? 이쪽 사병은 스무 명이야.”

『60명 정도 돼. 더 늘어날지도 몰라.』

세이란은 그제야 안도의 한숨을 쉬었다.

『……말해두는데, 숫자로 밀어붙이기엔 흉포한 상대라는 걸 잊지 마. 그렇게 암살할 수 있었다면 역적이 쉽게 죽였겠지. 산속에서 암랑을 찾는 상황이니까 빈틈이 있는 거야. 여름의 대행자는 이쪽에서 준비한 장기말의 공작으로 통신 수단을 완전히 장악당했어. 휴대전화를 해킹당했다는 걸 눈치채지 못하는 한, 다른 사계의 대행자가 류구에 있다는 사실은 알 수 없어. 그쪽도 각 관계자에게 잘 말해뒀겠지?』

“봄, 가을, 겨울이 독단으로 움직였다는 건 역적을 경계하기 위해서도 기밀정보로 다뤄지고 있어. 그들을 보호하고 회수하는 부대를 보내긴 했지만, 너무 늦게 알게 돼서, 내일, 아니지, 이제 오늘인가…… 오늘 오전 중에 도착할 거야. 아무리 빨라도 그게 한계겠지. 무사히 늦지 않게 도착하면 호텔에서 발을 묶을 수 있어.”

『대행자들이 여름 황혼 진영과 합류하게 된다면 병사는 즉시 물리는 게 나아.』

“그렇지. 그렇게 되면 일단 퇴각시키겠어. 현장이 잘 움직여주길 바랄 뿐이야. 그러기 위해서도 현지에서 진두지휘 중인 자를 다른 부대와 합류시키고 싶어. 연락처를 공유받을 수 있나?”

『그래. 그럼 계속해서 일 얘기를 하지.』

그 후 세이란과 얼굴 없는 정보상은 의논을 이어 갔다. 전부 결정되자 세이란은 마침내 마음이 온화해졌다. 나머지는 준비한 자들에게 맡기면 된다.

권력자는 실제 투쟁과는 멀리 떨어진 곳에 있는 자.

내일, 아니, 모레에는 분명 좋은 결과를 들을 수 있으리라고 믿으며 세이란은 잠들었다.

자신이 편히 잘 수 있는 것은 밤을 가져오는 현인신 덕분임을 무시하고서.

춘하추동, 아침과 밤.

선량한 사람에게도 죄인에게도, 그것들은 동등하게 주어진다.

안 보이는 곳에서 노력하는 자들의 모습을, 다들 모른다.

대행자도 그 적도 수마에 몸을 맡겼을 무렵. 아직 밤의 은혜를 입지 못하고 일하는 자가 있었다.

테이슈의 산중에 있는 봄의 마을로 귀환한 젊은 통솔자, 카요 잔세츠였다.

마을에도 밤의 장막이 내려와 있었다. 잔세츠의 거처는 운치 있는 야마토식 독채였다.

친가인 카요 가문도, 외가인 시라후지 가문도 봄의 마을에 별채를 여러 개 가지고 있으나, 그곳에 살지 않고 빈집을 사서 직접 개축했다. 혼자 살기에는 넓은 집이지만, 카요의 도련님이 살기에는 초라해 보였다. 그의 생가인 카요 본가와 비교하면 초가삼간이나 다름없었다.

하지만 잔세츠에게는 마침내 손에 넣은 자신만의 성이었다.

이장인 조모. 차기 이장으로 이름난 아버지. 칼부림 사태를 일으킨 어머니. 가족을 전부 싫어하는 그가 겨우 혼자가 될 수 있는 공간이었다. 그의 방은 매우 간소하여 최소한의 가구만 있었다.

일하고 자는 것만을 의식한 방이었다.

잔세츠는 수면 부족이 이어지고 있는지 미간을 짚으며 한숨을 쉬고 휴대전화를 조작했다.

『네, 아보시 츠바메입니다.』

조금 졸린 듯한 소년의 목소리가 들렸다.

"깨어있었어?"

『지금 일어났습니다.』

"……고생시키는군."

『천만에요. 잔세츠 님, 제가 잠이 얕다는 거 아시잖아요? 잔세츠 님이야말로 제대로 쉬고 계신가요? 저는 그게 너무 걱정돼서……. 혼자서는 식사도 곧잘 거르시고…….』

"잘 아네. 실은 저녁을 못 먹었어."

『……정말이지, 제가 없어도 세 끼를 챙겨 드시라고 했잖아요.』

츠바메가 입을 삐죽 내밀고서 쓴소리하는 모습이 안 봐도 그려졌다.

"츠바메, 너는 잘 먹었어?"

『먹었어요. 저기…… 이건 사후 보고가 되는데, 히메다카 님이 같이 먹자고 하셔서…… 히나기쿠 님과도 함께 도시락을 먹었어요……. 죄송합니다.』

"왜 사과해?"

『……잔세츠 님을 제쳐놓고 저 같은 것이.』

"날 대신해서 그 아이들을 도우라고 너를 파견한 거야. 나와의 연결 고리를 들키지 않는 선에서 교류하는 건 문제없어. 두 사람과 어떤 얘기를 했지? 히메다카 사쿠라와…… 내 동생은 괜찮아 보였어? 사소한 거라도 좋아. 보고와 함께 들려줘."

잔세츠가 그렇게 말하자, 츠바메는 사명감 넘치는 모습으로 두 사람에 관해 이야기했다.

어떤 도시락을 먹었는지, 뭘 좋아했고, 어떻게 웃었는지. 업무 보고도 했지만, 거의 봄의 아가씨들 이야기만 하고 끝났다. 잔세츠는 그 이야기를 온화한 표정으로 들었다.

"그쪽에 큰 변화는 없는 모양이네. 안심했어……. 역시 너를 보내길 잘했어. 츠바메…… 너는 백성과 비교해도, 마을 아이들과 비교해도, 어른스럽게 생활해야만 하는 입장이야. 그게 힘들 때도 있겠지. 하지만 나는 너의 헌신에 반드시 보답할 거야. 이 소동이 끝나면 상을 줄게. 지금부터 생각해둬."

잔세츠는 종자를 배려한 것이었는데, 상상했던 것처럼 기뻐하는 목소리는 들려오지 않았다. 대신 뾰로통한 얼굴을 하고 있을 것 같은 말이 돌아왔다.

『……저는 뭘 갖고 싶어서 잔세츠 님 곁에 있는 게 아니에요!』

"그편이 다루기 쉬운데 말이지."

『아이참! 잔세츠 님!』

"……아무것도 없어? 종자를 치하하는 것도 주인의 책무야. 내가 책무를 다하게 해줘."

잔세츠 쪽에서 저자세로 나오자 츠바메는 고민하듯 입을 다물었다. 그러고 나서 나직이 중얼거렸다.

『……언젠가, 같이 놀이공원에 가지 않으실래요?』

값비싼 물건을 사달라고 졸라도 사 줄 생각이었는데 예상치 못한 소원이 나왔다. 잔세츠는 허를 찔려서 눈을 깜빡였다.

"……날 위해서 그러는 거야? 확실히 그런 곳에 간 적은 없지만."

『……아니에요! 잔세츠 님을 위해서라면 온천에 갈 거예요……. 항상 몸이 쇠처럼 굳어 계시니까요. 제가 안마해도 전혀 좋아지질 않고.』

"뭐야, 영감 취급인가."

『그런 게 아니라…… 제가 잔세츠 님이랑 같이 놀이공원에 가고 싶어서 그래요. 놀이기구를 못 타더라도 상관없어요. 굉장히, 굉장히…… 즐거운 곳이었기에 분위기만이라도…… 맛보셨으면 해서…….』

기특한 말이었다. 잔세츠는 눈썹을 내렸다.

"……너는, 나한테 혹사당하고 있다는 걸 잊었나봐."

『잔세츠 님은 저를 자원에서 구해주셨다는 걸 잊으셨고요. 구해주시지 않았다면 마을 안에서 사육당하거나, 【늙은 거북】 집안에 거둬져서 사육당했을 거예요.』

"……."

『…….』

두 사람 사이에 침묵이 흐른 후, 체념한 듯 잔세츠가 말했다.

"알았어……. 이번 소동이 끝나면 네가 가고 싶은 곳에 같이 가자."

『정말요?!』

"정말로. 자, 다시 자도록 해. 앞으로 몇 시간은 더 잘 수 있을 거야."

신이 난 츠바메의 목소리가 들렸다.
잔세츠는 다정하게 잘 자라고 말하고서 전화를 끊었다.
어린 종자와의 통화를 끝내자 방은 곧장 조용해졌다.
"……."
기분 좋은 여름 밤바람이 창밖에서 불어왔다. 바람은 수선거리는 소리를 내며 잔세츠의 뺨을 어루만졌다.
—어린아이와 함께 놀이공원이라니, 나도 둥글어졌군.
조금 전에 나눈 대화를 머릿속으로 떠올리고서 쓴웃음을 짓고 말았다. 그는 자신이 상냥한 것에 감싸이는 것을 싫어하는 사람이었다. 약속을 물리지 않은 것 자체가 이례적이었다.
그런 짓을 하면 자신이 약해진 기분이 들었다.
—그래서는 싸울 수 없어.
예뻐하는 어린 종자에 대한 애정이 가득하던 얼굴에서 점점 감정이 사라지더니, 이윽고 눈썹 하나 까딱하지 않고 냉담한 명령을 내리는 남자의 얼굴로 바뀌었다.
의식적으로 비정한 자신을 불러냈다고도 할 수 있었다. 이것이 본래의 그였다.
한 호흡 간격을 두고서, 이번에는 태블릿을 들고 연락 앱과 음성 변조 앱을 기동시켰다. 이 시간에 아직 깨어있는 인간은 불면증을 앓고 있거나, 애초에 생활시간이 남들과는 다르거나, 반드시 이뤄야만 하는 무언가를 품고 있는 인간이었다.
"……나다. 그쪽 준비는 어떻게 되어가고 있지?"
상대는 문제없이 받았다.

잔세츠와 마찬가지로 이런 시간까지 자지 않고 깨어있는 상대는 누구인가.

전화 너머에서 벌레들의 합창이 유독 크게 들려왔다.

상대는 밖에 있는 모양이었다. 자연의 소리가 목소리를 지워서, 새어 나오는 목소리는 작았다.

알 수 없는 상대와의 대화는 업무 연락을 하듯 담담히 진행되었다.

"역시 예정대로 내일 류구다케에 전력을 모아서 역적의 소행으로 꾸며 죽일 작정인 것 같아. 그대는 이미 내일을 대비하고 있었지? 그래…… 나도 지금 상황이 더 안심이 돼. 여름의 대행자님의 안전은 보장되어 있어. 다른 대행자가 도착하기 전에 제압하면 그들도 위험한 일을 겪지 않겠지. 미끼와 양동 역할은 충분히 다해줬어."

상대방이 뭐라고 반론해서, 잔세츠는 목소리를 조금 누그러뜨렸다.

"알고 있어. 희생시킬 생각은 없어."

잔세츠는 이야기하며 창가로 갔다. 여름의 밤하늘에는 구름 한 점 없었고, 별과 달이 빛나고 있었다.

도시의 네온, 고층 빌딩이라는 차폐물.

그런 것들이 없는 이 외딴 마을에서 하늘은 있는 그대로의 아름다움을 보여줬다.

—다들 시체처럼 그대로 침묵해줘.

모두 잠들어 조용한 이 시간만큼은 마을이 좋았다.

—호흡 소리도 듣고싶지 않아.

마을에 사는 모든 사람이 그에게는 성가신 존재였다.

잔세츠에게 있어서, 어릴 때부터 세계는 더러운 진창이었다.

아름다운 것과 만난 순간은 짧은 인생에서도 손꼽을 정도밖에 없었다.

전부 속절없었다. 살기 너무 힘들어서 한때는 모든 것을 저주했다.

"아마도 내일…… 이제 오늘이군. 오늘 전부 결정될 거야. 만약 위험해지면 바로 연락해. 나는 현지에 없지만, 수족은 보내뒀어. 협력할 수 있는 건 즉시 대응하지. 따로 원하는 건 없나?"

하지만 지금은 조금 숨쉬기가 편했다.

누구든 집중하고 있을 때는 괴로움과 아픔을 잊는 법이다.

그에게 필요한 것은 아마 편안한 시간이겠지만, 잔세츠는 그것보다 어려운 목표를 추구했다.

—나와 동생에게 고통을 준 모든 이에게 상응하는 보복을.

끝까지 끼어들지 않고 상대의 이야기를 들은 후, 잔세츠는 고개를 끄덕였다.

"……그래, 나야말로 고마워. 건투를 빌지……. 그대와는 꽤 오랜 시간 연락하며 지냈어. 그런 상대가 죽는 건 바라지 않아. ……실례되는 소리를 하는군. 오해하고 있는 것 같은데, 나는 전쟁의 불씨를 팔고는 있지만, 누군가가 불행해지기를 바라는 건 아니야. ……아아, 그래. 이해해주니 기쁘군. 나는 죽음의 상인이 아니야."

상대가 뭔가 재미있는 말을 했는지, 그는 보기 드물게도 웃었다.

"나는【복룡 동자】. 천하가 마땅한 형태가 되는 것을 확인하는 자야."

잔세츠는 동생을 아낀다고 말했던 입으로 그렇게 속삭이고서 전화를 끊었다.

제 4 장

봄과 겨울의 이중주곡

레이메이 20년, 7월 24일, 오전.

봄, 가을, 겨울 진영은 테이슈에서 류구로 이동하여 하룻밤을 보냈다.

"이테쵸."

또렷한 목소리가 호텔 라운지에 울렸다.

이테쵸는 최대한 감정이 드러나지 않도록 하면서도 조금 딱딱한 표정으로 돌아보았다.

"아침 식사 자리에 없던데, 방에서 룸서비스 시켰어?"

이테쵸를 부른 사람은 목하의 고민거리인 아가씨, 히메다카 사쿠라였다.

아직 집합 시간은 아니지만, 아침 식사를 마친 여행 동료들이 라운지에 모이고 있었다.

채비를 끝낸 이들이 자연스럽게 모여서, 식후 휴식도 겸하여 군데군데 있는 소파에 앉아 있었다. 이테쵸는 그답지 않게 다른 사람들보다 행동이 늦었다. 그 이유는 거뭇한 눈 밑을 보면 알 수 있었다. 그는 눈을 피하며 대답했다.

"아니. 식욕이 없어서 안 먹었어."

사쿠라는 『맙소사』 하는 표정을 지었다.

"이곳 조식, 맛있었는데……."

아무래도 그녀는 아침을 먹으면서 전혀 나타나지 않는 이테쵸를 신경 썼던 모양이다.

아마 그녀의 스승이 좋아하는 음식이 있었던 것이리라. 평소에는 쌀쌀맞은 태도를 보이지만, 그 사람에게 좋을 것 같은 일은 솔선해서 하는 것이 사쿠라였다. 이테쵸는 조금 마음이 아팠다.

—네 생각을 하다 보니 밤에 잠을 못 자서 식욕도 사라졌어.

그런 말은 입이 찢어져도 할 수 없었다.

"그랬어……? 그건 아쉽네. 사쿠라, 신경 써줘서 고마워."

"아니, 딱히……. 그저 이테쵸가 좋아할 만한 게 있었으니까……."

"그런가……."

일부러 눈을 피했었는데, 너무 기특한 소리를 해서 이테쵸는 사쿠라와 시선을 맞추고 말았다. 커다란 고양이 눈과 시선이 딱 마주쳤다. 사쿠라는 이테쵸의 미묘한 변화를 놓치지 않았다.

"너, 어디 안 좋아?"

로우세이와 똑같은 말을 해서 이테쵸는 쓴웃음을 지었다.

"어제부터 그런 느낌이 좀 들긴 했어. 그저 이동하느라 피곤한 건 줄 알았는데……. 그거야? 또 편두통이야? 아니면 위장?"

5년을 같이 살았기에, 사쿠라는 이테쵸의 지병과 약한 부분을 꿰고 있었다.

"……."

"라운지 음료에 호지차가 있었어. 지금 끓여줄게."

"아니……."

"아직 시간은 있어. 지금 사계청 겨울 직원이 여름분들에 관한 정보가 없는지 확인하고 있거든. 여전히 연락은 안 되고…… 위치 정보 자체를 알 수 없는 모양이라서."

"알았어. 뭔가 큰 움직임이 있다면…… 장소는 류구다케겠지……."

"응. 어차피 오늘은 류구다케에 한번 가봐야 해. 그건 봄과 가을도 동의하고 있어. 암랑 사건을 조사할 거라면 역시 현지에 한 번은 가야지."

"그렇겠지. 다만 공항과 가까운 이곳에서 류구다케가 있는 산기슭 도시까지 차로 한 시간 반 정도 걸려. 거기서 류구다케까지 가는 데도 45분 정도 걸린다고 들었어. 일찍 행동하는 게 좋아."

"그래도 차 마실 시간 정도는 있어. 지금 아무것도 안 먹고 싶더라도 음료 정도는 마시는 게 나아."

"……."

"왜 그러는데? 오늘 등산할 거잖아. 아침부터 컨디션을 조절해야……. 널 걱정해서 말하는 건데."

별 반응이 없는 이테쵸를 보고 사쿠라는 뾰로통해졌다. 이테쵸는 어쩔까 고민하며 다른 곳을 보았다. 사쿠라 뒤쪽에 로우세이와 히나기쿠, 가을의 주종이 사이좋게 한 테이블에 앉아 있었다.

이테쵸의 시선을 알아차리고 로우세이가 이쪽을 힐끔 보았다. 무언의 압력이 느껴졌다.

—알고 있어.

어제 한 약속을 실행하라는 뜻일 것이다. 이테쵸는 주인의 명령에 따랐다.

"사쿠라, 지금 시간 괜찮으면 잠깐 단둘이 하고 싶은 얘기가 있어. 괜찮을까?"

"갑자기 뭐야……?"

사쿠라는 뒤를 돌아보았다. 경비 인원은 충분했고, 대행자들도 모여 있었다. 잠시 자리를 비워도 문제없는 상태이긴 했다. 사쿠라는 히나기쿠에게 양해를 구하고서 이테쵸와 함께 라운지를 나갔다.

긴 복도 끝에 엘리베이터 홀이 있어서 거기서 멈춰 섰다.

채광이 잘되도록 설계된 창문으로 류구의 풍경이 보였다. 남국 느낌이 나는 가로수가 쭉 늘어선 모습을 내려다볼 수 있었다. 테이슈와 에니시 출신인 사쿠라와 이테쵸에게는 신기한 풍경이었다. 사쿠라도 흥미롭게 힐끔 보았다.

"여름분들도 무사하시면…… 히나기쿠 님과 해안가에 가보고 싶어……."

한숨처럼 나온 혼잣말이었지만, 이테쵸는 고개를 끄덕여 동의했다.

지금 정신 상태가 좋았다면 이테쵸도 사쿠라와 함께 이 경치를 즐길 수 있었을 것이다.

"아무튼, 할 얘기란 게 뭐야?"

사쿠라 쪽에서 대화를 시작해줬지만, 이테쵸는 조금 망설였다. 조심스럽게 말하지 않으면 그녀가 화를 낼 것이 뻔했다.

"이런 상황이지만…… 너랑 잔세츠 공에 관해 조금 묻고 싶어."

"……굳이 이런 상황에, 말이지."

사쿠라가 창가에 있고 이테쵸가 라운지로 가는 복도를 등지고 있는 탓인지, 아니면 최근 겨울에 대한 태도가 유해진 탓인지, 사쿠라는 바로 도망치지 않았다.

"네가 신경 쓸 거라는 건 나도 예상했어. 너는…… 툭하면 남의 일에 참견하니까……. 그래서 말해주기 싫었던 거야…….”

“나는 듣길 잘했다고 생각해. 네가 큰 결단을 내리기 전에 다른 선택지도 제시할 수 있으니까.”

사쿠라는 이테쵸의 말을 듣고 눈을 깜빡였다. 그 눈에 놀람과 약간의 기대가 피어난 것처럼 보였다.

사쿠라는 상기된 목소리로 말했다.

“다른 선택지라니……?”

이테쵸는 그 기대를 다른 것으로 인식했다.

—역시 본심은 결혼하기 싫은 게 아닐까.

사쿠라의 바람과는 달랐다. 그녀가 아홉 살 때부터 자신을 사랑하고 있음을 모르는 이테쵸는 복잡한 여심 따위 간파하지 못했다.

“뭔데? 이테쵸…….”

사실은 사명감과는 별개로, 좋아하는 남자가 순수한 마음으로 자신을 붙잡아 주기를 바라고 있다는 것을.

“로우세이가 제안한 건데, 겨울의 마을에 의탁하지 않을래?”

“……뭐?”

“칸게츠, 칸츠바키 중 네가 바라는 쪽으로…… 양녀가 된다면 우리가 뒷배가 되어줄 수 있어. 봄의 마을도 그리 간단히 너를 호위관 자리에서 끌어내리지 못하게 될 거야.”

“…….”

사쿠라는 입을 벌린 채 얼떨떨해했다.

예상치 못한 말을 들었으니 그럴 만도 했다. 이테쵸도 문제였다. 로우세이가 지금은 말하지 말라고 못을 박았는데, 설득하기 위해 바로 말해버렸다.

—조기에 해결해야 해.

초조해서, 예정에 없던 말을 했다.

—그게 사쿠라를 위한 일이야.

자신을 위해 어떻게든 하고 싶다는 마음을 숨겼다. 치사하고 조금 쓸쓸한 변명이었다.

어떻게든 그녀를 만류하고 싶은데, 자신의 말을 가지고 있지 않았다.

"……야, 양녀라니……."

혼란스러워하는 사쿠라에게 이테쵸는 다정한 음성으로 말했다.

"네가 이번 혼담 때문에 고민하는 건 히나기쿠 님을 생각해서잖아? 하지만 결혼은 이익만으로는 잘 풀리지 않아. 네가 나중에 힘들어하지 않았으면 해."

사쿠라의 얼굴에 분노의 감정이 깃들었다.

"이테쵸, 너, 로우세이한테 멋대로 말했어?"

모처럼 얌전히 듣고 있었는데 바로 의견이 충돌했다.

"……말했어. 물론 발설하지 말라고 당부해뒀어. 사쿠라…… 겨울 쪽에서 그런 제안이 있었다는 걸 일단 알아줘. 실제로 입적하지 않더라도, 이번 대 겨울의 대행자와 대행자 호위관이 양자 결연 얘기를 꺼냈다고 잔세츠 공에게 말만 해도 돼. 그러면 저쪽도 무리한 청혼을 취소할 마음이 들 테니까……."

"왜 말한 거야! 히나기쿠 님에게는 비밀이란 말이야! 그 바보가 실수로 말을 흘리면 어쩔 거냐고!"

사쿠라는 성난 어조로 이테쵸를 질책했다. 하지만 이테쵸도 여기서 물러날 수는 없었다.

"로우세이는 너를 소중히 여기고 있어. 네가 싫어할 일은 안 해."

"이미 하고 있잖아! 뭐야, 양자라니…… 그 녀석의 동생이 되란 거야? 아니면 이테쵸의……?"

"아니, 실제로 될 필요는……. 그런 얘기가 있으니까 이번에는 괜찮다고…… 거절하기 쉽도록……."

"멋대로 남의 인생을 정하지 마! 너희는 상관없잖아!!"

"상관있어……."

"없어!"

"있어! 나는 네 스승이야! 제자가 불행해지지 않았으면 해!"

그때, 처음으로 이테쵸는 큰 소리를 냈다.

"……!"

사쿠라는 움직임을 뚝 멈췄다.

지금껏 함께 지내면서 이테쵸에게 혼난 적은 있었지만, 이렇게 격정을 드러낸 적은 별로 없었다.

"……사쿠라, 네가 불행해지지 않았으면 해……."

소중히 여겨줬었다.

그랬던 이테쵸가 지금, 사쿠라의 결혼 때문에 감정을 드러내고 있었다.

"멋대로 로우세이한테 말하고, 둘이서 생각하고, 그래서 널 혼란스럽게 만든 건 미안해. 너한테 불쾌감을 주고 싶었던 건 아니야. 그저, 널 지키고 싶은 거야……."

늘 포커페이스를 유지하며 누구에게나 온화하고 신사적인 남자가,

단 한 명의 애제자 때문에 이토록 쉽게 무너졌다.

"사쿠라, 제발……."

선글라스가 가리고 있어도, 이테쵸가 아픔을 참는 듯한 눈으로 사쿠라를 보고 있음을 알 수 있었다.

"하지만……!"

"다시 생각해줘. 아자미 군도 말했잖아. 너는 아직 젊어. 다른 기회가 또 있을 거야. 이렇게 일찍, 장래의 반려를 정하지 않아도 되잖아."

"……."

"너한테 잔세츠 공은 그렇게나……."

"이테쵸, 다른 기회라니……?"

사쿠라는 떨리는 입술로 물었다.

"……타산이 포함되어 있더라도, 나를 호의적으로 보고 구혼해 줄 다른 사람은 없어……. 그 분 말고 또 누가 있겠어……?"

"……무슨 소리야. 많겠지."

"누구……?"

"아니, 지금은 생각이 안 나지만……. 너처럼 다정하고 마음씨 고운 여성은……."

"거봐! 생각 안 나잖아!"

이어진 말은 사쿠라의 귀에 들리지 않았다. 사쿠라는 억지로 이테쵸 옆을 지나쳐 자리를 뜨려고 했다. 이테쵸는 바로 손을 뻗어 사쿠라의 팔을 잡았다.

"놔! 시답잖은 얘기는 끝이야! 히나기쿠 님 곁으로 돌아갈 거야!"

"시답잖은 얘기는 아니잖아! 네 인생이 걸린 일이야!"

"내 인생 따위 어찌 되든 좋다고!"

이번에 말문이 막힌 사람은 이테쵸였다.

"……어찌 되든 좋아! 히나기쿠 님과 비교하면 내가 카요 가문에서 구박당하는 건 사소한 일이야. 너는 분명 그런 부분을 걱정하고 있겠지만, 나도 바보가 아니야. 알고 있어!"

"……왜, 어찌 되든 좋다고 해……?"

이테쵸는 비탄에 잠긴 목소리로 말했다.

"……내가 어찌 되든 말든 실제로 어찌 되든 좋으니까. 나를 걱정해 주시는 건 히나기쿠 님뿐이야."

사쿠라의 말은 정확하게 이테쵸의 가슴을 후벼 팠다.

"……내가 있잖아."

"이테쵸는 내 스승이라서 그저 의무감으로 그렇게 생각하는 거야."

"……사쿠라, 왜 그런 말을."

"잔세츠 님은…… 그분은 나를 이용하려 들기는 하지만, 동시에 지켜주려고 해. 그건 분명해. 서로 히나기쿠 님을 소중히 여기고 있고, 우리는 이해관계가 일치해. 그러니까 이 혼인은 정말로 나쁜 조건이 아니야. 잔세츠 님도 네가 걱정하는 일은 예상하고 있고, 어느 정도 대책을 세워 주시겠지."

"어느 정도로는 안 돼. 반드시 지켜줄 거라고, 네 편이 되어줄 거라고 단언할 수 있어?"

"……아까도 말했지만, 나는 어찌 되든 좋아. 히나기쿠 님이 중요해."

사쿠라에게 있어서 삶의 지침은 히나기쿠다. 그건 진리였다. 처음으로 숨김없이 애정을 준 사람. 그저 좋아한다는 이유로 사쿠라를 원해준 사람. 그게 바로 카요 히나기쿠라는 존재였다.

목숨 걸고 자신을 지켜준 신이기도 했다.

어른들이 지켜 주지 않았던 사쿠라의 삶에서 그렇게까지 해 준 사람은 히나기쿠뿐이었다.

그래서 사쿠라도 매달리듯 히나기쿠를 사랑한다. 헌신한다. 봉사를 서슴지 않는다.

"히나기쿠 님이 내 전부야."

그 소녀신에게 사랑받고 싶으니까.

"호위관이잖아. 주인을 위해서 사는 게 잘못이야?"

그 말에 이테쵸가 반론하기는 어려웠다.

"……."

그래도 이테쵸는 잡은 팔을 놓지 않았다.

"……네가 각오를 하고서 그렇게 말하고 있다는 건 이해했어. 같은 일에 종사하는 자로서 수긍할 수 있는 부분도 많아."

꽉 잡고 놓지 않았다.

"하지만, 그러면 언젠가 네가 힘들어졌을 때, 누가 너의 버팀목이 되어 주는데?"

사쿠라는 의아한 표정을 지었다.

"히나기쿠 님이 계셔."

"히나기쿠 님을 위하느라 힘들어졌을 때는?"

"……그건……."

"본인에게 힘들다고 말할 수 없을 때, 너는 어쩔 거야?"

"……말 안 하면 돼."

"괴로워질 거야."

이테쵸의 말은 무거웠다.

"내 편이 없는 생활만큼 힘든 건 없어."

그리고 날카로운 지적이기도 했다. 사쿠라는 불과 얼마 전까지 그랬기 때문이다.

히나기쿠를 위해 사는 것은 기쁘다. 하지만 자신이 얼마나 피로하고 여유가 없었는지, 겨울의 도움을 받고 통감했다.

"……나도 로우세이를 섬기는 게 행복해. 하지만, 사람은 그것만 가지고서 살 수 없어."

묘하게 실감이 담겨 있는 말이라서 사쿠라는 당황했다.

"그렇지 않아!"

"나는 히나기쿠 님이 유괴당하고 나서 자책감 때문에 미칠 것 같았어."

"……!"

"로우세이를 아무리 사랑해도, 호위관으로 있는 나날이 힘들어질 때는 있어."

이테쵸는 마음이 통하기를 바라며 사쿠라를 똑바로 보았다.

"하지만 네가 있었기에 버틸 수 있었어."

그녀에게도 보이고 있을 터다. 진실을 말하고 있는 눈이.

딱딱하게 긴장되어 있었던 사쿠라의 팔에서 힘이 조금 빠졌다.

"로우세이가 죽지 않도록, 어린 너는 매일 분투해줬었지. 그때 너는 확실하게 나를 살렸어."

셋이서 지냈던 과거의 나날은, 그 괴로움은, 세 사람밖에 모른다.

"사쿠라…… 기억나? 히나기쿠 님이 그리워 벽장에서 울던 너를 찾았더니, 반대로 네가 나를 위로해준 적이 있었어."

"……."

"잊어버렸나……."

"기, 억나……."

그건 확실히 사쿠라의 기억에 있었다.

겨울의 마을 생활은 온화한 나날도 있었지만 파란만장하기도 했다.

자신 때문에 히나기쿠가 유괴당했다며 후회하는 로우세이가 자주 자해했고, 이에 이테쵸가 스트레스를 받았으며, 사쿠라도 두 사람이 슬퍼하는 모습을 보고서 히나기쿠가 없다는 것을 확실하게 통감하여 자주 울었다.

히나기쿠가 돌아와줬으면 했다.

슬프고 슬퍼서 계속 울고 싶었다.

하지만 자신까지 망가진 모습을 보이면 정말로 세 사람 모두 쓰러져버릴 것 같아서, 사쿠라는 숨어서 울었다. 그런 그녀를 로우세이가 찾아낼 때도 있었지만, 혼자 우는 사쿠라를 이테쵸가 찾아내는 일이 압도적으로 많았다.

어두운 벽장에 빛이 비쳐 들고, 밖으로 나오라고 말해줬다.

싫다며 고개를 저어도 커다란 손을 내밀어 지금처럼 팔을 잡았다.

당황한 사이에 밖으로 꺼내져서 지키듯 포옹했다.

그리고 말했다.

괜찮다고. 머리를 쓰다듬으며, 나는 네 편이라고 피부와 체온으로 가르쳐줬다.

그런 일이 몇 번쯤 반복됐을 때, 사쿠라는 참지 못하고 속삭였다.

당신도 울어도 된다고.

항상 자신만 도움을 받았다. 그럼 이테쵸는 누구한테 도움을 받는지 궁금했다.

그는 언제나 타인을 우선한다. 자신이 괴로워도 겉으로 드러내지 않고 억눌러 버렸다.

사쿠라에게 이테쵸는 믿음직스러운 비호자였지만, 아직 젊고, 상처 입어 당황하고 있는 청년이기도 하다는 것을 이해하고 있었다. 호위관이었다. 그래야 한다고 배우며 자란 결과임을 알고 있었다.

그 무렵에는 이테쵸 님이라고 불렀기에, 사쿠라는 이어서 이렇게 말했다.

『이테쵸 님도 힘들다는 걸, 저는 알고 있어요.』

그리고 이테쵸의 머리를 품에 안고 속삭였다. 그가 해줬던 것처럼.

『당신도, 울어도 돼요.』

그때, 사쿠라는 이테쵸가 소리 죽여 울었던 것을 기억하고 있다.

자신보다 훨씬 어른인 청년의 머리를 쓰다듬으며 사쿠라도 울었다.

슬픈 날이긴 했지만, 이테쵸에게 자신이 필요한 것 같아서 기뻤다.

잊어버릴 리가 없었다.

"나는, 네가 견디기만 하는 나날을 보내지 않았으면 해. 네가 히나기쿠 님을 아끼듯이, 내게 그렇게 해줬듯이, 누군가에게 소중히 여겨지며 살았으면 해."

이테쵸의 손은 어느새 떨어져 있었다. 전해졌던 열도 사라졌다.

"시끄럽다고, 싫다고 하더라도, 이것만큼은 전하고 싶었어. ……사쿠라, 잔세츠 공과의 결혼, 그게 좋은 결단인지 조금만 더 생각해줘. 히나기쿠 님에게도 말하지 않은 건, 너 자신도 망설여지는 부분이 있어서 그런 것 아니야……?"

"……."

"큰 결단을 내리기 전에 최소한 히나기쿠 님과 얘기를 나눴으면 좋겠어. 너를 정말로 소중히 여기는 사람이 히나기쿠 님뿐이라면…… 그 사람의 의견을 들어봐줘."

사쿠라는 떨어진 손을 바라보았다.

바라보면서, 이테쵸의 말은 옳다고, 냉정한 자신이 머릿속에서 중얼거렸다.

—또야.

예전 같았으면 그런 생각이 안 들었겠지만, 지금의 사쿠라는 달랐다.

또 이테쵸에게 짜증을 부려서 슬프게 했다는 생각이, 이번에는 제대로 들었다.

"……내가 할 수 있는 일이 있다면 말해줘. 너를 위해서라면 뭐든 할 거야."

그날, 겨울의 마을에서 나갔던 것처럼, 시끄럽다고, 알 바 아니라고, 싫다고 매정한 태도를 보이고 말았다. 상처받은 이테쵸를 바라보며 생각했다.

—나는 내 기분을 이테쵸에게 강요하기만 해.

그는 순수하게 걱정해주고 있을 뿐이다. 그런데도 반발하는 것은 아픈 구석을 찔렸기 때문이다. 이테쵸가 타이르듯 말한 내용은 전혀 틀리지 않았다.

사쿠라는 주인을 위한 일이라고 하면서, 정작 주인에게는 잔세츠에게 청혼받았다는 이야기를 하지 못하고 있었다.

상대의 이름을 숨기고서 상담할 수도 있을 텐데 그러지 않았다.

얼른 결단해서 얘기하면 될텐데. 망설임이 있어서 그러지 못했다.

잔세츠는 분명 다정한 남편이 되겠지만, 카요 가문에 시집가는 것은 지옥문을 두드리는 것과 같다.

그 집안사람들이 결혼해서 얼마나 큰 비극을 일으켰는지, 마을 사람이라면 누구나 알고 있었다.

이장도 신용할 수 없다.

사쿠라가 함께 있으면서 정말로 안심할 수 있고, 기대고 싶은 사람은 한정되어 있었다.

"……이테쵸."

눈앞에 있는 사람이 그러했다.

좋아하는데, 상처 입히고, 뭘 하고 싶은 건지 자신도 알 수 없었다.

—나는 바보야.

어른이 되라고 자신에게 말해 주고 싶었다.

이제 고독에 떨며, 분노와 슬픔으로 눈앞이 캄캄해져서 마을을 뛰쳐나갔던 어린애가 아니었다.

지금은 분명하게 여러 가지가 보였다. 알고 있었다.

—이렇게 볼 수 있게 된 건.

사쿠라가 참견쟁이라고 여기고 있는 겨울의 청년들이 도와준 결과였다.

"……미안……해."

사쿠라는 어린아이 같은 사죄가 자기 입에서 나온 것에 본인이 놀랐다.

"걱정해줬을 뿐인데, 말이 심했어……. 나도 혼란스러워서, 이테쵸의 말에…… 과하게 반응했어……."

과거를 떠올려 버린 탓일지도 모른다.

"사쿠라……."

이테쵸의 한숨에 안도가 조금 섞였다.

사쿠라는 창피하다고 생각하면서 그대로 말을 이었다.

"결혼해달라는 말, 태어나서 처음 들었고……."

"……그렇지. 혼란스러운 게 당연해. 나였어도 놀랐을 거야."

"남자랑 사귄 적도 없는데…… 갑자기 결혼하는 게, 무섭기도 했어."

"……그래."

"하지만, 이제 어린애가 아니니까. 스스로 생각해야 하고. 히나기쿠 님에게 도움이 된다면 무서워도 하는 편이 좋을 것 같아서……. 나름대로 제대로 고민 중이었는데…… 이테쵸가…… 마치 내가 생각 없이 군다는 것처럼 말하니까…… 화가 났어……."

스쳐가듯 중요한 정보가 나와서 이테쵸는 동요했지만, 사쿠라는 눈치채지 못했다.

“하지만, 네가 이 일에 참견해봤자 아무런 이득도 없어. 굳이 시간을 들여서 걱정해 주는 건 내가 이끌어 달라고 말했기 때문이야……. 내가 말해놓고서, 막상 그렇게 해주니까 너한테 화풀이하는 건 잘못됐어……. 미안해…….”

말하고 나서 사쿠라는 이테쵸의 반응을 살폈다.

“사쿠라, 그렇지 않아.”

그는 조금 당황스러워했지만, 금세 미소 지어 줬다.

“나야말로 미안해. 말이 심했던 사람은 나야. 미안.”

이런 부분은 자신보다 어른이라고 생각했다.

—분명 화가 났을 텐데.

바로 넘어가줬다. 적어도 표면상으로는.

사쿠라가 똑같은 일을 당했다면 절대 이렇게는 웃어주지 못한다.

역시 당해낼 수 없다고, 자신과 그의 차이를 통감했다.

이테쵸는 그런 사쿠라의 속내 따위 모르고서, 이야기를 받아들여 준 그녀에게 부드러운 목소리로 말했다.

“네가 말했던 건 호위관으로서의 처세술을 가르쳐 달라는 거였잖아. 사생활…… 결혼까지 참견하는 건 주제넘은 행위라고 자각하고 있어. 걱정돼서 나도 모르게 말해버렸어…….”

“……이테쵸가 걱정이 많은 건 알고 있어…….”

“모든 사람을 그렇게 걱정하진 않아…….”

“……그것도, 알아.”

정말로 자신은 어린애라고 사쿠라는 생각했다.

눈앞에 있는 사람과 어울리는지 아닌지를 따지기 이전에, 사람으로서 미숙하여 슬퍼졌다.

"……사쿠라, 그런 얼굴 하지 마. 너를 슬프게 만들고 싶은 건 아니야……."

"……내가 지금 어떤 얼굴을 하고 있는데?"

"보고 있으면 나까지 슬퍼지는 얼굴이야."

"……그럼 보지 마."

사쿠라는 고개를 숙였다.

"……얼굴을 안 보면 대화할 수 없잖아."

"……."

"사쿠라……?"

내려오는 목소리가 상냥할수록, 사쿠라는 비참한 기분이 들었다.

자신을 아껴주는 이 남자는 절대 자신을 좋아하지 않을 것이다.

언제나 좋은 스승으로 있어 주리라. 사쿠라도 포기하고 좋은 제자가 되고 싶었다.

—하지만.

그가 자신을 소중히 여겨 줄 때마다 연심은 커졌다.

—몇 번이고 좋아한다고 생각해버려.

이쯤 되면 병이다. 어쩜 이렇게 바보 같은 사랑을 하고 있을까.

보답받지 못하는 것은 자신 탓인데.

"……이테쵸."

사쿠라는 고개 숙인 채 말했다.

"제대로 생각할게. 거절할지 말지는 아직 모르겠지만……."

거절하겠다고 정한 것은 아니라서 이테쵸는 답답한 마음이 들었다.

하지만 그래도 한 걸음 전진이었다.

"알았어……. 히나기쿠 님과 얘기하는 거야."

"응. 그리고 양자 결연은 안 해."

"그런가……."

"로우세이의 동생도, 이테쵸의 동생도 되고 싶지 않아."

"뭐…… 그렇게 말할 것 같긴 했어."

할 이야기는 끝났다. 오래 이야기하지는 않았지만, 슬슬 돌아가는 편이 좋을 것이다.

"……돌아갈 수 있겠어?"

이테쵸가 물어서 사쿠라는 고개를 가로저었다.

"먼저 가."

지금 슬픈 얼굴을 하고 있는지라, 모두의 앞에서 평소처럼 행동할 자신이 없었다.

그렇게 말하고 싶었지만, 말이 나오지 않았다. 뭔가 굉장히 비참하고 부끄러웠다.

울고 싶은 것을 참느라 필사적이었다. 이테쵸도 목소리가 떨리고 있음을 눈치채고 사쿠라의 얼굴을 보려고 했다. 사쿠라는 그것을 막기 위해 팔로 얼굴을 가렸다.

"……사쿠라, 너 울어?"

"……아니야."

"미안……. 내가 이것저것 듣기 싫은 말을 해서……."

"……시끄러워."

"사쿠라."

"이테쵸, 시끄러워. 네가 뭐라고 한마디라도 더 하면 진짜 울어버릴 거야."

"……."

이테쵸는 말을 멈췄다.

"네 탓이 아니야. 내 기분의 문제야. 아까도 말했지만…… 처음 겪는 일이라 동요해서…… 괜찮은 척하고 있지만, 평소보다 냉정하지 않아. 하지만 히나기쿠 님 곁으로는 씩씩한 얼굴로 돌아가고 싶어……. 그래서 필사적으로 참고 있어. 먼저 가, 이테쵸."

"……."

"얼른, 제발."

그렇게 말하니 따를 수밖에 없었다. 몹시 주저하는 기색이 공기로 전해졌으나, 이윽고 사쿠라의 눈앞에서 사라졌다. 발소리가 멀어지고, 그가 뿌렸을 이름 모를 향수 냄새까지 사라지자 마침내 사쿠라는 안도했다. 눈물이 몇 방울 흘러내렸다.

"……."

손수건을 꺼내서 조심히 닦고 심호흡했다. 화장을 진하게 하는 편은 아니지만, 조심하지 않으면 화장이 망가져 버린다. 울었다는 티가 확 난다.

—그러면 히나기쿠 님이 걱정하실 거야.

"나는 히나기쿠 님의 완벽한 호위관, 나는 히나기쿠 님의 완벽한 호위관……."

—지금 내게 가장 중요한 과제는 연애가 아니야.

"여름분들을 찾고, 히나기쿠 님의 근심도 없애야 해."

—남자 때문에 정신 빼놓고 있을 때야?

마지막으로 폐 속의 공기를 깊이 내뱉고, 다시 평소의 얼굴로 돌아왔다.

"좋았어."

사쿠라는 복도를 걷기 시작했다. 라운지까지 가려면 몇 번 모퉁이를 돌아야 했다.

두 번 정도 돈 곳에서, 눈길을 끄는 남자가 벽에 등을 기대고서 기다리고 있었다.

"……."

"……사쿠라."

어느 정도 예상은 했지만, 사쿠라는 깊은 한숨을 쉬었다.

"이테쵸, 먼저 가라고 했잖아……."

화난 어조였지만, 이테쵸는 물러나지 않았다.

"……너를 혼자 둔 채 가고 싶지 않았어. 뭔가 해줬으면 하는 일은?"

"없어……."

이테쵸가 곤란해했기에 사쿠라는 무리해서 웃었다.

"바보 이테쵸. 내가 우는 모습 따위 질리도록 봤으면서."

"……."

"나는 의외로 울보고, 그래서…… 내 눈물은 저렴해. 신경 쓰지 마."

"……그렇지 않아. 너의 우는 모습만큼 내 심장에 안 좋은 건 없어."

"……로우세이는?"

"그 녀석은 우는 게 나아. 스트레스가 발산될 테니 정신에도 좋겠지. 너는 참고 참다가 더는 어쩔 방도가 없을 때 우니까, 보고 있으면 괴로워."

잘 알고 있었다. 그리고 사쿠라도 이테쵸를 잘 알았다. 이테쵸는 사쿠라를 생각하기에 이런 일을 했지만, 당혹스러워하는 아가씨에게 자신의 감정을 강요하고 질책하듯 타일렀다. 죄책감을 느끼며 괴로워하고 있을 것이다. 사쿠라가 이테쵸 탓이 아니라고 하더라도.

"……뭔가 해줬으면 하는 일 없어?"

그가 호위관의 얼굴을 되찾으려면, 사쿠라가 속죄할 기회를 줘야 했다. 그는 자신의 유용성을 보여줘서 감정을 정리하는 남자니까.

그래서 사쿠라는 조금 생각하고 말했다.

"무사히, 이 일이 끝나면……."

"끝나면?"

"공항에서 팔던 맛있어 보이는 아이스크림을 먹고 싶어. 조, 조금 비싼 거……."

"……."

"안 돼? 그럼……."

"바보 같은 소리 하지 마. 맡겨둬."

"하지만 망설였잖아."

"……너무 작은 소원이라서 놀란 거야. 울린 것에 대한 속죄도 안 돼. 열 개든 백 개든 사줄게. 돌아가는 길에 반드시 먹자……."

"그렇게 많이는 필요 없어. 히나기쿠 님이랑 내 것만 사주면 돼. 그리고, 로우세이랑 이테쵸 거도……."

사쿠라가 어이없다는 듯 말하며 다시 걷기 시작했다. 그러자 이테쵸도 같이 걸었다.

두 사람이 얘기하며 돌아왔을 때, 사태는 새로운 전개를 보이고 있었다.

"루리 님과 아야메 님이, 황혼의 사수님에게 보호받고 있다고?"

사쿠라는 깜짝 놀라서 중얼거렸다.

이테쵸와 사쿠라가 라운지에 돌아오니, 추가 정보가 없는지 확인하러 갔던 사계청 겨울 직원이 마침 돌아와 있었다. 대행자들이 합심한 독단 행동에 동행 중인 그들은 처음에는 난색을 표했으나, 이러니저러니 해도 협력해주고 있었다. 아마 봄의 사건 때 나온 배신자, 이시하라의 존재로 잃은 신뢰를 되찾으려는 것이리라. 각 단체에 저마다 문제는 있지만, 소속된 모든 인간이 악인인 것은 아니었다. 직무 범위 내에서 편을 들어주고자 하는 자는 있었다. 그중 한 명인 남성 직원이 고개를 끄덕이고 다시 이야기했다.

"……그게, 여러 가지로 이야기가 얽혀있지만, 애초에 지금 황혼의 사수님은 사계의 대행자님의 호위관에 해당하는 사수지기가 부재하여, 국가 치안 기구의 시크릿 서비스가 보호하고 있는 모양인데, 그들을 통해서 국가 치안 기구에 여름의 대행자님을 보호하고 있다고 통달했고, 국가 치안 기구에서 사계청으로 정보가 전달된 형태입니다."

라운지에 모여 있던 자들이 술렁거렸다. 린도우가 재촉하듯 물었다.

"보호받고 있다면, 다치지 않고 무사하시다는 거죠?"

"병원에 실려 갔다는 이야기는 듣지 못했습니다."

린도우와 그 옆에 있던 나데시코는 얼굴을 마주 보고 안도했다. 다른 자들도 똑같은 반응을 보였다.

저기, 하고 나데시코가 예의 바르게 손을 들고 입을 열었다.

"루리 님이랑 아야메 님과 얘기하고 싶어요……. 위험하다고…… 지금 경질당하지 않게 다 같이 모여 있다고…… 말씀드려야 해요……."

린도우도 가세하여 말했다.

"제 주인의 말이 맞습니다. 저희가 여름분들에게 연락할 수는 없을까요? 국가 치안 기구의 시크릿 서비스가 곁에 있다면 기구의 비밀 회선을 쓸 수 있을 텐데요. 두 분의 휴대전화로는 여전히 연락이 안 되는지라…… 어떻게든 접촉을……."

사계청 직원은 어물어물 대답했다.

"일단 신청은 했지만, 아마 승인 대기 상태에서 안 넘어갈 겁니다. 저희 사계청 겨울 직원도 이대로 대행자님을 호위하면서 호텔에 머물라는 지시가 내려왔습니다. 대행자님들이 경질의 위기를 느끼고 단결하셨다는 것은 한정된 자만이 알고 있습니다. 관리할 수 있는 곳에 두고, 문제 제기에 대한 대답은 말썽이 마무리된 뒤에 하자는 것이 상부의 의향입니다. 문제를 봉인해두는 거죠……."

"잔말 말고 찌그러져 있으라는 거네."

로우세이가 끼어들어서 매섭게 대꾸했다.

"겨울의 대행자님…… 믿지 못하실지도 모르지만, 지금 국가 치안 기구도 사계청도 둘로 나뉘어 있습니다. 현인신님들을 정말로 지키고 싶어 하는 자들과 그렇지 않은 자들로요. 그 결과가 이런 대답이라서…… 저희도 할 수 있는 일이 한정되어 있습니다. 죄송합니다.

말단인지라…….”

사계청 직원은 미안해하며 말했다.

관리되어야 할 자들이 일으킨 행동은 당연히 문제시된다.

하지만 동행해준 사계청 직원들은 억지로 현인신들을 말리려 들지 않았다.

감시하고 보고할 뿐이다. 아마 그건 눈앞에 있는 남성처럼 현인신에게 호의적인 자들이 할 수 있는 최대한의 원호일 것이다. 평소 같았으면 다소간의 충돌이 있었어야 했다.

로우세이는 눈썹을 내렸다. 이테쵸가 두둔하듯 말했다.

“다들 저마다 생활이 있고 가족도 있어. 그들을 너무 비난하지 마, 로우세이. 이렇게 솔직히 얘기해주는 것만으로도 충분히 우리 편을 들어주고 있는 거야.”

“아니…… 딱히 개인을 비난하는 건 아니야. 미안. 단체 자체에 대한 불신감의 표명이었어.”

“아닙니다. 대행자님들이 그렇게 여기셔도 별수 없으니까요…….”

린도우가 로우세이에 이어서 사계청 직원에게 말했다.

“루리 님과 아야메 님의 개인 휴대전화와 연락이 안 되는 이상, 저희가 할 수 있는 일은 한정되어 있습니다. ……무의 사수 측과 연줄이 있는 분, 안 계신가요? 국가 치안 기구와 사수님을 보호하는 시크릿 서비스의 연락망을 쓸 수 없다면 다른 쪽으로 접근해야 합니다.”

사계의 대행자 진영은 경질을 막기 위해 어떤 기관보다도 먼저 자신들이 하자쿠라 자매를 확보하고 싶었다. 보호할 테니 괜찮다고 해도 믿을 수 없었다.

다른 루트로 개입하는 것은 타당한 대체안이었다.

문제는 사수 진영과 대행자 진영이 전혀 교류가 없는 현인신 사이라는 것이었다.

"이테쵸."

로우세이가 『가능하겠냐』라는 의미를 담아 이름을 불렀다. 이테쵸는 고민하는 얼굴이 되었다.

"……이번에 우리가 연락하고 싶은 건 황혼의 사수님이야. 새벽의 사수님이라면…… 우리의 홈인 에니시의 영산에서 아침을 가져와 주시니까, 영산 근처에 있는 신사에 의뢰하면 어쩌면……. 그곳은 사수님과 인연이 있어. 우리도 계절을 현현할 때 들르는 신사야."

"시급히 의뢰해줘. 우리 쪽에서 에니시의 신사에 연락하고. 에니시의 신사가 후게키 일족을 경유해서 사수님에게 연락하면…… 연결되지 않을까? 우리가 보호받은 동포와 연락하고 싶어한다고 전해준다면 만만세야."

하지만 이테쵸의 대답에서는 주저하는 기색이 보였다.

"신사에서 중개해주더라도 상당히 우회하는 부탁이 돼. ……큰 빚을 지는 거고, 불평등한 거래가 발생할지도 몰라."

"인명이 걸려있어. 네가 판단하기에 받아들일 수 있는 요구라면 받아들여."

"알았어. 잠깐 전화하고 올게."

이테쵸가 자리를 벗어났다. 동시에 모습이 안 보였던 츠바메가 라운지에 들어왔다.

"아보시 공, 실은……."

사쿠라가 말을 걸자, 츠바메는 유려하게 답했다.

“아, 상황은 파악하고 있어요. 아마 같은 정보를 가지고 있을 거예요. 사수 진영에서 사계청에 여름의 대행자님들을 보호하고 있다고 통달했다죠. 저도 아침에 이런저런 기관의 움직임을 확인했어요.”

“아보시 공의 주인이 명한 건가?”

“네. 주인님이 조사해주신 것을 듣고 있을 뿐이지만요…….”

“그럼 긴말 안 해도 되겠어. 연락하기 위해 시행착오를 겪고 있어. 아보시 공의 주인에게 연줄은 없을까?”

“……죄송해요. 역시 직결되는 연줄은 없는 것 같아요. 사수님의 존재는 엄중히 숨겨져 있으니까요. 다만 조금만 기다려 주시면 전체의 동향을 알 수 있을 거예요. 그러면 타개책은 있어요.”

“그게 정말이야?!”

“네. 류구에는 국가 치안 기구 특수 부대【호저】의 류구 기지가 있어요. 아무래도 사수 진영은 암랑 사건을 해결하기 위해【호저】에 협력을 요청한 것 같아요. 국가 치안 기구 내의 정보 제공자에게 동향을 알려달라고 부탁 중이에요.”

사쿠라는 어깨를 조금 떨궜다.

“……즉, 대기인가.”

“조, 조금이면 돼요! 조금만 기다려 주세요. 여러분이 류구에 계신 건 분명히 견제가 되고 있을 거예요! 사계청 직원도, 국가 치안 기구 사람들도, 어제 움직여서 류구에 있어요. 경질을 노리는 자들은 저희의 동향을 살피고 있겠죠. 저희도 그들보다 먼저 움직이려 하고 있어요. 눈싸움 중인 이 시간은 결코 헛되지 않아요…….”

"……하지만 애초에 그런 녀석들은 근절파 역적과 비슷해. 아보시 공처럼 생각할 거라고는 장담할 수 없어."

"윽……."

"이런 상황에서도 멈추지 않고 폭력으로 지배력을 보이려 드는 자는 반드시 일정 수 나타나. 그런 제정신이 아닌 자들보다 먼저 루리 님과 아야메 님을 찾아야 해."

츠바메가 안절부절못하고 있으니, 이테쵸가 휴대전화를 한 손에 들고서 돌아왔다. 사쿠라가 말했다.

"이테쵸, 준비해줬는데 미안하지만, 지금……."

"지금 큰일이 벌어졌어."

이테쵸는 휴대전화를 들고서 긴장한 얼굴로 달려왔다.

"큰일이라니……?"

그러자 라운지에 있는 사계청 직원들의 휴대전화이 동시에 울리기 시작했다.

"사수님의 성명일 거야. 내가 말한 큰일이 그거야. 겨울의 마을 이장과 통화하는데 화급한 연락이 들어왔어. 문자를 확인해줘."

직원들이 꺼낸 휴대전화를 각자 모두에게 보여 줬다.

다들 문자를 보고 어안이 벙벙해졌다.

유일하게 내용을 알고 있었던 이테쵸만이 적혀있는 글을 읽었다.

『사계청, 국가 치안 기구, 후게키 일족에게 고한다. 황혼의 사수는 여름의 대행자와 동맹을 맺고 암랑 사건을 해결하고자 한다. 이번 동맹은 현인신을 경시하는 각 단체에 대한 항의 표명이다. 암랑 사건으로 발생한 생태계 파괴설, 천벌설, 또한 당사자인 사수에게 그 정보를 은폐한 것에 유감을 표한다. 이 동맹에 이의를 제기하는 자는 밤이 오지 않는 것을 보게 될 것이다.』

그것은, 황혼의 사수 후게키 카구야가 보낸 선전 포고였다.

제 5 장

사냥의 전주곡

미움받았더랬다.

돌이켜보면 슬퍼지지만, 확실히 나는 그분에게 미움받았었다.

상상했던 황혼의 사수님과 너무 달랐기에, 처음 만났을 때 그 마음이 얼굴에 드러나 버렸을지도 모른다. 현인신이라는 존재를 과하게 신성시했던 것은 분명하다.

그때의 그에게 필요했던 것은 그런 존재가 아니었는데.

『아라가미 츠키히 씨라고 했나? 돌아가.』

확실하게 거부했다.

『돌아가. 필요 없으니까.』

노려보고 위협했다.

『너는 필요 없어. 돌아가.』

나는 놀랐다.

뭐랄까, 그곳에 신이 없었기에 놀랐다.

대신 있던 것은 상처받고 타인을 거부하는 평범한 남자였다.

—실수했어.

나는 국가 치안 기구로부터 그를 경호하게 된 자세한 이유를 어느 정도 들었다.

아내분과 사수지기가 범상치 않은 사이가 되었고, 배신당한 밤의 신은 인간 불신에 빠졌다고 했다.

무의 사수를 관리하고 육성하는 후게키 일족이 새로운 아내와 사수지기를 빠르게 준비했으나 거부했다.

배신한 두 사람과의 추억이 많이 남아있는 저택에서 뛰쳐나와 산에 틀어박혀서 내려오지 않게 되었다.

그런 신에게, 일시적인 호위 조치 겸 감시 역할로 파견된 것이 나와 부하들이었다.

의뢰 내용은 알고 있었을 텐데 나는 깊이 생각하지 않은 채 류구까지 왔고, 그와 만나고 말았다.

—어째서 상처받은 사람이 있는 것에 놀라고 말았을까.

애초에 상심하여 평범한 상태가 아니라고 들었는데.

역시 상대를 신이라고 생각했기 때문일까.

신이니까 괜찮지는 않다. 조금만 시점을 바꿔 보면 당연한 일이었다.

어릴 때부터 현인신 신앙계 교육 기관에서 가르침을 받은 탓인지 믿음이 너무 과했다. 어린아이가 어른은 울지 않을 거라고 여기듯이 맹목적이었다.

현인신은 공경해야할 존재지만, 완전무결한 신은 아니다.

—그분은, 어떻게 봐도 신으로 만들어진 인간이었어.

그렇게 생각하니, 그가 산에 틀어박힌 이유를 이해할 수 있었다.

무의 사수는 장소가 고정된 현인신이다.

사계의 대행자와 달리 어딘가로 갈 수 없다.

매일 정해진 장소에서 화살을 쏠 의무가 있기에, 그걸 저해하는 행위는 엄격히 금지되었다.

그런 그에게 주어지는 것은 폐쇄적인 환경이다.

엮이는 사람 자체가 적은 그의 인생에서, 커다란 존재가 두 명 모두 그의 앞에서 모습을 감췄다.

사실은 어딘가로 도망치고 싶었을 것이다. 아니면 찾으러 가고 싶었을 터다.

그러나 쉬는 것은 허락되지 않는다.

야마토의 밤은 황혼의 사수가 없으면 오지 않으니까.

그는 분명 마음을 정리할 시간을 가지고 싶었을 터다.

그런 사람에게 「그럼 대신할 사수지기를 주겠다」, 「그럼 대신할 아내를 주겠다」라는 대응은 최악이라고 할 수 있었다.

빠진 퍼즐 구멍을 다른 조각으로 메꿔도 기능할 거라는 듯한 행태다.

배속되는 사람의 입장도 생각하지 않았다.

후게키 일족의 대응은 악수였다.

만약 내가 똑같은 일을 당했다고 생각하면…… 아주 무섭고, 무엇보다 슬프다.

그에게 필요한 것은 틀림없이 혼자서 마음을 치유할 시간이었다.

그러니 우리의 등장은 역시 최악이었다.

마침내 후게키 일족을 쫓아낸 줄 알았더니, 국가 치안 기구 사람이 산에 와서 앞으로 사수지기 대신 당신을 지키겠다고, 당신의 생활을 관리하겠다고, 당신은 신이니까 그래야 한다고 말하면, 거부반응을 보이는 게 당연하다.

—하지만, 여기서 물러나면 더 강경한 수단을 쓰는 자가 파견될 거야.

나는 내가 파견된 것의 의미를 생각했다.

후보자의 면면을 기억하고 있었다. 나보다 더 강한 자도 있었다.

더 똑똑한 자도 있었다.

하지만 사람을 가장 잘 지휘하는 것은 아마도 나다.

조정자를 원하는 것이리라. 그를 보호하고, 관찰하고, 보고한다.

동시에 그를 진정한 의미에서 보호할 수 있도록 공감하고, 지켜보고, 내 후속이나 사수지기로는 어떤 인간이 적격인지 조사하여 진언한다.

그것이 나에게 요구되는 일이었다.

네가 할 수 있는 일을 찾으라고 했던 상관의 말을 떠올렸다.

현지에서 문제를 확인한 이상, 즉시 해결로 이끌어야 했다.

『돌아가.』

하지만, 안타깝게도 내게 주어진 시련은 당장 결실을 볼 수 있는 종류가 아니었다.

나는 그의 신용을 얻기 위해서 부하와 함께 산에 야영장을 만들고 계속 지켜보기로 했다.

돌아가라고 해도 곁에 있으면서, 곤란한 일이 생기면 도왔다.

자급자족 생활에 익숙하지는 않은 것 같았기에, 국가 치안 기구에서 배운 서바이벌 지식을 은근슬쩍 전하며 대화를 늘렸다.

화살 쏘는 모습을 처음으로 봤을 때는 경악했다. 혼란스럽기도 했다.

그는 인간이지만, 역시 신이었다.

그러나 깨어나서 잡은 손을 뿌리치는 모습은 인간이었다.
나는 조금씩, 조금씩, 그를 이해해 나갔다.
그도 나를 이해해줬으면 했다. 나는 당신의 적이 아니라고.
당신의 편으로 있고 싶어 하는 한 명의 인간임을 알아줬으면 했다.
몇 달을 그렇게 지내니 느리게나마 관계성이 변화했다.

가을의 끝 무렵, 류구다케의 산중에서 그분과 처음으로 함께 밥을 먹었다.

황공하다고 생각하면서도, 그릇에 퍼 준 전골 국물이 맛있어서, 한 입씩 맛보며 먹었는데도 금방 없어져 버렸다.
『츠키히 씨, 비교적 잘 먹는구나』 하고 그분이 말해서 대단히 민망했다.
그랬다. 나는 잘 먹었다.
송구스러워하니 『나쁜 뜻으로 한 말은 아니야』라고 하시면서 한 그릇 더 준비해 주셨다.
먹는 모습을 빤히 바라보셔서 더더욱 민망했다.
『맛있어?』라고 물어보셔서 열심히 고개를 끄덕거렸다. 그는 웃었다. 요리를 좋아하고, 남에게 먹이는 것도 좋아하는 것 같았다. 늘 화내는 사람이었기에 깜짝 놀랐다.
—원래는 이렇게 다정한 분이구나.
웃으니 온화한 얼굴이 되었다. 몰랐던 일면을 알고 두근거렸다.
—슬퍼서 달라져 버리신 건가.

『돌아가라고 하는데도 안 돌아가는 국가 치안 기구 사람』이었던 나에 대한 평가는 몇 달간의 노력 덕분에 『귀찮지만 곁에 있는 걸 허락한 백성』으로 바뀌었고, 작은 신뢰가 섞이게 되었다. 부하들 덕분이기도 했다. 넉살 좋은 자들을 고르길 잘했다.

나 혼자서는 이렇게 되지 않았을 것이다.

우리는 다 같이 이 밤의 신이 어떻게든 인간 측에 머무를 수 있도록 노력했다.

내버려 두면 완전히 신이 되어버릴 사람이었으니까.

최근에는 의식을 가까이서 봐도 떨어지라는 말을 안 듣게 됐다.

장 보러 가는 차에 함께 타주시기도 했다.

바닷가에 있는 목욕탕에도 같이 가주셨다.

다들 아무 말도 안 했지만, 시간을 들여서 우리는 운명 공동체 같은 생활을 함께하는 자가 되었다.

그러니 그가 밤을 가져온 후 『괜찮으면 같이 밥 먹을래?』 하고 저녁 식사에 초대해 준 것은 기적이 아니라, 우리가 함께 보낸 시간이 만들어 낸 결과였다.

이미 하늘에는 어둠의 장막이 내려와 있었다.

함께 모닥불에 둘러앉은 황혼의 사수님이 밤을 가져와 주셨기 때문이다.

이날은 기절한 그의 손을 잡고 있었는데도 아무런 말씀도 안 하셨다.

『……츠키히 씨 말이야.』

이 무렵에는 이미 지금처럼 부르고 계셨다.

『네, 말씀하세요, 카구야 님.』

남은 국물에 넣고 졸인 밥을 싹 먹어 치우고 입을 닦았다.

『……노숙하는 거 힘들지 않아?』

머쓱한 얼굴로 물어보셔서 나는 얼떨떨했다. 무슨 말씀을 하시는 거지?

산에 틀어박힌 사수님을 지키기 위해 노숙 생활을 시작한 지도 꽤 지난 상태였다.

힘든 시기는 이미 지나서, 다 같이 어떻게 쾌적한 서바이벌 라이프를 보낼지 고민하는 단계에 와 있었다.

『국가 치안 기구 소속인지라, 천막을 치고 야외에서 요리하는 건 민간인보다 많이 경험하여 익숙합니다. 안 그러면 재해 파견 같은 것에 대응할 수 없으니까요.』

『……그런가.』

『또 나가라는 말씀이신가요……? 안 나갑니다.』

『너, 나를 신앙한다고 하면서 반항적이란 말이지…….』

『죄, 죄송합니다…….』

『딱히 상관없어. ……하지만 성실한 사람이니까 남들 위에 서는 일을 하는 건 납득이 가.』

깜짝 놀랐다. 칭찬받았다고 여겨도 되는 걸까.

내가 눈을 깜빡이고 있으니, 그는 멋쩍어하며 말을 이었다.

『……너는 정말로 근성이 있어. 꽤 쌀쌀맞게 대했는데도 안 돌아가고, 솔직히 끈기에 졌어.』

『꾸짖으시는 건가요……?』

그는 고개를 저어 부정했다.

『아니야. 경의를 표해서 제안하려고…….』

대체 무슨 말씀을 하시려고 이러나 두려워하는 내게 건네진 말은 매우 상냥했다.

『너랑 부하들 말이야…… 내 저택을 써. 줄곧 안 돌아가서 더러울지도 모르지만, 여기보다는 낫겠지. 앞으로도 날 찾아올 거면 거기서 밤을 보내는 편이 나아.』

생각해주는 말을 듣고 놀란 것을 용서해줬으면 한다.

이제껏 완강히 거부하셨기에 정말로 깜짝 놀랐다.

『어째서요?』

『아니…… 나 때문에 이러고 있는 거니까…….』

『곁에서 모시며 경호하는 것이 저희의 일입니다.』

『그렇긴 한데…… 그게 네 일이지만.』

『배려해주실 필요는 없습니다.』

그는 조금 슬픈 얼굴이 되었다.

『아니, 이미 정했어. 너희 덕분에 머리도 많이 식었어.』

그는 슬픔을 털어 내기로 결심했다.

『나는 지금까지…… 신이라는 이유로 용납받은 일이 너무 많아. 속박당하는 것도 많지만, 그렇다고 해서 다른 사람을 소홀히 여겨선 안 됐어. 그래서 아내도 에켄도 나를 떠난 거야. 내가 관리받아야 할 존재라는 걸 알면서, 너한테도 투정을 부렸어.』

『카구야 님…….』

—당신은 모릅니다.

나는 당신이 부조리하다고 생각하지 않는다.

희생당하고 있는 사람은 당신임을, 멍청한 나도 분명히 알고 있다.
나처럼 무신경한 사람이 당신에게 많은 상처를 줬다. 당신의 분노는 정당하다.
그것을 투정이라고 인식한다면, 그럼 당신은 대체 언제 운명에 화를 내는 걸까.
당신은 아픔에 너무 익숙해져서 화내는 게 서툰 것이다.
지금은 화내도 된다.
냉대를 당연하게 받아들이지 않았으면 좋겠다.
『여자는, 이것저것, 그 왜, 신경 쓸 게 있잖아? 앞으로 겨울이 올 테고, 몸이 차면 안 좋아. 부하들과 그 저택을 써. 역대 사수도 썼던 저택이라, 쓸데없이 넓어서 방만큼은 잔뜩 있으니까.』
대하기 어렵고, 늘 언짢은 얼굴인 신.
우리와 친해졌기에, 모두가 이렇게 지내는 것에 죄책감을 느끼게 되었다. 그가 말한 대로 산중 생활은 힘들다.
분명 많이 고민하고 고민해서, 쫓아낼 수 없다면 적어도 백성인 우리만큼은 좋은 데서 지내게 하고 싶다고 생각해 주신 것이다.
『같이…… 돌아가지는 않으시는 건가요……?』
이전에도 은근슬쩍 물어본 적은 있었지만, 사나운 시선만 받고 끝났었다.
『…….』
하지만 이날은 화내지 않으셨다.
『……돌아가고 싶지만, 집에 들어가면 안 좋은 기억이 떠올라. 그렇게 되면 책무에 지장이 생겨. 신통력은 마음과 관계가 있으니까…….

토오코 씨와 에켄이 나간 날부터, 화살을 만드는 게 굉장히 어려워져서 불안정한 밤이 계속됐어. 내가 또 그렇게 되면 야마토의 백성에게 미안하잖아.』

그는 자신의 행동에도 확실히 이유가 있다며 쓴웃음을 지었다.

나는 새삼스럽지만 그의 아내와 사수지기가 저지른 일에 화가 났다.

—너무하잖아.

곁을 떠나더라도, 좀 더 그가 상처받지 않을 길은 없었던 걸까.

—아니면 이렇게 되어버릴 만큼 두 사람을 깊이 사랑하셨나.

어디로도 갈 수 없는 신은, 견디기 어려운 일이 일어나서 눈을 감고 싶어도 도망칠 수 없다.

집에도 있을 수 없어서 틀어박히기로 한 곳은 사람들에게 봉사하기 위한 성역이었다.

긴긴 가을밤, 내일도 화살을 쏘기 위해 그가 산에 묵고 있음을 사람들은 모른다.

불과 몇 달 전까지는 나도 그저 기적을 받기만 하는 자였다.

그가 얼마나 고통스러워하며 화살을 쏘고 있는지 몰랐다.

아무런 의심도 없이 오리라고 믿었던 밤은, 이 사람의 희생으로 찾아오고 있었다.

『그렇다면 같이 커튼을 사러 갈까요?』

뭐든 좋다. 나는 그를 위해 뭔가 하고 싶었다.

이 마음만큼은 신앙이 아니었다.

『커튼? 왜?』

눈앞에 있는 사람을 향한 친애의 마음이었다.

『커튼은 집의 얼굴 같은 거라서, 커튼만 바꿔도 인상이 확 달라져요. 카펫이나 가구도 조금씩 바꿔 나가면…… 집에서 지내는 것도 괜찮아질지도 몰라요. 물론 새로운 저택을 검토하셔도 좋겠죠. 돕겠습니다!』

자, 어떻게 반응하실까.

안색을 살피며 기다리고 있으니, 그는 나를 시험하듯 말했다.

『……그렇게 말하면, 나는 저택의 가구를 전부 바꿔버릴 거야. 추억을 전부 지우고 싶으니까.』

나는 주먹을 쥐었다.

『좋네요! 찬성입니다. 전부 바꾸죠!』

『……무리야. 큰일이라고.』

『힘쓰는 일은 맡겨 주세요. 힘 쓰기에 좋은 근육을 갖추고 있습니다.』

내가 말하자, 부하들이 저마다 두꺼운 팔뚝을 보여줬다.

부하들이 카구야 님을 돕겠다고 저마다 근육을 자랑하며 말했다.

그는 소리 내어 웃어줬다. 기뻤다. 웃는 얼굴을 더 보고 싶었다.

『……정말로 도와줄 거야?』

『물론입니다.』

『너희 일은 경호잖아. 너희에게 아무런 득도 없어.』

이번에는 내가 웃었다.

『경호 말고 다른 일은 하면 안 된다는 말은 못 들었고……. 저희의 베이스캠프가 저택으로 이동한다고 생각하면 필요한 조치입니다. 그리고 저는 인테리어 용품을 구경하는 걸 아주 좋아합니다. 조립 가구도 잘 만들고요. 맡겨 주세요, 카구야 님. 전부 혼자서 하려고 하지 마세요.』

세상 모든 것이 의무나 관례로 움직이지는 않는다.

『……함께, 돌아갈 수 있는 집을 만들어요.』

당신은 신의 법률에 따라 살고 있다.

『집에서 먹는 전골도 분명 맛있을 거예요.』

나는 그것이 조금 슬프다.

내가 만난 당신은 그저 상처받은 「사람」이었는데.

『……여기에 계속 계시면 안 돼요.』

저는 당신과 더 가까워지고 싶어요.

그렇게 생각하는 것을, 부디 용서해 주세요.

레이메이 20년, 7월 24일. 오후, 후게키 카구야의 저택.

아라가미 츠키히는 카구야가 한 말을 그대로 국가 치안 기구에 전송했다.

그리고 머지않아 휴대전화가 끊임없이 울리기 시작했다. 츠키히는 넓은 복도의 가장자리로 이동하여 상사와 그 외 기관의 문의를 하염없이 처리하기 시작했다.

"암랑 사건을 해결할 가망이 생겼습니다. 암랑의 정체는 사수님 곁에서 실종됐던 사수지기입니다. 기밀 사항이 엮인 문제이니, 정보는 아주 조심히 취급해 주시기를 바랍니다."

"【호저】에 지원을 요청한 것은 어디까지나 산을 수색하는 데 도움을 받기 위해서이고, 여름의 대행자님의 신병을 넘기지는 않을 겁니다. 두 분은 후의로 수색에 참가해주시기로 했습니다. 물론 부모에게 허락은 받았습니다. ……여름의 이장? 사계의 대행자가 휴가 기간에 찾은 류구다케에서, 같은 현인신을 궁지에서 구하고자 하는 행위에 이장의 승인이 필요합니까? 현현 기간 중이라면 모를까. 이장은 어디까지나 여름 추부의 수장. 다수결의 결정을 전하는 입장일 뿐입니다. 여름의 대행자님의 모든 행동을 제한할 수 있는 건 아닙니다. 여름의 이장이 뭐라고 하고 있다면 중개하겠지만, 그럴 경우 사수님도 동석할 겁니다. 사수님이 직접 결단하시어 여름의 대행자님에게 의뢰하셨으니 그건 당연합니다. 아무쪼록 그렇게 전해

주십시오."

"네, 사수님은 몹시 화가 나셨습니다. 애초에 왜 사계의 대행자님을 끌어들인 논쟁이 벌어졌다는 것을 안 가르쳐주신 겁니까? 미리 알았다면 문제가 생기지 않도록 일을 조심히 진행할 수 있었습니다. 외람되지만 말씀드리겠습니다. 제 일이 경호와 감시라면, 그 지적은 억울한 지적입니다. 알려주시지 않았는데 사수님의 화를 어떻게 잠재웁니까? 성명을 낸 것을 비난하시는 거라면, 부디 직접 류구에 와서 황혼의 사수님 본인 앞에서 말해주십시오. 당신은 그저 화살만 쏘면 된다고 말입니다. 말할 수 있습니까? 밤이 안 오게 되겠죠. 직무 불이행? 말씀하신 대로, 경호하고 감시하고 있습니다. 오늘도 밤을 가져와 주시도록 최대한 보좌하겠지만, 사수님이 싫다고 하시면 저희는 뭐라고 할 말이 없습니다. 저는 지금까지 최대한 노력했습니다. 겨우 저택에서 지내시게 됐는데. 또 산에 틀어박히시면……. 네, 그렇게 말씀하실 거면, 책임질 수 있는 분을 꼭 현지로 보내주십시오. 왜 정보를 알려주지 않았는지, 이에 대한 답변을 사수님은 받고 싶어 하십니다. 네, 알고 있습니다. 최대한 노력하겠습니다. 그럼……."

통화가 끝나면 또 다른 전화가 걸려왔다.

몇 번째인지 모를 착신음이 울려서 츠키히가 한숨을 쉬었을 때, 복도에 카구야가 나타나 휴대전화를 뺏었다.

"황혼의 사수, 후게키 카구야다."

츠키히가 다시 뺏으려고 했지만, 카구야는 무시하고 전화 상대와 대화했다.

"츠키히 씨의 직속 상사? 마침 잘됐어. 한번 얘기를 나누고 싶었어. 이번 일에 관해 해명할 수 있는 인간을 현지로 보내기 전까지 의미 없는 전화 공격은 그만둬. 츠키히 씨는 이래저래 한 시간 정도 복도 구석에서 계속 떠들고 있다고. ……협박이라니, 흉흉하네. 그렇게 말한다면 그쪽은 악질적인 은폐지. 설마 당신도 사계의 대행자님이 이번 암랑 사건 때문에 피해를 보고 있다는 걸 모르진 않았겠지. 잘 들어. 이번 소동은 후게키 일족 측의 과실이야. 나는 사계의 대행자님에게 사죄해야 하는 입장이다. 하지만 애초에 이런 사태가 벌어진 건 현인신을 둘러싼 각 기관의 대응이 불성실한 탓이잖아. 당신들이 이상한 논조를 말리지 않고 내버려뒀기에 이렇게 된 거야. 부서가 다르다고? 그딴 거 알게 뭐야. 전체의 책임이라고 생각해."

그렇게 말하고서 카구야는 무자비하게 통신을 끊었다.

"……카구야 님."

카구야는 피곤한 얼굴인 츠키히를 보고 슬프게 눈썹을 내렸다.

"미안해. 나도 후게키 일족의 높으신 분과 한 시간 동안 줄곧 전화로 말싸움을 벌이느라 가세하는 게 늦어졌어……."

"아, 아뇨……. 오히려 대신 대응하시게 해서 죄송합니다……."

"천만에. 나랑 다른 기관 사이에 끼어서…… 츠키히 씨가 가장 힘든 입장이야. 내가 앞에 서서 공격을 받아야 하는데…… 여러모로 고마워."

츠키히는 위로해 주기를 바라지는 않았지만, 카구야가 그렇게 한마디 말해준 덕분에 그때까지 쌓인 스트레스가 단숨에 날아가 버리는 것 같았다.

"아뇨, 아뇨……."

주인의 치하는 경호원에게 최상의 특효약이었다.

"당치도 않습니다. 당연한 일인걸요. 저기, 카구야 님…… 그쪽은 어떠셨나요? 정보 은폐와…… 사계의 대행자님에 관해 중진은 뭐라고 하던가요?"

카구야는 인상을 쓰고서 말했다.

"……가뜩이나 내가 정신적으로 피폐한 때에 저쪽이 그런 피해를 입고 있다는 이야기는 들려주고 싶지 않았대. 관리하는 측으로서, 내가 그 소식을 듣고 정서가 불안정해져서 밤이 안 오게 되는 것보다는 알리지 않는 쪽을 선택할 수밖에 없었다고 하더라."

"……그저 나중에 갖다 붙인 변명으로만 들리는데요……."

"실제로 그런 마음은 있었겠지만, 그보다도 사계 분야의 중진과 사이좋게 지내기를 택한 거겠지. 어제 여름의 대행자님들에게 이것저것 들었잖아?"

"네. 【늙은 거북】과 【한 마리의 뿔토끼】 말이죠?"

"상황이 안 좋아져서 대행자를 공격해 비난을 피하려고 하는 세력이, 그런 분위기를 만들기 위해, 회의에 참여한 지식인들을 매수했다면…… 지금처럼 이해할 수 없는 상황이 된 것도 매우 납득이 간단 말이지. 루리 님의 말이 맞을 거야."

암랑 사건에 관한 회의에 참가했던 지식인들의 소속은 이러했다.

사수를 수호하는『후게키』일족.

야마토의 경찰권을 지니고서 국민의 안전을 지키는『국가 치안 기구』.

야마토 정부에서 자연환경 보전을 담당하는『환경보호청』.

사계의 대행자 양육 기관인『사계의 마을』.

사계의 대행자의 활동을 보조하는『사계청』.

환경보호청의 요청으로 사계의 마을과 사계청이 추가된 것이었으니, 류구다케에서 벌어진 소동을 들은 자가 이 음모를 떠올리고, 환경보호청을 포함해 다양한 사람을 부추겨서 사계의 마을과 사계청이 참여하도록 주선해 중상모략을 일삼았다고 생각하는 것이 확실히 가장 알기 쉬웠다.

"국가 치안 기구 사람들이 츠키히 씨에게 회의 내용을 전하지 않은 건, 후게키 일족이 사수가 동요하지 않도록 주위 사람들에게도 정보를 알리지 말아 달라고 부탁했기 때문이야. 우리 쪽 중진이 자백했어. 실제로 우리는 여름의 대행자님과 만나기 전까지 암랑에게 습격받는 나날을 보냈지만, 지금처럼 긴박감이 있는 상황은 아니었어. 뭐, 성공은 한 거지."

"……그렇더라도…… 다른 사람이 상처받고 있는데 모르는 게 낫다는 건 독선적이에요. 카구야 님과 관련된 일인데……."

카구야는 대수롭지 않게 말했다.

"나는 사육당하는 가축 같은 거니까, 모형 정원 안에서 아무것도 모른 채 사는 편이 행복하다고 여기는 거야. 츠키히 씨는 휘말렸을 뿐, 능력이 부족하다고 여겨진 건 아니야. 네 부하들도 마찬가지. 그건 오해하지 마. 내 곁에 있는 사람은 자연스럽게 그렇게 되어버려. 내 곁은 별로 좋은 환경이 아니니까."

초연하고 쓸쓸한 말이었다.

"그런 신분으로 태어났으니 어쩔 수 없다고, 어제까지는 생각했지만……."

카구야는 쓴웃음을 지었다.

"……오늘은, 젊은 현인신을 위해서도, 나 자신을 위해서도 존엄을 지키는 싸움을 하고 싶어. 핍박당하고 있지만은 않을 거야."

"카구야 님……."

"츠키히 씨는 내가 하는 일에 휘말렸을 뿐이니까 그 부분은 생각하지 않아도 돼. 다만 내 생각이 그렇다는 걸…… 너한테는 알려주고 싶었어."

츠키히는 고개를 크게 가로저었다.

"아뇨, 찬동합니다. 저는, 줄곧 카구야 님이 화를 내주셨으면 했어요……."

카구야는 갑작스러운 말에 눈을 깜빡였다. 무슨 말인지 이해가 잘 안되었다.

"나는 꽤 화를 잘 내는 편인데?"

"일상적인 일에 화내는 게 아니라 운명에…… 카구야 님이 그런 상태가 되신 것에 화를 내주셨으면 했어요."

"……."

"카구야 님. 저는 현인신님을 신앙하는 입장이고, 당신을 보살피는 입장이긴 하지만……."

츠키히는 눈을 내리깔았다가 다시 카구야와 시선을 맞췄다.

카구야보다 살짝 키가 큰 츠키히는 그와 눈높이가 비슷했다.

친밀한 거리에서 마주 보니, 왠지 세상에 둘만 있는 것처럼 느껴졌다.

"아라가미 츠키히 개인으로서, 후게키 카구야…… 씨, 라는 개인을 응원하고 있어요."

지금 상황이 아무리 심각해도, 이 세계에서 공명하고 만났다.

그저 츠키히와 카구야가 될 수 있었다. 양쪽의 마음이 모두 애달팠으나, 달콤한 아픔을 호소했다.

"불합리한 일에 지지 말아주세요……."

카구야는 놀람보다도 먼저 의문이 들었다.

그의 인생에서 이런 말을 해 주는 사람은 남녀노소 불문하고 아무도 없었다.

"왜……?"

지금껏 어느 누구도 신이 아니라 사람인 카구야를 보는 자는 없었다.

"왜, 그렇게, 다정하게 대해 주는 거야?"

인간으로 봐주는 사람은 없었다. 그래서 카구야도 신으로 있으려고 노력했다.

그렇게 생활하면서, 소중한 사람 두 명에게 배신당했다.

"이유를 물으셔도 곤란한데……. 다정하게 대하는 것과도 다른 것 같고……."

"이상하잖아……. 츠키히 씨가 경건한 신도라서 나를 배려하는 거야? 그렇다면…… 그렇게 자신을 희생하지 않았으면 해…….”

“아닙니다! 후게키 카구야 씨 개인이라고 말씀드렸잖아요……!”

“……그랬지만.”

츠키히의 말에 솔직하게 미소 지을 수 없는 것은 자신이 없기 때문이었다. 카구야는 자신이 사람으로서 사랑받는 재능이 없다고 단정 짓고 있었다.

“저는 멋대로 화내고 있을 뿐이에요. 아주 사적인 분노이니, 다정한 것과는 조금 다른 것 같지만……. 이상하진 않아요. 카구야 님도 제 일에 화를 내주시잖아요……. 그건 저희가 예전보다 훨씬 친해져서 그런 거죠……?”

그래서 이렇게나 자신을 흠모해주는 사람이 나타나니, 어쩌면 좋을지 알 수 없었다.

어설픈 짓을 했다가 그녀에게 미움받으면?

하지만 마음은 당장이라도 애정을 구걸하고 싶었고, 뭔가 돌이킬 수 없는 슬픔이 생기기 전에 그녀로부터 도망치고 싶어 하기도 했다.

츠키히는 카구야의 인생에 갑자기 나타난 빛이었다.

처음부터 그렇게 느낀 것은 아니지만, 이제는 확신하고 있었다. 그녀와 만나기 위해 지금까지 살아왔다. 하지만 상대는 인간이고 자신은 신이다. 이쪽으로 끌어들여서는 안 된다.

—멍청한 생각하지 마. 깊이 들어가지 않는 게 나아.

“조…… 좋아하니까, 편을 들어주고 싶다고…… 그렇게, 생각하는 건…… 이상한가요……?”

애정 따위 갈구하지 마. 분명 배신당할 거야.

"아라가미 츠키히는, 후게키 카구야 씨의…… 조금 짓궂지만 결국은 다정하게 대해 주시는 부분이라든가, 모두에게 밥을 지어 주는 걸 좋아하는 부분이라든가…… 누가 치하하지 않아도 열심히 밤을 가져와 주셨던 강함이라든가…… 그런…… 그런 부분을 전부 좋아하고 존경해요."

애정 따위, 갈구하지 마. 성가시다고 여길 게 뻔해.

"저와 신분이 다른데도 장난스럽게 얘기해 주시는 부분이라든가…… 그런 부분을, 전부……."

애정 따위 갈구하지 마. 네가 사랑받을 리 없어.

"전부, 좋아해요."

애정 따위, 갈구하지 마.

—이건 무리잖아.

카구야는 이제 어쩌면 좋을지 알 수 없었다.

그는 츠키히가 소중하기에, 그녀가 보내는 신호를 못 본 척하고 있었다. 이 사람의 마음은 신앙심이라며 멀리하는 이유를 만들었다.

하지만 츠키히가 이렇게 나오니 망설일 수 없었다. 입 다물고 있고 싶지 않았다.

마침내 찾아온 자신을 사랑해줄 사람을 그냥 보내고 싶지 않았다.

그래서 그녀에게 손을 뻗었다.

"……!"

이번에는 만지는 것을 무서워하지 않았다.

츠키히는 갑자기 손을 잡혀서 숨을 멈췄다.

포옹하지 않은 것은 카구야의 이성이 어떻게든 일한 증거였다.

아내가 돌연 집을 나가긴 했지만, 그렇다고 해서 부정이 허락되는 것은 아니었다.

최대한 마음을 표현한 것이었다. 신이 아니라, 후게키 카구야라는 한 명의 인간으로서.

"……고마워. 나도 좋아해."

손을 잡았다고 해도, 그녀의 손가락 끝을 살짝 쥐기만 한, 그런 소심한 방식인 것이 애잔했다. 남을 만지는 데 익숙하지 않은 것이 확연했다.

"카, 구야 님……."

카구야는 츠키히가 뭐라고 말할 여유를 주지 않고 재차 말했다.

"나도 좋아해."

츠키히의 얼굴을 보고서 분명히 말했다. 그녀가 자신의 말을 거부하지 않는다는 것은 표정으로 알았다.

그렇기에 더더욱 사랑스럽고 애틋했다.

"그리고…… 나를 제대로 사람으로 봐줘서 고마워……."

그렇게 말하고서 카구야는 바로 손을 놨다.

그녀를 만나고 처음으로 안 감정. 절대 알려져서는 안되는데 말해 버렸다.

"……고마워."

전해서는 안 됐는데.

"좋아해, 츠키히 씨."

말하면, 가지고 싶어진다.

"좋아해."

너를 원한다고 말하는 것과 같았다.

"카구야 님……."

얼굴이 새빨개진 츠키히에게, 카구야는 조금 촉촉한 눈으로 말했다.

"뭔가를 바라는 건 아니야. 네가 방금 그렇게 말해줘서, 혼자서도 평생…… 열심히 화살을 쏠 수 있을 것 같아."

할 수 있는 만큼 다 전하고, 카구야는 츠키히에게 도망칠 길을 마련해줬다.

"정말로, 고마워……. 나, 오늘 힘낼게. 나도…… 아라가미 츠키히 씨를 지키고 싶어. 다른 녀석들이 널 불합리하게 취급하지 못하도록 막고 싶어. 오늘, 힘낼게……."

"……카구야 님, 저는."

츠키히가 뭔가 말하려고 했을 때, 휴대전화가 울렸다.

두 사람 모두 말없이 서로를 바라보았다. 이윽고 카구야는 츠키히에게 등을 돌렸다.

"일단 네 전화는 내가 가지고 있을 테니까, 출발 준비가 됐는지 확인해줄래? 일찍 산에 들어가자."

카구야는 화면을 눌러 응답하며 『가 봐』 하고 짧게 말했다.

"……네."

서로의 연심을 어떻게 할 것이냐는 문제가 두 사람 사이에 남았지만, 지금은 그 문제와 씨름할 때가 아니었다. 오늘은 결전의 날이다. 츠키히는 복도를 잔달음질 쳤다. 자연스럽게 손으로 가슴을 누르고 말았다.

"……읏."

모두가 있는 거실 문의 손잡이를 잡고서 일단 멈췄다.

달아오른 뺨을 식히고 싶지만, 지금은 한여름이라서 냉방이 안 되는 곳은 더웠다.

적어도 두근거림을 억누르기 위해 심호흡이 필요했다.

스읍, 하아.

숨을 들이쉬고, 내쉬었다.

"……."

멀리서 카구야의 목소리가 들렸다. 츠키히는 눈을 감았다.

나른하게 들리는 나직한 말투였다. 그가 구부정한 자세로 휴대전화를 들고서 이야기하는 모습이 안 봐도 훤했다.

한여름 복도. 카구야의 목소리. 마치 특별한 사람인 것처럼 바쳐진 말.

전부 다, 츠키히의 가슴을 꽉 옥죄었다. 연애하기 위해 이곳에 온 것은 아니다.

하지만, 사랑은 한참 전부터 시작되어 버렸다.

"……."

한 번 더, 심호흡했다.

그리고 작은 목소리로, 자신에게 들려주듯 중얼거렸다.

"나도 힘내자……."

츠키히는 호기롭게 거실 문을 열었다.

"다들, 수색 준비는 잘 되어가고 있나요?"

싸움은 이제 목전까지 다가왔다.

한편, 사수 진영의 선전 포고는 다양한 진영에 충격을 줬다.

여름의 대행자와 황혼의 사수가 암랑 사건을 해결하기 위해 결탁.

이를 방해하면 밤을 가져오는 의식을 치르지 않겠다고, 협박이라고도 할 수 있는 선언을 했다.

이 일은 국가 치안 기구, 사계청, 사계의 마을, 후게키 일족에 신속히 전달되었고, 또한 암랑의 정체가 무엇인지는 국가 치안 기구 특수 부대【호저】의 협력을 얻기 위해서 아라가미 츠키히가 극히 일부에게만 공유했다.

이 선전 포고로 단숨에 궁지에 몰린 것은 여름의 이장, 마츠카제 세이란이었다.

"이게 웬 날벼락이야……!"

세이란은 분노하여 떨었다.

어제까지 월권행위라고 여겼던 것도 지금 보니 귀여운 수준이었다.

하자쿠라 자매는 무모하게도 암랑 사건을 해결하려 들었을 뿐만 아니라, 황혼의 사수와 합류하여 아군으로 만들었다. 이게 어제의 상황이었다. 그리고 오늘은 다른 영역의 신이 사계를 비판하게 만들었다.

이 나라의『밤』이『계절』을 대하는 취급에 분개하고 있었다.

세이란은 황혼의 사수에 관해 거의 모르지만, 이런 선전 포고를 당당히 할 정도이니 만만치 않은 상대일 거라고 추측할 수 있었다.

사기가 높았던【늙은 거북】사람들도, 사수의 선언에 꽁무니를 빼는 자가 나타나기 시작하면서 모처럼 모은 무장 부대는 절반 정도 철수해 버렸다. 남은 수는 약 40명. 병정은 수가 모이면 큰 힘이 된다. 조금이라도 인원을 잃는 것은 지금의 세이란에게 큰 손실이었다.

『정말 날벼락이군. 지금 어디 있지?』

세이란은 분노하면서도 다시【복룡 동자】와 연락하고 있었다.

예전에 쌍둥이를 불러내 굴욕과 쓰라림을 안겼던 방에서 고통을 견디고 있었다.

"……여름의 마을 본전, 정무실이야. 황혼의 사수가 발표한 선언 때문에 아침 일찍 일어나야 했어."

『남들이 들을 만한 곳은 아닌 거겠지?』

"문제없어. 업무를 보다가 틈을 봐서 연락하고 있는 거니까."

『남들 앞에서는 평정심을 유지하고 있는 것 같으니 다행이군.』

"……표면상으로는 여름의 대행자를 보호하라는 지령을 내렸어. 여름 추부는 지금 대혼란이야. 흉조로 취급한 걸 바로 비난하고 있어. 내 앞에서 쌍둥이는 대죄를 저질렀다고 말했던 자들마저……."

『그런가. 그게 바로 당신의 권위가 실추됐을 때 사람들이 보일 반응이라고 여기는 게 좋을 거야.』

"……."

저도 모르게 전화에 대고 폭언을 쏟을 뻔했지만, 세이란은 꾹 참았다.

이러한 태도 전환은 현재 진행형으로 일어나고 있었다.

이 귀중한 전략 지도자 겸 정보상까지 잃고 싶지는 않았다.

『여기서 물러날지, 아니면 공격할지. 중요한 운명의 갈림길인데, 어떻게 할 거지?』

그러면 끝장이 난다는 것 정도는 세이란도 알고 있었다.

"물론 공격해야지. 여기서 내가 꺾이면 다른【늙은 거북】들도 쇠퇴 일로를 걷게 돼. 병사를 물린 자들은 그걸 몰라. 지금은 분기점이야. 사수의 발언에 이대로 꽁무니를 빼고, 관리해야할 가축들…… 대행자들의 말을 듣는다면 마을의 세력도는 단숨에 바뀌어. 무력을 거두어들였다고 해서 규탄을 피할 수 있는 건 아니야.【늙은 거북】이 일치단결하여, 암랑 출현 이후로 대행자를 공격하는 풍조를 만들었기에 우리는 아직 권위를 유지하고 있는 거야."

『……이건 단순한 질문인데…… 위험한 다리를 건너면서까지 그 자리를 고집하는 이유가 뭐지?』

"지금 나를 무시하는 건가? 불쌍한 남자라고?"

『아니, 그건 아니야. 단순한 의문이야. 나는 내가 소중해. 그러니 당신과 똑같은 상황에 몰린다면 일찌감치 도망치거나, 일단 현인신들을 받아들이고 나중에 전복할 기회를 노릴 거야. 당신이 이렇게까지 하는 이유가 뭔지 궁금해졌어.』

목소리에서 깔보는 느낌은 들지 않았지만, 세이란은 자기 내면을 드러내는 일은 하고 싶지 않았다.

침묵하고 있으니【복룡 동자】가 이어서 말했다.

『가까운 사람 중에 당신과 비슷하게 권력에 집착하는 사람이 있었어. 나는 그 사람의 사고를 도저히 이해할 수 없었지.』

"그 녀석은 어떻게 됐지?"

『완전한 악이 되지도 못하고, 선이 되지도 못하고…… 여러 가지를 동시에 좇다가 신세를 망쳤지.』

"……네가 아는 그 멍청이와 내가 닮았다는 건가? ……하!"

세이란은 화가 나서 두통이 일었지만, 이 정보상의 질문에 대답해 줄 마음이 들었다. 아는 것이 하나 있었다. 이 정보상은 아마도 젊고, 자신보다는 자유로운 처지다.

"【복룡 동자】. 너는 가족이 없지?"

『…….』

"정체불명의 정보상. 네 말은 때때로 어려. 너는 가족이 없어. 집안을 지탱하는 게 뭔지 몰라. 혼자는 편하겠지. 굴레가 없어. 너는 어디로든 갈 수 있고 뭐든 할 수 있어. 아무도 본 적 없는 경치를 볼 수 있어. 그래서 모르는 거야."

『…….』

"자식은 있나? 아내는 있나?"

『…….』

"보나 마나 부모와도 정이 깊지 않겠지. 사계 분야에서 집을 중요시하지 않는 자들은 다들 그래. 짊어진 것이 있는 사람의 무게도 없고, 바람도 없어."

『……애정 깊은 아버지의 말로 들리는데, 당신은 실제로 그러한가?』

“그런 말이 나오는 것부터가 어리다는 거야. 잘 들어. 가족은 결국 타인으로 구성된 집단이야. 그저 가족이라는 이유로 타인을 애정으로 감쌀 수 있겠어? 반드시 미움도 생겨나. 하지만 그래도…….”

세이란은 자신 때문에 망가진 아들의 인생을 생각했다.

“그래도 끝까지 마음을 쓰게 돼. 그런 저주라고도 할 수 있는 집착이 『가족』이야.”

여전히 세이란의 아들은 국가 치안 기구에 붙잡혀 있었다.

“내 아들은 독방에 들어갔어. 아내는 아들이 저지른 짓을 알고 신경이 쇠약해져서 병원에 다니고 있지. 다른 자식들은 나를 비난하기도 하지만, 나한테 아들을 지켜달라고 부탁하는 녀석도 있어. 내게는 마츠카제 직계 가주로서의 책임이 있어. 설령 내가 어떻게 되더라도, 집안의 권위를 이어 나가야 할 의무가 있어. 허울 좋은 말만으로는 집안을 짊어질 수 없어. 강 건너 불구경하는 너는 모르겠지만, 나는 지금 절대 도망칠 수 없어. 내가 도망치면 가족은 능욕당하고, 갈 곳을 잃겠지.”

『……자신들의 안전을 확보할 수 있다면 다른 가족은 어떻게 되든 좋다는 건가?』

“지겹군. 안 듣고 있었나? 허울 좋은 말만으로는 살 수 없다고 했잖아. 너도 그런 말을 할 수 있는 입장이 아닐 텐데? 지금까지 그 일을 하면서 얼마나 많은 타인에게 불행을 뿌려댔지? 설마 정의의 측에 있으려는 건가? 웃기는군!”

『……이거, 따끔한걸.』

“다른 가족 따위 어찌 되든 좋아. 나는 어릴 때부터 내 가족의 소원을 이루기 위해 살아왔어. 다른 건 어찌 되든 좋아. 다른 건……
어찌 되든 좋다고!"

『……그렇군. 흠, 실제로 한 일은 어떠하든 간에, 내가 아는 인물보다는 당신의 「뜻」이 더 훌륭한 것 같아.』

【복룡 동자】는 정말로 만족한 기색이었다.

그도 비틀린 감정을 보내는 상대가 있는 걸까. 이 정보상의 인물상이 살짝 보인 것 같았지만, 지금은 생각할 여유가 없었다.

"일 얘기를 하지."

협박하든, 아군으로 삼든, 지금 당장 행동하기는 어려웠다.

지금 세이란이 해야할 일은 단 하나.

하자쿠라 자매를 죽이는 것이다.

그러면 세이란의 가족도, 세이란의 인생도 지킬 수 있다.

『……그래, 그러지. 여름의 대행자를 죽이기만 한다면, 암랑 사건을 해결하기 위해 그 아가씨들을 데리고 다닌 사수 때문에 죽었다는 논조를 전개할 수도 있어. 내가 예측하기에 사수가 화살을 안 쏘겠다고 한 건 어디까지나 으름장에 불과해. 여름의 대행자도 그건 바라지 않아.』

"왜 그렇게 말할 수 있지?"

『당신이 누군가의 소망이나 희망으로 움직이듯, 대행자도 남들이 바라니까 기적을 일으키는 사람이기 때문이야.』

그 말을 듣고 세이란은 일순 숨을 멈췄다.

『당신은 대행자의 선정 기준을 생각해본 적이 있나? 나는 있어. 현인신들은 다른 사람을 위해 자기를 희생하길 바라고, 그리하여 볼 수 있는 평화와 평온한 삶을 바라는 자야. 그게 가능한 자가 신의 손에 붙들리는 거라고 생각해. 전승에도 있잖아? 우리의 선조는 이렇게 말했어. 저희가 사계의 대행자가 되겠습니다. 그 대신 대지에 풍요와 안녕을 내려주십시오.』

"……그건."

『선천적으로 선한 자. 그게 바로 그들이야. 물론 성장 과정에서 악하게 바뀌는 자도 있겠지만, 기본적으로 자기를 희생할 줄 아는 자가 신이 돼. 동서고금 민초가 성인이라고 칭송하는 자들은 대체로 대의를 위해, 약자를 위해 몸을 던져 위업을 이뤘어. 그런 성질을 가진 그들이…… 심지어 사계와 달리 365일 신의 일을 하는 사수가, 역할을 그리 간단히 내던지겠어?』

"……훗, 그렇게 따지면 현현을 거부했던 봄의 대행자는 가장 악에 가깝다고 할 수 있겠군."

『…….』

【복룡 동자】는 어째선지 낮은 목소리로 대답했다.

『멍청한 소리 하지 마. 봄의 대행자는 특별해. 보통 사람이라면 마을로부터 받은 처사에 진작 자살했을 거야.』

감싸는 듯한 말투가 신경 쓰였다. 세이란은 참견하고 싶어졌지만, 그보다 먼저 【복룡 동자】가 말을 이었다.

『사수는 일을 내팽개치지 않아. 성명은 으름장이야. 미안하지만 나도 아침부터 전화가 끊임없이 울리고 있어. 일단 통화는 끊기로 하지.』

"알겠다……."

『다행히 열성적인 경질 추진파는 선전 포고를 받고 오히려 기합이 들어간 것 같아. 그들이 파병한 무인들도 보수를 더 받게 됐어. 힘내 주겠지. 이제 당신뿐만 아니라 다른 사람들도 뒤로 물러날 수 없어. 전황은 나쁘지 않아. 건투를 빌지.』

"……그래."

통신이 뚝 끊겼다. 세이란의 눈은 게슴츠레했다.

"……."

그대로 묵묵히 다음 연락처로 전화를 걸었다. 상대는 류구다케에 있는 세이란의 직속 사병이었다.

"우나미냐…… 나다. 현지의 동지들과 합류했나?"

잠시 후, 우나미라고 불린 상대가 응답했다. 남자 목소리였다.

『현재 류구다케에서 합류하여 잠복 중입니다. 입구 부근에 있던 국가 치안 기구의 경비원은 죽이지 않고 산속 오두막에 묶어뒀고, 여름의 대행자를 미워하는 근절파 역적으로 여겨지도록 공작했습니다. 모든 일이 무탈하게 끝난다면 저희가 죄를 추궁받는 일은 없을 겁니다.』

세이란은 단말을 쥐며 고개를 끄덕였다.

"그래, 잘했어. 조만간 사수가 흉조 쌍둥이를 데리고 올 거다. 연막을 이용해서 근접 보호관들과 분단하거나, 혹은 시야가 차단된 틈을 타 쌍둥이를 죽여."

『어느 쪽을 죽이든 상관없는 게 맞습니까?』

"어느 쪽이든 상관없어. 끝장낸다면 그런대로 보수를 주겠어. 돈이 아니어도 좋아. 원하는 걸 주지. 그 대신 확실하게 죽여."

『알겠습니다.』

차가운 대화는 금방 끝났다.

세이란은 정무실 책상 위에 있는 사진을 보았다.

훌륭한 인간상을 연출하기 위해 놓은 가족사진이 지금은 아주 소중하게 여겨졌다.

세이란은 이제 기진맥진했지만, 그래도 휴대전화를 다시 조작했다.

전화를 건 상대는 아내였다.

“……나야. 병원은 어땠어? 괜찮으니까 집에서 자……. 괜찮아. 일은 신경 쓰지 마.”

조금 기뻐하는 아내의 목소리를 들으니, 곤두서있던 마음이 차분해졌다.

“오늘은 귀가가 늦어질 테니까 먼저 자. 그 아이는 내가 어떻게든 할 테니까…… 너는 아무튼 자기 몸을 챙겨. 알겠지?”

누군가에게 정의인 사람은, 누군가에게 악인이 될 수 있다.

“분명 전부 잘될 거야.”

세이란은 기도했다. 어느 쪽이든 좋으니, 죄 없는 소녀가 죽기를.

제 6 장
밤과 늑대의 교향곡

레이메이 20년, 7월 24일. 오후.

봄, 가을, 겨울 진영. 여름, 황혼 진영. 하자쿠라 자매의 약혼자인 렌리와 라이쵸.

여름의 이장 마츠카제 세이란의 사병과 【늙은 거북】들이 지원한 각 마을의 경질 추진파 무뢰배들.

게임판에 모든 말이 갖춰질 무렵, 암랑 후게키 에켄은 류구다케에 숨어있었다.

앞으로 몇 시간 뒤면 황혼의 사수 후게키 카구야가 류구다케를 오른다. 그리고 오늘도 밤이 온다.

에켄은 자신 때문에 폐쇄된 류구 신사에 들어가, 10년에 한 번만 공개되는 비공개 문화재인 병풍 앞에 있었다.

병풍에는 사계의 신들, 황혼의 신, 새벽의 신, 그 밖의 수많은 신들이 치밀하게 그려져 있었다.

고명한 화가가 생애의 절반을 들여 완성했다는 그림이다.

에켄은 이 비공개 문화재가 신사에 보관되어 있다는 것을 그의 주인에게 들었다.

신관과 아는 사이이니 부탁하면 보여줄 거라고, 보고 싶냐는 질문을 받았을 때, 에켄은 고개를 가로저었다. 공개 시기가 오면 같이 보고 싶다고 졸랐다.

그때까지 자신을 곁에 둬 달라는 소원도 담아서.

—카구야 님은 그때 뭐라고 말씀하셨더라.

공개 시기는 한참 뒤라며 웃으셨던 것 같다. 내치지 않아서 안도했던 것만큼은 똑똑히 기억났다.

—카구야 님.

에켄에게 신은 가까운 존재지만, 그림 속 신들은 멀게 느껴졌다.

—카구야 님의 곁으로 돌아가고 싶어.

에켄은 막연히 그렇게 생각했다.

—돌아가고 싶어.

하지만 돌아갈 곳이 없었다.

열여섯 살 소년이 어른들을 피해 도망치고 있었다.

지금 당장이라도 보호를 청해야 하지만 그럴 수 없었다.

에켄이 유일하게 보호를 청하고 싶은 상대에게 적의를 드러내 버렸기 때문이다.

—카구야 님.

처음에는 질투였다. 당신을 위해 이렇게나 무거운 짐을 짊어졌는데, 간단히 자신을 잊어버린 것에 분노했다.

이어서 찾아온 것은 공포였다.

이제 자신이 있을 곳은 사라진 게 아닐까. 그럼 어디로 돌아가면 좋을까.

마음이 비명을 질렀다.

—돌아가고 싶어.

그래서 공격했다. 자신의 존재를 떠올려줬으면 했다.

왜 짐승 환영을 만들었는지는 알 수 없었다. 에켄은 한참 전부터 돌이킬 수 없는 상태가 되어서, 이제 예전의 자신으로는 돌아갈 수 없었다.

—돌아가고 싶어. 잘못했어요. 용서해 주세요.

처음에는 그저 그의 시선과 관심을 받고 싶었을 뿐이었는데.

에켄은 눈을 감았다. 눈을 감으니 자연스럽게 눈물이 흘렀다.

—돌아가고 싶어.

소년은 늑대가 아니라, 아직 의지할 사람이 필요한 어린아이였다.

"에켄 군은 이제 필요 없어져서 집에 돌아갈 수 없어."

그때, 목소리가 들렸다.

아무도 없을 터인 병풍 보관실에 다른 사람이 있었다. 에켄은 특별히 놀라지 않고 그 사람을 바라보았다.

20대 중후반쯤으로 보이는 여성이 에켄을 향해 미소 짓고 있었다.

바람이 불면 그대로 쓸려가지 않을까 싶을 만큼 몸이 가늘었고, 얼굴은 어딘가 박복해 보였다.

처량한 분위기를 풍겼지만, 음성은 또렷했다.

"카구야 님도, 이런 멍청한 사수지기는 이제 필요 없다고…… 여기고 있을 거야."

망령 같은 느낌을 주는데, 분명히 그곳에 있었다.

"가엾게도. 버려졌구나……."

그곳에 있으나, 현실미가 없었다.

가슴을 찌르는 듯한 말을 계속 건네서, 에켄은 눈물방울을 뚝뚝 떨어뜨렸다.

"그냥 도망쳐……. 사계의 대행자님까지 나섰잖아. 붙잡힐 게 뻔해."

어느새 그 사람은 에켄의 눈앞까지 와 있었다.

"……어디로? 도망칠 곳 따위는 없어."

그녀는 타이르듯 말했다.

"여기도 도망칠 곳은 아니었잖아. 높으신 분들은 처음부터 너를 카구야 님 곁으로 돌려보낼 마음이 없었어. 네가 문제를 보고한 시점에, 이건 이제 못 쓰겠다고 판단한 거야. 너는 네가 생각하는 것보다 중증이야."

"나는 더 일할 수 있어!"

"과연 그럴까? 내가 보기에 에켄 군은 상당히 망가져버린 것 같은데."

"……나는 망가지지 않았어!"

"그럴까? 정말 그럴까?"

"토오코 씨, 그만해. 무서운 말 하지 마……."

에켄이 울며 부탁하자, 토오코라고 불린 여성은 에켄의 머리로 손을 뻗어 쓰다듬었다.

"하지 마. 날 만지지 마."

"네가 의지할 사람은 이제 나뿐인데, 매정하네."

"전부, 전부, 토오코 씨 탓이야."

"그렇지……."

"토오코 씨가, 그런 짓을 해서…… 나까지 말려들어서……."

"하지만 그 전부터 균열은 있었어. 그 집은 이상했는걸."

에켄은 고개를 저었다. 그러자 토오코의 손은 자연스럽게 떨어졌다.

"그렇지 않아. 모든 게 원만하지는 않았어도, 우리는 제대로 가족으로 지냈어."

토오코는 아쉬운 듯 자신의 손을 쥐었다.

"가짜 가족으로, 말이지."

그 말은 잔혹하게 울렸다. 뭐라고 답하면 좋을지 알 수 없어서, 에켄은 한 걸음 물러나 토오코와 조금 거리를 벌리고 물었다.

"……토오코 씨, 왜 그런 짓을 했어?"

"에켄 군은 이미 알고 있지 않아? 네가 가장 잘 이해해줄 거라고 생각했는데."

에켄은 비난하듯이, 그러나 슬픔이 담긴 음성으로 외쳤다.

"몰라! 나한테는 괜찮다고 했잖아……!"

그의 분노에 토오코는 바로 반응하지 않았다.

"괜찮다는 말 따위, 타인을 위해 하는 거짓말이야."

소년이 눈으로 대답을 재촉하자 겨우 웃으며 그렇게 말했다.

"그럼 나한테, 카구야 님한테 말했어야지! 힘들어서 견딜 수가 없다고!"

"말했잖아……?"

"하지만 토오코 씨는 이러면 어떠냐, 저러면 어떠냐 하는 말에 한 번도 고개를 끄덕여주지 않았어! 우리가 엉뚱한 소리를 했다면 원하는 걸 직접 제대로 말했으면 됐잖아! 내가 어떻게 해야했던 거야? 카구야 님이라면 분명 어떻게든 해줬을 텐데……."

토오코는 에켄이 울며 분개하고 있는데도 깔깔 웃었다.

"에켄 군은 어린애구나……. 나는 팔리듯이 시집왔지만, 그 사람의 아내였어. 신의 아내라는 긍지도 있었어. 나는 거기서 도망치고 싶었지만 도망칠 수 없었어. 오기도 있었지. 한계까지 힘냈다가 그렇게 된 거야."

"그런 오기는 버렸어야 했어!"

"……버리려고 했어. ……에켄 군이 가장 잘 알잖아."

에켄은 날카로운 시선을 받고 한 걸음 더 물러났다. 토오코의 시선은 여전히 차가웠다.

"실제로 그 사람은 내가 뭔가 부탁했다면 분명 들어줬겠지. 그런 신이니까. 정이 많은 사람이기도 하고. 하지만 나는 카구야 님에게 더 이상 폐를 끼치고 싶지 않았어. 나 때문에 카구야 님이 피해를 볼 바에야, 차라리 사라지고 싶었어."

"……그건."

"좀 웃겼던 건…… 내가 사라지면 큰일이 벌어지지 않을까…… 하는 생각을…… 오랫동안 했었다는 거지. 부끄럽게도 말이야. 과거로 돌아갈 수 있다면 과거의 나에게 말해주고 싶어. 얼른 도망치라고. 그러면 카구야 님은 정말로 좋아하는 사람을 찾을 수 있었을지도 몰라. 나는 내 인생을 시작할 수 있었을지도 몰라. 궁지에 몰려서 멍청한 짓을 저지르지 않았을 거야. 에켄 군, 너도."

"……나는, 어떻게 해야 했던 거야?"

"에켄 군은 아무것도 안 해도 됐어."

"……!"

"하지만 그럴 수 없었지. 너도 나랑 똑같아. 그러니 에켄 군은 날 비난할 수 없어. 인간은 멍청한 짓을 할 때가 있어. 실제로 나와 같은 처지가 됐을 때, 올바르게 행동할 수 있는 사람은 몇 명이나 될까?"

"……토오코 씨……."

"그래야 한다는 걸 마음으로는 아는데 하지 못할 때가 있잖아? 오기라든가, 두려움이라든가, 이 이상 슬퍼지기 싫다든가, 그러한 여러 방어 반응으로 사람은 스스로 선택지를 점점 줄이고 간단히 쇠약해져. 지금의 너처럼 말이야. 나도 그 무렵에는 중증이었어. 그러니까 왜 그랬냐고 묻지 마."

토오코는 웃었다.

"누가 잘못했는지를 따질 문제가 아니야. 어떻게 할 수도 없었어. 세상에는 그런 일이 있어."

상냥한 말이었으나, 동시에 내치는 말이기도 했다.

"……나는, 어떻게든 하고 싶었어……."

"그건, 미안. 고마워. 너의 다정함을 비난한 건 아니야."

"분명 카구야 님도 어떻게든 하고 싶으셨을 텐데……."

"……미안해."

"사과할 거였으면…… 애초에 하지 말지……."

에켄은 그 자리에 무릎을 꿇고 그저 울었다. 토오코는 어두운 방안에서 에켄이 오열하는 모습을 묵묵히 보고 있었다. 소년의 죄도 여자의 죄도 책망할 자는 없었기에, 병풍 속의 신만이 불쌍한 도망자들을 지켜보고 있었다.

—카구야 님, 도와주세요.

에켄은 그 사람의 이름을 마음속으로 하염없이 불렀다.

그를 도와주지 않는 신인데, 에켄이 비명을 지를 만한 때에 매달릴 신은 카구야밖에 없었다. 도망칠 곳이 이 산밖에 없는 것만 봐도, 그가 얼마나 고독한지는 이미 증명된 것이었다.

후게키 에켄은 고독했다. 고독했기에, 빠져들듯이 카구야를 따랐다.

"에켄 군은, 카구야 님과 안 만나는 게 행복했을지도 몰라."

토오코가 가엾다는 듯 그렇게 말했지만, 에켄은 속으로 부정했다.

—그렇지 않아. 나는 카구야 님과 만나서 행복했어.

울면서, 에켄은 그에게는 가장 좋은 나날이었던 과거를 떠올렸다.

예전에는 이 류구다케의 가파른 비탈을 거뜬하게 달렸었다.

카구야에게 씩씩한 모습을 보여주고 싶어서. 자신은 그리 간단히 지치지 않는 남자라는 걸 알려주고 싶어서.

시선을 받고 싶었던 그 상대는 늘 어이없어했다.

『위험해. 뛰지 마.』

두 사람의 관계는 신과 종자라기보다는 아버지와 아들이었다. 에켄은 자신에게 커다란 존재인 카구야가 말과 표정을 돌려주는 것이 기뻐서, 그의 앞에서는 어린아이답게 까불었다.

『카구야 님, 엄청나게 큰 나뭇가지가 있어요! 카구야 님을 위해 가져올게요!』

『카구야 님, 저기 멧돼지예요! 우와~! 처음 봤어요!』

『어제 비가 와서 땅이 지네요. 조심히…… 아아~ 카구야 님이 사주신 신발…… 더러워져 버렸어…….』

에켄에게 카구야는 삶의 모든 것이었다.

『……매일 산을 오르다 보면 질리게 되나요? 저도 그렇게 될까요? 하지만 분명 질리게 되더라도 저는 이 풍경을 좋아할 거예요.』

비슷한 점을 찾지 않아도, 에켄은 카구야를 좋아했다.

『누구나 성역에 올 수 있는 건 아니잖아요. 제가 사수지기라서 볼 수 있는 거죠.』

은혜를 느끼고 있었다. 존경했다. 자랑스러웠다.

『카구야 님, 제가 더 어른이 되어도 저를 해고하지 말아주세요. 제가 스무 살이 되어도, 서른 살이 되어도, 저를 부려주세요. 약속이에요. 어기면 안 돼요. 꼭, 꼭, 약속!』

그는, 그러지 않으면 살 수 없는 아이였다.

후게키 에켄이 신을 섬기게 된 것은 열네 살 때였다.

어느 일가의 자식으로 태어난 에켄은 평범한 소년이었다. 특필할

만한 점이라면 또래 아이보다 키가 크다는 것, 그의 집은 그렇게 유복하지 않다는 점이었다.

에켄은 위로 형이 네 명, 누나가 한 명 있었고, 모친의 배에는 또 한 명이 잉태되어 있었다.

혈족을 늘리는 것은 장려되는 일이었기에 후게키 일족으로부터 어느 정도 보조금은 나왔다. 그런데도 가계는 궁핍했으니, 살림살이가 서툰 부모였다. 자식이 어느 정도 크면 일찌감치 후게키 일족의 기관에 보내 일을 시켰다.

마침 부모가 입을 하나 줄이고 싶다고 생각하던 차에 그 소식이 전해졌다.

이번 대 황혼의 사수인 후게키 카쿠야의 사수지기가 은퇴를 생각하고 있다고.

사수지기의 선정 방식은 그때마다 다르다.

사수가 친한 자에게 부탁하는 경우도 있는가 하면, 이처럼 후게키 일족이 공고를 내서 모집하는 경우도 있었다. 명예로운 일이지만, 사수지기가 되면 한 지역에 묶이고, 매일 사수와 함께 산을 오르며 화살을 쏘는 모습을 지켜봐야 한다. 체력 승부. 힘든 일이었다. 에켄도 처음에는 사수지기가 되고 싶지는 않았다. 그저 부모가 곤란해하니까 스스로 간다고 했을 뿐이다.

몸만큼은 튼튼하기도 해서, 정신 차리고 보니 높으신 분이 제시한 운동 기능 시험과 이론 시험에 순조롭게 합격하고, 어느새 최종 면접장인 류구에 가게 되었다. 에켄이 살던 곳과는 멀리 떨어져 있는 남국 땅. 눈에 보이는 모든 것이 신기했다.

『……에켄, 에켄이구나…….』

처음 만나 인사를 나눈 신은, 조금 지친 얼굴을 하고 있었다.

분위기가 있는 남자였다. 관리가 잘 된 예쁜 정원에서, 둘 다 가든 체어에 앉아 대화를 시작했다. 겨울이 지나고, 봄은 없고, 마침내 시작된 초여름의 아름다운 오후였다.

『후보들에 관해서는 이쪽에서도 조사했어.』

카구야는 무척 화가 나 있었다.

하지만 그건 에켄에 대한 분노가 아니라, 에켄을 보낸 자들에 대한 분노였다.

『……재능은 있지만, 나는 널 사수지기로 삼을 생각이 없어.』

그리고 에켄은 최종 면접이 시작되자마자 사수지기 실격이라는 말을 들었다.

『네……?』

『그러니까 안심해. 알았지? 너는 사수지기가 되지 않아도 돼.』

그 말에 안도하는 것이 아니라 낙담하고 마는 것이 그의 불쌍한 점이었다.

—부모님이 실망할 거야.

에켄은 바로 그렇게 생각했다. 부모가 슬퍼하는 모습을 상상하고 가슴 아파했다.

하지만 카구야는 에켄의 슬픔을 후려쳐 날려 버리는 말을 했다.

『……너, 그 얼굴…… 자신이 팔려왔다는 걸 모르는 거지?』

『네……?』

『나는 18세 이상을 모집하고 있어. 그런데 열네 살 어린애가 왔지. 서류는 부모가 준비해줬지? 나이는 속이라는 말을 듣고 왔지?』

『…….』

그건 사실이었다. 에켄이 가기를 원했지만, 모집 요강을 보고 응모 자격이 없음을 알아차렸다. 그래서 부모는 싱긋 웃으며 말했다.

너는 몸집이 크니까 괜찮을 거라고.

『사수지기는 명예직이라는 말을 듣지만…… 나와 마찬가지로…… 세계 구조를 위한 공물이야. 사계의 대행자님의 호위관이라면 또 다르겠지만, 일생의 대부분을 등산만 하다가 마치게 돼. 요즘 애들은 사수지기가 되기 싫어하지. 이상하다고 생각했어.』

에켄은 황급히 말했다. 부모를 나쁜 사람으로 만들고 싶지 않았다.

『제, 제가 되고 싶다고 했어요!』

『네가?』

『네……. 부모님은, 응원……해주신 거예요…….』

카구야는 탄식했다.

『아니야. 너는 집안을 위해 가야 한다고 생각해서 온 거잖아? 집안이 금전적으로 힘들지 않았다면 가자는 생각은 안 했겠지.』

『…….』

에켄은 정곡을 찔려서 대답이 궁해졌다.

—말하지 마.

『사수 주변에 배속되는 인간은, 너처럼 부모나 친족이 돈을 노리고 보내는 경우가 있어. 내 아내도 그렇고.』

—그런 말은 하지 마.

『저는, 누가 억지로 보낸 게…….』

에켄은 부모가 자신을 사랑하지 않는다고는 생각하지 않았다.

다만 부모와 자신 사이에 살짝 애정의 격차가 있다는 것은 알고 있었다.

『열네 살은 아직 한참 귀여운 나이야. 그런 아이를 집에서 내보내고, 나이를 속이면서까지 사수지기로 만들려고 한 건 억지로 보냈다고 봐야 해.』

―말하지 마, 말하지 마.

『어린 너는 부모에게 사랑받고 싶어서 시키는 대로 하지. 네 부모는 그걸 이용한 거야.』

카구야의 말은 날카롭게 에켄의 가슴을 꿰뚫었다. 카구야가 너무나도 불쌍하다는 시선을 보내며, 에켄을 걱정하는 게 보이는 모습으로 말해서, 에켄도 알아버렸다.

자신이 허울 좋게 쫓겨난 것임을.

『……저는, 필요 없는 아이였다는 건가요…….』

에켄의 질문에 카구야는 답이 궁해졌다. 배려한 것인지, 에켄에 관해서는 언급하지 않고 대답했다.

『……가계가 힘들긴 했겠지.』

나쁜 것은 가난이지 사람이 아니다. 그렇게 정리해 버리면 조금은 위로가 되지만, 문제가 해결되지는 않는다.

『…….』

에켄의 머릿속에는 앞으로 어떻게 할 것인가 하는 생각만이 강박관념처럼 존재했다.

집에 돌아가서 부모의 낙담한 얼굴을 보고, 그다음에는?

눈앞에 있는 냉정한 외부인이 자신의 상황을 담담히 말해줘서 겨우 이해했다.

자신의 인생은 뭔가 터무니없이 나쁜 방향으로 가고 있음을.

『사수지기는 대가 바뀔 때까지 계속 하는 일이야. 부모가 된다면 몰라도…… 네가 자진해서 사수지기가 된다고 하는 건 인생을 시궁창에 버리는 것과 같아. 그러니까 안 해도 돼. 일단 그 점에 안심하자. 응?』

카구야의 말은 하나도 귀에 들어오지 않았다. 초조해서 애가 탔다.

『나도, 어릴 때는 사람들이 시키는 대로 했어. 어른이 되고 마침내 이상하다는 생각이 들기 시작했지.』

—다음에는 어디로 보내질까. 거기서도 고용해주지 않으면 어쩌지.

『……늦었지만 이런 일에는 항의해 나가기로 했어. 역시…… 본인의 의지도 듣지 않고 사람을 공물로 바쳐선 안 돼.』

—부모님은 내 힘으로 먹고살 수 있을 때까지 나를 집에 둘까?

『그러니까 에켄, 너는…….』

—아아, 그보다도 진실을 알게된 지금, 예전처럼 맹목적으로 부모를 사랑할 수 있을까.

단숨에 여러 감정이, 생각이 머릿속을 돌아다녔다.

사수지기가 되지 못하더라도 에켄이 일해야만 한다는 사실은 변함없었다. 집에 돈을 보태라는 말을 들을 테고, 무슨 일을 해서 그 돈을 마련할지 생각해야 했다. 그런 불안이 갑자기 엄습했다.

『이봐, 듣고 있어? 에켄, 괜찮아?』

『아, 네…….』

얼굴이 너무 창백했는지, 카구야는 다시 괜찮냐고 물었다.

에켄도 자신에게 물었다. 나는 괜찮나?

—안 괜찮아.

자신은 인간이 아니라 누군가에게 소비되기 위해 태어난 도구인 것 같다는 생각이 들었지만, 그렇지 않다고 타일렀다.

—하지만 맞잖아.

아픔이 야금야금 가슴에 퍼졌으나, 에켄은 애써 울지 않으려 했다.

『……에켄, 듣고 있어? 괜찮아?』

『……모르, 겠어요.』

목소리를 쥐어짜 그렇게 말하니, 카구야는 잠깐 망설이는 것 같았지만, 커다란 손으로 에켄의 머리를 쓰다듬었다.

『괜찮아. 내가 괜찮게 만들 거니까.』

카구야는 에켄이 이해할 수 없는 소리를 하고서, 본론이 남았다며 다시 이야기하기 시작했다.

『……일단 너는 여기 머물도록 해.』

『네……?』

갑작스러운 분부를 듣고 에켄은 곤혹스러웠다.

『그럴 순 없어요. 부모님도 곤란해져요.』

『……부모가 저지른 일 때문에 네가 곤란한 상황이라고……. 네 부모가 한 짓은 신성한 직무에 대한 조롱이라고 볼 수도 있어. 자식의 나이를 속였습니다, 죄송합니다, 하고 끝날 문제가 아니야…….』

그 말을 듣고 에켄은 그제야 죄를 자각했다. 자신의 눈앞에 있는 사람은 이 나라의 밤을 관장하는 사람. 현인신이다.

신에게 사기를 치다니, 용서받을 수 없는 일이다.

『부, 분명 그런 생각은 없으셨을 거예요! 저희 부모님은, 제가 말하기도 뭐하지만, 생각이 별로 깊지 않으셔서……!』

『그렇겠지. 그러니 자식을 훽 보냈을 거야.』

카구야는 상당히 화가 났는지 에켄의 부모에게는 가차없었다.

『문책이 없을 수는 없어. 자신들이 무슨 짓을 했는지 알아야 하고…… 그리고 너처럼 타인의 개입이 필요한 상황이라면 최대한 뭔가 해주고 싶다는 마음도 있어. 하지만 가장 중요한 건 너야.』

『저요……? 어째서요?』

『……당연한 거 아니야? 너는 보호 대상이야! 그래서 내가 이렇게 얘기하며 상황을 설명하고 있는 거야. 아무튼 상황이 수습될 때까지는 부모한테서 떼어 놓을 거야. 부모가 이성적인 것 같지는 않으니까. 너한테 상처를 주지 않을 것 같다는 생각이 들기 전까지는 돌려보낼 수 없어.』

카구야가 말한 가능성은 없을 거라고 생각하고 싶지만, 에켄도 돌아가는 게 갑자기 무서워졌다.

『이해했어? 네 부모는 좋지 못한 짓을 했어. 하지만 너는 잘못이 없어. 그러니까 내 쪽에서 보호할 거야. 한동안 류구에서 지내. 면접에서 떨어뜨릴 건데 굳이 부른 것도 그래서야.』

에켄은 어쩌면 좋을지 더더욱 알 수 없어졌다.

『카구야 님, 하지만, 저는…… 가진 게 아무것도 없어요.』

일단 그렇게 말해봤지만, 카구야는 다르게 받아들였다.

『그래? 그럼 생활에 필요한 물건이랑…… 옷 같은 것도, 이것저것 마련해야겠네.』

『아니요. 그게 아니라…….』

『집에 뭔가 소중한 걸 두고 왔다면 사람을 시켜서…….』

『아뇨, 그게 아니라…… 저는, 그렇게 챙겨주셔도 카구야 님께 드릴 것이 없어요. 저희 집도 그렇지만, 저도 돈이 없어요. 곤란해요.』

카구야는 어이없어했다. 어이없다는 그 표정 그대로 말했다.

『내가 너한테 돈을 받을 리가 없잖아…….』

『돈도 받지 않으신다면, 카구야 님을 귀찮게 할 뿐이잖아요…….』

에켄은 카구야의 마음을 받아들이지 못하고 고개를 숙였다.

어쩌면 좋을지 알 수 없었다.

지금 카구야가 손을 내밀어 주고 있지만, 그 손을 잡아도 되는지도 알 수 없었다.

『……타인인 카구야 님을 귀찮게 할 수는 없어요…….』

완전히 막막해져 버렸다.

어린 시절이 갑자기 끝나버린 기분이었다.

『저는, 부모도 필요 없다고 한 녀석인데…….』

좀 더 보호받고 싶었는데. 사랑받고 있다고 좀 더 착각하고 싶었는데.

에켄이 고개를 들지 못하고 있으니, 카구야는 아까보다 훨씬 상냥한 음성으로 말했다.

『……그럼 이렇게 생각해. 내가 안심하고 싶어서 너를 곁에 두는 거야.』

『어째서…….』

『너는 내가 지켜야 할 야마토의 백성이니까. 하지만 내가 지키는 걸 이해타산으로 생각하지 않았으면 해. 뭐든 득실을 따지며 산다면 백성에게 밤을 안 주겠지. 나도 내 인생을 살고 싶으니까.』

그건 카구야의 본심이었다.

방금 막 에켄의 마음에 생긴 상처에는 아프게 스몄지만, 완고했던 그의 태도를 푸는 효과는 있었다. 이 밤의 왕에게는 남을 감싸는 포용력이 있었다.

얄궂게도 에켄의 인생이 호전된 것은 어려움을 겪은 끝에 생긴 인연 덕분이었다.

『……정말, 그래도 되나요…….』

에켄에게 카구야는.

『드릴 것이 없어도 괜찮나요…….』

황혼의 사수이기 이전에, 궁지에서 구해준 구원자였다.

『……전혀 울지 않는다 싶더니…… 참았던 거구나.』

그래서 에켄은 그 시점에 그를 아주 좋아하게 되었다.

카구야에게 에켄이 운명이 아니더라도, 에켄에게 카구야는 운명이었다.

그 이후로 에켄은 아직 은퇴하지 않았던 당시 사수지기와, 카구야의 아내이자 자신과 마찬가지로 공물로서 류구에 왔다는 토오코와 함께 저택에서 지내게 되었다.

에켄과 카구야의 상성이 좋다는 것을 맨 처음 눈치챈 사람은 선대 사수지기였다.

이제 노년이라고 해도 될 나이였던 당시 사수지기는, 모처럼 왔으니 사수의 일을 보여주자며 카구야를 설득해서 견학시켰다. 에켄은 어른들과 함께 등산하여 성역에 발을 들였고, 현인신이 이 세상 것이 아닌 힘을 써서 밤을 가져오는 모습을 보았다.

그 모습을 보고 순수하게 감동한 것부터가, 황혼의 사수를 섬길 소질을 가지고 있는 것이었다.

전 세계에 있는 사수들이 이렇게 하늘의 장막을 갈라서 세상에 아침과 밤을 가져온다는 사실에 큰 낭만을 느꼈다. 카구야가 야마토를 위해 화살을 쏘는 모습은 아름다웠고, 마법 같은 광경이라 설렜다. 자신도 이 대단하고 훌륭한 위업에 일조하고 싶다고 남몰래 꿈꿨다. 에켄이 덮어놓고 칭찬하며 존경의 눈빛을 보내니 카구야도 기분이 나쁘진 않았다. 두 사람이 새로운 관계를 시작하는 것은 필연이었을지도 모른다.

최종적으로 에켄이 카구야와 담판을 지어 자신이 그 역할을 맡고 싶다고 청원한 것은 틀림없이 그의 의지였다.

『카구야 님, 평생 곁에 있게 해주세요. 저는 사수지기가 되고 싶어요.』

안 보이는 곳에서 남을 돕는 것을 힘들어하는 소년은 아니었다.

카구야의 성품도 흠모하고 있었다. 무엇보다 젊었다. 앞으로 늙어

갈 카구야에게 필요한 인재였다.

아주 조건이 좋은 후보였지만, 카구야는 거부했다.

『안 돼. 네 장래가 닫혀. 후게키 일족의 기관에서 허드렛일을 할 수 있도록 검토 중이니까…… 일하고 싶다면 그걸 기다려.』

『그럼 카구야 님 곁에서 일할래요! 그것도 기관의 일이잖아요?』

『너는 정말 아무것도 모르는구나……. 사수지기가 되면 류구에서 거의 나갈 수 없어! 후게키 일족이어도 관측소에서 일하는 녀석들은 여행도 다닐 수 있고, 결혼도 자유로워. 내 곁에 있으면 그런 선택지가 엄청 좁아진다고!』

『저는 그래도 좋아요. 좋아하는 아이는 류구에서 찾을게요.』

『너는 몰라!』

하지만 에켄도 굽히지 않았다.

몇 번이고 계속 에켄이 청원하니 결국 카구야도 끈기에 졌다.

아무리 찾아봐도 에켄을 맡길 곳이 없다는 것도 이유가 되었다.

어차피 이 소년을 키워야 하니까, 언젠가 독립할 때까지 잠정적인 사수지기로 기용하자고. 결국 정에 넘어갔다.

카구야는 인생을 낭비하는 거라며 탄식했지만, 이 점에 관해서는 견해차라고 표현할 수밖에 없었다.

카구야는 어디로도 갈 수 없지만, 역할과 집이 있다.

에켄은 어디든 갈 수 있지만, 기다려 주는 사람과 돌아갈 곳이 없다.

소년은 자신을 필요로 해주는 무언가를 찾고 있었다.

『저는 카구야 님과 함께 지내며 보탬이 되고 싶어요.』

조금 삐뚤어진 카구야와, 순수하게 좋아한다는 이유로 곁에 있기를 택한 에켄.

『……너, 후회해도 간단히 못 그만둔다…….』

좋은 주종이었다. 카구야는 쓴소리를 하면서도 에켄을 사수지기로 삼는 의식을 치렀다.

노년의 사수지기는 정식으로 은퇴하고, 에켄이 카구야의 종자가 되었다.

에켄은 그 후 부모와 만날 기회가 있었는데, 부모의 지시로 나이를 속였음을 왜 솔직히 말했냐며 힐난받기도 해서 자연스럽게 사이가 소원해졌다.

—이제 상관없어.

어차피 이제 별로 만날 일도 없다. 자신은 신과 함께 이 섬에서 쭉 지낼 거니까.

혼자였다면 슬픔을 견디지 못했겠지만, 카구야에게 자신이 필요하다는 것이 큰 버팀목이 되었다. 매일 밤을 가져오는 현인신의 안전을 맡고 있다는 것이 너무 자랑스러웠다.

—나는 열심히 살고 있어. 좋은 곳에서 거둬줬어. 그러니까 괜찮아.

실제로 보고할 사람이 없어도 외롭지는 않았다.

외롭지 않도록 주인이 배려해주고 있음을 알았으니까.

에켄이 가장 걱정했던 것은 아무것도 모른 채 어딘가로 쫓겨나는 것이었다.

하지만 카구야는 절대 그러지 않을 어른이라고 믿을 수 있었다.

분명 이대로 카구야와 함께 나이를 먹으며, 사수와 사수지기로서 야마토에 공헌할 수 있을 것이다.

장을 보고 산책하다 보니 조금씩이나마 지역 사람들과도 친해졌다.

카구야는 좁은 세계라고 말했으나, 카구야의 정체를 아는 관계자라는 연줄로 지인은 늘어났다.

화려한 삶은 아니지만, 사람들을 돕는 검소한 인생이었다.

나름대로 매일 즐겁게 지냈다. 정말로 많은 것을 바라지는 않았다.

작은 행복을 음미하며 살았다.

하지만, 그런 나날은 이어지지 않았다.

좋은 일은 오래 이어지지 않고, 반드시 방해가 나타난다.

에켄이 사수지기로 일한 지 2년이 됐을 무렵, 그 일이 찾아왔다.

『그게 정말이야……? 사수지기는 그런 일을 할 수 있어?』

아침 식사 자리였다.

카구야의 아내인 토오코가 놀란 목소리를 냈다.

류구다케 산중에서 일어났던 일을 이야기한 탓이었다.

사수지기가 된 에켄이 자신이 갖게 된 『신성 은폐』 권능을 처음으로 사용했다며 흥분한 얼굴로 이야기한 것이다. 사수의 성역으로 가는 산길에 우연히 들어오게 된 일반인 노파에게 환상을 보여줘서 은근슬쩍 정규 등산로로 유도해 마주치지 않았다.

그저 그것뿐인 이야기라고 할 수 있지만. 에켄은 몇 달간 잔류해 준 선대 사수지기에게 권능을 배우며 수행했기에 올바르게 쓸 일이 생겨서 기뻤을 것이다. 사실은 쓰지 않는 것이 좋지만, 신이 나서 떠들고 마는 것은 어리기 때문이었다.

그러나 토오코는 벌써 10년을 카구야와 부부로 살았는데도 사수지기의 권능을 몰랐다.

카구야는 조금 곤란한 표정을 지었지만, 이야기를 꺼낸 에켄을 혼내지 않고, 비밀로 해달라고 아내에게 말했다.

『일단 이건 기밀 사항이니까. 가족끼리 하는 얘기로 간직해줘.』

토오코는 소외감을 받은 듯했다.

『카구야 님, 하지만 저는 지금까지 몰랐어요. 선대 사수지기도 그런 얘기는…….』

『말하면 안 되는 일이니까. 가족이니…… 뭐, 괜찮겠지.』

『가족이라면 더 빨리 말해주시지……. 깜짝 놀랐어요.』

『토오코 씨는 모르는 게 나을 것 같았어. 나쁜 의미로 그런 게 아니라, 지키기 위해 그런 거야.』

카구야와 토오코는 엇갈리기만 하는 부부였다. 서로를 존중했고, 결코 사이가 나쁘지는 않지만, 결정적으로 친밀해지는 것을 피하는 분위기가 있었다.

『따돌리지 않아도, 비밀 정도는 지킬 수 있는데…….』

에켄과 마찬가지로, 가족이 돈을 목적으로 시집보낸 토오코.

아무것도 몰랐다고는 하지만, 후게키 일족이 하는 일을 의심하지 않고 결혼해버린 카구야.

카구야는 자신을 가해자로, 토오코를 피해자로 보는 구석이 있었다.

『아냐! 따돌린 게 아니야……. 신성 은폐는 사수를 지키기 위해서만 써야 해. 그래서 마술처럼 보여줄 수 있는 게 아니고, 모르는 게 나아…….』

이 혼인이 인신 공양이었음을 알게 된 카구야는 결혼을 백지로 돌리려고 했었다.

자신과 부부가 되기로 각오하고 왔다면 모를까, 이래서는 인신매매나 마찬가지라고 중진에게 분개했으나, 이미 아내로 맞이해버린 뒤였다.

이별을 택한다면 다양한 문제가 생길 터였다.

토오코는 역할로부터 도망친 여자라는 낙인이 찍히게 된다.

신의 아내라는 역할에서 도망친 여자가 재혼하는 것도, 후게키 일족의 기관에서 일자리를 얻는 것도, 이 좁은 세계에서는 어렵다. 카구야가 용서해도 일족은 용서하지 않는다.

『……저도 사수지기가 되면 그 힘을 가질 수 있나요?』

『내 사수지기는 에켄이니까 무리야.』

게다가 토오코는 병을 앓는 오빠가 있었고, 의료비는 그녀가 버는 돈으로 충당하고 있었다. 적어도 오빠가 하늘의 부름을 받기 전까지는 이 원조를 이어가고 싶다고 토오코가 말하니, 카구야도 에켄에게 그랬던 것처럼 그녀를 지키기 위해 곁에 두기를 택했다.

카구야는 깊이 생각하지 않고 결혼하여 한 여성의 인생이 소비된 것에 죄책감을 느꼈다.

토오코는 카구야의 양심을 이용해 계속해서 지켜지고 보호받고 있는 것에 죄책감을 느꼈다.

『어떻게 힘을 받는 거예요? 에켄 군은 원래 평범한 사람이잖아요?』

함께 생활하는 가족이지만, 영원히 좁혀지지 않을 거리가 존재했다.

『사수가 대지에 뿌리내린 꽃나무 가지를 하나 꺾고, 이 사람을 신하로 삼기로 하고서 건네주면 자연스럽게 힘이 주어져. 예로부터 그래. 사수의 힘을 나눠 주는 거라고 하는 사람도 있는데, 나도 잘 모르겠어. 에켄에게는 그때 꽃이 피어 있었던 배롱나무 가지를 줬어.』

토오코는 카구야의 말에 충격을 받았다.

『정원에 있는?』

『맞아. 정원에 있는 배롱나무.』

『…….』

『토오코 씨?』

『…….』

입을 다물어 버린 토오코를 보고, 카구야는 그제야 자신의 실수를 알아차렸다.

『미안……. 그랬지, 참……. 네가 관리해 주는 꽃나무였어…….』

무거운 침묵이 흘렀다. 어디로도 갈 수 없는 토오코에게, 정원은 유일하게 마음대로 할 수 있는 성이었다.

소중히 키운 꽃나무를 망가뜨리면 당연히 슬플 것이다.

『아뇨, 정원은 카구야 님의 재산이니까요……!』

『그런 말 하지 마. 정원은 토오코 씨 거야. 미안, 미안해……. 사과하는 의미에서 뭔가 새로 갖고 싶은 게 있다면 주문할게. 뭐가 좋아? 뭐든 준비할 테니까 말해줘.』

『……없어요. ……충분히 챙겨주시고 있는걸요.』

『……토오코 씨, 그런 말 하지 마. 나는 아무것도 못 해주고 있는걸. 미안해…….』

단추를 잘못 끼운 것 같은 부부였다.

타인이 결정한 결혼이란 점도 걸리는 부분일 것이다.

높으신 분들이 시키는 대로 결혼하면 어떤 비극이 일어날지 카구야에게 상상할 힘이 있었다면.

토오코가 정해진 결혼에 반발하고, 카구야에게 거절해 달라고 말할 용기가 있었다면.

서로 이야기를 나눈 후에, 그래도 둘이서 살기로 결정했다면.

그랬다면 어땠을까, 라는 가정은 얼마든지 할 수 있다. 하지만 그러지 않았고, 집안은 잔뜩 금이 가 있었다.

그렇게 돌이킬 수 없는 상태가 되어 약간의 광기를 지니게 된 것은 모두가 조금씩 틀린 결과였다.

『에켄 군, 그 힘은 어떤 환상이든 만들 수 있어?』

에켄이 열여섯 살이 된 여름.

토오코가 그렇게 물었을 때, 에켄은 안 좋은 예감을 느꼈다.

『응? 할 수 있어?』

그녀는 아직도 요전번에 이야기한 에켄의 권능에 집착하고 있었다.

『……토오코 씨. 카구야 님도 말씀하셨지만, 마술처럼 보여줄 수는 없어요.』

『할 수 있냐고 물었을 뿐이야…….』

『……할 수 있지만…….』

『……저기, 한 번만이라도 좋으니까…… 부탁하고 싶어서…….』

발단은, 작은 배려였다.

토오코가 자신의 짐에서 앨범을 꺼내더니 사진 속 인물을 환상으로 만들어 달라고 부탁한 것이다. 고향에 돌아갈 수 없는 외로움. 정이 남은 가족과 만날 수 없는 슬픔.

그러한 것을 견디기 위한 위로 차원에서 에켄의 권능을 써달라고 졸랐다.

―나쁜 일에 쓰는 건 아니야.

에켄도 어렸다.

―토오코 씨가 우울해하면 카구야 님도 슬퍼하셔.

그리고, 충신이었다.

―사수의 심신을 신경 쓰는 건 내 역할이야.

토오코를 위한 일이라기보다, 주인의 복잡한 결혼 생활을 양호하게 유지하기 위해 소원을 들어주기로 했다.

토오코의 고향 친구. 한 명뿐인 오빠. 만날 수 없는 사람들의 모습. 토오코는 환상임을 알면서도 눈물을 흘리며 기뻐했다. 처음에는 아주 좋게 작용했다.

『이런 가짜를 보며 만족할 게 아니라…… 전화로 대화하면 될 텐데.』

『그렇게 간단히 만나러 갈 수 없어. 병원에 있는걸…….』
『토오코 씨는…… 오빠를 위해 시집왔는데, 오빠는 연락해주지 않는 거예요?』
『오빠는 끝까지 반대했으니까……. 아아, 굉장하다……. 정말로 만나고 있는 것 같아.』
이어서 추억의 장소를 최대한 재현해줬다.
마치 그곳에 있는 듯한 환술에 토오코는 완전히 매료되었다.
한 번으로 끝이라던 약속은 깨졌고, 토오코는 몇 번이고 계속해서 에켄에게 환술을 보여달라고 했다.

『에켄 군, 굉장해.』

『고마워, 이제 다시 힘낼 수 있어.』

『멋진 힘이야.』

토오코의 기분이 좋으면 카구야도 기뻐한다. 에켄은 좋은 일이라고 느꼈다.
세 사람뿐인 좁은 세계다. 그 안에서 세 사람이 행복해질 수 있다면 좋지 않은가.
누군가를 위해 도움이 되고 싶어 하는 에켄의 타고난 성질.
그것이 나쁜 방향으로 작용할 줄은 누구도 몰랐다.

『……친정에 돌아간다고요?』

어느 날, 토오코와 함께 주방에서 아침을 차리던 에켄은 토오코가 고향에 돌아갈 예정이라는 것을 알게 됐다.

생각해 보면, 카구야가 보기에 이 무렵의 두 사람은 급격히 친밀해진 것처럼 보였으리라.

『응……. 오빠와도 몇 년이나 못 만났고, 얼굴도 볼 겸, 이 결혼을 추진했던 중진과 부모님에게 카구야 님 곁을 떠나고 싶다고 말할 거야.』

『……토오코 씨…… 카구야 님이 싫어지셨나요?!』

『에켄 군, 목소리가 커!』

에켄과 토오코는 거실 쪽을 보았다. 카구야는 이제 막 깨서 멍하니 소파에 앉아 있었다. 이야기를 들은 것 같지는 않았다.

『조용히 말하자.』

『네. 아무튼 왜 그렇게 된 거예요……?』

『……먼저 정정하는데, 카구야 님은 내 은인이야. 어른들이 시키는 대로 열여덟 살에 시집와서, 아무것도 모르겠고 무서워서 울던 나를 지켜주시려고 했어. 싫어할 리가 없잖아.』

『그럼 왜…….』

『……내가 카구야 님의 인생을 착취하고 있으니까.』

그 표현은 조금 냉엄했으나 정확했다.

『나는, 카구야 님을 착취하고 있어. 카구야 님은 나랑 결혼하지 않았다면, 이혼했다면, 거리낌 없이 좋아하는 사람과 맺어졌을지도 몰라. 결혼한 당시에는 오빠도 앞으로 몇 년밖에 못 산다고 해서 몇 년만 있게 해달라고 부탁했고, 그래서 카구야 님도 허락한 건데…… 그럴 터였는데, 후게키 일족의 지원 덕분에 오빠도 오래 살아줘서……. 그래서 지금껏 계속……. 이러면 안 되잖아. 에켄 군도 눈치챘겠지만, 우리는…… 부부 같지 않아.』

『…….』

아마 두 사람 사이에 자식이 없는 것도 포함해서 한 말일 것이다.

시대착오적이더라도, 그들이 사는 세계는 그런 세계였다.

『……카구야 님은…… 내가 오빠를 위해 팔려왔다는 걸 알았을 때부터, 나를 아내가 아니라 지켜야할【백성】으로 보게 됐어. 아마 평생 그럴 거야. 내가, 스스로 원해서 여기에 왔다면, 달랐을지도 모르지만…….』

에켄은 토오코의 말을 막연하게나마 이해할 수 있었다.

카구야는 다른 현인신과 비교해도 자신은 신이고, 다른 인간은 수호해야할 백성이라는 의식이 강했다. 그래서 제도를 이용해 토오코를 곁에 둬서 그녀의 가족을 지키기를 택했을 것이다. 두 사람 사이에 끝내 사랑은 생겨나지 않았지만, 서로 도우며 지내다 보니 어느새 10년이 지났다.

카구야와 토오코는 그런 관계였다. 가족의 한 가지 형태이긴 했다.

『카구야 님은 나를 가족으로 삼아 주셨어. 아내로 삼아 주셨어. 하지만…… 내 인생을 뺏었다고 여기고 계셔. 사실은 그게 아닌데. 내가 카구야 님을 착취하고 있는 건데. 카구야 님은 어릴 때부터 신이셨고, 인간들에게 이용당하는 인생이었으니까, 자신이 핍박받는 것에는 둔감해.』

『그렇게 따지면, 저도…….』

『에켄 군은 제대로 역할을 다하고 있고, 나랑 비슷해 보이지만 전혀 달라. 류구 생활에도 익숙해졌잖아. 나는…… 몇 년이 지나도 이곳 생활이 어색해. ……에켄 군이 고향 풍경을 보여줘서 여러 생각을 했어. 내 과거라든가, 미래라든가. 물론 카구야 님에 관해서도. 나는 받기만 했으니까…… 벌써 10년이나 보호받았으니까, 카구야 님의 곁을 떠나야지. 그게 내가 카구야 님에게 해드릴 수 있는 유일한 일이야…….』

『토오코 씨…….』

에켄은 막 이곳에 온 열여덟 살 토오코를 상상했다. 낯선 토지에 있는 신에게 시집가라는 명령을 받고 찾아온 한 여성을. 그리고 열네 살에 류구에 왔던 자신을 겹쳐 보았다.

—나도 아무것도 모른 채 이곳에 와서, 무섭고, 슬퍼서, 카구야 님에게 매달렸어.

카구야는 받아들여줬다. 그런 신이었다.

『더는 카구야 님에게 기생해서 살고 싶지 않아. 제대로 자립하고 싶어…….』

에켄은 이제껏 토오코에게 느꼈던 인식을 고쳤다. 에켄은 사수지기라서, 카구야의 마음을 어지럽히는 자에게는 좋지 않은 인상을 가졌다. 토오코를 약간 불편하게 여기고 있었지만, 그건 잘못된 견해라는 걸 알았다.

—나도 카구야 님에게 폐를 끼치며 살고 있어.

토오코의 사정은 남의 일이 아니었다.

뭔가 할 수 있는 일이 없을까 고민한 에켄은 떠오른 생각을 말했다.

『도, 돈이라면 저도 보탤 수 있어요. 급료를 받고 있거든요.』

『후후…… 어린애한테 받을 순 없지. 카구야 님에게는 그냥 친정에 다녀오고 싶다고만 말해뒀어. 에켄 군에게 얘기한 건…… 너한테도 말했으니까 높으신 분에게 절대 굴복하지 않겠다고…… 결심하고 싶어서……. 그동안 둘이 지내게 되겠지만, 에켄 군, 카구야 님을 잘 부탁해.』

에켄은 쓸쓸하게 웃는 토오코에게 무슨 말을 하면 좋을지 알 수 없어서 그저 고개를 끄덕였다.

그리고 토오코는 선언한 대로 잠시 류구를 떠났다. 늘 셋이 먹었던 아침은 둘이 먹게 되었고, 왠지 갑자기 집이 넓게 느껴졌지만, 토오코는 며칠 후 문제없이 돌아왔다. 카구야는 그저 친정에 다녀왔다고 인식하고 있었기에 그녀를 따뜻하게 맞이해줬다.

「오랜만에 가족과 만나니 어땠어? 고향 친구와 조금은 놀고 왔어? 돌아오는 것도 힘들었지? 오늘은 푹 쉬어.」

그런 카구야의 말에 토오코는 웃으며 대답했다. 에켄은 혼란스러웠다. 높으신 분과 얘기한 건 어떻게 됐을까. 자신과 카구야의 생활에서 이 여성이 사라져 버리는 걸까. 새삼스럽게 쓸쓸함을 느꼈지만.

『소용없었어. 평생 류구에 있으래. 이제 돌아오지 말래……. 책무를 다하래…….』

토오코가 돌아온 날 밤, 마침내 단둘이 되었고 에켄은 결과를 알게 됐다.

『……그리고, 오빠는…… 이미 1년 전에 죽었어.』

카구야 앞에서는 울지 않으려고 참았을 것이다. 에켄에게 이야기한 토오코는 참지 못하고 울음을 터뜨렸다.

『나, 나한테 알려주지 않고서, 이미 장례식도 끝나서, 오빠는 이미 무덤 속이었어.』

토오코가 이야기하는 내용을, 에켄도 가슴이 옥죄이는 심정으로 들었다.

『카구야 님에게 죄송스러워. 어떻게 말하면 좋지……? 용서하지 않으실지도 몰라…….』

에켄은 필사적으로 말했다. 당장 카구야에게 전부 말하자. 어떻게든 해 주실 거다.

갑자기 토오코를 내쫓을 사람이 아니다. 분명 아군이 되어주실 거다.

토오코는 울기만 할 뿐, 듣지 않았다. 카구야는 사수의 책무를 다하고 지쳐서 취침 중이었다.

그것도 감안하여, 내일 아침 셋이서 제대로 이야기하자고 토오코를 설득했다. 그리고 거의 강제적으로 이불 속에 넣었다. 이때를 에켄은 수없이, 수없이, 수없이, 수없이 후회하게 된다.

왜, 아침까지 같이 있어 주지 않았을까.

이튿날, 아침 일찍 깨어나 보니, 저택 아래층에 토오코가 쓰러져 있었다.

"아닐 거야."

—죽, 었, 어?

에켄에게는 죽은 것처럼 보였다. 머리를 부딪쳤는지 살짝 피가 고여 있었다. 저택은 개방적인 구조여서, 2층으로 가는 계단은 나무로 된 개방 계단이었다.

위에서 아래층을 둘러볼 수 있었다. 몸을 내밀면 위험했다.

—아닐 거야.

에켄도 카구야에게 자주 들었다. 계단에서 장난삼아 뛰지 말라고.

그런대로 높으니, 잘못 착지하면 심하게 다칠지도 몰랐다.

난간을 잡고서 확실히 오르내리라고, 토오코가 물건을 옮기려 한다면 도와줬으면 좋겠다는 부탁도 받았었다. 이 저택에 사는 자라면 조심해야할 장소였다.

—아닐 거야, 아닐 거야, 아닐 거야, 아닐 거야.

사고인가.

—어째서, 왜.

자살인가.

—그치만, 그런 기색은, 한 번도.

어디 잘못 부딪쳐서, 움직일 수 없어서, 심야에 누구에게 알리지도 못하고 이렇게 되었나?

—왜, 왜, 왜, 왜, 왜.

아니, 외출복을 입고 있다. 혼자 어딘가로 도망치려고 한 걸까.

아니면 미래에 대한 절망과 죄책감으로 이 계단에서 아래층으로 몸을 날렸나?

—아침에 제대로 이야기하자고 했는데.

에켄은 토오코의 문제를 내팽개친 것이 아니다. 그저 밤이 늦었으니까, 지친 주인을 생각하여 다음 날로 대화를 넘겼을 뿐이다. 토오코를 지켜달라고 카구야에게 직접 머리를 숙일 마음도 있었다. 에켄과 상관없는 이야기는 아니었다. 가족이니까.

—토오코 씨, 왜 기다리지 못한 거야.

어제, 마음이 붕괴되려고 하는 토오코로부터 눈을 뗀 사람은 에켄이다.

—어쩌지.

돌이킬 수 없다. 아니, 그보다도.

—안 돼. 카구야 님이 우실 거야.

그것이 에켄에게 가장 중요한 일이었다.

그 순간, 에켄의 몸에서 커다란 빛이 터져 나왔다.

『에켄?』

갑자기 이름을 불러서 가슴이 철렁했다.

카구야가 기상한 것이다.

계단 위에서 말을 걸고 있었다.

『거기서 뭐 해?』

이 집안의 균열은, 그때, 확실하게 가시화되어 있었다.

『잠이 덜 깼어……? 밥은 나중에 먹고 먼저 시장에 다녀올게. 안 따라와도 돼. 돌아오는 길에 우유랑 달걀도 사 올 건데. 따로 뭐 필요한 거 있어?』

돌이킬 수 없을 만큼 망가져 가고 있었다.

제대로, 다들 문제를 직시했어야 했다.

『토오코 씨도 뭐 필요한 거 있어?』

하지만, 환상의 베일을 덮는 자가 나타났다.

『어……?』

에켄은 카구야가 보는 곳을 보았다.

그곳에 사람이 있었다.

『그래? 아무것도 필요 없다면 됐고.』

낯익은 여성이 있었다.

—카구야 님.

『토오코 씨가 돌아온 다음 날이고, 그 왜, 예전에 맛있다고 했던 팬케이크를 점심에 만들어 주고 싶어서.』

—아니에요, 카구야 님.

『딸기랑 생크림은 있거든. 근데 제일 중요한 달걀이랑 우유를 어제 다 써버렸어.』

—카구야 님, 그거, 아니에요.

『아냐, 괜히 마음 쓰는 게 아니라…… 저도 제 가족을 위해 이 정도는 합니다…….』

조금 전까지 그곳에는 아무것도 없었다.

하지만, 지금은 카구야가 전혀 의심하지 않고 말을 거는 환영이 존재했다.

『어서 오라고, 토오코 씨를 환영해주고 싶잖아…….』

후게키 토오코의 시체 옆에, 후게키 토오코의 환영이 있었다.

비틀린 공간이었다. 잘못됐다. 옳지 않았다.

『그럼 다녀올게. 에켄, 토오코 씨.』

그러나 카구야는 아무런 의심도 하지 않고 저택을 나갔다.

에켄은 자신 쪽으로 고개를 돌리고서 생긋 미소 짓는 환영을 보고 소름이 끼쳤다.

자신이 저지른 죄가, 지금 그곳에 있었다.

사수지기가 받은 권능, 신성 은폐는 사수를 수호하기 위해 존재한다.

에켄은 내던져진 토오코의 몸을 보고 강하게 생각하고 말았다.

—카구야 님이 슬퍼하실 거야.

—이성을 잃을 정도로 슬퍼하시면 화살을 못 쏘실지도 몰라.

—그러면 야마토에 밤이 안 오게 돼.

그런 일은 용납되지 않는다. 밤을 기다리는 사람들이 오늘도 많이 있다.

—숨겨야 해.

짧은 한순간 잘못된 마음을 품었을 뿐이지만, 에켄은 무의식적으로 권능을 사용했다.

사수지기는 신성 은폐술을 사용할 때 특별한 동작을 할 필요가 없다. 카구야가 화살을 쏠 때처럼 밤을 밝히는 반딧불과 비슷한 빛이 몸을 휘감고, 그게 터진 후에는 머릿속으로 구축한 환영이 일정 범위 내에 전개된다.

에켄은 분명하게 스스로 선택하여, 순식간에 은폐한 것이다.

『…….』

토오코를 감추듯 풍경을 바꿨다. 그리고 가짜 토오코가 카구야를 상대하게 했다.

『토오코 씨…… 미안해요.』

쓰러진 토오코를 만지려고 하자, 뒤에서 누군가가 어깨를 두드렸다.

토오코의 그림자가 입을 열었다.

『경비원을 부르자. 우선 이 시체를 치워야 해.』

가짜 토오코는 태연하게 너무한 말을 했다.

에켄은 정신이 이상해질 것 같았다.

왜 자신은 자신이 만들어낸 환영과 대화하고 있는 걸까.

『아니면 아직 살아있나? 어쨌든 움직여야 해. 에켄 군, 경비문에 있는 경비원을 불러. 나머지는 윗사람들이 지시해 줄 거야.』

『너, 뭐야…….』

『카구야 님에게 무엇이 좋을지 너는 순식간에 생각했어. 이미 너는 선택해버렸어.』
『너는, 뭐냐고……. 토오코 씨도 아니면서……!』
『토오코를 위해서도 빨리 행동해!』
이 생각은 대체 누구의 생각일까. 에켄 안에 있는 냉정한 자신이 그녀를 대변해서 말하고 있는 걸까.
아니면, 토오코라면 이럴 때 이렇게 말할 거라고 에켄이 상상하고 있는 걸까.
『……읏.』
모르겠다. 이제 모르겠다. 다만 한 가지 알 수 있는 것은.
『에켄 군, 카구야 님이 밤을 불러오지 못하게 돼도 좋아?!』
에켄은 사수지기로서 행동해야만 한다는 것이었다.

그리고 모든 것은 깔끔하게 미쳐갔다.

불쌍한 신이 가족을 위해 장을 보러 나간 사이에 모든 것이 처리되었다.

후게키 토오코의 몸은 경비원들이 저택 밖으로 옮겼고.
일의 전말은 신속히 후게키 일족의 높으신 분에게 공유되었다.
에켄은 며칠간 그대로 카구야를 속이라는 분부를 듣고 남겨졌다.
그 이후로는 아주 웃기고 슬픈 연극이 막을 올렸다.
토오코는 그곳에 없었다. 없는데 있는 것처럼 취급해야 했다.
에켄이 가장 무서웠던 것은 토오코의 환영이 자립해서 역할을 연기하고 있는 것이었다.

얄궂게도, 에켄은 세계를 몽상하고, 구축하고, 전개하는 이 비술에 적성이 있었다.

사용에 막대한 집중력이 필요하여 몇 시간 만에 기운이 쭉 빠질 이 술법을 며칠이나 계속 쓸 수 있었던 것은 주인을 생각하는 마음이 있기 때문이었다. 거기에 광기가 한 스푼 더해진 것도 재능이 개화한 이유였다. 에켄은 카구야의 마음을 제대로 지켰다.

그가 소중히 비호하던 여성이 사라져 버렸다. 그 진실을 들키지 않고 지낼 수 있었다.

나머지는 카구야가 기억하는 대로였다.

어느 날 갑자기 메모를 남기고서 토오코와 에켄이 사라졌다.

하지만 실제로 토오코는 훨씬 더 이전에 모습을 감췄고, 셋이서 생활한 줄 알았던 것은 두 사람과 환영 한 명이었으며, 그의 사수지기는 아내의 생사를 숨겼다.

에켄이 그 집을 떠난 것은 높으신 분의 지시였다.

그때의 에켄은 자기가 생각하기에도 극도의 정신 쇠약 상태였다.

불면, 불안, 자살 충동. 그것들이 에켄을 괴롭히고 있었다.

사랑하는 주인을 배신하고 환영과 계속 이야기하다 보면 그럴 수밖에 없었다.

에켄이 계속 지금 같은 상태면 언젠가 허점이 드러난다. 높으신 분이 지시하지 않아도 그건 명백했다.

주인을 아끼는 소년에게 이윽고 한계가 찾아왔다. 에켄은 카구야에게 진실을 말하고 싶어 했지만, 높으신 분은 난색을 표했다. 이제 무리예요. 꾸밀 수 없어요. 몇 번이고 청원하여 마침내 에켄이 휴양한다고 하면 허락하겠다는 조건을 제시받았다. 휴양을 명받은 것에는 정당성이 있었다.

만들어낸 환영이 독자적으로 움직이고 있는 것은 이상 사태였기 때문이다.

그 환영이 카구야를 공격한다면?

환영 토오코는 진짜보다 자유분방하고, 기괴하며, 꺼림칙했다. 카구야를 위해서도 정신을 안정시켜서 지금의 폭주 상태를 가라앉히고 건강해져서 돌아와줬으면 한다. 그렇게 말하니 에켄도 반론할 수 없었다. 그렇다면 토오코의 행방을 설명하는 자리에 동석하고 싶다고 청했으나 기각당했다.

무의식적으로 또 환영을 만들어내면 설명하기 어려워지고, 이해하더라도 에켄이 눈앞에 있으면 카구야는 질책하고 싶어질 것이다.

지금의 에켄이 견딜 수 있을 것 같지는 않았고, 염려했던 것처럼 마음을 지키기 위해 다른 사람을 해치는 환영을 만들 가능성이 전혀 없다고는 단언할 수 없었다.

어째서 이런 사태가 됐는지에 대한 설명은 어른에게 맡기고 한동안 병원에 입원해 있어라. 전문가에게 심리 상담을 받아야 한다고 하니, 에켄은 고개를 끄덕일 수밖에 없었다.

그러면서 먼저 제안한 것이 카구야에게는 말하지 말고 저택에서 나오라는 것이었다.

카구야는 아마 두 사람이 단순히 집을 나갔다고 여길 것이다. 그때 후게키 일족이 나타나서 설명하겠다. 토오코의 실종을 에켄이 강제로 돕게 됐다고. 두 사람은 곧 잡힐 거라고. 토오코는 보호하여 먼 곳에서 생활시키겠다고. 이곳 생활이 싫어진 것 같으니까 그러겠다고.

에켄은 혼란스러운 것 같으니까 진정되면 류구에 돌려보내겠다고. 몇 달 정도 휴가를 주면 좋겠다고.

그렇게 상황을 조작하면 에켄도 돌아오기 쉽다. 그러자고 촉구했다.

카구야는 진실을 알면 비탄에 잠겨 난리를 피울 것이다. 그것만큼은 피하고 싶다. 카구야가 기다려 주는 동안 요양하여 건강해져서 돌아오면 된다.

열여섯 살 소년은, 털면 먼지가 나올 그 감언이설에 넘어가 고개를 끄덕였다.

이제 정상적인 판단력이 별로 남아있지 않았다. 자신의 정신이 파탄 나있다는 것만큼은 알 수 있었다. 경애하기에, 카구야 곁에 있으면 괴로웠다. 떨어지기 싫지만 떨어지고 싶었다.

실제로는 에켄의 실종도 토오코의 실종도 설명되지 않았고, 에켄이 류구를 떠난 그날, 후게키 일족은 가짜 메모를 남겼다. 망가진 아내와 사수지기는 새로 바꾸는 게 낫다고 판단했기 때문이다. 카구야는 그 제안을 거부했으나, 에켄이 그 사실을 알 리는 없었다.

후게키 일족에 의해 류구에서 멀리 떨어진 테이슈의 어떤 병원에 입원한 에켄은 그저 잠자고 일어나는 생활을 계속했다. 사수지기가 부재한 와중에도 밤은 왔다. 자신이 없어도 세상이 문제없이 돌아가는 것을, 밤이 오는 것을 보고 확인했다. 한 달, 두 달, 날짜가 흘러갔다.

이상하게도 아무도 만나러 와 주지 않았다. 에켄은 점점 불안해졌다.

『에켄 군, 바보구나. 높으신 분은 널 돌려보낼 마음이 없어.』

환영 토오코가 병원에 얌전히 있는 에켄을 비웃었다.
『그런 말을 믿었어? 당연히 거짓말이지. 지금쯤 새 사수지기와 아내가 있을 거야.』
—카구야 님은 그런 분이 아니야.
『오히려 카구야 님은 귀찮은 녀석이 둘 다 사라져서 후련해하고 있을지도 몰라.』
—카구야 님은 그런 분이, 아니야.
『그럼 보러 갈래? 어차피 슬슬 이곳에서 나가는 편이 나아. 어쩌면 너를 이대로 이 병원에서 죽게 만들 수도 있어.』
에켄은 병원에서 탈출했다. 점차 사고력을 되찾은 에켄은 카구야에게 미움받더라도 용서를 구하고 싶다고 생각했다. 고독한 늑대는 달리고, 달리고, 달렸다.
그리고 보았다. 자신들에게는 존재하지 않았던 올바른 형태를.

『츠키히 씨.』
『카구야 님.』

신경 쇠약에 빠져있던 에켄이 한층 더 확실하게 망가진 것은, 도망다닌 끝에 도착한 류구다케에서 카구야와 츠키히가 대화하는 모습을 보고 말았기 때문이었다.

그곳에는 서로를 공경하며 아끼는 사랑의 형태가 있었다. 불완전한 셋이서 가족으로 지내던 때와 달리, 경호 부대 사람들과 카구야는 화기애애했다. 그런 주인의 모습을 처음 본 에켄은 주인이 자신 때문에 얼마나 참고 지내야 했는지를 이해했다.

카구야가 원하던 일상이 이것이었음을 알고 가슴이 아팠다.

—카구야 님, 죄송해요.

그와 동시에 격렬한 질투가 몸을 태웠다.

—카구야 님, 어째서.

확실히 자신은 심한 배신을 했다. 일어난 일을 없던 일로 만들었다.

하지만, 그건 전부 당신을 위한 일이었는데.

그 순간, 에켄의 마음은 진정한 짐승으로 전락해 버렸다.

—카구야 님.

어째서냐고 묻고 싶었다.

—카구야 님.

동정받고 싶었다. 자신을 바라봐줬으면 했다.

—카구야 님, 저는 이제 잊으셨나요.

소년이 마음에 늑대를 키운 것에는 분명하게 이유가 있었다.

"에켄 군, 누가 있어."

잔혹한 말을 하는 가짜 토오코의 목소리를 듣고 에켄은 현실로 돌아왔다.

암랑 사건이 일어난 뒤로 에켄은 사람이 사라진 이 신사에서 지내고 있었지만, 이따금 신관이 돌아올 때가 있었다.

"아니. 밖에 말이야, 밖에."

에켄은 옷소매로 눈물을 닦고서 밖으로 나갔다. 조심조심 주위를 둘러보니, 신사를 에워싼 나무들 사이로 사람의 모습이 보였다. 시각은 이미 정오에 가까웠다. 역광이 되어서 잘 보이지 않았지만, 여러 사람이 이쪽으로 오고 있었다.

"봐, 수상한 사람들이 있어. ……총 다섯 명이려나. 어쩔래? 지나가게 둘까? 뭔가 좋은 걸 갖고 있을지도 몰라. 신사에 있던 것도 다 먹었고, 습격할까?"

토오코의 제안에 에켄은 고개를 저었다.

"됐어. 안으로 돌아가자."

수상한 인물을 확인만 하고서 등을 돌렸다. 저쪽은 에켄을 알아차리지 못했다.

아마 폐쇄된 산에 재미 삼아 온 지역 주민이거나, 여전히 암랑을 찾고 있는 엽우회 사람들일 것이다.

그냥 보내는 것이 낫다.

에켄은 조용히 몸을 돌렸다. 하지만 그 순간, 이쪽으로 사람이 뛰어오는 소리가 나서 바로 돌아보았다.

"에켄 군!"

토오코의 환영이 외쳤다. 에켄도 소리 지르고 싶어졌다. 몇 초 전까지 멀리 떨어진 곳에 있었던 인물이 빠르게 달려와 벌써 코앞에 있었다. 에켄을 알아차린 것이다. 대응 속도에 숨을 삼켰다.

—말도 안 돼.

에켄은 바로 암랑 환영을 만들려고 머릿속에 환상 세계를 구축했지만, 상대가 더 빨랐다. 수상한 인물이 갑자기 손을 뻗는가 싶더니, 뭔가가 에켄의 허벅지를 세게 쳤다. 찌릿찌릿 전격이 일었다. 그 충격으로 무릎이 간단히 꺾여 땅에 닿았다. 인형 놀이라도 하는 것처럼 에켄의 팔을 비틀고 발로 등을 밟았다. 경찰봉 비슷한 것이 땅에 굴러다니는 것을 보고, 손을 뻗은 게 아니라 그것으로 때린 것임을 알았다. 전류를 일으키는 물건, 전기 충격기였다. 이윽고 에켄의 시야에 남성용 신발이 쭉 늘어섰다.

"아까 여자 목소리가 나지 않았어?"

"안 보이는데. 주변을 찾아."

"도련님, 제가 하겠습니다."

저마다 말했다. 이윽고 에켄을 구속하는 것은 다른 사람에게 맡겨졌다. 조심조심 시선을 드니, 매우 위압감을 주는 남자가 엄격한 눈으로 에켄을 보고 있었다.

"……수상하네? 여기서 뭐 하는 거죠?"

몹시 차가운 목소리였다. 에켄은 작게 비명을 질렀다.

"당신들이야말로 뭐 하는 거예요!"

이어서 들린 것은 빽 내지르는 소리였다. 양심적인 사람도 있는 모양이었다. 에켄에 대한 대응을 비난하고 있었다.

"렌리 군…… 뭐 하는 거냐니, 수상한 자를 체포했잖아요. 【늙은 거북】이 보낸 암살자일지도 모르니까."

"아니아니, 라이쵸 씨, 잘 봐요! 그 아이는 어떻게 봐도 어려요!"

에켄을 사이에 두고 대화하고 있는 것은 여름의 대행자의 약혼자들. 키미카게 라이쵸와 로오 렌리였다.

"각 마을의 중진이 가진 사병 중에는 고아도 있어요. 마을 내 자원에서 자란 자들은 어릴 때 거둬져서 병사로 키워져요. 이 아이도 그런 존재 아닐까요? 너, 어디 마을 출신이죠? 얌전히 말한다면 별로 아프게 하지 않을 거예요. 조금은 아프겠지만."

"일반인일지도 모르잖아요!"

"하아…… 이런 시간에, 폐산해서 봉쇄된 신사에 있는 일반인이라니. 이상하잖아요? 너, 일반인이에요? 만약 그렇다면 돈 줄 테니까 때린 건 없던 일로 해줄래요? 안 해주면 어떻게 되는지 알아요?"

"라이쵸 씨!"

"……저, 저는……."

"말을 안 하네. 그럼 역시 적인 거겠죠."

"말하려고 했잖아요! 라이쵸 씨가 무서운 소리를 하니까!!"

에켄은 무서워서 덜덜 떨 수밖에 없었다. 신성 은폐의 약점이었다.

원거리, 혹은 상대와 어느 정도 거리가 있는 상태에서 허를 찔리지 않는다면 평정을 유지하며 술식을 유지할 수 있지만, 한 번이라도 정신 상태가 무너지면 재구축하기 어려웠다.

사계의 대행자나 무의 사수가 마음으로 신통력을 다루는 것처럼, 사수지기도 정신이 흐트러지면 무기가 없는 인간으로 전락한다. 어젯밤, 여름의 대행자가 등장하자 바로 암랑을 거두어들인 것도 그 탓이었다. 토오코의 환영도 지금은 사라진 상태였다. 에켄은 카구야와 관련된 일이라면 남다른 집중력을 발휘하지만, 지금은 그렇지 않았다.

—카구야 님, 도와주세요.

그저 겁먹은 아이일 뿐이다.

게다가 상대가 안 좋았다. 좀 더 상대하기 쉬워 보이는 인물이었다면 에켄도 심호흡해서 환영을 전개할 수 있었겠지만, 에켄을 밟고 있는 성인 남성은 호위관으로 오래 일한 하자쿠라 아야메도 자신보다 강하다고 인정한 남자였다. 그 몸에서 뿜어져 나오는 위압감부터가 보통 사람과는 달랐다.

"귀찮으니 입막음할까……."

맞닿은 피부로, 그가 꺼내는 말로, 타인을 유린하는 강함과 대화가 성립하지 않는 분위기를 풍겼다.

"라이쵸 씨, 일단 그 아이의 얘기를 들어야 해요!"

지금 에켄의 운명은 렌리에게 달려 있다고 해도 과언이 아니었다. 에켄은 자연스럽게 구원을 바라듯 렌리를 보았다. 울먹이는 에켄의 얼굴을 보고, 렌리는 더더욱 분개했다.

"라이쵸 씨! 부하에게 구속을 풀라고 말해 주세요!"

"렌리 군, 살인귀가 다들 피범벅인 옷을 입고 있을 것 같아요?"

"그렇게 생각하진 않지만, 이 아이는 어떻게 봐도 흔히 볼 수 있는 아이예요! 마을에 있는 아이와 다르지 않아요!"

에켄은 한 가지 신경 쓰이는 단어를 들었다.

"……마을……?"

떨리는 입술로 말을 자아냈다.

"혹시, 사계의…… 마을의…… 관계자인가요……?"

그러자 검은 전투복 차림의 남자들을 포함한 어른들이 얼굴을 마주 보았다. 에켄의 물음에 렌리가 답했다.

"그렇게 말하는 걸 보면, 너도 관계자야……?"

"네, 저는…… 후게키 일족이에요."

"후게키 일족이라면 무의 사수님의……? 나랑 이 사람들은 여름의 마을 사람이야. 사정이 있어서 산에 잠복 중이야."

"여름의……? 그럼 여름의 대행자님의 관계자인가요……. 저기…… 죄송해요……. 저는, 저는…… 대행자님에게 무슨 짓을 할 마음은 없고…… 그게, 죄송해요…… 아니에요……."

이상하게 겁에 질린 에켄을 보고서 렌리는 동정했고, 라이쵸는 불신감이 커졌다.

"라이쵸 씨, 역시 그 아이를 놔주세요."

"……수상해."

"라이쵸 씨! 화낼 거예요!"

렌리가 호통쳐서, 라이쵸는 부하에게 명해 구속을 풀기는 했지만 경계는 풀지 않았다. 어설픈 짓을 하면 가만두지 않겠다는 듯 노려보았다.

"이미 화내고 있으면서……. 말해 두는데, 나는 아직 너를 안 믿어요. 렌리 군이 너무 시끄럽게 구니까 일단 비폭력 방향으로 가겠지만……. 후게키 일족의 청소년, 여기서 뭐 하고 있는 거죠? 황혼의 사수님이 부리는 사람인가요? 현재 상황을 모르는 건 아니죠? 황혼의 사수님이 성명을 냈어요. 이곳은 이제 최대의 사냥터가……."

황혼의 사수, 라는 말이 나오자마자 에켄은 저도 모르게 눈물을 흘렸다.

"……카구야 님……."

참고 있던 모든 것을, 더는 참을 수 없었다.

"……저, 속죄할게요. 제발요…… 잘못했어요…… 용서해 주세요…… 용서를……."

겁먹은 목소리로 울며 목숨을 구걸하는 에켄을 보고, 렌리와 라이쵸는 얼굴을 마주 보았다.

"……울렸어! 라이쵸 씨가 울렸어요! 어린아이를 울렸어!"

"아니, 그건 아니죠. 이 아이가 멋대로……!"

갑자기 떠들썩하게 대립하는 자리가 되었다. 아무도 이것을 기적적인 만남이라고 생각하지 않았다.

렌리와 라이쵸는 본인도 모르는 사이에 이 소동을 해결할『열쇠』를 손에 넣었다.

이리하여, 여름과 밤의 싸움에 마침내 늑대도 참전하게 되었다.

제 7 장
신의 자장가

라이쵸와 렌리가 길 잃은 늑대와 만나기 몇 시간 전.

황혼의 사수의 선전 포고를 들은 봄, 가을, 겨울 진영은 동태를 살피는 대기에서 즉시 대응으로 전환했다.

츠바메가 확인한 국가 치안 기구 특수 부대【호저】의 행선지가 류구다케라는 것을 알았고.

황혼의 사수가 암랑 사건을 해결하겠다고 말한 것도 감안하여, 그들에게 접근하려면 역시 자신들도 류구다케에 가는 게 제일이라고 판단했다.

만나든 못 만나든, 호텔에 가만히 있는 것보다 움직이는 편이 나은 이유는 또 있었다. 류구는 야마토 전체를 보면 큰 섬이 아니지만, 그래도 널찍한 대지와 산들이 있는 곳이었다. 테이슈와 이요, 츠쿠시, 에니시처럼 섬 내에 도시가 여럿 있고 도로가 있었다. 일직선으로 갈 수 있는 것은 아니었다.

사쿠라와 이테쵸가 이야기한 대로, 봄, 가을, 겨울 진영이 있는 곳에서 류구다케까지는 차를 타고 가면 두 시간에서 두 시간 반 정도 걸렸다. 게다가 많은 인원이 이동한다. 차량의 거리가 너무 벌어지지는 않았는지 확인하며 주행해야 하고, 이미 점심때가 가까우니 도중에 점심을 조달하거나, 잠깐 주차해서 수분이라도 보급해야 했다. 안 그러면 등산하다가 뻗어 버린다. 게다가 어린아이도 동승한다. 나데시코는 여행에 익숙하고, 또래 아이와 비교해도 얌전하며 말을 잘 듣지만, 어른과 똑같은 속도로 이동하는 것은 무리였다. 그러니 시간은 아무리 넉넉하게 잡아도 부족했다.

다들 서둘러 출발할 준비를 했다.

하지만 그런 바쁜 때에, 그들의 움직임을 막으려 드는 자들이 호텔에 나타났다.

"사계청 보전부 경비과 여름 직원입니다. 대행자님들은 부디 이대로 안전 확보를 위해 호텔에 체재해주셨으면 합니다."

본인이 소개한 대로, 사계청에서 파견된 자들이었다.

호텔을 나와 주차장에 들어선 대행자들을 포위했다. 주위에는 다른 이용객도 있었지만, 흉흉한 분위기에 다들 내빼버렸다.

차량을 준비하여 먼저 대기하고 있던 아보시 츠바메는 안절부절 못하는 모습으로 대행자 일행과 양복 집단의 대결을 지켜보았다.

"여러분께서 동포인 두 분을 걱정하시는 것은 당연합니다. 하지만 저희는 대행자님들을 지킬 책무가 있습니다. 이미 국가 치안 기구의 특수 부대【호저】가 움직였습니다. 여름의 대행자님의 보호는 그들에게 맡겨주셨으면 합니다. 역적에게 습격받을 염려도 있습니다. 상황은 자세히 보고드릴 테니……."

"그럼 우선 국가 치안 기구에서 파견된 시크릿 서비스 분들과 연락할 수 없을까요?"

불온한 분위기 속에서 한 걸음 앞으로 나와, 대표인 것 같은 남성 직원의 말을 막은 것은 아자미 린도우였다. 말투도 어딘가 강경했다.

"실례합니다. 저는 가을의 대행자 호위관입니다."

오늘 린도우는 요 며칠 중에서 가장 감정적으로 보였다.

그는 여기 있는 누구보다도 먼저 루리와 아야메와 연락이 안 되는 것을 걱정했다. 안 좋은 예감이 생각지도 못한 방향으로 굴러가 자신들도 위험하다는 것을 알았고, 어린아이를 지키며 계속 이동해서 지금에 이르렀다.

"일각을 다투는 상황이니 저희도 숨김없이 말하겠는데, 대행자님들은 현 상황을 대단히 불안하게 여기고 계십니다. 봄의 마을에서 경질을 꾀한 자들이 붙잡혔다는 이야기를 들었습니다. 사계청에서는 그 사실을 파악하고 있습니까?"

이 타이밍에 나타난 사계청 직원을 보고 짜증을 감출 수 없었다. 『방해하지 마』라는 명백한 감정을 나타내고 있었다.

"……저희는 여름의 직원이라서……."

"파악하고 있는지 아닌지 물었습니다. 보전부의 관리직이라면 다른 마을에서 일어난 폭력 사건은 파악하고 있을 텐데요."

"……파악하고 있습니다."

린도우는 눈은 절대 웃지 않고 입만 웃었다. 화가 나 있었다.

"다행이다. 그렇다면 그런 사건이 일어난 것은 얼토당토않은 천벌설 따위가 퍼진 결과이고. 어리석은 자들이 대행자님들에게 적의를 드러내어, 봄에 그랬듯 또 자신의 정의를 내세우며 직무를 잊은 행동을 했기 때문이라는 것도 알고 있겠군요?"

"일단, 그렇게 듣기는 했지만……."

사계청 직원은 히나기쿠와 사쿠라를 힐끔 보았다.

"저희는 사계청 여름의 직원이고…… 그건 봄의 마을 문제라서……."

린도우는 곧장 그 시선을 차단하듯 자신의 위치를 옮겼다.

마치 봄의 주종의 소행이 나빠서 그렇다고 말하는 것 같은 눈빛이었기 때문이다.

뒤에서 냉기도 일었다. 한여름의 류구인데 공기가 차가웠다. 로우세이가 말없이 적의를 보내고 있었다.

린도우는 로우세이가 뭐라고 하기 전에 뒤돌아 눈을 맞췄다. 맡겨달라는 의미의 시선을 이해하고, 로우세이는 담담히 물러났다. 그리고 린도우는 다시 여름의 직원과 마주했다.

—이 직원은 죽고 싶은 건가?

겨울의 왕이 지금 당장 아무 말도 하지 않는 것은 먼저 린도우가 앞에 섰기 때문이었다.

모두를 대신하여 교섭인이 된 린도우의 행동을 존중해서, 대응을 맡기고 지켜보기로 했다.

어디까지나 린도우의 체면을 위해 그러고 있을 뿐, 사계청 직원들을 존중하고 있는 것은 아니었다. 린도우는 눈앞에 있는 이들이 얼음 조각상이 되는 꼴을 보지 않도록 어떻게든 대화로 해결하고 싶었지만, 상대방은 린도우의 노력을 알아주지 않았다.

"「아니 땐 굴뚝에 연기 나랴」라는 말도 있습니다. 실제로 문제 행동이 있었던 것 아닙니까? 현재 저희도 여러분의 행동에 애를 먹고 있습니다."

"무엄합니다. 사계청은 대행자님들의 행동을 책망하기 전에 자신을 돌아봐야 합니다. 어리석은 논쟁을 막지 않았기에 증오 범죄로 발전한 겁니다."

"……."

“과격한 사상을 품고 폭주한 자가 나왔습니다. 당신들이 묵인하고 있는 자들은 역적과 비슷한 족속입니다. 각 마을과 사계청은 천벌설을 유포하지 말라고 공식적으로 훈시하지도 않았습니다. 비밀리에 정리하고 싶었던 건지, 해결할 마음이 없는 건지. 그런 상황에서 대행자님들에게 안심해 달라고 하면 퍽이나 안심이 되겠습니다. 행동이 동반되질 않잖아요. 대행자님을 지킬 책무가 있다고요? 나 참, 어이가 없어서.”

“그건, 상부의 판단인지라…….”

“그럼 당신보다 더 높은 사람을 데려와서 향후 지침을 설명해 주시죠. 더 얘기할 필요는 없겠군요. 황혼의 사수님 측과 직통으로 전화 회담을 열고 싶다고 국가 치안 기구에 신청했는데 답변도 없고, 사계청 쪽에서 움직여 준다면 이번 소동이 원만하게 수습되도록 우리도 협력할 수 있는데 말입니다. 대행자님들에게 뭐라고 하기 전에 먼저 성의를 보여야죠.”

“아뇨, 그건 저희가 판단할 수 있는 일이…….”

“그럼 여기 있을 이유는 없네요.”

몸을 돌린 린도우는 준비된 승용차 쪽으로 가라고 대행자 일행에게 손짓했다.

승용차 옆에 있던 츠바메가 고개를 번쩍 들었다. 하지만 사계청 직원이 눈앞에 있는 린도우의 팔을 잡았다.

“곤란합니다. 부디 다시 생각해 주십시오. 무력을 행사하고 싶지는 않습니다.”

다른 직원들도 재빨리 총을 뽑아 린도우를 조준했다.

대행자에게 총구를 겨누는 것이 아니라 호위관인 그를 노린 것은 견제였다. 무력으로는 이길 수 있을 리가 없었다. 그러니 린도우를 인질로 잡는 편이 낫다고 생각한 것이다.

“당신들…….”

린도우는 어이가 없었다. 이 지경이 됐는데도 이렇게 나온다니. 어이없어하는 린도우의 얼굴을 당황이나 두려움으로 받아들였는지, 사계청 직원은 우위에 섰다는 것처럼 슬쩍 웃었다.

“움직이지 마십시오. 다른 분이 총에 맞을지도 모릅니다.”

확실히, 근거리라고는 하지만 도탄이 어떻게 튈지 예측할 수 없으니 섣불리 움직이지 않는 편이 좋았다. 하지만 그런 협박은 린도우에게 통하지 않았다.

“저는…… 가을의 대행자 호위관입니다.”

“네, 압니다. 아자미 님이 모두를 설득해 주시면…….”

“대여섯 명 정도는 여유롭게 이길 수 있습니다만?”

린도우와 사계청 직원이 문답하는 동안에도 냉기는 점점 강해졌다.

“경고합니다. 지금 당장 그만두는 게 좋을 겁니다.”

작은 목소리로 『린도우』 하고 부르는 소리가 들렸다.

“지금이라면 대화로 어떻게든 해결할 수 있어요.”

다시 한번, 애달픈 목소리로 『린도우』를 부르는 소리가 났다.

“총을 넣어 주십시오…….”

가장 사랑하는 사람을 부르는 가을의 신의 목소리였다.

“린도우!!”

린도우는 나데시코의 비명에 호응하듯, 붙잡힌 손목을 재빨리 비틀었다. 반동으로 손은 떨어져 나갔다. 반대로 상대의 팔을 잡고 그대로 발을 걸어 넘어뜨린 뒤, 곧장 허리춤에서 총을 뽑았다.

그리고 머리에 총구를 들이대 남은 사계청 직원들을 위압했다.

"이 이상 뭔가를 더 한다면……!"

거기까지 말했을 때, 갑자기 눈앞에 있는 사계청 직원을 포함해서 다른 직원들도 눈이 돌아가더니 털썩 주저앉고 쓰러져 버렸다.

"……어?"

갑작스러운 일에 린도우는 말을 잇지 못했다.

털썩, 털썩, 사람들이 땅에 고꾸라졌다. 그들이 들고 있던 총도 그 자리에 나뒹굴었다.

한 명만 그런 것이 아니라 모두가 끈 떨어진 인형처럼 혼절해 나가니, 그림이 상당히 충격적이었다. 곧장 사계청 겨울 직원들이『구속하겠습니다!』하고 말하며 움직였다.

린도우는 황급히 뒤돌아보았다.

"나데시코……?"

사쿠라와 히나기쿠가 나데시코를 보호하듯 뒤에 숨기고 있었다. 그의 공주님은 얼굴을 살짝 내밀고서 린도우를 보고 있었지만, 눈물을 글썽거리며 떨고 있었다.

주위에 있는 사람들은『아차』하는 표정을 지었다.

"……나데시코가 한 건가요?"

"……."

"흡수해 버렸어요?"

여기서 말하는『흡수』란 가을의 대행자의 권능, 생명 부패의 힘을 사용했느냐는 물음이었다.

나데시코는 눈물을 뚝뚝 흘리기 시작했다.

"그, 그치만…… 린도우가, 린도우가……."

가을의 대행자는 생명의 형태를 다룬다.

상처 치유부터 생명력 흡수까지, 능력의 범위는 어떻게 조정하느냐에 따라 크게 넓어진다.

린도우가 위험하다고 느낀 나데시코는, 의식적이었는지 무의식적이었는지, 사계청 직원의 생명력을 흡수해버린 것이다. 린도우는 나뒹굴고 있는 인간의 맥박을 황급히 확인했다. 생명이 위험한 상태는 아니었다. 사흘간 철야하여 기력을 잃고 쓰러진 수준으로 몸이 약해지긴 했겠지만, 목숨은 빼앗기지 않았다.

"나데시코, 함부로 능력을 쓰면 안 되죠……. 저 혼자서 어떻게든 할 수 있었는데……."

린도우가 그렇게 말하자, 나데시코는 사쿠라 뒤로 더 숨었다.

"그치만, 그치만……."

사쿠라는 슬픈 음성으로 변명하는 나데시코의 어깨를 다정하게 쓸었다. 그리고 린도우에게 말했다.

"아자미 님, 나데시코 님을 너무 나무라지 마세요. 아자미 님을 지키려고 한 거예요."

"히메다카 님…… 하지만……."

"아자미 공, 나데시코가 안 했어도 내가 했을 거야."

로우세이가 끼어들었다. 그리고 옆에 있던 히나기쿠도 작게 손을 들었다.

"……저기, 죄송, 해요……. 히나기쿠도…… 장미, 꺼내려고, 했어요……."

어느새 꽃씨가 든 주머니를 손에 들고 있었다.

"아, 아자미, 님, 도와드리, 려고……."

"카요 님까지……."

린도우는 난감해지고 말았다. 모두가 자신을 감싸준 것은 기쁘지만, 실제로 린도우 혼자서도 어떻게든 해결할 수 있었고, 시체처럼 널브러져 있는 여름 직원들을 보면 명백하게 과잉 방위였다. 대행자가 그렇게 하도록 만든 것은 호위관으로서 실책이었다. 뉘우치는 린도우에게 이테쵸가 말했다.

"아자미 군, 뭘 걱정하는지는 이해하지만, 그럴 만한 상황이었다고 생각하자."

"칸게츠 님……."

"대화로 해결할 수도 있었는데 먼저 총을 뽑은 건 저쪽이야. 사계의 대행자에게 도탄할 수도 있다고 협박했지. 사계 조례에 따라 자신을 지킨 건 잘못이 아니야. 나데시코 님의 행위에는 정당성이 있어. 큰 외상도 없이 무력화시켰으니, 저들도 나데시코 님의 힘 조절에 감사해야 해. 하고자 하셨다면 더 심한 일도 할 수 있었어."

"……그건, 그렇지만."

"아무튼 너는 주의를 주면서 나데시코 님의 마음을 케어하는 편이 좋아."

이 말에는 바로 고개를 끄덕일 수 있었다. 린도우는 사쿠라에게 다가갔다. 나데시코는 사쿠라 뒤에 숨어서 나오지 않았다. 고개를 저으며 싫다고 거부했다. 린도우는 나데시코에게 손을 뻗어 억지로 안아 들고 얼굴을 마주 보았다.

"나데시코……."

하지만 나데시코는 바로 얼굴을 돌렸다.

"나데시코, 봐요."

"……."

"나데시코, 나를 봐."

전혀 린도우를 보지 않았다.

"……린도우는, 방금 그 일 때문에 날 싫어하게 됐지……?"

대신 겁먹은 목소리로 그렇게 말했다.

—혼나서 미움받았다고 여긴 건가.

린도우의 가슴에 달콤한 아픔이 일었다.

"그럴리가요……. 아주 많이 좋아해요."

"거짓말……."

"언제까지고 곁에 있고 싶어요. 하지만 제 감독 소홀로 일이 발생하면 그러기 어려워져요."

움찔, 나데시코의 몸이 떨렸다.

"나데시코를 제대로 이끌지 못한다고…… 선악을 확실하게 가르치지 않는다고 마을 사람이 판단하면, 나데시코한테서 떼어 놓을지도 몰라요."

나데시코는 그 말을 듣고 마침내 린도우와 시선을 맞췄다.

눈이 마주치자마자 또 커다란 눈물방울을 떨어뜨렸다.

"싫어, 싫어…… 싫어!"

그리고 연약하게 울어 댔다. 자신이 왜 혼났는지 겨우 자각했다. 린도우는 『두 사람』을 위해 화낸 것이다.

"잘못했어요, 잘못했어요."

린도우는 나데시코의 등을 다정하게 토닥였다.

"알고 있어요. 저도 싫어요. 그러니까, 저를 지키려고 해 준 건 기쁘지만…… 함부로 능력을 쓰지 않았으면 했어요. 특히나 가을의 대행자의 권능은 조심히 써야 해요. 봄의 사건이 있고 나서 제가 주의하라고 했었죠? 뭐라고 했었는지 기억해요?"

"……생명을, 다루니까……?"

"네, 맞아요. 저는 나데시코가 아주 착한 아이라는 걸 알지만, 벌어진 사실만을 보면 그렇게 여기지 않을 사람도 있어요."

린도우는 쓰러져서 질질 끌려가고 있는 여름 직원을 보며 말했다.

"나데시코도, 감정이 흔들릴 때마다 힘을 쓰는 버릇이 생기면 곤란하죠?"

"응……."

나데시코는 열심히 고개를 끄덕거렸다. 타이르면 바로 반성할 줄 아는 것은 순한 그녀의 장점이었다.

"응…… 응…… 잘못했어요……."

분명하게 잘못을 인정해줘서 린도우는 안도했다. 단순히 화를 내려고 꾸짖는 게 아니었다.

"아닙니다. 저도 바로 고맙다고 전하지 못했어요. 죄송합니다. 나데시코, 도와줘서 고마워요."

린도우가 그렇게 말하자, 나데시코는 또 눈물을 흘렸다. 그리고서 린도우의 목에 얼굴을 묻고 코를 훌쩍였다. 어떻게 쓰느냐에 따라 흉기도 되고 구제도 되는 권능을 가진 어린 신은 아직 불안정하여, 연장자의 말이 필요했다.

“여러분, 사계청 사람이 심한 무례를 저질렀습니다. 죄송합니다.”

사계청 겨울 직원이 연신 고개를 조아렸다.

“여름의 직원들은 이곳에 구속해두겠습니다. 동행하는 인원이 줄겠지만…… 괜찮을까요?”

로우세이가 고개를 끄덕이고 물었다.

“상관없어. 너희가 보기에도 녀석들의 행동은 이상했나?”

“호위관님에게 총을 뽑고, 게다가 인질로 삼으려 하는 것은 역적의 방식입니다. 저게 보통이라고 여기지 않으셨으면 합니다. 아마도…… 대행자님들이 류구다케에 접근하길 원하지 않는 자의 압력이지 않았을까요. 대행자님이 오면 안 되는 일이 벌어지고 있는 걸지도 모릅니다.”

“……동감이야. 그렇다면 우리는 어서 류구다케에 가야겠지. 마음을 다잡고 가자.”

일행은 다시 승용차로 향했다. 츠바메가 뛰어와서 말했다.

“아아, 깜짝 놀랐어요. 출발할 수 있을 것 같네요. 헬리콥터를 준비하지 못해서 죄송해요…….”

공중 택시를 이용하자는 얘기도 나왔었지만, 공항 근처에서 헬리콥터 유람 비행 서비스를 제공하는 회사는 애초에 보유 대수가 적어서 이 많은 인원을 한꺼번에 옮기는 것은 무리였다.

“대신 빠른 스포츠카를 렌탈해뒀습니다.”

고급 승용차가 늘어서 있는 모습을 보고 겨울의 호위진과 사계청 직원이 흥분했다. 운전을 맡은 자들이 의기양양하게 차에 탔다. 모두가 어느 차에 누구와 함께 탈지 조를 나누는 동안, 츠바메는 생글생글 미소 지으며 휴대전화를 조작했다.

『잔세츠 님, 발을 묶는 데 실패했습니다. 예정보다 일찍 도착합니다.』

여러 입장의 자들이 머릿속에 그렸던 계략은, 이 시점에 조금씩 변화하고 있었다.

봄, 가을, 겨울 일행이 도착할 무렵에는 산에 남자들의 고함과 총성이 울려 퍼지고 있을 테지만.

"여러분, 그럼 출발하죠. 가이드는 계속해서 아보시 츠바메가 맡겠습니다."

지금 이 시점에는 누구도 알 수가 없었다.

제 8 장

여름의 사랑의 광시곡

그 남자는 사랑에 빠지지 않는 것으로 유명했다.

사랑의 형태는 천차만별이다.
어떤 자에게는 성실하게 마음을 전하는 것이고, 어떤 자에게는 인생의 자극일 뿐이다.
사람에 따라 사랑의 무게도 다르다.

키미카게 라이쵸에게 있어서 하자쿠라 루리와 만나기 전까지의 사랑은 풍선처럼 가벼운 것이었다.

가볍기에 망설이지 않고 사람을 만날 수 있었다.
전혀 망설이지 않고 상대를 버릴 수 있었다.
한 사람에게 고집하지도 않았다.
과거 연인들과의 교제 기간은 짧으면 세 시간, 길면 석 달이었다.
아니, 연인이라고 할만한 상대였는지도 알 수 없었다.
라이쵸와 밀월을 보낸 사람은 최종적으로 그의 뺨을 때리고서 사라져 버리니, 『그 남자는 애인이 아니었어』라며 인생의 오점으로 낙인찍혀 기억에서 말소될 가능성이 크기 때문이다. 그에게 진지한 연애는 어울리지 않았다.
스쳐 지나가는 관계라면 양손으로 다 꼽을 수 없을 정도였고, 평판이 좋았다.

그것이 키미카게 라이쵸의 연애였다.

연애, 라기보다는 한때의 유희에 가까울지도 모른다.
과자를 먹는 것 같은 사랑만을 했다.
먹을 때는 즐겁지만, 이윽고 질린다.
질리면 필요 없다고 느껴져서 한동안 먹지 않기도 한다.
없어도 살아갈 수 있다.
있으면 기쁘지만, 더 즐거운 것이 그 밖에도 있다.
그러니 집착하지 않는다.
어떤 의미에서 깔끔하다고도 할 수 있는 스타일이었다. 하지만 전술한 대로 사랑은 사람마다 천차만별이다.
라이쵸에게는 가벼워도, 교제 상대는 평생을 걸고 임할 때도 있다.
이 온도 차가 비극을 낳았다.
라이쵸는 외모만 보면 나쁘지 않았기에 비극의 피해자도 많았다.
처음에는 그의 행동을 매력적으로 느꼈던 자도, 최종적으로는 아주 이기적인 남자라는 평가에 이르렀다. 상대는 신호를 보낸다. 내 말을 좀 더 들어 달라고.
안타깝게도 라이쵸는 남의 말을 듣는 것보다 자기가 말하길 좋아하는 남자였다.
게다가 자신 곁을 떠나는 인간을 쫓는 감수성도 안 가지고 있었다.
그럼 헤어지자고 말하는 것이 라이쵸였다.
『잘 알았어. 사귄 게 잘못이었던 것 같네』 하고 헤어지면 상대가 쫓아와서 뺨을 때리거나. 아니면 상대방 쪽에서 『잘 알았어. 너랑 보낸 시간은 인생의 오점이야』 하고 말하며 뺨을 때렸다. 그것의 반복이었다.

몇 번이고 계속되니 라이쵸도 깨달았다. 아무래도 이건 자기 잘못인 것 같다고.

뒤쫓는 사랑을 한 적이 없는 라이쵸에게, 상대가 쫓아와 주는 것은 수고를 덜 뿐인 일이었고, 정열이 없었다. 그러한 자신의 냉담함이 연인이라고 불리는 사람을 울리는 것이리라. 그 정도를 생각할 머리는 있었다.

깨달은 뒤로는 간단히 사귀는 것을 그만뒀다.

당신은 매력적이라며 작업을 거는 사람에게는 주의를 줬다.

절대 진심이 되지 않는다. 도중에 헤어질 거다. 그래도 괜찮다면 사귀자.

규칙을 정해도 역시 잘 풀리지 않았다.

라이쵸도 어째서 마음을 몰라주는 거냐는 말을 듣는 것이 힘들어졌다.

머지않아 라이쵸는 누군가와 사귀는 것조차 귀찮아졌다.

나쁘게 말하면 자기중심적이고, 좋게 말하면 외로운 늑대였다.

처음부터 타인과 깊은 관계를 맺을 생각이 없는 남자에게 연애는 어려웠다.

—이거, 안 하는 게 인생이 더 즐겁지 않나?

그런 생각이 든 순간 끝이었다.

라이쵸는 점차 연애에서 멀어졌다.

생애의 반려도 원치 않았다. 일 때문에, 입장 때문에 얻어야 한다면, 지루하지 않을 재미있는 사람이거나 관엽 식물처럼 방해되지 않는 사람이 좋았다.

주위 사람들에게도 이 생각을 흘리게 되었다.

그리고 그를 아는 사람은 대체로 이 의견에 동의했다.

라이쵸에게 연애결혼은 무리라면서.

오히려 맞선을 보는 게 상대를 소중히 여기는 마음이 생겨날 거라고 예상했다.

그는 힘이 센 것을 이용하여 다양한 일을 했고, 그중에는 호위직도 있었다.

일이라고 받아들이면 다른 사람을 소중히 할 줄 알았다.

다른 사람이 정해준 결혼이라면 의무로서 상대방을 소중히 여길 것이다.

굴레나 속박이 있는 것이 나은 남자였다. 풀어놓고 키워서는 안 됐다.

라이쵸도 사람들의 의견에 동의했다. 그래서 그는 어느 날 부모가 제안한 맞선을 받아들였다.

『신의 남편이 되지 않겠냐』라고 제안받은 것이다.

라이쵸는 운이 좋았다.

이제껏 겪은 모든 실패가 루리에게 가는 길로 이어졌으니까.

쾌청한 하늘이 아름다운 가을날이었다.

처음으로 가까이에서 본 여름의 소녀신은 입 다물고 있으면 멍하니 바라보게 될 미인이었고, 가을의 단풍 못지않은 찬란한 기모노를 입고 있었다.

보통 사람이라면 현인신이 풍기는 기묘한 분위기에 압도될 테지만, 이날의 맞선 상대였던 그는 그렇지 않았다. 그저 『들은 나이보다 더 어려보이네』라고 생각했다.

—젊은 아가씨를 상대하는 건 귀찮겠어.

조금 넌더리를 내기도 했다. 그가 결혼 상대에게 원하는 조건에 외모는 들어있지 않았다. 다루기 쉬운지 아닌지가 중요했다. 루리 본인보다 루리의 호위관이라는 역할에 끌리고 있었다. 자신의 특색을 살리는 일을 하고 싶을 뿐, 결혼은 덤이었다.

키미카게 라이쵸에게 하자쿠라 루리는 보잘것없는 존재였다.

정말로, 처음에는 그랬다.

『카미카게 라이쵸입니다.』

『……하자쿠라 루리입니다.』

두 사람은 마을 내 요정에서 만나 자기소개를 했고, 양측 부모가 상품을 설명하듯 성격과 취미를 말했다. 하자쿠라 가문은 오래된 명가였고, 토지를 가진 부유층이었다. 게다가 이번 대 가장의 자식이 여름의 대행자로 선정되며 가문의 가치는 더 높아졌다. 여름의 대행자 하자쿠라 루리의 평판은 제쳐 놓더라도, 대행자를 배출한 명예는 크다.

한편, 키미카게 가문도 오래되기는 했지만 이름을 떨치기 시작한 것은 근래였다. 뛰어난 무술가를 계속 키워내면서 최근에는 마을의 경비도 맡고 있었다. 보안 시스템부터 시작하여 각종 격투기 도장 경영까지 폭넓게 활약하기 시작한 가문이었다. 이번 혼인이 성공한다면 양쪽 가문 모두 이득이었다.

하자쿠라는 우수한 호위관 겸 사위를 얻을 기회였고, 키미카게는 격이 높은 가문과 연을 맺어 가문을 더 비약시킬 기회였다.

가문과 가문. 부모와 부모. 저마다의 생각이 교차하는 가운데, 자식들은 차려진 요리를 해치우는 데 집중하고 있었다. 그런 두 사람 때문에 곤란해진 양측 부모는 일단 산책이라도 하고 오라며 요정 부지 내에 있는 정원을 거닐라고 했다.

라이쵸는 여성과 교제한 경험이 그런대로 있었기에 딱히 곤란해하지 않고 그럼 잠시 걷자며 손을 내밀었지만, 루리는 그 손을 잡지 않았다.

오히려 처음으로 감정을 드러냈다. 어떤 감정이었냐면,『혐오』였다.

『필요 없어요. 왜 당신이랑 손을 잡아야 해?』

부모가 사라지자마자 유창하게 말하기 시작한 데다가 상당히 태도가 나빴기에 라이쵸는 당황했다.

『……기모노 입고 걷기 어려울 것 같아서.』

『무시하지 마. 이 정도는 평범하게 걸을 수 있어. 이상한 짓 하려고 하면 죽일 거야.』

요조숙녀 그 자체인 모습인데. 말투는 전혀 어울리지 않았다.

라이쵸는 화가 나기보다도 놀랐다.

—의외로 잘 말하네.

첫인상이 너무나도 인형 같았던 탓일지도 모른다. 자아가 있다는 것에 놀랐다.

『말해두는데, 나는 누구와도 결혼할 마음이 없어. 내 호위관은 계속 언니야.』

『……언니, 하자쿠라 아야메 씨 말이죠.』

『그래.』

『강한 분이라고 들었습니다.』

『맞아. 엄청 강해. 그러니까 당신 따위…….』

『하지만 제가 더 강해요.』

그 순간, 공기가 얼얼해졌다.

『뭐……?』

마침내 라이쵸는 신의 위압을 느꼈다.

겁먹을 만한 장면이었지만, 거짓말을 한 것은 아니기에 그대로 대화를 이어 갔다.

『제가 더 강해요. 그래서 뽑힌 거예요.』

루리와 라이쵸 주변에서 불온한 소리가 나기 시작했다. 라이쵸는 몰랐지만, 새가 갑자기 하늘을 선회하고 있었다. 멀리서 개가 하울링하는 소리도 들렸다.

엄숙하고 아름다운 정원에 들개가 뛰어드는 것은 금방이었다.

다른 이용자들이 비명을 질렀다. 하지만 두 사람은 그대로 말싸움을 계속했다.

『거짓말, 아야메가 더 강해!』

『아뇨, 제가 더 강해요.』

『근거는?』

『저는 마을 내 무술 대회에서 진 적이 없어요. 가족과 선생들도 처치 곤란이라고 여길 만큼 강해요. 제가 도장에 있으면 다른 약한 애들의 자존심을 밟아버리고, 다치지 않게 훈련을 봐주는 데에도 재능이 없었으니까……. 무사 수행이란 명목으로 사계청을 경유해서 국가 치안 기구의 훈련 프로그램에 참가했었는데, 역시 저보다 강한 사람은 없었어요. 그 후에…… 뭐, 사계청 쪽에서 이것저것 하다가 당신을 위해 돌아온 거예요.』

『아야메는 매년 역적과 싸우고 있어. 훈련 정도만 했다면, 목숨이 오가는 싸움은 안 한 거잖아.』

『그렇지 않아요. 이것저것 했다고 했잖아요? 구체적으로 뭘 했는지는 말할 수 없지만, 사계청 내에 공표되지 않은 부서가 있어서 거기서 일했어요. 목숨이 오가는 싸움도 했죠. 말해주고 싶진 않지만…….』

『…….』

『그리고, 여자라서 약하다는 말은 하기 싫지만, 실제로 체격 차는 있어요.』

라이쵸가 키를 비교하듯 손을 위아래로 움직이자 루리의 눈에 분노가 서렸다.

『필요하다면 시합이든 뭐든 하겠지만, 언니에게 창피를 주고 싶지 않다면 제가 더 약하다는 말은 함부로 하지 않는 게 좋아요.』

『……당신은 약해.』

루리는 나직이 중얼거렸다. 그리고 혐오가 담긴 시선을 라이쵸에게 보냈다.

『날 앞에 두고서 멍청한 소리를 하고 있는걸.』

위압감이 아까보다 커졌다.

『신에게 죽을 거라는 생각, 한 적 없어?』

라이쵸는 눈을 끔뻑이며 말을 잇지 못했다.

『하늘, 하늘, 하늘, 꽃 하늘거리고, 풀 빛나고, 여름 난발하여.』

루리는 라이쵸의 눈앞에서 여름의 사계 노래를 읊기 시작했다.

『지고, 지고, 지고, 사랑 지고, 여름비, 불꽃, 반딧불팔이.』

『저기, 여름의 대행자님, 저…….』

『갈라, 갈라, 갈라, 갈라서도, 잠자리 우화하는 가을을 기다리네.』

『제 얘기 듣고 있나요? 그거 신의 힘을 보이는 노래 아닌가요……?』

『앉아 기다리네! 가을을 기다리네!』

그러자 눈 깜짝할 사이에 동물들이 모였다. 그중 한 마리, 체격 좋은 사슴이 라이쵸를 날려버리려는 것처럼 돌진해왔다. 라이쵸는 황급히 거리를 뒀지만 부딪혀서 넘어졌다.

그사이에 동물들은 루리를 에워쌌고, 그녀는 기모노를 걷어 올려 다른 사슴에 탔다. 야마토의 사슴 중에서도 보기 드문, 몸집이 큰 흰 사슴이었다.

흰 사슴에 올라탄 루리의 모습은 거룩해서, 이때만큼은 라이쵸도 숨을 삼켰다.

『깜짝 놀랐어? 바~보!』

그녀는 아주 아름다웠다. 그리고 고상하며 강했다.

『평범한 인간 주제에…… 나한테 건방진 소리 하지 마!』

라이쵸에게 그날의 맞선은 긴 인생의 지루한 한 페이지에 불과했었다.

『아야메를 무시하는 녀석은 딱 질색이야! 다시는 안 만날 거야!』

하지만 순식간에 루리가 특별한 것으로 변화시켰다.

루리는 고운 피부를 거침없이 드러내고서 사슴을 몰아, 정원 오솔길의 흙과 낙엽과 풀을 사슴의 뒷발로 라이쵸에게 최대한 뿌리고 떠났다.

『…….』

지독한 맞선 상대였다.

이 무렵의 루리는 사춘기라서 지금보다 두 배는 더 뾰족했었다.

흙과 낙엽을 뒤집어써서 오더 메이드 양복이 엉망이 된 라이쵸의 불쌍한 모습만이 남았다. 멀리서 두 사람을 지켜보던 루리의 부모와 라이쵸의 부모가 비명을 질렀다.

『…….』

정작 본인은 뭔가가 심금을 울려서 감동하고 있었다.

『……사람한테 흙을 뿌리고, 사슴을 타고 도망쳤어.』

불쑥 그렇게 중얼거렸다.

여성에게 이토록 무례한 짓을 당한 적이 없어서인지.

평범한 사람이 아닌 신의 조화를 직접 보고, 소녀신을 지키는 데 관심이 생겼기 때문인지.

아니면, 떠날 때의 루리가 울음을 꾹 참고 있는 것처럼 보여서 의외로 귀엽다고 생각해버렸기 때문인지. 아니, 혹은 저 아가씨라면 자신을 죽일 수 있지 않을까, 라는 생각이 들었기 때문일까.

어쨌든, 머릿속은 루리에 대한 생각으로 가득 차 버렸다.

혼란에 빠진 정원에 루리와 아야메의 부모가 달려왔다.

『키미카게의 아드님! 괜찮습니까?!』

자신을 부르고 있는데도 라이쵸는 혼잣말을 중얼거렸다.

『시가전이라면 내가 더…… 아냐, 펫숍이 있다면 위험해. 애초에 시가지에도 새는 있어. 산중은 논외고. 역시 본체를 공격할 수밖에 없지만, 도달하기까지 받을 방해 공작이 여러모로 떠올라. 동물의 행동은 인간과 달리 예상하기 어려워. 훈련하더라도…… 맞아, 벌레도 사역할 수 있을 터…….』

지금껏 구타당한 적도 있었고, 총에 맞은 적도 있었고, 진검에 베인 적도 있었지만, 신의 권속, 그것도 사슴에게 공격받은 것은 처음이었다. 그게 너무나도 충격적이었다.

『저기…… 우리 딸이…… 미안합니다.』

『…….』

『저…….』

루리의 부모는 전혀 이야기를 듣지 않고 혼잣말을 해 대는 사위 후보의 반응을 보고 고개를 갸웃했다.

라이쵸는 루리가 떠난 방향에서 눈을 떼지 못했다.

『저기, 이 맞선은 역시 없었던 일로…….』

『아뇨, 괜찮습니다, 아버님, 어머님.』

돌이켜 보면, 이미 이때부터 라이쵸와 루리의 술래잡기는 시작되어 있었다.

쫓아가보고 싶다는 생각이 드는 상대가 마침내 나타났다고, 라이쵸는 느끼고 있었다.

초장부터 미움받아버린 것 같지만, 그건 앞으로 만회할 수밖에 없다.

『저는 따님이 무척 마음에 들었습니다. 이대로 꼭 혼담을 진행해 주세요.』

라이쵸는 이날 처음으로 자아 동일성을 획득했다.

자신이 어떤 존재이고, 무엇을 위해 살고 있는지, 하늘의 계시를 받았다.

세상에는 재능 넘치는 인간이 있는데, 라이쵸가 바로 그런 인간이었다.

멍청하지는 않은 머리와 무기를 사용한 공격 및 체술 센스, 남다른 체력, 비꼬인 성격과 파격적인 사고를 섞으면 라이쵸가 만들어졌다.

강할수록 좋다고 여겨지는 가문에 태어나기도 해서, 전사로 길러진 환경 자체는 남들보다 훨씬 나은 편이었다. 하지만 인간은 너무 잘나도, 너무 못나도, 집단에서 겉돌게 된다. 천재나 수재나 대체로 둘로 나뉜다.

자신의 재능을 인정하고, 선망과 질투를 보내는 타인과 거리를 재며 사회성을 유지하는 자.

자신의 재능을 인정하고, 타인을 깔보며 거리를 두고서 고독하게 사는 자.

둘 중 하나다. 라이쵸는 굳이 따지자면 후자였다.

사회성이 전혀 없지는 않았지만, 자신이 인정한 상대가 아니라면 배려하거나 진심으로 대하지 않았다. 키미카게 일문의 가족이나 친척이어도 마음에 안 드는 상대와는 최대한 대화하지 않으려 했다.

타인에게 까다로운 사람이라는 인상을 주기 쉬웠다. 하지만 의사소통이 전혀 안 되는 것은 아니었다. 목표를 설정하면 타인과 서슴없이 협력하는 경쟁심을 보이며 통솔자의 소질을 보였다. 누구와도 진정으로 친해지지는 않지만, 뭘 시켜도 잘하기에 주위 사람들은 그를 귀하게 여겼다. 조금 다루기 어려워 멀찍이서 보는 존재. 그게 라이쵸였다.

하자쿠라 가문에서 원한 것이 경질을 막을 수 있을 만큼 강한 전사여서 라이쵸가 뽑혔지만, 결함이 있다는 것은 그의 부모도 알고 있었다.

키미카게 가문은 그 사실을 솔직하게 하자쿠라 가문에 말했는데, 『우리 딸도 언니 말고는 관심이 없다는 결함이 있다』라는 대답이 돌아와서, 그럼 일단 만나게 해보고, 안 될 것 같으면 다른 후보자를 찾아보자는 전제로 자리를 마련한 것이 이번 맞선의 진상이었다.

양쪽 집안이 서로 「문제는 있지만 특별한 사람」을 부딪친 것이다.

『무슨 카드 게임이야?』

맞선이 있고 나서 며칠 후, 라이쵸는 하자쿠라 저택의 대문 앞에 있었다.

부모가 안에 들이려고 해도 루리가 위협했기에 어쩔 수 없이 서로 철제 대문을 사이에 두고서 대화하고 있었다. 다시는 안 만날 거라고 선언했음에도 불구하고 벌써 재회해 버렸다.

라이쵸는 자신이 어떤 인간인지, 그리고 왜 루리의 맞선 상대로 뽑혔는지 설명하고서 다시금 교제를 신청하고 있었다.

『위험한 인재를 맞부딪치고서 잘되면 좋겠다니, 부모가 카드 게임을 하고 있잖아?』

『루리, 그거 되게 재밌네요. 그 발상 마음에 들어요. 즉, 우리는 둘 다 레어 카드인 거네요.』

『잠깐만, 이름으로 부르지 마.』

『하자쿠라 씨? 여름의 대행자님? 하지만 저는 루리라고 부르고 싶어요. 이름의 울림이 마음에 들고.』

라이쵸는 다른 사람이 된 것처럼 호의적으로 굴었다. 반대로 루리는 여전히 호감도가 낮았다. 루리는 생각했다. 어쩌지, 이 사람 얘기를 전혀 안 듣고 있어.

『난 당신이 너무 싫어. 돌아가.』

『매정하게 대해도 의미 없어요. 저는 기가 센 아이를 좋아하니까.』

『……난 밀어붙이는 사람이 싫어.』

—도와줘, 아야메.

루리는 뒤돌아 저택을 보았지만, 아야메의 방 커튼이 노골적으로 착 닫혔다. 커튼 틈으로 보고 있는 아야메는 절대 도와주러 오지 않는다.

반발해도 소용없다면 방법을 바꿀 수밖에 없다. 루리는 평온한 태도로 타이르듯 말했다.

『……있잖아, 어어…… 라이쵸 씨? 부모가 말해서 온 거라면 서로 협력해서 혼담을 깨자. 당신도 요전번에 나한테 그런 짓을 당해서 화가 났을 거 아니야. 우리는 상성이 최악인 것 같고…….』

『그렇지 않아요. 저는 상성이 좋다고 생각해요. 우리는 대등한 사이가 될 수 있어요.』

라이쵸는 맑은 눈으로 말했다.

『거짓말. 뭘 보고 그렇게 생각했어?』

『사슴 사건으로요.』

『사슴 사건……?』

『루리가 저한테 화나서 사슴으로 걷어찼잖아요. 저는 그때 깨달았어요. 내가 최강인 줄 알았는데, 그건 어디까지나 대인전 한정이고, 상대가 동물이면 또 다르다는 것을.』

『…….』

요전번에 있었던 소동을 말하는 것이었다. 루리는 말문이 막혔다. 이 사람은 역시 괴짜다.

『루리 말이 맞아요. 함정을 준비할 시간이 있거나, 많은 인원으로 제압하거나, 그런 좋은 조건이 갖춰진다면 또 다르겠지만, 단순히 능력치만 보면 생명 사역 권능을 가진 신이 이기죠. 뭐든 사역할 수 있잖아요? 일 대 일로 싸우게 되고, 그때 제가 무기를 가지고 있다면, 루리한테도 무기를 주지 않으면 불공평하니까 루리도 동물을 사역하겠죠. 첫 공격은 막힐 거예요. 저는 개를 좋아해서 쏘기 싫지만, 아무튼 막힐 테고, 총을 연사하더라도 아마 새가 막겠죠. 그렇다면 빈틈을 노릴 수밖에 없는데, 그때에는 이미 물량에 밀리고 있을 테니까…… 아아, 해상에서 싸운다면 저는 완전히 죽겠네요. 상어도 사역할 수 있죠?』

『그만, 그만, 그만~!』

루리는 두 사람 사이에 있는 쇠창살을 잡고 흔들었다. 라이쵸가 퍼뜩 정신을 차렸다.

『미안해요. 가공의 전투를 생각하는 걸 좋아해서.』

『있잖아. 이상한 사람이라는 말, 자주 듣지 않아?』

『자주 들어요. 여하튼 저는 난생처음으로 이길 수 있을지 알 수 없는 여자와 만나서 짜릿했어요.』

거기까지 듣고 루리는 더 무서워졌다.

『짜릿했다고? 손발이?』

『온몸이요.』

『그거 뇌진탕 아니야?』

『어, 그런가? 사랑이라고 생각하는데요.』

『절대 아니야!』

『하지만 저는 지금 루리의 목소리도 머리카락도 눈동자도 전부 귀여워 보이는데…….』

『아냐, 아냐, 아냐! 나는 그렇게 사랑받는 여자가 아닌걸! 분명 뇌가 이상해진 거야! 어쩌지…… 미안해. 나도 발끈해서 꽤 심한 짓을 했어……. 병원에 가자. 제대로 확인하자. 신통력이 이상하게 작용한 거라면 위험해.』

—이 아이, 재미있네.

라이쵸는 자신을 진심으로 걱정하는 루리가 더더욱 좋아졌다. 쇠창살 너머로 대화하는 것도 슬슬 질리던 차였기에 라이쵸는 제안을 받아들였다.

—이 시간에 의국에서 검사한다면 최소한 대여섯 시간은 걸려.

즉, 그동안은 같이 있어 준다는 뜻이다.

『루리도 같이 가줄래요?』

라이쵸는 원하는 것을 손에 넣기 위해서라면 뭐든 할 수 있는 남자였다. 머리에 이상이 생겼다며 병원에 데려가려고 해도 상관없었다. 오히려 꼬시기 시작한 첫날에 단둘이 외출할 수 있다면 훌륭한 성과라고 생각했다.

『루리도 같이 가준다면 저도 병원에 갈게요.』

『같이 갈게. 같이 갈 테니까. 진짜로 걱정되기 시작했어. 진료비도 내가 낼게.』

『그럼 부모님에게 허락받고 와줄래요? 일단은 그냥 둘이서 외출하는 거라고 말하는 게 좋을 거예요. 저를 환자로 만들었을지도 모르니까 의국에 데려가겠다고 하면 일이 커져요.』

『알았어…… 맞는 말이야. 고마워! 기다려줘, 라이쵸 씨!』

그로부터 몇 시간 후, 루리와 라이쵸는 매우 건강하다는 진단을 받고 병원을 나왔다.

『루리와 병원 데이트, 즐거웠어요.』

『…….』

『제 사랑이 의학적으로 증명되고 말았네요.』

『아야메, 도와줘…….』

루리는 절망한 얼굴이었고, 라이쵸는 행복한 얼굴이었다.

『다음에는 다른 데서 데이트해요.』

『안 해……. 뭔가, 나…… 당신의 말재간에 넘어간 것 같아…….』

『너무하네. 하지만 의미 있는 시간이지 않았어요? 서로 이것저것 얘기도 했고. 얘기해보니 의외로 나쁘지 않다는 생각이 들지 않던가요?』

『라이쵸 씨의 몸이 걱정돼서 대화에 별로 집중이 안 됐어…….』

『루리…… 루리는 재미있는 데다가 아주 착하군요…….』

『하지 마~!』

『다음엔 제대로 얘기해요. 제 차로 어디든 안내할게요. 약혼자와 함께라면 부모님도 마을 밖으로 내보내 주실 거예요.』

『밖에는 나가고 싶지만…… 시, 싫어…….』

『정신이 이상하다고 단정 짓고 저를 병원에 데려왔으면서, 여기서 버리는 건가요……?』

『……뭔가 그렇게 말하니까 내가 엄청 나쁜 녀석 같잖아.』

『의국 사람, 쓴웃음 지었는데요. 간호사 중에 저희 집 근처에 사는 사람 있었는데, 무슨 일로 왔나 싶었겠죠. 루리는 저를 실컷 욕보이고서 버리는 거군요. 이제 저를 아무도 남편으로 삼아 주지 않으면 어떡해요?』

루리는 완전히 단죄받는 죄인 같은 얼굴이 되었다.
『…….』
『데이트해요, 루리.』
『……딱 한 번만이라면.』
『부모님께는 그냥 외출한다고만 말했죠? 이거 말 안 할게요.』
『……세 번만이라면.』
『열 번.』
『여덟 번.』
『다섯 번.』
『다섯 번으로 타협하죠. 뭐, 곧 저를 좋아하게 돼서 횟수도 늘어나겠지만.』
루리는 깊은 한숨을 쉬었다.
『라이쵸 씨…….』
그리고 라이쵸를 진지하게 보며 말했다.
『있잖아, 당신은 지금 그저 내가 신기해서 그러는 거야.』
그때, 마침내 루리는 처음으로 라이쵸와 진정한 의미에서 마주했다.
『언젠가 분명 눈치챌 거야. 나랑 결혼하는 게 무리라는걸. 나는 레어 카드가 아니야. 완전 약한 카드야. 하지만 힘내서 레어 카드 행세를 하고 있는 거야. 나는 당신이 기대하는 그런 꿈만 같은 특별한 여자가 아니야.』
라이쵸는 그 말을 듣고 눈을 깜빡였다.
눈앞에 있는 여성이 지금 본연의 모습을 드러내고 있음을 본능으로 느꼈다.

『제 약혼자는, 사실은 별로 자신감이 없는 사람이군요.』

루리는 그 말을 질타로 느꼈는지 고개를 숙였다.

라이쵸는 자신이 새로운 가치관을 가지기 시작했음을 알아차렸다.

—예전에는 자신감 없는 사람이 싫었어.

그런 인간의 발언과 행동은 굉장히 무책임하게 느껴진다.

주눅 든 모습을 보이는 것도, 질질 짜는 것도 짜증 났다.

—하지만, 지금은 달라. 왜지?

지금 라이쵸는 신이면서 자신감이 없는 이 아가씨가 사랑스러웠다.

역시 특별한 사람이라고 생각했다.

『뭐, 제가 루리를 좋아한다는 건 변함없어요. 루리도 분명 머지않아 알 거예요.』

『뭘……?』

『저는 한다면 하는 남자고, 그런 제가 반했다는 건 평생 좋아한다는 말이라는 것을요. 남들은 흔히 저를 기분파로 보지만, 그렇지 않아요. 절 진심으로 만드는 게 이 세상에 별로 없을 뿐이에요.』

루리는 숙였던 고개를 들어 라이쵸를 바라보았다.

『참고로 이제껏 살면서 어떤 것들에 진심이 됐어?』

『전투와 스노글로브 수집과 루리요.』

간결한 말을 듣고 루리는 얼떨떨해했다가 처음으로 웃었다.

『진짜 별로 없네.』

라이쵸는 그 미소를 보고 가슴이 뛰었다. 그도 어린아이처럼 웃었다.

『뭐든 좋아하는 남자보다, 이거다 싶은 것만 좋아하는 남자가 더 낫지 않아요? 바람도 절대 안 피워요.』

『……흐응~.』

『제 스노글로브 컬렉션을 보여주고 싶어요. 외국에도 일하러 간 적이 있어서 꽤 많거든요.』

『스노글로브를 본 적은 없지만, 눈이 들어있는 장식품이지? 나는 눈 싫어해.』

『스노글로브는 눈이지만 눈이 아니에요. 루리에게라면 하나 줄 수도 있어요.』

『……소중한 건데 주는 거야?』

『루리한테만요. 소중히 여겨준다면 줄게요.』

『딱히 필요 없지만, 살짝 관심이 생겼으니까 일단 구경은 하고 싶어. 사진 없어?』

『오, 볼래요?』

『보여주고 싶다면야…….』

이렇게 두 사람의 사이는 점점 깊어졌다.

실제로 상성은 나쁘지 않았을 것이다.

남들에게 사랑받고 싶어서 비명을 지르는 아가씨에게, 덤프트럭에 사랑을 싣고 돌격해 오는 남자는 부담스러운 상대가 아니라 안심이 되는 대상이었다.

이 사람은 자신을 아주 좋아하니 버리지 않을 것 같다.

그런 안도감은 루리의 인생에 필요한 것이었다. 처음에는 경계했던 루리도, 다친 동물이 치료받으면서 인간에게 감화되는 것처럼 호감을 품기 시작했다. 라이쵸는 라이쵸대로, 루리의 내면을 알 때마다 그녀의 섬세함을 배우고, 장난치고서 혼나고, 이제 밉다는 말을 듣고서 필사적으로 사과하며, 상대의 마음을 배려하는 것을 배웠다.

쌍방이 서로에게 좋은 영향을 주는 만남이었다. 운이 좋은 연인 사이였다.

이대로 가면 결혼 자체는 아무런 문제도 없을 것이다.

그렇게 생각했지만, 인생은 호사다마.

여름 현현이 끝났을 무렵, 하자쿠라 자매에게 흉조 낙인이 찍혔다.

이로 인해 키미카게 가문과 로오 가문은 하자쿠라와의 연이 끊겼다.

신랑 가문의 태도 변화는 아주 매정했다.

똑같이 약혼자 신분인 렌리는 비탄에 잠겼고, 난생처음으로 부친과 매일 말싸움을 벌이는 나날이 시작됐다.

라이쵸는 어땠는가 하면, 가족이 깜짝 놀랄만큼 얌전히 그 제안을 받아들였다.

"파혼인가요. 뭐, 지금 상황에선 어쩔 수 없겠죠. 우리 평판도 나빠질 테니까 새 혼담을 바로 물고 오지는 말아 주세요. 화낼 거예요."

그 말만 가족에게 전하고서 방에 틀어박혔다.

가족들은 방에서 전혀 나오지 않게 된 라이쵸를 조심조심 다뤘다.

—생각보다 전개가 빨라.

설마 반역을 준비하고 있을 줄은 아무도 몰랐다.

라이쵸는 상처 입은 자신을 숨기려고 방에서 의기소침하게 있던 것이 아니었다.

루리와 아야메가 슬픔의 구렁텅이에 있는 동안 그가 뭘 하고 있었느냐면, 어떤 인물과 연락하며 사태에 대비하고 있었다.

라이쵸는 휴대전화를 한 손에 들고 방 안에서 전화했다. 많은 스노글로브가 선반 위에서 반짝거리고 있었다.

책상 위에는 루리의 사진이 여러 개 늘어서 있었다.

집착하는 대상은 달라지지 않았다.

전투와 스노글로브 수집. 그리고 루리다.

"【복룡 동자】인가요. 마침내 파혼당했어요."

라이쵸가 이전부터 연락했던 것은 사계 업계에서 알 만한 사람은 아는 정보상이었다.

"네, 그쪽이 말한 대로 이장이 주도한 것 같아요. 여름 추부에서 일하는【한 마리의 뿔토끼】 동지는 항의하고 있는 것 같지만, 안 듣겠죠. 이장의 그 고목 같은 몸을 지금 당장 부러뜨리러 갈 수 없는 게 아쉬워요. 화가 나지만, 올 줄 알았던 공격이라서 견딜 수 있었어요."

『하자쿠라 루리와 아야메의 휴대전화는?』

"전에 집에 가서 식사했을 때 조작해뒀어요. 기계를 잘 아는 아이들이 아니니까, 원격 앱이 설치된 건 모를 거예요. 사계청에 있을 때 쓰던 특제 앱이고, 꼼꼼히 체크하지 않는 한 괜찮아요. 작동하는 건 확인했고, 이미 문자를 선별해서 지우거나 수신 거부하고 있어요. 가엾지만, 일단 두 사람은 고립시키겠어요."

『……목적을 위해서라지만 마음 아프지 않나?』

"그야 그렇지만, 그 아가씨들이 죽는 것보다는 낫죠."

【복룡 동자】의 웃음소리가 들렸다.

"저도 처음에는 마음이 아팠는데, 지금은 그것보다도 어떻게든 그 아가씨들을 지켜야 한다는 긴박감이 더 커요. 살아만 있어 준다면 나머지는 어떻게든 돼요. 그 아가씨들이 상정한 대로 움직여 주면 좋겠는데…… 루리는 예상하기 어려워서 불안해요."

『봄의 사건 때부터 이렇게 될 것을 예측했던 그대도 예상하기 어려운가.』

【복룡 동자】가 놀리듯 말해서 라이쵸는 신음을 흘렸다.

"그 아가씨는…… 행동은 예상하기 쉽지만, 감정을 읽기 어려워요. 생각이 얕은 줄 알았더니 사실은 생각이 아주 많고, 천진난만한 척하는 것일 때도 있어요. 아야메 씨가 오히려 알기 쉽죠. 아야메 씨는 속에 가두는 타입이니까…… 자살하지 않도록 조심히 살피고 있어요."

『……그대의 소중한 약혼자와 가족이야. 무사히 지킬 수 있도록 나도 진력하겠어. 아무튼 상황은 나쁘지 않아. 류구다케에서 암랑 사건이 일어났어. 이에 관해서는 조사 중이야. 환경보호청이 사계의 마을과 사계청에 통달한 시점에 【늙은 거북】들은 재빨리 행동하여 회의 참가자를 매수하고 협박했어. 봄에 피해 본 것을 대행자 측에게 반격한 거지. 경질하려는 움직임은 이미 봄의 마을에서 일어나고 있어. 여름의 마을의 마츠카제 세이란은 사병을 시켜서 여름의 대행자가 재현현할 수밖에 없도록 지방에 동물 변사체를 만들고 있어. 슬슬 이쪽이 움직여야 해. 예의 그건?』

"보내주신 대화 기록으로 학습시켜서 꽤 잘 만들어졌어요. 목소리의 피치와 울림을 조정하기가 어렵지만요. 이런 건 다른 부대원이 하던 일이었던지라……. 그 녀석은 일을 잘한 거였다고, 새삼 옛 동료가 얼마나 대단한지 알게 됐죠. 다소 위화감이 들지만, 경황이 없는 루리는 속일 수 있을 거예요. 지금 실시간으로 목소리가 제대로 변조되는지 동작을 확인하고 있어요. 들어볼래요?"

라이쵸는 휴대전화에 설치된 애플리케이션을 기동시켰다. 그리고 전화를 입에 가까이 대고 말했다.

""안녕하세요, 【복룡 동자】.""

두 가지 목소리가 같이 들렸다. 하나는 라이쵸, 또 하나는 라이쵸와 접점이 없는 가을의 대행자 호위관 아자미 린도우의 목소리였다.

『잘 변조되는군.』

"공정을 하나 더 거치면 제 목소리는 완전히 사라져요. 다만 제 전문 분야가 아닌 탓인지 렉이 좀 있어서 조금 더 조정이 필요해요."

『제법 쓸 만하겠어……. 단순한 흥미로 질문하는 건데, 특별한 기자재가 있어야 다룰 수 있나?』

"아뇨, 그렇진 않아요. 당신이 쓰는 것보다는 복잡할지도 모르지만요."

라이쵸는 【복룡 동자】가 음성 변조 애플리케이션을 쓰고 있음을 간파하고 있었다.

"저를 우대해 준다면 데이터와 필요한 기자재 리스트를 제공하죠."

『우대라니?』

"이 정보 전쟁에서 이기고 싶어요. 마츠카제 세이란에게도 정보를 팔고 있잖아요?"

『…….』

전화 너머에서 슬쩍 웃는 기척이 났다.

"이쪽에는 숨기고 저쪽한테는 알려주거나…… 그 반대도 있겠죠. 처음에는 갖고 노는 건 줄 알았지만…… 굳이 따지자면 이쪽 편인 것 같아서. 그래서 말하는 거예요."

『……그대가 똑똑한 사람이라서 다행이야.』

"아아, 역시 그랬군요. 뭔가 정보를 조정당하고 있는 기분을 지울 수 없었어요."

【복룡 동자】는 이번에는 웃음소리를 참지 않았다. 웃는 방식이 건조했다.

『이것 참, 그대를 얕봤군. 하지만 걱정하지 마. 처음부터 그대를 우대하고 있으니까. 안 그랬다면 아자미 린도우의 대화 기록을 보내지 않았을 거야. 진정한 적의 덜미를 잡기 위해 사랑하는 사람을 위험한 곳에 보내라는 제안도 안 했겠지.』

"……."

『나는 그대의 적이 아니야. 현재 사계 분야는 완전히 썩었어. 이기적인 중진을 청소하고 싶을 뿐이야. 본래 목적을 잊고서 사리사

욕을 채우는 데 열심인 권력자들, 생각하길 멈추고 문제를 제기하지 않는 멍청이들. 그 탓에 있어 마땅한 모습을 잃었어. 대행자를 지키고, 키워서, 사계를 차질 없이 순환시키는 것이 사계의 대행자의 후손이 가진 사명이야. 마땅한 모습으로 고치고 싶어.』

【복룡 동자】는 라이쵸가 자신의 속셈을 간파한 것이 즐거운 듯했다.

드물게도 목소리가 들떠 있었다.

『그러기 위해서는 큰 변혁이 필요해. 경질 현장을 진압해서 그걸 계획한 자를 붙잡는 것 같은 큰 사건이…….』

"……그러한 변혁에는 대행자의 희생도 따르는데요……."

『무슨 일이든 다소 고생이 필요하잖아. 그리고 이번에는 여름의 대행자를 구하기만 해서는 대행자의 존엄이 복권되지 않아. 전체를 구하는 움직임으로 발전시켜야【늙은 거북】들을 위축시킬 수 있어. 그대도 이미 그걸 알고 있을 테지.』

【복룡 동자】는『그래서 그대가 마음에 들어』라고 덧붙였다. 누구와 비교하고 있는지 라이쵸는 알 수 없었지만, 이 정보상도 고생하고 있는 것이 틀림없다. 라이쵸는 자신이 하려는 일이 얼마나 무모한지 다시금 의식하지 않을 수 없었다.

―커다란 도박이야.

봄의 사건 후,【늙은 거북】들이 무슨 짓을 하리라는 것은 예측했다. 권력을 휘두르는 자리에 앉아 나태한 나날을 보내던 자들이 그 자리를 빼앗기고서 얌전히 물러날 것 같지는 않았기 때문이다.

하지만 반격은 예상보다 더 묵직했다.

폐쇄적인 사회에서 찍힌 흉조 낙인은 간단히 불식할 수 없다.

결혼을 하느냐 마느냐 하는 문제가 아니었다. 두 사람의 향후 인생을 타인이 계속해서 짓밟을 것은 확정 사항이었다. 방치하면 평생 눈치를 보며 핍박받고 살게 된다.

—흉조로 취급된 그 아가씨들을 구하려면 더러운 일도 해야 해.

라이쵸는 하자쿠라 자매를 구하고 싶었다.

그러려면 그녀들뿐만 아니라 대행자 전체의『명예 회복』이 필요했다.

암랑 사건 해결에 개입할 수 있다면 명예 회복의 발판이 된다. 그 단초로서 루리와 아야메가 스스로 움직여 자신들은 길조임을 사람들에게 보여줘야 했다.

그래서 기폭제로, 몇 달 전부터 루리가 지겹게 말했던『믿을 수 있는 남자』인 아자미 린도우 행세를 하여 그녀들을 독려하기로 했다.

—독려하는 데 다른 남자를 쓰는 건 마음에 안 들지만, 어쩔 수 없지.

라이쵸에게는 다른 역할이 있었다.

"……그쪽의 목적은 부패한 각 마을 추부의 정화라는 건가요?"

『다른 목적도 있지만…… 일단 이번에는 그래. 이번 대 현인신들은 춘하추동 공동 전선을 짜고 사계 분야에 큰 충격을 줬어. 나는 이대로 계속 그들이 세상에 만연한 고름을 짜내는 역할을 해줬으면 해. 자신의 적을 인식하고 싸워줬으면 해. 위험에 노출되게 되지만…… 희생시킬 마음은 없어. 그래서 그대 같은 백업을 준비하고, 적대 세력의 움직임을 파악하여 대응하고 있어.』

만난 적도 없는 모르는 정보상의 말에는 열이 깃들어 있었다.

『그대에게는 미안하지만, 봄의 사건으로 드러난 고름과 대치해줬으면 해. 천벌설을 퍼뜨리며 암약하고 있는 자들과 싸울 용사가 필요한 때야.』

이에 라이쵸는 똑같이 열에 들뜨지 않고 냉정히 대답했다.

"하나 신경 쓰였는데, 지금 그쪽이 한 말을 제가 마츠카제 세이란에게 얘기할 거란 생각은 안 하나요? 엄청 돈이 되잖아요."

동요시키기 위해 물어봤지만, 【복룡 동자】는 입을 다물지 않고 대답했다.

『그대는 돈보다 사랑이겠지.』

"……."

『그대 같은 사람일수록 사랑에 미쳐. 그때까지 고집하는 대상이 없었으니까.』

"……."

『돈을 원했다면 맨 처음 거래했을 때 뭔가 했겠지. 그 점은 걱정하지 않아. 오히려 그대가 하자쿠라 루리를 위해 뛰어다니다가 목숨까지 태워버리진 않을지, 그게 걱정이야. 나는 딱히 미래 유망한 젊은이가 죽기를 바라지는 않거든. 조심해줘.』

"……걱정해줘서 고맙네요."

속이 보이지 않는 상대지만, 【복룡 동자】에게는 묘하게 함부로 대할 수 없는 매력이 있었다.

『연락은 잠시 뜸해지겠지만, 그대로 경과를 알려줘. 부탁하지.』

그리고 라이쵸는 커다란 도박을 시작한다.

작별 인사도 미안하다는 말도 하지 않은 채 연락을 끊은 약혼자에게 전화를 건다.

다른 사람으로서.

『루리 님, 아침 일찍부터 전화해서 죄송합니다……. 어떻게 지내고 계신가요?』

『접니다. 린도우입니다. 목소리를 들려주세요.』

『두 분이 큰일을 겪고 있다고, 어떤 정보통을 통해 알게 됐습니다. 뭔가 제가 할 수 있는 일이 없을까요?』

그에게 하자쿠라 루리는 인생에서 보석처럼 반짝이는 유일무이한 것이었다.

『그래서 이쪽의 입장이 안 좋아질만한 소문이 퍼진 겁니다. 자기들의 과실을 감추기 위한 눈속임이죠. 왜 갑자기 루리 님의 결혼이 취소됐는지 이상하다고 생각하지 않으셨나요?』

『흉조니 뭐니 하는 건 구실이고, 그저 루리 님에게 자신들의 영향력을 보여줘서 복종시키고 싶은 겁니다. 이유가 생겨서 공격하고 있을 뿐이에요. 이대로 있으면 안 됩니다.』

『저희가 얌전히 따를수록 사태는 안 좋아져요. 가만히 지켜봐서도 안 되고, 비관하여 도망쳐서도 안 됩니다. 저는 루리 님이 들고일어나 주셨으면 합니다. 현 상황을 타개할 수 있는 사람은 여름의 두 분이라고 확신합니다.』

대신할 것은 없다.
라이쵸에게 있어서 어느 누구도 루리가 될 수 없다.

『……루리 님.』
『죽는 게 낫다는 말은…… 하지 마세요…….』
『그렇지 않습니다. 저는, 당신이 누군가를 위해 밝게 있으려 한다는 것을 압니다.』
『슬픔을 품고 있으면서도, 지금껏 한 번도 다른 사람들 앞에서 드러내지 않으셨죠. 당신은 상냥한 여자아이예요.』
『저는 알고 있습니다. 당신은 정말로 상냥한 여자아이예요…….』
『당신은 멋진 사람이에요. 살아야 해요. 저뿐만 아니라 많은 사람이 그렇게 생각하고 있습니다.』

루리는 라이쵸와 똑같은 열량을 가져 주지는 않는다. 그래도 좋다.

『당신이 그렇게 생각하는 건, 악의 있는 자들이 의도적으로 몰아붙였기 때문입니다. 천벌설이나 생태계 파괴 이야기가 나오지 않았다면 이토록 자신을 몰아붙이진 않으셨겠죠. 잘 생각해 주세요.』
『저는, 여름의 두 자매분을 좋아합니다. 그래서 남들에게 이용당하고 있는 현 상황을 참을 수 없어요. 들고일어나 주셨으면 해서…… 이것저것 이야기했습니다. 하지만…… 지금의 루리 님에게 할 말은 아니었습니다. ……그 점은 정말로 죄송합니다.』
『당신이 고귀한 신분이라서 강한 게 아니라, 타인을 위해 강하게 있으려 한다는 것을 깜빡했습니다. 이런저런 일이 일어나서 괴로우실 텐데, 죄송합니다. 다만 이 말만큼은 한 번 더 하고 싶습니다. 당신이 죽는 게 더 나았을 일은 없어요.』

『믿어 주세요. 당신이 무사해서 기뻐한 사람이 몇 명이나 있습니다. 저도 그렇고요. 모두의 마음을, 없었던 일로 만들지 마세요.』

자신 혼자 상대를 좋아하고, 루리는 언니를 더 좋아하더라도 상관없다.

먼저 한 번 죽었지만, 이번에는 곁에서 죽었으면 했다.

가능하다면 더 나이를 먹은 뒤에.

루리의 미래를 지킬 수 있다면, 라이쵸는 뭐든 할 수 있을 것 같았다.

그 후 시간은 흘러, 류구다케, 류구 신사, 본전 내.

"그런고로, 저는 제 약혼자를 지키기 위해 이 상황을 만든 사람 중 한 명인 거죠."

렌리, 라이쵸, 라이쵸의 부대원들과 에켄은 조우했고, 서로 신분을 밝힌 뒤, 쌍방의 정보를 교환하고 있었다.

에켄이 울면서 자신이 일으킨 사건을 이야기했고, 지금은 렌리와 라이쵸가 자신들의 사정을 이야기하고 있었다. 현재는 라이쵸의 독무대였다.

"다행히도 집안이 마을의 경비 부문을 맡고 있는지라, 이것저것 조작해서 루리와 아야메 씨를 마을 밖으로 내보낼 수 있었어요. 탈주가 발각되는 것도 늦출 수 있었죠. 저는 렌리 군에게 사정을 설명하고서 함께 류구에 왔고요. 차를 타고 이동해서 그 아가씨들보다 먼저 올 수 있었어요. 그다음에 공항에서 제 부대와 합류하고, 이후로 두 사람을 경호했어요. 그렇죠? 렌리 군."

질문을 받고 렌리는 고개를 끄덕였지만, 눈이 조금 아득했다.

"……가을의 호위관 행세를 해서 그 아가씨들을 부추기고, 나쁜 놈들을 류구로 유인하기 위한 미끼로 삼았다고 말했을 때 렌리 군의 눈…… 명백하게 살의가 담겨있어서 무서웠어요……. 저도 그러고 싶어서 그런 게 아니에요. 결혼뿐만 아니라, 두 사람의 목숨과 미래를 구하기 위해 고통스러운 선택을 한 거예요. 흉조로 낙인찍힌 것만으로도 마을에서 어떤 박해와 차별을 받을지 알 수 없어요. 그 아이들뿐만 아니라 부모에게도 피해가 미쳐요. 나중에 두 사람이 얼마나 따지더라도…… 지키기 위해서 나쁜 놈이 되는 게 낫다는 것이, 이것저것 생각하고 내린 제 결론이었어요. 렌리 군도 최종적으로는 납득해줬고요."

라이쵸는 또 렌리에게 『그렇죠?』라고 말하는 듯한 시선을 보냈지만, 렌리는 어이없다는 표정을 지었다.

"하지만…… 그 아가씨들은 예상외로 사수님과 만나버렸어요. 조우할 확률은 낮다고 봤었기에 이건 저도 놀랐어요. 사수님과 시크릿 서비스가 있다면 경호하기도 어려워져요. 갑작스럽게 연계할 마음은 없었던지라, 모처럼 꾀어낸 적을 우리끼리 잘 해치울 수 있을지 고민했는데…… 곰곰이 생각해보니 할 일은 똑같았어요. 왜냐하면 원래부터 저는 류구다케에서 적을 해치울 생각으로 루리가 암랑 사건을 해결하도록 유도하여 미끼로 삼았고, 첫날은 아직 적이 루리를 추적하지 못해서 결전은 류구 체재 둘째 날…… 즉, 오늘일 것을 알고 있었거든요. 그리고 경질을 노리는 자들은 역적으로 가장하여 산속에서 두 사람을 죽이려 들 거라고 정보상이 알려줬으니까, 산악전이 되는 것도 변함없어요. 암살 기회는 한정되어 있으니까요. 그래서 사수님에게 루리와 아야메 씨를 맡기고, 감시로 몇 명 남기고서 부대를 나눠, 본대인 저희는 산으로 돌아왔어요. 그리고 이제 바보들이 오길 기다렸다가 전투를 개시하는 거죠."

"……."

"이건 【늙은 거북】과 【한 마리의 뿔토끼】의 무력 전쟁이면서, 대행자를 핍박하는 자와 지키는 자의 명예 회복을 건 정보 전쟁이기도 해요. 자, 길게 설명했지만……. 후게키 에켄 군, 자신이 어떤 상황에 뛰어들었는지 이해됐나요?"

"……."

질문받은 에켄은 창백한 표정으로 식은땀을 흘렸고, 눈물을 글썽거리며 정좌하고 있었다.

"에켄 군?"

에켄이 말하지 못할 만도 했다.

"에켄 군, 듣고 있어요?"

라이쵸가 그에게 총을 들이대고 있었다. 에켄은 뭔가 잘못 말하면 죽을 거라며 겁내고 있었다. 라이쵸는 고개를 갸웃했다.

"렌리 군, 이 아이 말을 안 하는데요."

총구로 관자놀이를 툭툭 치는 것을 보고, 렌리는 참지 못하고서 손으로 그것을 막았다.

"총구를 들이대며 말하니 그렇겠죠! 악마인가요!"

라이쵸에게 보내던 렌리의 차가운 시선과 무언의 항의는 이것 때문이었다.

"렌리 군, 위험해요! 총 앞에 손을 내밀다니 무슨 생각을 하는 거예요."

"위험한 건 라이쵸 씨예요!"

"……잘 들어요, 이 아이는 암랑이에요. 렌리 군도 아까 봤잖아요. 이 아이의 몸이 번쩍 빛나더니 엄청나게 큰 늑대가 나타난 거."

"그건 그렇지만……."

“하마터면 다 같이 난사해서 팀킬당할 뻔했어요.”

에켄은 자기 말이 진짜라는 것을 알리기 위해, 사정을 설명하면서 암랑 모습을 한 번 보여줬다. 그런 다음 공격하지 않고 제대로 환술을 해제했다.

공격할 의사는 없음을 분명히 보였다.

하지만 그 이후로 라이쵸가 줄곧 총을 겨누고 있었다.

“직접 자기 힘을 밝히고 자백한 건 칭찬하지만, 권능이 폭주 중인 상태라잖아요. 대행자와 똑같은 시스템이라면 정신 상태에 따라서 얼마든지 약해지거나 강해져요. 경계하지 않으면 늑대 환영한테 물려 죽는다고요. 그러니 자신을 지켜야죠.”

라이쵸의 말도 타당하지만, 그림은 좋지 않았다. 아주 좋지 않았다.

용기를 내서 자신의 사정을 설명한 소년을 무기로 위협하고 있었다.

그런 일을 당하고 있는 열여섯 살 소년의 마음도 고려해줬으면 좋겠다고 렌리는 생각했다.

“라이쵸 씨…… 한 번만, 한 번만 총구를 내려요.”

라이쵸는 싫다며 고개를 가로저었다.

“저는 렌리 군을 지키려고 이러는 거예요.”

“알아요. 알고 있으니까.”

렌리는 라이쵸를 달랬다.

“모르고 있어.”

“아뇨, 알아요. 라이쵸 씨가 루리와 아야메뿐만 아니라 저도 생각해서 이것저것 신경 써주고 있는 건 알고 있어요. 고마워요. 도움을 받고 있어요.”

"……."

"하지만 겁먹으면 말을 못 하는 사람도 있어요. 저는 그런 마음을 아주 잘 알아요. 사실은 하고 싶은 말이나 할 수 있는 일이 있는데, 폭력이라든가, 무서운 말에 지배당하면 아무것도 못 하게 돼요. 머리가 패닉에 빠져서 못 하게 돼요. 그런 사람도 있어요."

"……."

예전 같았으면 라이쵸는 이런 말에 그건 안일한 투정이라고 대답했을 것이다.

하지만 하자쿠라 루리와 만나고 라이쵸의 세계는 넓어졌다. 그는 경솔히 그런 말을 하지 못하게 되었다. 생글생글 웃고 있었는데, 괜찮다고 했는데, 모두의 앞에서는 씩씩하게 행동했는데, 내심 자신은 죽었어야 한다고 생각했던 아가씨를 사랑하게 되었다. 약해진 인간의 언동을 간단히 부정할 수 있었던 그는 이제 없었다.

"우리가 지금 해야할 일은, 이 아이가 패닉에 빠지지 않도록 마음을 안정시키는 거예요. ……이 아이가 자신을 지켜야 한다고 생각하면 곤란하잖아요? 네? 그렇죠?"

그래서 렌리가 기도하듯 청하니 뜻을 굽힐 수밖에 없었다. 라이쵸는 마지못해 총구를 내렸다.

"고마워요, 라이쵸 씨."

렌리는 안도의 한숨을 쉬었고, 에켄도 깊이 숨을 내뱉었다. 숨을 멈추고 있었던 모양이다.

"에켄 군, 밥 제대로 못 먹었지? 우선 뭘 좀 먹고 진정하자."

렌리는 자신의 짐에서 물과 식량을 꺼냈다. 편의점에서 산 삼각김

밥이었다. 그걸 에켄에게 건넸다.

"……로, 로오 씨……."

"그냥 렌리라고 불러. 나도 에켄 군이라고 부를 거니까."

에켄은 배가 고팠는지 금방 삼각김밥을 먹어 치웠다. 렌리는 전혀 망설이지 않고 남은 식량도 에켄에게 내밀었다.

"……배고프다고 말했다면 저도 줬을 거예요."

입 다물고 있던 라이쵸도, 그 모습을 보니 역시 불쌍하다는 생각이 들었는지 자신의 짐에서 식량을 꺼내 에켄에게 건넸다.

"죄, 죄송해요…… 밥……."

"됐으니까 먹어요. 배고프면 공격적으로 변하니까, 오히려 먹고 정신 위생을 향상시켜 주세요. 당신이 우리를 공격하지 않는다면, 우리도 널 공격하지 않아요."

"……죄송해요…… 제가, 정말, 죄송해요……."

에켄은 밥을 입에 열심히 넣으며 눈물을 흘렸다. 먹고, 손으로 눈물을 닦고, 그걸 반복했다.

너무 불쌍한 모습이었기에, 라이쵸의 부대원들도 동정하는 시선을 보냈다.

에켄이 저지른 짓은 죄지만, 그는 사건 당시에도 지금도 비호가 필요한 나이였다.

어쩌면 좋을지 알 수 없어서 당혹스러워하는 아이를 누군가가 이끌어줘야만 암랑 사건이 해결될 것이다. 에켄도 그저 감정적으로 날뛰어서는 안 된다는 것을 이제 확실하게 자각하고 있었다.

"저는…… 저는, 어쩌면, 좋죠……."

오열하며 말하자, 렌리가 다정하게 답했다.

"괜찮아……. 사정을 들어보니 동정할 부분이 많아. 그리고 권능도 사수님에 대한 충성심과 수호의 마음이 없으면 애초에 쓸 수 없는 거잖아?"

"네……. 그리고 신뢰 관계도요……. 능력을 쓸 수 있었으니까, 카구야 님은…… 저를…… 아직, 기다려 주시고 있는 줄 알았는데…… 하지만……."

에켄은 다시 울음을 터뜨리려고 했다.

"응, 그러니 아직 희망이 있지 않을까? 정말로 에켄 군이 생각하는 그런 일이 일어났는지 현재로서는 단정 지을 수 없을 것 같아. 왜냐하면 널 대신할 사수지기가 한 명 있었던 게 아니라, 국가 치안 기구인 것 같은 사람들이 여럿이서 사수님을 경호하고 있었잖아?"

"……네."

"그렇다면 사수님은 역시 네가 돌아오길 기다리고 있는 걸지도 몰라."

"……저를요?"

"이상하잖아. 사계의 대행자님도 호위관이 부재한 기간을 길게 두지 않고, 그동안의 호위를 국가 치안 기구에 부탁하진 않아. 역시 내부에서 처리해서 사계청 직원이 경호하게 돼. 독립 기관이니까. 후게키 일족도 독립 기관이잖아. 그런데 굳이 다른 기관을 끼웠다는 건…… 어떤 저항 의사가 느껴져. 곁에서 지켜 주는 인간의 존재는 현인신에게 그렇게 가볍지 않아. 이렇게 말하면 나쁘게 들릴지도 모르지만…… 아주아주 집착해. 습격했을 때, 암랑의 정체가 너라는 걸 들켰지? 무슨 말 못 들었어? 전부 거부하는 말이었어?"

에켄은 문득 떠올렸다. 자신의 신이 외치듯이 했던 말을.

『에켄! 이리 나와! 얘기하자!』

카구야는 대화하길 원했었다.

이제 이야기할 단계는 끝났다고 에켄을 버려도 됐는데, 그 후로도 도리를 논하고, 비폭력을 호소하며, 대화하려고 노력했다.

"제가…… 부탁, 했다면…… 얘기, 들어줬을까요……?"

거부한 사람은 에켄이었다. 분노와 슬픔이 머리를 지배해서 정상적인 판단을 하지 못했다.

"……렌리 씨, 저 정신이 이상해요……. 저는 이런 녀석이 아니었는데…… 저는, 정말로, 이런 녀석이……."

렌리는 고개를 가로저었다. 그리고 변함없이 다정한 온도를 띤 음성으로 말했다.

"있잖아…… 이런 건, 고통을 감당하지 못하고 마음이 망가졌다고 해. 『이상』한 게 아니야. ……에켄 군, 비난받을 부분이 있더라도, 너는 일단 보호받고, 그다음에 어쩌면 좋을지 어른들의 도움을 받아야 해."

"……제 말을 들어줄 어른이 없어요……."

"응…… 하지만 지금은 일단 내가 듣고 있으니까……."

"……흑…… 으으…… 죄송, 해요……."

"에켄 군은 사수님 곁으로 돌아가고 싶고, 지금껏 저지른 짓을 사과하고 싶은 거지?"

렌리가 묻자 에켄은 열심히 고개를 끄덕거렸다. 이제 질투도 분노도 충분하다며, 그 자신도 자신이 저지른 행동을 반성하고 뉘우치고 있었다.

"……라이쵸 씨, 싸움이 시작되기 전에 이 아이를 하산시킬 수 없을까요? 가능하다면 사정을 설명하고 중개해줄 어른도 붙여주는 게 나아요."

에켄은 자연스럽게 렌리를 보았다. 렌리는 곤란한 듯 웃었다.

"나는, 여기서 약혼자를 위해 싸우기로 했으니까 같이 못 가. 미안."

"렌리 군은 트레일 카메라로 상황을 감시하며, 습격해 온 사람들의 얼굴을 봐서 어느 가문의 누구인지 조사하고, 제가 죽으면 카메라 영상을 지키면서 이탈하여 이장을 고발한다는 역할이 있거든요. 말하자면…… 증인이죠. 그런 사람은 믿을 수 있는 인물이어야 하고, 무엇보다 루리와 아야메 씨를 위해 행동할 수 있어야 해요. 그러니 렌리 군은 줄 수 없어요."

내치는 말투는 아니었지만, 에켄은 그렇게 느낀 듯했다. 그걸 라이쵸도 알아차렸는지, 아까보다 부드러운 음성으로 다시 말을 이었다.

"다만…… 애초에 암랑 사건을 해결하려면 너를 포박해서 사수님이나 루리에게 넘길 수밖에 없으니까 보호는 해줘야겠죠……. 암랑을 붙잡는 것이 명예 회복으로 이어진다는 시나리오였는데, 평범하게 더는 사수님을 괴롭히지 않겠다고 하니 이걸 어쩌나……. 아니, 하지만 이장의 계획을 밝혀내 공론화하면 두 사람이 공을 세우지 않아도 흉조 취급은 어떻게든 할 수 있나……."

에켄은 라이쵸의 이야기를 듣고 어떤 생각이 떠오른 모양이었다.

의욕적으로 끼어들었다.

"저기, 저…… 어제 여름의 대행자님들을 보고 무서워져서 도망쳐 버렸으니까…… 그걸 계기로 자수하러 왔다고 하면서 자수하면…… 두 분의 공로가 되지 않을까요? 그, 투항하는 거예요. 여름의 대행자님에게……."

자신이 할 수 있는 일을 발견했다는 듯한 얼굴로 말했다.

"……그럼 고맙긴 한데…… 너는 그래도 괜찮나요?"

라이쵸가 미심쩍어하며 물었지만, 에켄의 눈은 진지했다. 거짓말하는 것 같지는 않았다.

"네. 더는 죄를 거듭하고 싶지 않아요. 그…… 혹시 괜찮다면, 이대로 여러분 곁에 있으면서, 느, 늙은 거북……이라고 했나요……? 그 사람들을 포박하는 것도 도울 수 없을까요. 그러고 나서 자수한다면…… 저 때문에 피해를 본 사계의 대행자님들에게 조금이나마 속죄가 되지 않을까 하는데……."

라이쵸 일행도 에켄이 암랑이라는 것을 알고 놀랐지만, 에켄은 에켄대로 자신의 자제심을 잃은 행동이 사계 분야에 영향을 줘서 대행자를 공격할 핑계를 제공했음을 알게 된 참이었다. 카구야에 관한 일로만 후회하고 있는 것이 아니었다.

"음…… 일리 있네요. 전력은 많을수록 좋고……."

"아니아니, 그건 안 되지."

라이쵸와 렌리가 동시에 다른 말을 했다. 두 사람은 『허?』 하는 얼굴로 마주 보았고 또 의견이 대립했다.

"렌리 군…… 왜 안 된다는 거예요? 이 아이의 힘을 빌린다면 【늙은 거북】을 쉽게 제압할 수 있을지도 몰라요. 안전하게 일이 진행돼요."

"하지만 무기를 가진 사람들과 싸우게 하는 거잖아요."

"직접 싸우진 않아요. 이 아이의 환술은 원격 조작이니, 안전한 곳에서 쓰게 할 거예요. 그러면 안심이죠? 사수님의 시크릿 서비스와 이미 교전 비슷한 일을 치렀잖아요. 싸움이 처음인 것도 아니에요."

"……원격이어도 전투예요. 그리고 그때는 에켄 군도 혼란에 빠져 있었고, 자포자기 상태였어요. 지금은 제대로 상황을 알고 반성하고 있어요. 그런 아이를 거친 일에 끌어들여선 안 돼요. 책임도 생기고요. 만에 하나 죽는 사람이 나오면, 책임 소재는 어쩔 건데요?"

"제가 책임지죠."

"라이쵸 씨가 에켄 군의 마음까지 챙겨줄 건가요?"

"마음이라니……."

이 말에는 라이쵸도 당황했다.

"가뜩이나 지금 한계인 것 같은데, 싸우게 하면 안 되잖아요."

그 자리에 있던 사람들은 렌리의 말을 각기 다르게 받아들였다.

라이쵸의 부대원들 절반은 『보호받는 측의 헛소리』라고 생각했다. 힘에는 힘으로 대항해야만 할 때가 있다. 자신들에게 보호받으면서 그런 소릴 하는 거냐며 비판적인 시선을 보냈다.

나머지 절반은 일리있다고 생각했다. 전투직은 마음에 상처를 입기 쉽다. 상처 입는 것보다 상처 입힌 것이 정신에 부담을 주기도 한다. 당사자인 에켄은 멍하니 렌리를 바라보고 있었다.

"이 아이는 전사가 아니지만 힘은 있어요. 신에게 받은 권능이에요."

"그럼 라이쵸 씨, 여기 루리가 있었다면 싸우게 할 건가요?"

라이쵸는 말문이 턱 막혔다.

"……그럴 리가 없잖아요."

"그렇겠죠. 이 작전, 루리와 아야메를 미끼로 쓰고는 있지만, 위험에서는 멀리 떨어뜨려 놨으니까요. 위험한 일은 이쪽에서 하기로 한…… 라이쵸 씨의 다정함이에요. 그 두 사람도 힘을 가지고 있지만 굳이 싸우게 하지 않는 것은 몸뿐만 아니라 마음도 걱정했기 때문이잖아요. 습격받고 정당방위로 싸운다면 다르겠지만, 타인이 그 힘을 이용하는 건 잘못됐어요. 발단은 암랑 사건이었더라도, 이제 이건 사계의 대행자 측의 싸움이에요. 후게키 일족의 아이를 끌어들이는 건 이상하지 않나요? 나중에 사수님에게 어떻게 설명할 거죠?"

라이쵸는 무표정했다. 렌리는 이어서 말했다.

"에켄 군을 루리라고 생각할 순 없겠지만…… 적어도 자기 자식이라고 여기고 생각해 보세요. 힘들어 하다가, 마침내 보호받은 아이예요."

"……저랑 루리는 아직 순수한 관계고…… 애초에 이렇게 커다란 아이는 상상이 안 가는데요."

라이쵸가 삐진 모습으로 말해서 렌리는 언성을 높였다.

"가정하라고요!"

"하지만 자기가 하겠다는데요."

"그걸 훈계하는 게 어른이잖아요!"

"……."

"이 아이는 동거인의 자살에 휘말려서, 주인의 마음과 야마토의 밤을 지키기 위해 거짓말하며 자신을 희생했어요. 게다가 어른들의 꼬드김에 넘어가 병원에 넣어졌고, 탈출해서 와봤더니 자기 자리가 사라진 거예요!"

에켄은 또 눈물을 흘렸다.

누군가가 알아줬으면 했던 것을 렌리가 전부 말해주고 있었다.

자신이 잘못했다는 것도 알고 있었다. 그래도, 감싸준 말이 마음에 박혔다.

"혼란스럽고, 상처 입었어요. 그래서 권능이 폭주하고 있는 거예요! 전투하면 더 나빠져요!"

"알았어요, 알았어."

렌리는 평소에 가정 내에서 정신적 학대를 받았고, 바로 엊그제에는 아버지와 형에게 몰매를 맞고서 창고에 감금됐었다. 어릴 때부터 마음에 상처를 가지고 있었다. 그렇기에 지금 상처 입으려 하는 아이의 대응에 과민해진 것이다.

둔한 라이쵸도 그 정도는 알 수 있었다.

반대로 라이쵸는 라이쵸대로 태어난 이후로 줄곧 무에 일색인 생활이었다. 둘 다 자란 환경 때문에 벌어진 의견 충돌이었지만.

"……렌리 씨…… 저는, 괜찮, 아요……. 저, 괜찮아요……."

흐느끼는 에켄을 보면, 지금 무엇을 선택하는 것이 정답인지는 확실했다.

"……하고 싶은 말이 뭔지는 이해했어요."

라이쵸는 드물게도 말싸움에서 졌다.

"좋아요. 잘 생각해보니 딱히 이 아이가 없어도 최강인 제가 있으면 이길 수 있으니까요. 약한 아이들은 물러나 있어 주는 게 전투가 더 빨리 끝날 거예요. 지켜줄게요."

양보하고서 웃었다. 라이쵸는 자신의 유용성을, 존재 의의를 이해하고 있었다. 지키라고 하면 지키는 도량은 가지고 있었다.

"라이쵸 씨……."

렌리가 말하다가 도중에 말을 멈췄다.

"도련님! 카메라가 하나 파괴됐습니다!"

갑자기 보고가 들어왔기 때문이다.

"【늙은 거북】인 것 같은 자들이 정면 등산로 입구에 있던 국가 치안 기구의 경비를 돌파하고 올라오고 있습니다! 드디어 사수님과 여름의 대행자님을 치려고 잠복하려는 것 같습니다."

잠시 공간이 소란스러워졌다.

"다만 다행히도 주차장 부근에 있던 자들이 직접 경질을 언급하는 영상이 찍혔습니다. 이것만으로는 결정적인 증거가 되지 못하지만, 거북을 흔들 수는 있을 겁니다."

"그건 귀중하네요. 그대로 관찰해 주세요."

라이쵸만큼은 전혀 긴장하지 않은 모습으로 말했다.

"다들 진정해요. 계획대로 가죠. 1조는 이대로 대기, 렌리 군을 따라가요. 2조는 나랑 같이 사냥하러 갑니다. 주문은『죽지 말고 죽이지 말기』예요. 죽이면 정당성을 주장할 수 없어져요. 빈사 상태로 만드는 건 괜찮아요. 몇 명을 잘 납치하고, 위험해지면 즉시 이탈해도 돼요. 상황을 봐서, 사수님 측에 붙여둔 멤버에게 연락하여 접근을 막겠어요. 그들이 위험해지게 할 수는 없어요. 알겠나요? 이기는 길을 놓치지 말아요. 우리는 최종적으로『사계의 대행자님을 경질하려고 하는 족속이 류구다케로 갔다고 듣고 지키러 왔다』라는 입장이어야 하니까요. 정의를 내세우며 공격해 온 녀석들에게 대항할 방법은, 똑같이 정의를 내세우며 풀스윙으로 맞받아치는 것밖에 없어요. 이기면 충신이고, 지면 역적이에요. 행동은 충분히 조심해요. 렌리 군!"

라이쵸는 말하면서 가지고 있던 권총을 렌리에게 건넸다. 무게가 묵직하여 렌리의 손이 아래로 처졌다.

"안전장치를 풀어야 쏠 수 있으니까 조심해요. 어제 한 번 가르쳐 줬으니 할 수 있죠?"

"네? 네?"

"렌리 군, 그 아이를 맡아 주세요. 지금 산을 내려가는 건 위험해요."

"알겠어요, 라이쵸 씨……."

"큰소리 땅땅 쳤으니까 반드시 지켜요. 그 아이는 반드시 살려서 자수하게 할 거예요."

갑자기 라이쵸의 분위기가 달라져서 렌리는 당황했지만, 고개를 끄덕였다.

"네……."

지금 눈앞에 있는 것은 여름의 대행자 호위관 후보로도 발탁된 여름의 마을 최강의 남자다.

그가 전사의 얼굴이 되었다면, 전력이 되지 않는 자신은 그를 따르는 부관이 되어야 한다고 생각했다.

"으음, 암랑 군, 이 아니라 에켄 군. 사수님의 비밀 등산로는 동쪽이 아니라 서쪽이죠?"

갑자기 말을 걸어와서 에켄은 흠칫하면서도 대답했다.

"네…… 어떻게 아셨어요?"

"연줄이 좀 있어서요. 암랑 사건이 일어난 뒤로 몇 번 오르기도 했어요. 장소도 기억해요. 적이 일반 등산로에 있는 걸 보면, 그들은 비밀 등산로를 모르는 거죠. 일반 등산로에 잠복해봤자 의미가 없으니까요. 암살할 수 없어요."

—정말로 우대해줬구나.

라이쵸는 자연스럽게 웃으며 말했다. 라이쵸는 【복룡 동자】를 좋아하지도 않고 싫어하지도 않았으나, 지금은 조금 고마웠다. 그저 이해관계가 일치했을 뿐이지만, 그래도 기쁘기는 했다.

"아직 사수님 일행도 오지 않았어요. 지금이 싸울 기회예요. 저는 본대를 이끌고 습격하러 가겠어요. 만에 하나라도 사수님의 등산로에는 다가가지 못하도록 막아야죠. 원래부터 여기서 서포트해달라고 할 생각이었으니 마침 잘됐어요. 렌리 군, 여기 태블릿 단말이랑 이어폰이요. 이 산은 위쪽까지 전파가 전달되는 것 같지만, 기본적으로 무전기로 연락해주세요."

"알겠습니다!"

"너무 부담감 가지지 말고요. 평정심을 유지해요. 괜찮아요. 렌리 군은 머리는 좋으니까 패닉에 빠지지 않는다면 제대로 생각하고 행동할 수 있어요."

라이쵸는 렌리의 어깨를 퍽 때렸다. 꽤 아팠지만, 이 교류가 어쩌면 마지막일지도 모른다고 생각하니 렌리는 가슴이 괴로워졌다.

"라이쵸 씨, 조심해요……."

렌리는 손을 내밀었다. 라이쵸의 시선이 렌리의 얼굴과 손바닥을 오갔다.

"지금까지 고마웠어요. 잔뜩…… 멋대로 굴어서 죄송합니다."

그제야 라이쵸는 이것이 『악수』 요청임을 알았다.

렌리는 라이쵸만큼 퍼스널 스페이스가 가까운 인간이 아니고, 남과 접촉하길 좋아하는 성격도 아니었다.

그 나름대로 상당히 우호를 보이고 있는 것이 전해져서, 라이쵸는 더 짙게 웃었다.

"……별말씀을. 저야말로 고마워요."

라이쵸는 힘 있게 렌리와 악수했다.

"저는…… 저한테 만일 무슨 일이 생겼을 때에…… 저만큼 그 두 사람을 걱정해줄 사람에게 뒷일을 맡기고 싶었어요. 렌리 군이라면…… 제가 노력했다는 걸 루리에게 분명히 전해주겠죠. 그러니 안심하고 싸울 수 있어요."

"라이쵸 씨……."

"제가 멋대로 렌리 군을 데려온 거예요. 멋대로 굴어서 미안해요."

렌리는 슬프게 고개를 저었다.

"……분위기가 우중충해졌지만, 뭐, 저는 간단히 죽지 않을 거예요."

라이쵸는 그다운 짓궂은 표정으로 윙크했다.

"죽을 거라면, 이장을 포함해서 저의 루리를 괴롭힌 녀석들을 전부 때려눕힌 다음에 죽을 거예요."

라이쵸는 그렇게 말하고서 류구 신사를 뒤로했다.

제 9 장

사계와 황혼의 찬가

같은 시각, 류구다케 주변.

암랑 사건을 해결하기 위해 온갖 준비를 한 여름과 밤의 공동 전선은 통상적인 등산 시각보다 조금 일찍 행동을 개시했다. 승용차 여러 대가 도로를 이동 중이었다.

아라가미 츠키히는 마침내 심장 고동이 차분해졌었지만, 차 안에서 카구야 옆자리에 앉게 되면서 다시 허둥거리고 있었다. 별안간 휴대전화 소리가 나서 차에 탄 전원이 옷을 뒤졌다.

"아, 내 거야."

카구야는 자신의 휴대전화를 보았다. 발신자 이름은 『후게키 카야』라고 표시되어 있었다.

"어라? 카야잖아. 무슨 일이지?"

옆에 있는 츠키히가 놀라서 말했다.

"새벽의 사수님이요?!"

"응. 아침을 전하고 지금은 학교에 있을 텐데…… 어라? 오늘 평일이던가……?"

"카구야 님, 일단은 전화를 받으시는 게……."

재촉받은 카구야는 휴대전화의 착신에 응답했다. 잠시 후, 카구야의 귀에 목소리가 울렸다.

『카구야 오빠, 지금 괜찮아?』

얼굴이 보이지 않아도 사람을 매료하는 음성이었다. 어딘가 소년 같은 말투는 그녀의 개성일 것이다. 오빠라고 부르고 있지만, 두 사람은 혈연관계가 아니었다.

"괜찮아. 카야, 웬일로 전화했어? 무슨 일 생겼어?"

『굳이 따지자면 그쪽에 무슨 일이 생긴 것 같은데. 아니야?』

"……그렇긴 한데, 그걸 어떻게 알고……."

『이쪽 영산의 기슭에 있는 신사로부터 의뢰가 들어와서 전화한 거야. 정말로 그쪽에 사계의 대행자님이 있어? 계절은…… 으음, 뭐였더라…… 그래, 여름이야.』

갑작스러운 연락에 더해 예상치 못한 내용을 듣고 카구야는 더더욱 혼란스러워졌다.

"아니, 그걸 어떻게 아는 거냐니까?"

카구야와 카야는 황혼의 사수와 새벽의 사수. 소위 말하는 동업자다. 다른 지역에 있기는 하지만, 카구야는 카야가 사수가 됐을 때부터 선배로서 친하게 지내고 있었다. 직접 만난 적은 없으나, 전자 통신 기술이 발달해서 서로 얼굴도 알았다. 하지만 그래도 빈번히 연락하는 사이는 아니었다. 몇 달에 한 번, 서로 근황을 보고하고, 고민을 털어놓는, 그런 관계였다.

얼마 전까지 카구야는 가족이 집을 나가 실의에 빠진 나날을 보냈기에 최근에는 연락하지 않았었다.

『에니시가 거점인 겨울의 대행자님이 의뢰한 모양이라, 신관에게 그쪽 사정을 어느 정도 들었어. 상당히 큰일이 벌어졌는데 전화 한 통을 안 해주다니. 슬퍼.』

"카야……."

『나는 미덥지 못한 동료야……?』

"아, 아니…… 별로…… 들려주고 싶지 않아서…… 나도 낙담해 있었으니까……."

『……이런저런 말씽이 있는 모양이네. 그럼 취조는 다음에 할게.』

"나, 취조당하는 거야?"

『응. 하지만 다음에 할게. 일단 맡은 메시지를 전달하겠어.』

한 호흡 쉬고서, 새벽의 사수 후게키 카야는 속삭였다.

『여기는 봄, 가을, 겨울. 사계의 대행자 전체가 경질당할 위기임. 매우 조심히 행동할 것. 시급히 기기를 바꾸고 겨울에게 연락하길 바람……이라고 했어. 정말 괜찮아?』

"어……?"

경질, 이라는 말은 무의 사수인 카구야에게는 그다지 친숙하지 않았다.

현인신으로 오래 일했어도, 죽을지도 모른다는 불안은 느낀 적이 없었다.

―루리 님과 아야메 님, 두 사람을 누군가가 죽이려 한다는 거야?

서서히 두려움이 샘솟았다. 승용차 뒷좌석에 앉아있던 카구야는 후면 유리창으로 후방을 보았다. 뒤따르는 승용차에 루리와 아야메가 타고 있었다. 특별히 문제 있어 보이지는 않았지만, 카구야는 식은땀이 등을 타고 흐르는 것을 느꼈다.

『그쪽에서 보호하고 있다고 들었지만, 한층 더 조심하는 편이 좋을 거랬어. 여름의 대행자님에게 계속 연락을 시도하고 있지만 연결이 안 된다고 겨울의 대행자님이 말씀하셨대.』

"하지만 부모님과는 연락이 됐었어."

『그걸 나한테 말해도 할 말이 없는데. 아무튼 이렇게 번거롭게 말을 전하는 건…… 심지어 영역이 다른 신에게 부탁하는 건 이상 사태야. 나는…… 사계 분야의 사정보다도, 카구야 오빠가 사계 분야의 분쟁에 휘말리지 않고 무사하길 기도하고 있어.』

"……."

『카구야 오빠?』

"아냐, 고마워. 그거 확실한 정보인 거지?"

『확실해. 우회해서 연락할 수밖에 없는 것도, 그쪽에 직통으로 연락할 수단이 막혀있기 때문이라고 들었어. 뭐, 전화번호를 가볍게 가르쳐 줄 수 있는 입장이 아니니까 당연하지만…….』

"……일단 알았어. 카야, 또 묻고 싶은 게 있으면 전화해도 될까? 학교 괜찮아?"

『카구야 오빠, 에니시는 오늘부터 여름 방학이야.』

"아, 그런가!"

『저녁이 되면 신의 의식에 대비하여 자겠지만, 사수지기인 유즈루한테 확인하라고 할 테니까 언제든 연락해도 돼. 내가 받지 않아도 유즈루가 받을 거야. 내가 할 수 있는 일이 더 있을까?』

"아니…… 고마워. 나머지는 이쪽에서 어떻게든 할게. 유즈루 군에게 안부 전해줘. 둘 다 사이좋게 지내."

카구야는 그렇게 말하고 전화를 끊었다. 그리고 황급히 츠키히에게 말했다.

"츠키히 씨, 모든 차량을 세워줘."

이제 류구다케가 코앞인데 도로변에 차를 세우라고 지시했다. 다행히 폐산 대응 중이라서 도로를 지나는 차는 없었다.

카구야는 즉각 루리와 아야메가 탄 차량으로 달려갔다.

"두 사람 다, 휴대전화로 겨울의 대행자님에게 연락 돼?"

다짜고짜 꺼낸 그 말을 듣고, 하자쿠라 자매는 어리둥절한 표정을 지었다.

사정을 설명하고서 두 사람에게 전화를 걸어 보라고 했는데, 상대가 통화 중이거나 전원이 꺼져 있어서 받지 않았다. 다른 대행자와 연락이 되지 않고, 보낸 문자에도 답장이 없는 상태는 계속되고 있었다.

"……죄송한데 기기를 볼 수 있을까요?"

이번에는 츠키히가 기기를 조작했다.

"……애플리케이션 일람에서 처음 보는 앱이 있나요?"

두 사람 모두 평소에 잘 확인하지 않아서 명료한 답은 얻을 수 없었다.

이어서 츠키히는 루리와 아야메에게 자신의 휴대전화를 주고 겨울의 대행자 칸츠바키 로우세이에게 연락해 달라고 했다. 루리가 당혹스러워하는 사이에 아야메가 대신 번호를 입력하고 전화를 걸었다.

신호음이 이어졌다. 한 번, 두 번, 세 번, 이윽고 네 번째에 상대가 받았다.

『웬 놈이야? 먼저 이름을 밝혀.』

눈처럼 차갑고, 왕처럼 거만한 로우세이의 목소리가 울렸다.

긴긴 여행 끝에, 고립된 줄도 모른 채 살아있었던 여름이 마침내 다른 계절과 만난 순간이었다.

"하, 하자쿠라 아야메입니다……. 그게, 다른 분에게 휴대전화를 빌려서 전화를 걸었습니다. 칸츠바키 님이시죠?"

단말 너머에서 숨을 삼키는 소리가 들렸다.

『언니 하자쿠라인가!』

"아, 네. 그렇습니다……."

그것과는 별개로 뭔가 고함 같은 소리가 들렸다.

"칸츠바키 님, 지금 어디 계신가요? 뭐 하시고 계신가요?"

하지만 로우세이는 듣고 있지 않았다.

『다들 들어봐! 언니 하자쿠라야! 무사했어!』

나데시코와 히나기쿠, 사쿠라가 기뻐하는 소리가 희미하게 들렸다. 정말로 다른 대행자도 모여 있음을 알고 또 놀랐다.

"카, 칸츠바키 님, 저기……."

『어이, 지금 어디 있어? 동생 하자쿠라도 무사해? 사수님도 근처에 있어?』

잇따른 질문을 받고 아야메는 곤혹스러웠다.

"자, 잠시만요. 스피커 모드로 할게요."

아야메는 황급히 전화를 스피커 모드로 바꿨다.

모습을 살피던 카구야와 츠키히, 다른 근접 보호관들도 다가와서 대화를 들었다.

"저도 루리도 무사해요. 황혼의 사수님과 류구다케로 가는 중이에요. 칸츠바키 님께서 새벽의 사수님에게 연락해 달라고 의뢰하신 거죠?”

『맞아. 너희는 경질당할 위기에 처해 있어. 우리는 줄곧 연락했어! 주변에서 이상한 일 없었어?』

“연락해주셨었어요? 어? 하지만…… 저희도 호위관분들께 문자를 보냈는데 답이 없어서……. 그리고 루리는 아자미 님과 통화했는데요? 아자미 님의 지시라고 할까, 조언으로 암랑 사건을 해결하려고 류구다케에 온 거예요. 그러면 사계의 대행자를 향한 부정적인 의견도 완화할 수 있을 거라고 해서…….”

『…….』

“칸츠바키 님?”

『너 지금 상당히 무서운 소리를 하고 있어.』

“네?”

『아자미 공, 언니 하자쿠라가 이상한 소리를 해. 아자미 공이 지시해서 왔다는데?』

아야메는 옆에 있는 루리를 보았다.

“루리, 아자미 님이 말했었지?”

“그랬는데……?”

루리는 불안한 표정을 짓고 있었다. 가슴이 술렁거리기 시작했다.

『……죄송합니다, 전화 바꿔주실 수 있을까요? 루리 님! 아야메 님! 무사하십니까?!』

“린도우 님!”

“아자미 님!”

하자쿠라 자매의 목소리가 동시에 울렸다.

『두 분 모두…… 무사하셨군요……! 정말 다행이야……. 줄곧 연락이 안 돼서 걱정했습니다!』

루리는 곤혹스러워하면서도 대답했다.

“어? 하지만하지만, 린도우 님과는 연락했잖아! 비행기에 탄 뒤로는 우리도 바빠서 연락 못 했지만…….”

『……루리 님, 그런 적 없습니다.』

“……거, 거짓말! 나한테 기운 내라고…….”

『거짓말이 아닙니다! 정말입니다. 저는 나데시코와 함께 줄곧 두 분을 걱정했고, 바다에 가자는 얘기를 하고 싶어서 전화하거나 문자도 보냈는데…… 받지 않으신 건 두 분이지 않습니까? 다른 대행자님들도 연락했습니다! 하지만 연결되지 않았어요!』

루리는 침을 삼켰다.

『루리 님, 대체 누구와 통화하신 겁니까?』

그리고 소름이 돋았다.

—나는, 누구와 얘기한 거야?

확실하게 떠올랐다. 자신은 아자미 린도우인 것 같은 인물과 대화했었다.

—잔뜩 격려해줬어. 울어도 얘기를 들어줬어.

그리고 그의 인도로 이 류구다케에 당장 가기로 결심했었다.

린도우가 말해줬기에 아야메와 여행했고, 화해할 수 있었고, 카구야와도 만날 수 있었다.

그 결과, 지금부터 암랑 사건을 해결하려 하고 있었다. 린도우가 말한 대로 움직였다.

하지만 그건 린도우가 아니라고 본인이 말했다.

—그럼, 그 사람은 누구야?

공포를 느낀 것과 동시에 상실감을 느꼈다. 그 상냥함이 있었기에 용기를 낼 수 있었는데.

자신이 한 행동은 틀렸던 건가 싶어서 눈앞이 캄캄해졌다. 얼굴이 점점 창백해졌다.

"아, 아야메, 나, 나 어쩌지……. 나, 모르겠어……. 누구랑 얘기했던 건지 모르겠어……."

루리는 확연히 겁내기 시작했다. 상대가 역적이었다면 이렇게까지 흐트러지지는 않았을 것이다.

감동을 준 상대에게 속았다. 그것이 루리의 마음을 망가뜨리고 있었다.

"……루리, 진정해. 네 기기 이리 줘. 대장님, 권총 빌려주세요."

아야메는 결단이 빨랐다. 자신들이 가지고 있던 휴대전화를 땅에 던지고 총알을 박았다. 한 발, 두 발, 세 발, 그리고 완전히 파괴했다. 사수 진영은 호위관이었던 아야메의 측면을 이런 형태로 보게 되어 흠칫 놀랐다.

"루리, 괜찮아. 내가 있어. 지켜줄게."

"……언니."

아야메는 달래듯 루리의 등을 쓸어 주고서 대신 대화했다.

"아자미 님, 아야메입니다. 위험인물에게 추적당하고 있을 가능성을 고려하여 방금 휴대전화를 부쉈습니다. 어쩌면…… 누군가에게 속은 걸지도 몰라요."

평범한 인간이라면 장난이라고 여길지도 모르지만, 루리는 이 나라의『여름』. 사계의 대행자다. 자신들이 뭔가 엄청난 일에 휘말렸음을 알고 아야메는 루리와 똑같이 공포를 느꼈지만, 이성을 잃지는 않았다.

"미안, 미안해, 언니…… 나……."

아야메는 고개를 가로저었다.

"루리, 당황하지 마. 지금까지 같이 지내면서 다른 수라장도 있었잖아. 네가 믿을 정도였으니 상대방이 능숙했던 거야. 아자미 님…… 상상일 뿐이지만, 목소리가 비슷한 누군가가 연락해서 루리에게 류구로 가라고 지시했을 가능성이 있습니다."

린도우는 화가 나는 것을 한 번 참았지만, 역시 참지 못하고 말을 꺼냈다.

『제가 여자 둘이서 가출하라고 시킬 리가 없잖습니까! 아야메 님까지 믿어버리신 겁니까?』

"……죄송해요!"

『왜……! 두 분이 여름의 대행자여도 보내지 않습니다! 심지어 아무한테도 알리지 않고? 저는 호위관입니다! 그런 말은 절대 안 합니다!』

정말로 걱정했기에, 린도우의 말에는 분노와 슬픔이 섞여 있었다. 자신이 절대로 하지 않을 행동을 할 것이라고 여겨진 것도 괴로웠을 것이다. 아야메는 그 질책을 겸허히 받아들였다.

"그렇죠……."

이게 바로 아자미 린도우라고 아야메는 생각했다.

그는 자신의 주인인 이와이즈키 나데시코를 한 번 잃어버렸었기에, 루리와 아야메도 지켜야 할 여성으로 여기며 걱정해줬다. 그뿐만이 아니었다. 봄의 사건 이후로 여름과 가을은 친구가 됐다.

친구를 부추기고서 자신은 아무것도 안 하며 지켜보다니, 린도우라면 그럴 리가 없었다.

—맞아, 이런 사람인데.

상심하여 사고가 정지해서 의심하기를 그만뒀다.

그녀가 이상하다고 여겼던 것은 결국 옳았던 것이다.

—호위관이었다고 어디 가서 말도 못 하겠어. 정신 똑바로 차려.

아야메는 한쪽 손을 움켜쥐고서 말했다.

"……그렇다는 걸 지금은 알아요. 조금 이상하다고 생각은 했지만, 그게, 약혼을 파기당해서…… 둘 다 판단력이 현저히 떨어져 있었던지라…… 주위에 짜증이 나 있기도 해서 가출이나 다름없는 짓을…… 아뇨, 변명이죠. 정말 죄송합니다."

『예? 약혼을 파기당하셨어요? 두 분 다?』

"네…… 아, 그건 모르셨군요. 쌍둥이신이 불길하다며…… 취소가……."

『몰랐습니다……. 아아, 그랬군요…… 가엾게도…… 그래서……. 아니, 그렇다면 저도 타박하듯 말해서 죄송합니다. 힘드셨겠군요…….』

진짜 린도우에게 위로받고, 아야메는 물론이고 옆에서 듣고 있던 루리도 눈물을 글썽거렸다. 감정을 꾹 참고 대화를 이어 갔다.

"류구다케에 가서 암랑 사건을 해결한다면, 대행자 전체가 받고 있는 피해도 완화되고 약혼 파기도 어떻게든 될지도 모른다고 가짜 아자미 님이 말해서…….”

린도우가 말없이 화내는 시간이 몇 초 흘렀다.

『……그 가짜는 정말로 용서할 수 없지만, 아무튼 상황은 알았습니다. 아야메 님, 일단 그곳에 머물러 주세요.』

“아뇨, 합류하러 가도 될까요? 류구다케에 거의 다 와서…….”

『안 됩니다. 지금 이쪽은 위험합니다. 지금 산속 여기저기서 총성이 들리는지라…….』

“총성?”

카구야가 끼어들었다.

“대화 중에 미안해. 황혼의 사수인 후게키 카구야야. 혹시 암랑과 조우해서 교전 중인가? 폭력 사태가 벌어졌다는 건……. 만약 그런 거라면, 그건 내 사수지기니까 공격하지 말고 대기를…….”

『예? 사수님?!』

린도우가 깜짝 놀라 외쳤다. 카구야는 초조한지 빠르게 말을 쏟았다.

“놀라게 했다면 미안해. 이쪽도 이것저것 복잡한 사정이 있어서 신속히 정보를 공유하고 싶어. 단적으로 말해서 암랑 사건은 내 쪽 사람이 권능으로 일으킨 불찰이야.”

『자, 잠시만요! 잠시만 기다려 주세요!』

린도우도 린도우대로 허둥거렸다. 부스럭부스럭 움직이는 소리가 단말에서 들렸다. 아마 히나기쿠인 것 같은 사람이 『사수님?』 하고 중얼거리는 소리가 섞였다. 존재만큼은 알고 있지만, 만난 적은 없는 동업자. 대행자로서는 신경 쓰일 것이다.

이윽고 다시 린도우가 말하기 시작했다.

『지금 저희도 다 같이 듣고 있으니 천천히 말씀해 주시면 좋겠습니다. 그리고 아까 언급한 총성에 관해 말씀드리자면, 산중에서 전투가 벌어진 것 같습니다.』

“전투?”

『예. 처음에는 역적인가 싶어서 경계했지만…… 저희가 류구다케에 도착하니 여름의 마을의【한 마리의 뿔토끼】멤버가 나타나서 산에 다가가지 말라고 막았습니다. 신분 확인은 끝냈습니다. 그들이 말하길, 류구다케에서【한 마리의 뿔토끼】과【늙은 거북】의 무력 항쟁이 벌어졌다고 합니다.【한 마리의 뿔토끼】측의 주모자는…… 루리 님의…… 그, 이젠 아닐지도 모르지만…… 약혼자인 키미카게 라이쵸 씨라고 합니다.』

카구야는 루리를 보았다. 루리는 아무 말도 하지 못했다.

『루리 님, 이름 맞습니까? 키미카게의 직계 자식이라고 합니다.』

아마『왜』,『어째서』라는 말을 하고 싶을 테지만, 입 밖으로 나오는 말은 없었다.

그저 조용히 눈물을 흘리며 작게 고개를 끄덕였다.

모르는 사이에 키미카게 라이쵸가 움직여주고 있었다. 그 이유는 본인에게 물어보지 않으면 알 수 없으나, 루리와의 관계성을 생각하면 가장 간단한 답은 하나다. 사랑하는 여성을 위해서.

루리도 그렇게까지 둔하지는 않았다. 그래서 눈물이 나오고 말았다.

—라이쵸 씨.

아직 버려지지 않은 것이다.

루리 대신 카구야가 전했다.

"틀림없는 것 같아. 그럼 이건…… 여름의 마을 내부 항쟁인가?"

『아뇨…… 무조건 그렇다고 할 수도 없습니다. 넓게 보면 사계의 대행자 전체와 관련된 일이니까요. 【늙은 거북】의 횡포를 막기 위한 싸움이기도 하다고 【한 마리의 뿔토끼】 사람이 말했습니다.』

일이 커졌다. 암랑 사건 해결이라는 오늘의 목표가 단숨에 멀어졌다.

목적지에서 전투가 벌어졌다면 접근하기도 망설여지기 때문이다.

『【늙은 거북】 사람들이 무뢰한인 건 확실합니다. 그들은 등산로 입구에서 사람들이 들어가지 못하도록 경비하던 국가 치안 기구를 공격하여 구속했어요. 【한 마리의 뿔토끼】 사람들이 야외 카메라를 산속에 잔뜩 설치해둔 모양이라, 지금 그때 상황을 보고 있습니다. 습격한 인물들의 신분 확인이 끝나면 역적인지 아닌지 바로 알 수 있을 테니 이 문제는 넘어가고……. 일단 당장 닥친 문제부터 처리해야 합니다. 저희가 산에 들어가지 않고 떠드는 동안에도 항쟁이 격해졌는지 총성과 고함이 꽤 빈번히 울리고 있습니다. 위쪽에서 들리고 있어요. 확인하러 가고 싶지만, 입구에서 조금 올라간 지점에서도 수상한 자들이 경질을 꾀하며 대기하고 있다고 합니다. 그래서 어쩌면 좋을지 판단하지 못하고 있습니다. ……아…….』

린도우가 누군가와 이야기하는 것 같았다. 조금 대화하고 나서 다시 단말에 대고 말했다.

『【한 마리의 뿔토끼】 사람이 말했는데…… 으음, 그쪽에도 보호 목적으로 멀리서 감시하는 사람들이 있다고 합니다. 다만 앞질러 가 있었던 모양이라서 지금 차를 돌렸다고…… 앞쪽에서 차량이 한 대 오고 있지 않습니까?』

확실히, 교통량이 거의 없는 도로 전방에서 차 한 대가 오는 것이 보였다.

조금 떨어진 곳에 정차하고 안에서 사람이 나왔다. 츠키히 부대가 재빨리 카구야와 하자쿠라 자매를 보호했지만, 상대방은 양손을 들어 무기가 없음을 보여주고 그 자리에 서서 움직이지 않았다.

『무장 해제 상태라고 하니, 시크릿 서비스를 보내시면 신분을 확인하실 수 있을 겁니다. 불안하시면 사계청에 문의하여 명부에 있는지 물어봐 주세요.』

그 말을 듣고 츠키히의 부대원들이 총을 휴대한 채 전방의 차량으로 향했다.

카구야는 이어서 말했다.

"아자미 님……이라고 하면 될까? 왜 류구다케에서 그런 싸움이 시작됐는지 시급히 가르쳐줄 수 있을까? 사계 분야에서도 천벌설을 긍정하는 파와 부정하는 파가 나뉘어 있다고 들었어. 만약 그것 때문이라면 내 책임이야."

『아까 말씀하신 권능 말인가요.』

"그래. 간단히 말하지. 암랑은 생태계 파괴나 천벌로 발생한 게 아니야. 사수의 사수지기는 주인을 지키기 위해 환술 권능을 받아. 얼마 전에 마침내 암랑의 정체가 내 사수지기…… 후게키 에켄이라는 게 판명됐어. 몇 달 전에 실종되고 행방이 묘연했지만, 뭔가 이상이 생겨서 환술로 나를 공격한 것 같아. 아마 산속에 숨어 있을 테니, 루리 님과 아야메 님의 권능을 빌려서 보호할 생각이야. 참고로…… 나는 암랑 사건 때문에 사계의 대행자님들이 피해를 보고 있다는 것을 어제까지 몰랐어……. 천벌설이나 생태계 파괴 같은 얘기도 여름의 대행자님들에게 들었어. 그래서 화가 나서 오늘 아침에 각 단체에 성명을 낸거야. 암랑 사건은 우리 쪽에서 해결하겠다고. 그렇게 해서 대행자님들이 근심을 조금이라도 덜 수 있는 무대를 만들고 싶어서……. 이에 관해서는 정말로 미안해. 사죄는 나중에 직접 제대로 하고 싶어."

전화 너머에서 당혹스러워하는 목소리가 여럿 들렸다.

일단 암랑의 정체가 인간이라는 것이 충격적이었고, 같은 대행자여도 사수지기에게 권능이 있다는 것, 황혼의 사수인 카구야가 사계 쪽의 사태를 전혀 몰랐다는 것이 놀람에 박차를 가했다. 하지만 느긋하게 충격받고 있을 때도 아니었다.

린도우도 동요한 것 같았지만, 그대로 계속 이야기했다.

『……어, 어쨌든 무슨 이야기인지는 알았습니다. 정보를 차단당한 사수님에게는 잘못이 없습니다. 굳이 따지자면 사계 측 전쟁의 불씨로 이용당했다고 보는 게 맞겠죠. 이번엔 저희가 설명하겠습니다. 지금 사계의 마을과 사계청은 불상사가 드러난 자들과, 지금껏 유린당했기에 악정을 바로잡고자 하는 자들로 나뉘어 있습니다. 그게 바로 【늙은 거북】과 【한 마리의 뿔토끼】입니다. 이번 대 사계의 대행자님들을 경질하려고 【늙은 거북】이 물밑에서 움직였고, 그걸 저지하기 위해 【한 마리의 뿔토끼】가 선수를 쳐서…… 여름의 대행자님들을 경질하려는 자들과 류구다케에서 충돌한 것이 현재 상황입니다. 지금 류구다케는 위험하니 아무쪼록 거기서 대기해 주세요. 우리나라의 여름도, 한동안 보호해주실 수 있을까요……?』

카구야 일행은 술렁거렸지만, 츠키히가 재빨리 말했다.

"국가 치안 기구에서 파견된, 카구야 님의 근접 보호관 부대장 아라가미 츠키히입니다! 걱정하지 마시길. 저희가 반드시 사수님과 여름의 대행자님을 지키겠습니다."

『시크릿 서비스의 대장님인가요! 든든하네요!』

"네, 가을의 대행자 호위관님. 상황을 다시 확인하고 싶은데, 국가 치안 기구 특수 부대【호저】가 그쪽에 도착했습니까? 함께 암랑을 찾기 위해 출동을 요청해뒀습니다. 도착했다면 우선 사계의 대행자님을 경호하는 데 인원을 할애하는 것이 좋을 것 같습니다. 이쪽에는 저희가 있으니까요."

『네, 그러기로 했습니다.【호저】분들은 지금 마침 저희와 똑같은 정보를【한 마리의 뿔토끼】사람과 공유하고 있어서, 그쪽으로 경호원을 몇 명 보내고, 나머지는 즉각 경질범들을 체포하기로 했습니다. 이쯤 되면…… 테러와 똑같으니까요.』

【호저】는 테러리스트의 카운터 같은 존재다. 이번 소동은 집안싸움처럼 보이지만, 순수하게 관계성만을 보면 역적과 사계의 대행자의 싸움에 가까웠다. 망설을 믿는 자들에게 해를 입을 가능성이 큰 국가적 중요 인물을 지키는 것은 그들의 책무였다. 경질을 꾀하는 자들이 눈앞에 있는데 내버려 둘 수는 없었다. 하지만 최초 요청도 저버릴 수는 없었다. 그래서 절충하여 긴급한 쪽을 우선해 조를 나눴을 것이다.

『인원을 뺏는 형태가 되어서 죄송합니다. 추가로 지원이 온다고 하니, 암랑 수색은 잠시 기다려 주셨으면 합니다. 현재 이쪽에 접근하지 않는 게 좋다는 것이【호저】를 포함해 현장에 있는 저희의 의견입니다.』

“알겠습니다. 즉시 대응이 필요한 것은 그쪽이니 신경 쓰지 마시길. 연락책이 될 자를 보내 주시는 것만으로도 감사합니다.”

『고맙습니다. 다만…… 그게…… 문제가 있어서.』

“문제요?”

『저희 호위관들은 반대하고 있지만…… 항쟁 진압에 대행자님들도 협력하겠다고 하셔서…….』

“대, 대, 대행자님들이 싸우는 건가요?!”

냉정히 이야기하던 츠키히가 얼빠진 소리를 냈다. 신을 숭배하는 신도의 얼굴이 무심코 나와 버렸다.

“아, 아, 아, 안 됩니다! 말려주세요!”

『말릴 수 있다면 저도 그러고 싶고, 호위관은 모두 반대하고 있지만…….』

『원거리에서 원호와 구속만 한다니까 그러네.』

이번에는 로우세이가 대화에 참가했다. 린도우가 한숨을 쉬며 말했다.

『이렇게…… 겨울의 대행자 칸츠바키 로우세이 님이 말씀하시고 있습니다.』

이것만 들어도 겨울의 대행자의 서열이 얼마나 높은지 알 수 있었다.

“겨울의 대행자님! 안 됩니다! 당신께서 얼마나 존귀한 존재인지 본인도 아실 텐데요……!”

『그럼 민초는 존귀하지 않으니까 내버려 두라고?』

"……!"

츠키히는 이어서 하려던 말이 쏙 들어가 버렸다.

『대장, 나는 자기가 영웅인 줄 아는 바보가 되고 싶은 게 아니야. 【한 마리의 뿔토끼】 사람들이 싸우고 있는 건 저마다 의도는 있겠지만, 첫째 목적은 대행자의 경질 방지야. 우리를 지켜주려고 하는 자들이 바로 옆에 있는데 가만히 보고만 있으라고? 우리가 무력 개입할 대의명분은 충분해. ……무엇보다, 이걸 간과하면 죄 없는 사람이 죽어. 실제로 우리의 죽음을 바라며 경질을 계획한 자들은 지금 류구다케에 없겠지. 마을에서 이 싸움을 구경하고 있을 거야. 【늙은 거북】으로 와 있는 자들은 대부분 단순히 쓰고 버리는 도구야. 개중에는 싸움을 강요받은 자도 있을 터. 그 녀석들의 목숨은 그냥 버리라고?』

"……겨울의 대행자님."

로우세이의 말이 츠키히의 가슴을 쳤다.

로우세이는 되도록 피 보지 않고 이 싸움을 끝내고 싶은 것이다. 그는 봄의 사건 때 배신을 경험했다. 하지만 그건 동정의 여지가 있는 배신이었다. 【카사이】의 간첩이었던 이시하라는 자신이 하는 일에 갈등하며 암약했고, 최후에는 대행자 편에 붙어줬기 때문이다.

그러한, 일종의 피해자인 사람들을 버리고 싶지 않다는 것은 그 나름의 상냥함이었다.

『그리고 싸울 이유는 더 있어. 듣자 하니 이번 소동은 사수님 쪽한테 책임이 있는 것 같지만, 이쪽도 현재 진행형으로 폐를 끼치고 있어. 이 난리 속에서 사수님이 화살을 쏘기는 어려워. 우리가 몇 시간 안으로 일을 수습할 테니, 아무쪼록 대장과 사수님은 동포인 여름을 보호해줘.』

“물론 보호하겠지만…… 현인신님이 전투에 가담하는 건…….”

카구야와 츠키히는 곤혹스러워하는 시선을 나눴다. 하지만 현장은 이제 이야기할 여유가 없는 것 같았다.

『……미안, 싸움이 시작된 것 같아. 사수님, 하자쿠라 자매, 아무튼 안전한 곳에 있어줘. 이 전투를 어떻게든 해야 암랑 사건도 해결할 수 있잖아! 안전이 확인되는 대로 또 이쪽에서 연락할게!【호저】대원 몇 명과 함께 가을을 그쪽으로 보낼 거야. 자세한 얘기는 그들한테 들어!』

『루리 님, 아야메 님,【한 마리의 뿔토끼】사람과 연락하여 그쪽으로 갈테니, 저희가 갈 때까지 그대로 움직이지 마세요! 아셨죠?! 움직이시면 안 됩니다!』

현장이 매우 긴박한지, 대행자 측은 하고 싶은 말만 하고서 연락을 끊어버렸다.

사수 진영은 하는 수 없이 신분 확인을 끝낸【한 마리의 뿔토끼】사람들에게 더 자세한 설명을 듣기로 했다. 얘기를 끝내니 땡볕 아래에서 전원이 불안한 얼굴로 우두커니 서 있게 되었다.

머지않아 국가 치안 기구【호저】의 차량이 한 대 왔다.

류구다케는 엎어지면 코 닿을 거리에 있었다. 차로 이동하면 몇 분이면 된다. 바로 달려와줬을 것이다.

차가 길옆에 서는가 싶더니 나데시코가 튀어나왔다.

“나데시코!”

"나데시코 님!"

루리와 아야메도 무심코 뛰어갔다.

"나데시코, 뛰지 말아요! 두 분 모두 무사하셔서 다행입니다!"

잔달음질 쳐서 다가오는 나데시코의 모습. 걱정하는 린도우의 얼굴. 친숙한 자들과 만나니 자매의 가슴이 꽉 죄어들었다.

"루리 님, 아야메 님!"

만난 것이 기뻐서 웃는 나데시코를, 하자쿠라 자매는 아무 말 없이 번갈아 끌어안았다.

"미안해, 나데시코. 찾으러 와줘서 고마워……."

"감사합니다, 나데시코 님……."

작은 신이 이런 곳까지 자신들을 찾으러 와줬다. 그게 기뻤다.

"린도우 님도 고마워……."

"아자미 님, 정말로…… 폐를 끼쳤습니다……. 나중에 제대로 사과드리겠습니다……. 여기 오셔도 되는 건가요? 저쪽 상황은……."

린도우는 류구다케 쪽을 한 번 보고서 대답했다.

"다른 대행자님들도 두 분을 경호하러 가달라고 하셔서요. 지금은 봄과 겨울이【호저】를 멀리서 보조하고 있을 겁니다. 나데시코는…… 아직 권능을 수행하는 중이니까요."

봄에 유괴당하고 생긴 심적 외상도 있다. 의도적으로 전력에서 제외했을 것이다.

정작 나데시코는 루리와 아야메에게 포옹받고 기쁘게 미소 짓고 있었다.

"린도우, 사수님에게도 인사할래."

한차례 포옹이 끝나니, 나데시코가 루리와 아야메 뒤쪽에 있는 인물을 보며 말했다.

"아, 그러네요. 루리 님, 아야메 님, 우선 사수님에게 인사드려도 될까요. 소개해 주시면 좋겠는데……."

루리와 아야메가 대기해 준 카구야와 츠키히를 황급히 소개했다.

"반가워. 황혼의 사수인 후게키 카구야야. 카구야라고 불러줘."

"존안을 뵙게 되어 황송합니다. 가을의 대행자 호위관 아자미 린도우입니다. 이쪽은 이 나라의『가을』, 이와이즈키 나데시코입니다."

나데시코는 조심조심 한 발짝 앞으로 나와서 꾸벅 고개를 숙였다.

"가을의 대행자 이와이즈키 나데시코예요. 황혼의 사수님, 늘 밤을 주셔서 고마워요."

미장부인 청년 종자와 가련한 소녀신.

근사한 두 사람이지만, 카구야가 주목한 것은 그 부분이 아니었다.

—정말로 작아.

이런 아이가 역적에게 납치됐던 건가. 나데시코가 너무 어려서 한동안 멍하니 보았다.

이윽고 황급히 쭈그려 앉아 나데시코와 눈높이를 맞추고 말했다.

"저야말로 늘 가을을 주셔서 고맙습니다. ……봄에 큰일을 겪었는데 건강해 보여서 다행입니다."

살아서 잘 돌아왔다. 그런 마음으로 가슴이 벅차올랐다.

카구야는 생긴 것만 보면 어린아이에게 조금 무서운 인상을 줄 것 같지만, 나데시코는 다른 영역의 신이 굳이 무릎을 굽혀서 시선을 맞춰준 것이 기쁜지 겁내지 않았다.

처음 만난 어른이지만, 동업자라서 처음부터 마음을 열고 있었다.
"저는 신인이라서 아직 그렇게 많이 가을을 전하지 못했어요……. 사수님은 매일 야마토에 밤을 주시는데……."
이 말에는 카구야도 작게 웃었다.
"무의 사수와 사계의 대행자님은 전혀 다른 신이니까 비교하는 건 이상해요. 이야기는 들었지만…… 어리시네요……. 나데시코 님 정도의 나이면 매일 건강하게 먹고 자기만 해도 기특한 거예요. 거기다 사명을 다하고 있으니 자랑스럽게 여겨 주세요."
그 말을 듣고 나데시코도 배시시 웃었다.
"……사수님…… 카구야 님이 보기에도…… 저 열심히 하고 있나요?"
"네, 아주 열심히 하고 있어요. 기특해요."
거듭 칭찬받고, 원래부터 분홍빛인 나데시코의 뺨이 더 발그레해졌다.
"작년 가을, 어땠어요……?"
"아름다운 가을이었습니다. 류구는 다른 지역만큼 가을이 뚜렷하지 않지만, 그래도 나무들의 색은 달라져요. 저는 늘 가을이 기대돼요. 나데시코 님이 주시는 가을은 대단합니다. 존경해요."
"……에헤헤, 저도 카구야 님을 존경해요……!"
나데시코는 짧게 대화를 나누고 쑥스러워졌는지 린도우의 다리에 매달리러 갔다. 그리고 부끄러운 듯 얼굴을 숨겨버렸다. 카구야의 웃음이 더 짙어졌다.
"우리나라의 가을…… 보배로워…… 귀여워……."
옆에 있던 츠키히는 손으로 입가를 가리며 감탄이라고도 할 수 없는 말을 흘렸다.

카구야는 몸을 일으키고서 크게 고개를 끄덕였다. 그에 관해서는 무조건 동의했다.

"아무튼…… 우리는 여름의 대행자님들의 경질에 대비하여 대기하라고 했지만…… 나는 앞으로 몇 시간 내로 산을 오르기 시작해야 해. 그것도 안 될까?"

"밤을 가져오는 오늘의 의식을 치러야 하시니 말이죠."

카구야의 질문에 린도우가 대답했다.

"전황에 달렸는데……. 참고로 사수님은 산이 아닌 다른 곳에서 화살을 쏘실 수 있습니까……?"

"가능하지만, 성역의 힘을 빌리지 않으니까 오늘은 괜찮아도 내일은 쏘지 못할 가능성이 생겨."

린도우가 이해하지 못한 것 같았기에 카구야는 덧붙였다.

"사수는 화살을 쏘면 과도한 신통력 사용으로 기절하거든. 성역이라는 보조가 없으면 신통력이 고갈되어서 이튿날 화살을 쏠 시간까지 의식이 돌아오지 않을 가능성이 있어. 죽는 건 아니니까 나는 괜찮지만, 야마토는 밤이 안 와서 곤란해져."

설명을 듣고 린도우는 이해한 듯했다.

다리에 달라붙은 나데시코의 머리를 무의식적으로 쓰다듬으며 말했다.

"아아, 그렇군요. 그건 대행자도 똑같기에 뭔지 알겠습니다. 계절 현현 여행이 계속되어 신통력을 너무 많이 쓰면, 그때의 몸 상태 나름이긴 하지만, 열이 나서 몸져눕게 되죠……. 아마 카구야 님보다는 가벼운 상태겠지만……."

"열이 나면 힘들어요……. 카구야 님이 걱정돼요."

카구야는 나데시코의 말을 듣고 미소 지으며 말했다.

"조금이라도 성역과 가까우면 영맥을 더듬을 수 있으니까 다소 완화할 수 있어. 최악에는 산기슭에서라도 쏠 수 있다면 내일은 누군가에게 업혀서 출근해 의식을 치를 수 있어. 밤이 끊기지는 않을 거라고 생각하고 싶지만…… 확증은 없어. 역시 성역까지 올라가는 게 제일이야. 그래서 오지 말라고 해도 나는 현장에 가야 해. 그리고 내가 화살을 쏠 무렵에 항상…… 암랑이 나타났으니까, 역시 성역에 가서 그 아이가 있는지 확인하고 싶어. 어쩌면 혼자 산속에서 곤란해하고 있을지도 모르고……. 사적인 일이라 면목 없지만, 우리 쪽 문제를 해결하기 위해서도 피난을 택할 순 없어……. 사수지기를 보호하는 건 나한테 큰 문제야."

사수지기는 사계의 대행자로 빗대면 대행자 보호관에 해당한다. 자신의 종자에게 배신당했을 텐데 지키고 싶다고 하는 카구야의 말을 린도우는 간단히 뿌리칠 수 없었다. 눈썹을 내리고 말했다.

"……고민스럽네요……."

"아자미 님, 저희가 유도해서 산을 오르는 방법도 있어요. 이미 류구다케의 동물은 많이 사역해뒀으니, 항쟁이 일어난 곳을 동물에게 듣고서 우회하면……."

"맞아! 우리는 아무것도 모르는 상태에서 산짐승들에게 물어서 사수님의 성역까지 갔어. 우리라면 그게 가능해!"

설득력이 있는 말이었으나, 린도우는 즉결할 수 없었다. 하자쿠라 자매는 지켜야 한다.

하지만 하자쿠라 자매가 있다면 카구야를 성역까지 안전히 보낼 수 있다.

—잘못 판단하면 큰일 나.

호위관인 그는 이대로 모두 공항으로 데려가서 안전권으로 피난시키고 싶었다.

—하지만 사수님에게는 책무가 있어. 루리 님과 아야메 님도 지금 같은 상황에서 안전한 곳은 없어.

어쨌든 산에서 벌어진 항쟁이 결판이 나야만 안식이 온다.

—경호하면서 우회하면 가능한가?

린도우는 현재 인원을 생각했다. 불충분하지는 않았다. 망설이고 있으니 그의 신이 말했다.

"……린도우, 나 모두를 지킬 거야. 밤이 안 오는 건 안 돼……. 야마토의 백성들에게 미안한 일이야……."

"나데시코……."

온갖 이해관계를 뺀 말이었다.

"혼자서 전부 하려고 하지 마……. 다 같이, 다 같이 하자. 야마토의 밤을 지키는 거야. 나는 그래야 한다고 느껴……."

백성을 생각하는 어린 소녀신의 마음은 결정타가 되었다. 다른 자들도 고개를 끄덕여 동의했다.

"……."

고민하고 고민한 끝에, 린도우는 말했다.

"……알겠습니다."

린도우는 츠키히와 경호 부대, 그리고【한 마리의 뿔토끼】, 동행해 주고 있는【호저】대원, 각각과 시선을 교환했다.

“루리 님과 아야메 님만이라도 피난시키고 싶지만, 여기서 사람을 나누는 것도 위험할 것 같으니…… 모두 함께 가는 건…… 어떨까요?”

이 말에는 그 자리에 있는 모두가 찬성했다.

츠키히와 카구야는 물론이고, 대화를 지켜보던 루리와 아야메도 고개를 끄덕였다.

“전황을 확인하겠습니다. 저쪽이 전화를 안 받더라도. 저희는 밤을 지키는 싸움으로 이행하죠.”

린도우는 휴대전화를 움켜쥐고서 그렇게 말했다.

한편, 시간은 봄, 가을, 겨울이 류구다케에 도착했을 무렵으로 거슬러 올라간다.

아직 사계의 대행자 일행이 류구다케에 도착하지 않았을 때, 【늙은 거북】의 경질 부대는 여름의 대행자를 암살하기 위해 류구다케에 집합하여, 여름의 이장 마츠카제 세이란의 사병을 중심으로 산속에 잠복하려고 했다.

전날 밤, 라이쵸와 그의 부대, 그리고 렌리가 류구다케 곳곳에 트레일 카메라를 설치했다. 눈에 띄지 않는 곳에 몰래 설치했지만, 먼저 일반 등산로를 확인하러 올라온 【늙은 거북】 사람들이 우연히 발견하고 말았다.

통상적으로 이러한 카메라는 동물을 관찰하기 위해서 놓는다. 이 시점에는 그들도 이것이 【한 마리의 뿔토끼】의 경질 저지 부대가 설치한 것임을 몰랐다.

단순히 일반인이 설치한 카메라더라도, 앞으로 시작될 살인의 증거가 남아서는 안 됐다. 【늙은 거북】의 경질 부대 사람들은 이 정보를 재빨리 동료들에게 공유했다. 다른 카메라가 더 없는지 각자 대기하는 곳에서 확인하라는 지시가 내려졌다.

그러는 사이에 라이쵸의 경질 저지 부대 2조가 현장으로 달려왔다.

『적은 포인트 텐인 주차장, 등산로 입구 주변에서 확인돼요. 지금 라이쵸 씨가 있는 곳은 포인트 쓰리에 가까운 지점이에요.』

라이쵸가 귀에 낀 마이크 기능이 있는 이어폰에서 렌리의 목소리가 들렸다.

"그럼 대각선 위쪽인가요. 렌리 군이 있는 포인트 투로 가지 않도록 위에서 기습하는 게 좋겠네요. 렌리 군, 카메라로 상황을 판단하면서, 만에 하나 전투가 격렬해지면 다 같이 포인트 포로 이동해 그대로 아래로 내려가요. 사수님 전용 등산로라서 얼핏 보면 평범한 덤불길 같지만, 주의 깊게 보면 사람이 다닌 자국이 있어요. 그걸 믿고 걸어가면 적이 대기 중인 주차장이 아닌 다른 곳으로 나갈 수 있어요."

『저보다도 본인을 걱정해 주세요!』

렌리가 정말로 애태우고 있는 것이 전해져서 라이쵸는 웃었다.

일단 통신을 끊고, 지금 이끌고 있는 부대를 나눴다. 협공하기 위해 나눈 것이라서 거리가 멀지는 않았다. 두 조 모두 방향을 확인하며 움직였다.

라이쵸가 이끄는 경질 저지 부대는 도합 36명. 렌리가 있는 류구신사에 세 명 남겼고, 루리와 아야메를 보호하기 위해 다섯 명을 붙였다. 열 명은 조금 떨어진 곳에 차를 대기시켜 도주 경로를 확보했다. 그리고 주차장과 등산로 근처에 감시 겸 긴급 시 피난 대응 요원으로 두 명을 배치. 남은 열여섯 명이 라이쵸를 주축으로 산속을 이동하고 있었다. 그들은 모두 검은색 전투복 차림으로 통일되어 있었다.

반면【늙은 거북】의 경질 부대는 주차장에 남은 자들을 포함해 40명 정도 되었고, 기본적으로 위장복을 착용하고 있었다. 검은 옷 집단과 위장복 집단, 숫자는 라이쵸 쪽이 불리하다.

그래도 원래 예정됐었던 머릿수보다는 적었다. 아마 이 싸움을 양쪽에서 조정하고 있는【복룡 동자】의 수완이겠지만, 그걸 아는 자는 없다.

"있네요."

라이쵸는 부대원들에게 작은 목소리로 말했다. 손으로 가리킨 곳에서 아직 콩알만 해 보이는 남자들이 나무들 사이를 어슬렁어슬렁 걷고 있었다. 다섯 명쯤 되어 보였다. 아마도 맨 처음 나타난 선발대일 것이다.

"제가 갈게요. 쓰러진 녀석을 확보해 구속하고 원호해 줘요."

라이쵸는 그렇게 말하고서 커다란 몸을 접어 자세를 낮추고 조용히 적에게 다가갔다.

【늙은 거북】의 경질 부대는 주위를 둘러보며 얘기하고 있었다.

"어디까지 갈지 우나미 씨에게 상담할까. 언제까지고 카메라만 찾을 수도 없잖아. 대기 장소로 갈 시간도 만들어야 해."

"사수와 여름의 대행자와 시크릿 서비스 부대잖아? 뭉쳐서 올테니까 알기 쉬울 것 같은데……."

그들이 카메라를 찾고 있음을 알고, 라이쵸는 흡족하게 웃었다.

아슬아슬한 거리까지 상대가 더 가까이 올라오기를 기다렸다가, 아까 나눈 조원에게 수신호를 보냈다. 그러자 적의 뒤쪽 수풀에서 한 명이 일부러 소리를 내며 달렸다.

새소리나 벌레 소리가 나기는 하지만 조용한 자연 속이다. 이런 소리가 나면 누구나 돌아본다.

그 순간을 노리고 라이쵸가 움직였다.

그의 양손에는 이미 오더 메이드 제품인 톤파형 특수 경찰봉이 쥐어져 있었다. 먼저 한 명, 뒤에서 후려쳤다. 그런 다음 등을 걷어차 넘어뜨리고, 재빨리 톤파를 던져서 바꿔 잡았다.

그리고 아무런 망설임도 없이 톤파의 끝부분을 쓰러진 남자의 등에 댔다.

"아아아아아아악!"

남자는 라이쵸 특제 톤파형 경찰봉에 내장된 전기 충격기의 희생양이 되어 비명을 질렀다.

경찰봉 형태의 전기 충격기는 존재하지만, 이것도 비슷한 종류라고 할 수 있을까.

타격과 방어를 구사하는 톤파형 무기에 전기 충격기 기능을 넣은 것은 단순히 라이쵸의 취미였다.

"좋네요, 기분 좋아."

라이쵸는 그렇게 말하며 다른 적을 향해 달렸다.

급습에 놀라서 즉시 행동하지 못했던 다른 적도 마침내 반응했다.

"이 녀석……! 키미카게의……!"

아무래도 얼굴은 알려져 있는 것 같았다. 다른 네 명이 즉각 라이쵸를 에워쌌다.

포위당한 라이쵸는 겁내지 않고 다시 톤파를 바꿔 잡았다. 적은 칼을 잘 쓰는지 전원 단검을 뽑고 달려들었다. 번갈아 가며 가해지는 공격을 라이쵸는 톤파로 막고, 쳐 내고, 긴 다리로 발차기를 날려서 거리를 뒀다. 돌파구를 만들어 포위 상태에서 빠져나갔다.

그때에는 라이쵸의 부대도 모습을 드러내 서서히 적과 거리를 좁히고 있었다. 집중 공격의 기세가 한풀 꺾이자 라이쵸는 다시 달려가 타격했다.

때리고, 피하고, 때리고, 피하고.

중간에 총을 쏘는 자도 있었지만, 첫 총알이 빗나간 순간 라이쵸가 다가가 해치웠다.

기본적으로 그에게 한순간이라도 틈을 보이면 끝이다. 그런 위기감이 적들 안에서 바로 싹텄다.

단검 격투술 쪽이 더 동작이 빠르며 위협적인 느낌을 줘서 유리할 것 같지만, 라이쵸가 망설이지 않고 바싹 거리를 좁히려 들었기에 적은 밀리는 기색이었다. 톤파를 상대하면서 주춤하면 그 시점에 진 것이었다.

손을 맞고, 단검이 날아가고, 그 후 체술로 대응하려고 해도 라이쵸가 먼저 행동했다. 그는 마치 미래를 보는 것처럼 움직였다. 톤파라는 무기가 강한 것은 아니었다.

라이쵸의 전투 센스가 빛나고 있었고, 단순히 전투 경험의 차이가 역력했다. 라이쵸는 어떻게 하면 이기는지를 생각하여 움직이고 있었다. 걱정되는 점이 있다면 스태미나 고갈이지만, 싸우면서 이따금 웃고 있으니 한동안 괜찮을 것이다.

【늙은 거북】다섯 명은 순식간에 고통스러워하며 쓰러지게 되었다.

라이쵸의 부대는 그런 상태로도 도망치려고 한 자들을 에워싸 롱 타입 경찰봉형 전기 충격기로 위협해 항복시켰다. 라이쵸에게는 몸풀기 수준이었는지 그는 땀 한 방울 흘리지 않았다.

"좋은데, 순조로워."

툭 혼잣말한 순간, 귀에 낀 이어폰으로 타이밍 좋게 연락이 들어왔다.
『라이쵸 씨, 포인트 나인으로 여러 사람이 올라오는 게 보여요.』
라이쵸는 렌리에게 물었다.
“렌리 군. 전부 다 올라오는 것 같나요?”
『아뇨, 으음…… 주차장에 여전히 여덟 명 있고. 올라간 건 대충 서른 명 정도려나. 잠시만요……. 하나, 둘…… 얼마 안 올라간 지점에서 열다섯 명 정도가 멈춰서 대기하고 있어요. 그러니 약 열다섯 명이 그쪽으로 간 거예요.』
“꽤 많네. 뭐, 허용 범위 내예요.”
『저기…… 하지만…… 올라오는 사람 중에 엄청나게 체격이 좋은 사람이 있는데요…….』
라이쵸는 팔을 돌리며 태평하게 물었다.
“체격이 좋다고요…… 저도 튼실한 편인데요. 저랑 비교해도 위험한 느낌인가요?”
『위험한 느낌이에요. 그 사람…… 의국에 몇 번 와서 본 적 있어요. 훈련인지 뭔지로 다쳐서 다녔었어요……. 그 외 다른 사람들은 키미카게 일문 사람들과 얼굴을 확인하고 있는데, 전혀 모르는 사람도 많아요. 일단 얼굴은 전원 찍혔으니, 나중에 조사하면 어느 마을 사람인지는 알 수 있을 거예요. 최종적으로…… 무슨 일이 있어도 동향을 쫓겠어요. 그럼 되죠……?』
“네, 그러면 돼요.”
『……저도 그쪽으로.』
“렌리 군…… 제가 부탁한 건 필요한 일이에요. 저한테 만약 무슨 일이 생겼을 때의 보험 역할을 맡겼으니까 오면 곤란해요. 괜찮다니까요. 저도 위험해지면 바로 도망칠 거예요. 부하도 대피시킬 거고요. 렌리 군이 오면 방해되니까 오지 말아요."

『…….』

"마음만큼은 받아둘게요. 제가 걱정돼 죽겠다는 그 마음. 우정, 애정."

렌리는 한숨을 쉰 후『또 보고할게요』하고 말하고서 통신을 끊었다.

라이쵸는 웃었다. 그리고 기절시킨 남자들을 묶어 길옆에 두고 있는 부하들에게 말했다.

"열 명은 나와 함께 이대로 대기. 요격합니다. 나머지 여섯 명은 묶어놓은 놈을 두 명 데리고 가서 그대로 도주반에게 넘겨요. 그 후에는 차내에서 한동안 대기. 상황이 심상치 않아지면 즉시 이탈해요. 이상."

라이쵸는 나뉜 조가 나무들 사이로 사라지는 것을 확인하고서, 자신의 부대 안에서도 정예인 열 명의 얼굴을 보았다. 불안해하는 자는 없었다.

"위험한 녀석이 있다고 해요. 그건 제가 맡겠어요. 숫자는 밀리지만, 우리 문하생 중에 약한 녀석은 없어요. 특히 너희는 강해요. 이길 거예요."

독려하듯 그렇게 말하자 다들 살짝 웃고서 고개를 끄덕였다.

키미카게 라이쵸가 좋게 봐주고 있다는 것만으로도 사기는 오른다. 그는 그런 존재였다.

라이쵸 일행은 한동안 등산로의 수풀에 숨어서 적의 추가 부대를 기다리기로 했다.

여름의 류구 산중은 무더웠다.

햇빛은 나무가 어느 정도 막아주지만, 그래도 오후의 햇살은 가차 없었다.

—하지만, 루리의 계절이야.

라이쵸는 여름의 대행자를 사랑하게 된 이후로 이 계절을 짜증스럽게 여긴 적이 없다.

이마에서 흐르는 땀을 몇 번 닦으니, 이윽고 렌리가 말한 대로 【늙은 거북】의 경질 부대가 올라왔다.

라이쵸는 묶어둔 남자들 중 한 명의 머리에 총을 들이댄 상태로 기운차게 인사했다.

"안녕하세요! 루리와 아야메 씨를 죽이러 온 사람들인가요?"

인질로 잡힌 【늙은 거북】의 경질 부대 대원은 절망한 표정을 짓고 있었다.

"당신들이 사계의 대행자님을 경질하려고 하는 【늙은 거북】이라는 건 알고 있어요! 선발대 사람들은 전부 해치워버렸어요. 별로 강하지 않네요. 솔직히 맥이 빠졌는데, 어떻게 된 걸까요……. 그건가? 커다란 집에서 키우는 깡패인지라 실전 훈련은 별로 안 한 건가요? 키미카게 일문에서는 호신술이나 경봉술 강좌도 열고 있으니까 꼭 수강하러 와줬으면 좋겠어요!"

라이쵸다운 불손한 태도지만, 일부러 도발하고 있는 것이리라.

라이쵸의 목적은 이 산에 있는 【늙은 거북】을 전원 쓰러뜨리는 것이 아니다.

"듣고 있나요?"

【늙은 거북】이 하고 있는 짓을 공개하여, 하자쿠라 자매에 대한 비판과 흉조 취급을 철회시키는 것이었다. 그러기 위해서는 상대방도 막 나가는 태도를 보여줘야 했다.

—자, 과연 걸려들까.

총을 뽑는 자도 있었지만, 한층 눈에 띄는 사람이 한 발짝 앞으로 나와 그것을 제지했다.

"키미카게의 아들내미군."

장년 남성이었다. 몸집은 그야말로 거구, 키가 큰 라이쵸를 가볍게 능가했다.

"음? 저를 아시는군요."

"여름의 마을에서 무예를 즐기는 자 중에 널 모르는 사람은 없어."

"그거 영광이네요. 당신이랑 저, 어딘가에서 만난 적 있죠? 누구셨더라? 같은 여름의 마을 사람이고, 순순히 자기소개를 해 주지 않을래요?"

"……우나미다."

"우나미 가문 사람. 아아, 마을의 체술 대회 결승전에서 싸운 적이 있었죠. 강했어요. 기억나요. 지금은 마츠카제 가문의 용역 깡패 같은 일을 하고 있는 건가요? 실망이네."

퍼포먼스로 보이지만, 라이쵸의 말은 거짓말이 아니었다.

—하필이면 이 사람이 왔나.

몇 년 전 일이지만, 라이쵸는 드물게도 기억하고 있었다. 찬사를 보낼 만한 시합을 했었다. 그가 있는 것만으로도 라이쵸가 상정했던 제압의 진행 속도가 확 떨어진다.

—질 것 같지는 않지만.

그러나 전투가 길어지면 수적으로 밀리는 건 라이쵸 일행이다. 자신은 괜찮지만, 방계 사람들의 목숨이 위험해지는 사태는 피하고 싶다고 라이쵸는 생각하고 있었다. 신중하게 가야 했다.

"우나미 씨. 교섭하지 않을래요?"

"인질을 잡아도 소용없어. 미안하지만 그 녀석과는 오늘 처음 만났어. 아무런 정도 없어."

"……."

라이쵸는 『너 불쌍하네요』 하고 말하고서, 귀찮아졌는지 방패로 삼았던 남자를 놔 줬다. 자기 편이 아무도 없음을 알았는지 남자는 길옆으로 도망쳤다.

"새로이 교섭하지 않을래요? 마츠카제 세이란이 주모자 중 한 명이라는 건 알고 있어요. 당신들이 강제로 명령받았다고 증언해 준다면 딱히 싸울 필요는 없어요."

우나미는 고개를 갸웃했다. 작위적인 동작이었다.

"무슨 말이지? 우리는 이장에게 명령받아 여름의 대행자님을 경호하러 왔을 뿐이야."

"국가 치안 기구 특수 부대 【호저】가 움직이고 있는데 당신들이 왜 필요해요? 만약 그렇다면 왜 정식으로 요청받은 【호저】와 합류하지 않고 이렇게 매복하듯 산속을 걷고 있는데요?"

"그건 너도 마찬가지 아닌가? 심지어 남의 동료를 해쳤지. 잘못은 너희가 했어."

"아~ 그 지적은 안 통해요. 당신들이 이게 뭐냐며 찾아서 부순 카메라, 그거 저랑 제 부대가 설치한 거라서, 당신들이 신을 죽이려는 부대라는 건 이미 알고 있어요. 태평하게 경질에 관해 떠든 게 기록되어 있죠."

"그런 물건이 존재하더라도, 그건 공표되기 전에 사라지겠지."

"……그게 아니더라도 말이죠, 당신들의 동료를 몇 명 잡았거든요. 왜 여기 왔는지 찬찬히 고문해서 실토하게 하면 숨기고 있는 건 얼마든지 파헤칠 수 있어요."

"허위 보고를 진짜라고 여길 자는 우리 마을에 없어."

"으음~ 얘기가 너무 안 통해서 짜증 나네요. 당신은 이미 그쪽에 뼈를 묻기로 각오한 걸까요? 그러면 앞으로도 평안할 것 같아요? 하지만 과연 어떨까요. 친하게 지내는 정보상에게 거금을 주고, 이장의 개인 자산이 어떻게 움직이고 있는지 조사해 달라고 했거든요. 같이 오신 분들, 설마 무보수는 아니죠? 현금으로 받나요? 그래도 계좌에서 인출한 기록이나 송금 기록은 나오지 않을까요? 선금을 받은 사람도 있겠죠. 설마 다들 이장에게 심취해서, 운명을 느끼고 왔나요? 그렇다면 웃긴데."

"하고 싶은 말이 뭐야……."

내내 무표정이었던 우나미가 조금 언짢아했다.

"이장의 정보 관리도 완벽하지 않을 테고, 구멍은 반드시 있어요. 당신들이 탄 배는 가라앉을 거니까 도망치는 게 낫다고 조언해 주고 있는 거예요."

—뭐, 거짓말이지만.

마지막 얘기는 허풍이었다. 라이쵸는 형태가 없는 것이어도 뭔가 보수를 제시받고 협력하고 있을 거라고 추측했다. 너희의 행동은 나중에 추궁당할 가능성이 있다고 협박하여 평화적으로 해결할 길을 찾고 있었다.

"괜한 트집 잡지 마. 아까도 말했지만, 허위 보고를 진짜라고 여길 사람은 우리 마을에 없어. 너는 마을을 위협하는 존재인 것 같군. 대화 따위 필요 없다. 정정당당히 너희를 쓰러뜨리고 마땅한 조처를 하겠다."

"의지가 확고하네요."

"……정의가 우리에게 있을 뿐이야."

교섭 결렬이다. 라이쵸는 말없이 톤파를 쥐었다. 그러자 숨어있던 라이쵸의 부대가 모습을 드러냈다. 라이쵸와 우나미가 이야기하는 사이에 우나미의 부대를 포위하는 위치로 이동해 있었다. 우나미도 칼을 꺼냈다. 거구인 그가 들어도 그리 작아 보이지 않으니, 무기가 얼마나 큰지는 알 만했다.

우나미의 부하들은 험악한 얼굴로 라이쵸의 부대를 노려보았다.

"키미카게. 싸우기 전에 일단 물어두고 싶어. 네 실력이라면 혼인 관계가 아니어도 다음 대행자의 호위관이 될 수 있겠지. 뭣하면, 만약 네가 가정하는 그런 불행이 생길 시, 이장에게 말해줄 수도 있어. 꺼림칙한 신을 몇십 년이나 지키는 것보다, 정상적인 형태로 새로운 신을 섬기는 게 낫지 않나?"

라이쵸는 일순 어안이 벙벙해지고 말았다.

"정상."

아무런 악의도 없이 한 말이 묘하게 가슴에 박혔다.

그리고 실감했다.

"그래. 지금은 정상이 아니야. 너는 망자와 결혼하려는 건가?"

그는 진심으로 그러는 게 좋다고 생각하고 있음을.

"말이 심하네요……. 루리가 당신한테 뭔가 했나요?"

"아니? 하지만 징그럽잖아."

자신의 주관으로, 타인을 죽여도 좋다고 생각하는 인간이 있다.

—아아, 이런 녀석이 루리를 죽이려는 건가.

라이쵸는 가슴속에서 뭔가 거무칙칙한 것이 샘솟는 것을 느꼈다.

그리고 아까까지 머릿속에 있었던 평화적인 생각은 싹 사라졌다.

증오라기보다는, 어서 죽여야 한다는 단호한 결의가 솟구쳤다.

"대행자는 그런 존재야."

—빨리.

"하자쿠라 가문 사람이어도 도구 취급에서는 벗어날 수 없어. 평범한 반응 아닌가?"

—빨리.

"애초에 쌍둥이신이라는 형태를 어떻게 허용할 수 있겠어? 앞으로 그 녀석들 때문에 지독한 여름이 오면 어쩔 거지? 백성도 고통받겠지. 죽는 게 나아."

—빨리, 죽여야 해.

사랑하는 여자를 위해.

라이쵸도 주관으로 사람을 죽이려 하고 있지만, 그는 그 사실을 눈치채지 못했다.

결국 싸움은 의견 충돌이다.

우나미는 하자쿠라 자매를 죽이고 싶다. 징그럽고, 그가 보기에 비정상적인 존재니까.

라이쵸는 우나미를 죽이고 싶다. 사랑하는 여자를 상처 입히는 자는 자신들의 세계에 불필요하니까.

"이제…… 됐어요."

라이쵸는 낮은 목소리로 말했다.

"동조 압력에 졌을 뿐인 바보의 말을 듣고 싶지 않아요. 싸우죠."

"……너는 미래를 보지 못하는 것 같군."

"당신이야말로 앞일을 전혀 생각하고 있지 않아요. 당신이 밀고 있는 이장은 언젠가 당신의 소중한 사람도 없앨 거예요."

우나미는 그 말을 들으려 하지 않았다. 표정에 아무런 변화도 없었다.

"키미카게. 더 나은 마을 정치를 위해 죽어줘."

"우나미 씨, 당신도 루리를 위해 죽어줘요."

말하고 나서 두 사람은 달려 나갔고, 칼과 톤파가 크게 부딪쳤다.

정의와 사랑, 【늙은 거북】과 【한 마리의 뿔토끼】의 전쟁이 개전했다.

류구다케, 일반 등산로 부근.

개전의 소리는 이곳에도 울리고 있었다.

산림 속에 몸을 숨기고 있던【늙은 거북】사람들이 술렁거리기 시작했다.

"정찰이 돌아왔어. 위에서 전투가 벌어졌어. 아마도 키미카게 일문이야!"

"매복당했나……? 이쪽의 움직임이 탄로났다는 거야?"

"부대를 나눠서 위로 지원을 보내자."

"아니, 표적이 언제 올지 몰라."

"우나미 씨는 대기하라고 했어. 상황을 보는 게 나아."

"멍청한 소리 하지 마. 가세하러 가야지. 여름의 마을은 겁쟁이들뿐인가?"

라이쵸의 부대가 키미카게 일문 사람들로만 이루어져 있다는 부분이 여기서 큰 차이를 보였다. 마츠카제 세이란의 사병과 그 외 마을에서 파병된 자들은 말하자면 오합지졸이었다.

허를 찔러 여럿이서 젊은 아가씨를 죽이는 거라면 문제가 되지 않겠지만, 통솔된 집단이 싸움을 걸어오면 허둥거리는 자가 나온다. 의견이 달라 다투는 것은 이 상황에서 최악이었다.

그리고 그들에게 더 최악인 상황이 전개되려 하고 있었다.

"류구다케에서 사계의 대행자를 경질하려는 자에게 고한다!! 얌전히 투항하라!"

확성기로 투항을 촉구한 것은 국가 치안 기구 특수 부대【호저】.

은밀히 도착한 대행자 진영과 합류한【호저】의 대원들이 마침내【늙은 거북】과 접촉했다. 이로써【늙은 거북】사람들은 움직이고 싶어도 움직일 수 없는 상태에 빠지게 되었다.

위에서는 전투 중이고. 아래에서는【호저】가 다가오고 있었다.

정면으로 맞부딪치거나, 산속을 마구잡이로 도망 다닐 수밖에 없다.

그리고 항복을 요구하는【호저】대원들의 아득한 뒤편에는 봄 주종과 겨울 주종이 있었다.

"있죠, 히나기쿠, 눈이, 좋아요."

"응."

"그러니까,【늙은 거북】, 사람들, 한테, 히나기쿠가 먼저, 꽃, 활짝, 피울게, 요."

"응."

"그러면, 로우세이 님, 바로, 이어서, 해주실래요?"

"알았어. 히나의 술식을 따라서 전개할게."

"그럼, 타이밍, 봐서, 가요!"

"가자!"

귀여우면서도 용맹한 대화를 나누고 있는 사람은 히나기쿠와 로우세이였다.

사쿠라와 이테쵸가 바로 옆에서 지켜보고 있었다.

네 사람은 항쟁이 벌어지고 있는 등산로에서 떨어져 있었다. 로우세이와 히나기쿠가 하려는 일은 적을 포박하는 것이었다. 봄과 겨울의 권능을 동시에 사용해 빠르게 구속하자는 작전이다.

난투를 벌이는 사람들 속에서 적만 노려 구속하는 것은 뛰어난 권능을 가진 자에게도 고등 기술이다. 하지만『할 수 있다』고 말하는 자가 있었다. 10년 만에 야마토에 돌아온 봄의 소녀신, 히나기쿠였다.

이상하게 눈이 좋은 그녀는 최대한 떨어져서 원호할 수 있었다. 봄의 사건 때 민초가 자신들의 일에 휘말린 것에 압박감을 느꼈던 히나기쿠는, 로우세이와 마찬가지로 조기 해결을 위해 돕기를 희망했다. 히나기쿠가 필사적으로 간청해서 호위관들은 마지못해 참전을 승낙했다.

"어떻게 할지 정한 거지? 로우세이, 부채를."

"히나기쿠 님, 조심하세요……. 여기 받으세요."

호위관들은 각자 주인에게 부채를 건넸다. 평소에는 기모노 차림이기에 부채를 들어도 별로 위화감이 없지만, 이번 여행은 놀이공원에 갔다가 그대로 류구까지 온 것이라서 약간 어색했다. 두 사람이 부채를 펼침과 동시에 총성이 연달아 울렸다. 히나기쿠가 흠칫 떨었지만 사쿠라가 상냥하게 말했다.

"쏘기 시작했네요……. 괜찮습니다. 아직 위협사격 수준이니까요. 【늙은 거북】들과【호저】의 총격전…… 내버려 두면 확실히 사상자가 나오겠죠."

"사쿠라……."

"걱정하지 마세요. 제가 앞에 나가서 총알받이가 되겠습니다. 맨 처음 맞는 사람은 저입니다."

"……."

히나기쿠는 말없이 고개를 저었다. 히나기쿠는 사쿠라와 이테쵸에게 숨어있으라고 부탁했다.

"안 돼……. 숨어, 있어……."

"【호저】에게 방탄조끼를 빌렸습니다. 안 죽어요."

"안 돼. 히나기쿠, 는, 지키기, 위해, 싸우는, 거야."

"……알고 있습니다."

"지키는, 것, 안에, 사쿠라, 랑, 이테쵸, 오라버니, 도, 들어 있어……."

사쿠라는 히나기쿠를 마주 볼 수 없었다. 하지만 히나기쿠는 입을 맞출 수 있을 만한 거리에서 들여다보았다. 늘 보호받는 측에 있는데, 이럴 때는 정말로 강한 의지를 가진 눈이 된다.

"사쿠라, 봐줘."

"……."

"사쿠라, 히나기쿠, 봐줘."

명령이 아니라 간청이었으나, 사쿠라는 따랐다. 히나기쿠를 보았다.

그 황수정 눈동자에는 울음을 참고 있는 사쿠라의 얼굴이 담겨 있었다.

반대로 사쿠라의 눈동자에 담긴 히나기쿠는 부드럽게 웃고 있었다.

"히나기쿠, 모두를, 지킬 거야."

이럴 때 미소 지을 수 있는 것이 카요 히나기쿠라는 신이었다.

"오늘, 현인신, 이 산에, 잔뜩, 와 있어."

"네……."

히나기쿠는 사쿠라의 이마에 일부러 자신의 이마를 툭 댔다. 부채를 쥐지 않는 손으로 사쿠라의 손을 꼭 쥐었다. 너를 안심시키고 싶다는 마음으로.

"분명, 다 같이, 누구도, 죽지 않게, 하려고, 인도된 거야. 히나기쿠, 그렇게, 생각해."

"위대한 의지 따위, 어찌 되든 좋습니다……. 저는 히나기쿠 님만 무사하시면……."

"사쿠라…… 지금은, 히나기쿠를, 믿어줘……. 사쿠라, 지키는 사람, 이지만, 사쿠라, 없으면, 히나기쿠, 살아있는, 의미, 없어……."

"히나기쿠 님……."

"살아있는, 의미, 없어. 사쿠라, 지키게, 해줘……."

사랑 고백 같았다. 하지만 이 두 사람에게는 단순한 진실이었다.

히나기쿠는 오늘 사쿠라를 잃는다면 일찌감치 세상을 하직해버릴 것이다.

사쿠라는 참지 못하고 히나기쿠를 끌어안았다.

"위험하다고 느끼면…… 당장, 당장…… 도망치는 거예요……."

자신의 목숨이 위험해지는 것은 무섭지 않았다. 10년간 잃었다가 겨우 돌아온 사랑하는 주인이 다치는 것이 무서웠다. 사쿠라의 몸은 작게 떨리고 있었다.

"사쿠라, 괜찮아……. 현현이 시작되어 적이 이쪽을 알아차리더라도 로우세이가 방벽을 만들 거야. 오히려 우리가 앞에 있으면 방해돼. 술식 전개가 끝나면 곧장 우리 차례야. 두 사람을 지키면서, 위에서 벌어진 소동도 수습하러 가야 해."

보다 못한 이테쵸가 말했다. 히나기쿠도 고개를 끄덕거렸지만, 사쿠라는 역시 납득하지 못한 모습이었다. 이번에는 로우세이가 끼어들었다.

"사쿠라, 봐."

그가 몸을 풀듯 부채를 휘두르자 지면에 작은 얼음 토끼 네 마리가 나타났다.

"로우세이, 이거 뭐야……?"

사쿠라가 얼음 토끼를 바라보았다. 얼음 조각상인가 싶었는데, 귀엽게 깡충거리는 것을 보고 사쿠라는 깜짝 놀라서 몸을 젖혔다. 히나기쿠는 눈을 반짝였다.

"귀여, 워."

"뭐뭐뭐, 뭐야, 이거."

"얼음 토끼."

"아니, 이름을 물은 게 아니라!"

"너와 만나지 못한 기간에 나는 엄청나게 수행해서 이것저것 할 수 있게 됐어."

로우세이는 살짝 우쭐대며 말했다.

"더워서 오래 못 버티지만, 자동으로 움직이는 얼음 술식이야. 내가 보호하기로 한 녀석 대신 공격을 받고 부서져. 첫 총알은 맡겨 둬. 그리고 술식이 시작되면 주위에 방벽도 전개돼."

로우세이는 사쿠라와 이테쵸를 부채로 각각 가리켰다.

"괜찮아. 히나도, 사쿠라도, 이테쵸도 총을 맞게 두진 않아."

"……로우세이."

이걸로 어떻게든 기분을 추슬러 줬을까.

그렇게 생각한 로우세이는 사쿠라의 말을 기다렸지만.

"괴, 굉장하지만…… 이렇게 귀여운 게 부서져 버리는 건 아깝지 않아?"

사쿠라는 부서질 것을 전제로 만들어진 얼음 토끼를 걱정하며 동요했다.

"……."

로우세이는 어이없다는 눈으로 사쿠라를 보았다.

"바보야, 네 목숨과 비교하면 별것 아니잖아……."

"하지만 귀여운걸…… 왜 이렇게 귀여운 생김새로……."

여름 별궁에서도 작은 동물의 사랑스러움에 감동했던 사쿠라는 귀여운 것이라면 사족을 못 썼다. 자신 대신 얼음 토끼가 부서진다고 하니 양심이 아픈 듯했다.

"그럼 안 귀여우면 돼? 그럼 그냥 사각형으로 하겠지만…… 정말 제멋대로네."

"아니, 잠깐, 이왕 만들었으니까 이게 좋아."

"너 진짜 뭐냐고!"

"사쿠라, 이리 와. 나랑 같이 대기하자."

"……이테쵸…… 알았어. 로우세이, 히나기쿠 님을 부탁해……. 여차하면 내 방어는 빼고 전부 히나기쿠 님을 위해 써 줄 거지?"

이테쵸가 재촉해서 사쿠라는 겨우 히나기쿠한테서 떨어졌다. 얼음 토끼는 의기양양하게 그들을 따라갔다.

사쿠라는 얼음 토끼를 보고 조금 마음이 치유됐는지 그 이후로는 얌전해졌다.

슬픈 분위기는 지운 것 같아서 로우세이는 안도했다.

"히나, 그럼 준비되면……."

히나기쿠에게 시선을 돌리고 말을 꺼냈지만, 로우세이의 말은 도중에 멈췄다. 히나기쿠는 웃고 있지 않았다.

"로우세이 님, 굉장, 하네, 요."

아까까지 보였던 용맹함은 어디로 갔는지. 어째선지 평소처럼 소심한 그녀로 돌아와 있었다.

"히나기쿠, 좀 더 수행, 해야겠어요……. 모두를, 지킬 수 있는, 힘을, 가져야 해요……."

로우세이는 그 말을 듣고 쓴웃음을 지었다. 아무래도 권능의 숙련도를 비교하고 낙담한 듯했다.

【카사이】의 아지트를 파괴하고 도망친 아가씨가 할 말은 아니었다. 로우세이가 세세한 작업을 잘할 뿐, 대행자로서의 능력에 그리 차이는 없을 터다. 로우세이는 다정하게 말했다.

"히나, 있잖아…… 사쿠라한테는 잘난 척하며 말했지만, 딱히 대단한 건 아니야. 최종적으로 방어 술식 형태가 됐지만, 처음에는 그러려고 연습한 게 아니거든."

"네……?"

"히나가 돌아왔을 때 보여주고 싶어서 꽃 말고 다른 것도 연습했던 거야. 내가 만든 눈토끼를 좋아해줬던…… 너를 생각해서 만들었어."

"……."

"형태를 만드는 건 바로 됐어. 하지만…… 뭔가, 놀라게 해줄 만한 일을 하고 싶어서. 못 만난 동안 게으름 피웠다고 여겨지기 싫어서……. 어린애 같은 발상일지도 모르지만…… 움직이면 굉장하지 않을까 싶어서……. 그래서 노력해봤어."

"로우세이 님……."

"대단하지 않아. 나한테 저건, 외로웠던 시간의 상징이야."

로우세이는 쑥스러워서 자조하고 말했다.

"히나가 생각하는 그런 멋있는 수행 풍경이라든가, 숭고한 이념 같은 건 전혀 없어."

하지만 히나기쿠가 곧장 속삭였다.

"멋있어, 요."

시선을 내리고 있었던 로우세이는 그 말을 듣고 히나기쿠를 보았다.

"로우세이 님, 노력한, 결과, 굉장해요. 그걸로, 히나기쿠의, 사쿠라도, 지켜 주시고……."

히나기쿠의 눈은 반짝반짝 빛나고 있었다. 마치 별가루가 뿌려져 있는 것 같았다.

"아주, 아주, 멋있어, 요……."

진심으로 그렇게 생각하는 얼굴이었다.

로우세이는 들고 있던 부채를 말없이 자신의 얼굴 앞으로 이동시켰다.

"로우세이 님?"

"아니, 고마워…… 기뻐."

"어째서, 얼굴, 가려, 요?"

"……지금 못 보여줄 얼굴을 하고 있으니까."

—좋아하는 아이에게『멋있다』는 말을 들었어.

이걸 기뻐하지 않을 로우세이가 아니었다.

—엄청나게 의욕이 샘솟아 버렸어.

자꾸만 헤실거리려고 하는 얼굴을 어떻게든 진지한 얼굴로 되돌렸다.

사쿠라와 이테쵸가 의아하게 보고 있었다.

"좋았어, 할까!"

"네……!"

히나기쿠와 로우세이는 서로 조금 거리를 벌리고 부채를 들었다.

지금부터 두 사람이 하려는 가무는 봄과 겨울의 공통 가무였다. 선인이 남긴 많은 사계 노래 중에는 봄과 겨울의 사랑을 노래한 것이 많았다.

그래서 오랫동안 떨어져 있었던 두 사람도 공동 작업을 할 수 있었다.

노래는 히나기쿠부터 시작했다.

"벚꽃, 매화, 복사꽃 피어라, 꿈에도 피어라, 전해다오."

히나기쿠의 가련한 목소리가 울렸다. 답가를 부르듯 로우세이가 노래했다.

"영원의 끝에서도 똑같은 꿈을, 기다리는 밤도 괴롭지 않네."

한 구절씩 노래하고서 얼굴을 마주 보고 동시에 발을 내디뎌 춤추기 시작했다.

이제부터는 동시 영창이다.

『그대가 그리워서 건드리고 망가뜨리네, 녹여버리네.』

두 사람의 목소리에 호응하여, 춤추는 지면에 화초가 피어났다. 종자들을 지키듯 공중에 고드름이 나타났다.

이윽고 한낮인데도 눈의 결정이 내렸다. 겨울과 봄이 아름다운 조화를 이루었다.

『어째서 봄인가. 어째서 겨울인가.』

히나기쿠가 흘낏 시선을 주자, 그 황수정 눈동자가 포착한 적의 발치에서 백합이 피어났고, 머리에 휘감겨 시야를 차단했다.

『그러나 만날 수 있노니, 꿈에서라면.』

이어서 접시꽃이 땅에서 힘차게 뻗어 나와 적의 발을 휘감고 공중에 띄웠다.

비명을 지른【늙은 거북】청년이 막무가내로 총을 쏘려고 했을 때에는 이미 로우세이가 알아차린 뒤였다.

『벚꽃, 매화, 복사꽃 피어라, 구름, 하늘, 달 얼어라, 두 사람을 위해.』

영맥을 따라 히나기쿠의 신통력을 느끼고, 그 장소를 쫓아 얼렸다.
꽃은 만발하고, 눈이 내리며, 숨이 얼었다.

『꿈에도 피어라, 전해다오, 봄과 겨울, 함께 꿈을.』

빙중화(氷中花) 감옥이 차례차례 만들어졌다.

틀림없이 아군은 피하고 적만을 완전 봉쇄한 봄과 겨울의 공동 작업 덕분에, 류구다케에는 아름다운 풍경과 아비규환의 지옥이 동시에 탄생했다.

【늙은 거북】의 경질 부대는 불명료한 비명을 지르고 있었다. 전혀 다치지 않을 수는 없겠지만, 다행히 사망자는 나오지 않았다. 정밀하게 술식을 전개하여 최대한 힘을 조절했다.

예정된 일이었다고는 하지만, 총격전 도중에 이 마법 같은 원호 공격을 보게 된【호저】대원들은 술렁거렸다.

눈앞에 있던 총알이 공중에서 빙결하여 정지한 것을 보고 소리를 지르는 자도 있었다.

"신은 가혹하네……."

보호받아야 할 존재이지만, 적으로 돌리면 이렇게 된다.

무시무시한 광경을 보고 움직이지 못하게 된【호저】대원 한 명이 불쑥 그렇게 중얼거린 것을 히나기쿠와 로우세이는 모른다.

한편, 류구 신사 본전 안에서는 로오 렌리가 연이어 보고를 받고 혼란스러워하고 있었다.

"사계의 대행자님이 도착했고. 【호저】와 협력하여 【늙은 거북】을 토벌한다고요?"

주차장에서 대기하다가 사계의 대행자들과 접촉한 동료로부터 먼저 연락이 왔다.

"자, 잠시만요. 루리랑 아야메가…… 사수님과 대기하고 있었지만, 신의 의식을 치르기 위해 올라오게 됐다고요? 왜 그렇게 된 거예요! 암랑도 수색하고 싶다고요? 마, 말려 주세요! 후게키 에켄 군은 이쪽에서 보호하고 있다고 전해주세요!"

이어서 사수와 여름 진영을 감시하던 동료에게서도 보고가 들어왔다.

각 집단이 예상치 못한 움직임을 보였다.

이건 렌리와 라이쵸의 예상이 안일했다기보다는 현인신들의 심경 변화를 몰랐기에 벌어진 일이었다.

레이메이 20년 봄에는 모든 사계의 대행자가 웬만한 지시에는 따랐고, 행동 제한도 감수하며, 보호받는 위치에 있었다.

아마 봄에 이 사건이 일어났다면 사계청과 마을의 명령을 따라 다들 안전한 곳에 머물며 폭풍이 지나가기를 기다렸을 것이다. 사계의 대행자는 그런 존재였다.

하지만 봄의 싸움이 그들을 바꿨다.

수동적으로 방어하기보다는 선수를 친다. 가만히 참고 견디더라도 폭력으로부터 도망칠 수는 없다.

적극 방어에 가까운 쪽으로 다들 방침을 바꿨다. 자신들을 지키기 위해, 그리고 동포를 지키기 위해 단결하는 것을 배웠다. 결속하면 용기가 난다.

그렇게 용기를 내서 행동한 결과, 이 산에 모인 자들은 빠짐없이 농락당하고 있었다.

동요한 렌리와 키미카게 일문의 경호원들에게 에켄이 말했다.

"아, 안 좋은 일이 일어났나요……?"

렌리는 끙 소리를 내고서 말했다.

"안 좋긴 해. 라이쵸 씨는 현인신님들이 다치지 않도록 멀리 떨어뜨려 두려고 했었어. 우리끼리 해결하고 싶어 했어. 왜 봄과 가을과 겨울까지 여기 있는 거지? 어느새 류구에? 사수님이 여름과의 공동전선을 표명해서? 그렇다고 해도 행동이 너무 빨라……."

"로오의 아드님, 아무튼 저희는 일단 내려가죠."

키미카게 일문의 경호원이 말해서 렌리는 곤혹스러워했다.

"하지만, 라이쵸 씨가……."

"도련님은 지금 적과 교전 중이라서 연락할 수 없습니다. 아마 【호저】와 사계의 대행자님들은 일반 등산로로 올라올 겁니다. 전투 중인 도련님과 맞닥뜨리겠죠. 저희로서는 생각지도 못한 원군입니다. 겨울의 대행자님이 선도하고 있다고 동료가 말했습니다. 그분은 역적 사냥으로 이름을 날리고 있는 강자입니다. 그렇게 간단히 위험해지지는 않을 터……. 그보다도 저희는 소년을 넘기기 위해 밖으로 나가는 편이 좋을 겁니다."

에켄은 자신에게 시선이 집중되자 어색한 듯 눈을 내리깔았다.

"원래는 조금 더 이곳에 있으려 했지만, 형세가 달라졌습니다. 사수님도 저희가 소년을 보호하고 있다는 얘기를 들으시면 더더욱 이쪽으로 걸음을 재촉하시겠죠. 저희는 정보를 가지고 돌아간다는 임무가 있습니다."

"……그러네요. 위치적으로 이쪽은 전투에서 도망친 사람이 오기 쉬운 곳이니, 저희는 이만 자리를 정리하고 사수님의 등산로로 이동하는 편이 만사가 잘 풀릴지도 몰라요……. 지금이라면 에켄 군을 두둔해 줄 어른이 몇 명 있는 상태로 만날 수 있고, 나쁘지는 않을지도……. 에켄 군, 어때? 같이 와 줄래……?"

에켄은 면목 없다는 듯 얼굴을 들었다.

"저, 저, 자수할게요."

"아니, 자수라고 할까……."

"감옥에 들어갈게요……."

"그, 그렇게 엄청 나쁜 쪽으로 생각하지 마. 보호자이기도 한 카구야 님 곁으로 평범하게 돌아가는 거니까. 아직 반응이 오진 않았지만, 나도 제대로 옹호할게. ……아, 잠깐만. 전화 왔다. 사수님 측에 있던 키미카게 일문의 경호원이야."

렌리는 무전기가 아니라 휴대전화의 착신을 받았다.

"이쪽은 로오……."

다음 순간, 고함에 가까운 카구야의 큰 목소리가 울렸다.

『에켄?!』

렌리는 엄청난 음량에 단말을 귀에서 떼고 한동안 괴로워했다. 고막이 터지는 줄 알았다.

『에켄! 거기 있어? 목소리를 들려줘! 에켄!』

렌리는 어떻게든 대답했다.

"사, 사수님이십니까?"

『맞아! 에켄을 보호해주고 있는 분인가? 에켄을 바꿔줘! 에켄!』

렌리는 그 말을 듣자마자 바로 에켄에게 휴대전화를 내밀었다.

하지만 에켄은 얼굴이 창백해져 있었다.

"레, 렌리 씨…… 카구야 님…… 화, 많이, 나셨나요……?"

"걱정하고 계신 거야. 받아, 에켄 군."

"하지만, 저는……."

에켄은 겁내고 있었다. 렌리는 망령 같은 여성의 모습과 커다란 늑대가 에켄의 뒤에 희미하게 나타나려 하는 것을 보았다. 황급히 중재해야겠다 싶어서 카구야에게 말했다.

"사수님! 에켄 군은 지금 대단히 불안정한 상태입니다. 여러 가지로 생각하시는 바가 있겠지만, 우선 에켄 군과 이야기하기 전에 다짜고짜 화내지 않겠다고 약속해주실 수 없을까요? 권능이…… 그게, 폭주하면 큰일 나는지라…… 지금 이미 폭주할 것 같아서……."

렌리가 하고자 하는 말을 이해했는지, 카구야는 초조한 모습으로 말했다.

『……미안해! 무사한지 확인하고 싶어서……. 그렇게 심각한 상태야? 다치진 않았고? 식사는 제대로 했는지 물어봐주면 안 될까?』

"아, 그건 괜찮습니다. 크게 다친 곳은 없고, 식사도 아까 저희가 제공했습니다."

『고마워…… 감사를 표하지…….』

카구야는 일단 안심한 듯했다. 렌리는 말없이 휴대전화를 스피커 모드로 바꿨다.

거절당할까 두려워하는 소년의 귀에, 걱정하는 카구야의 목소리가 마침내 전달되었다.

『아무튼 만나고 싶어……. 나한테도 분명 나쁜 부분이 있었을 거야. 차분하게, 제대로 얘기를 나누고 싶어. 전해주면 안 될까? 그 아이에게…….』
혼란스러워하는 에켄도, 이 음성을 들으면 알 것이다.

『돌아오라고…….』

그의 주인이, 진심으로 자신을 걱정해 주고 있음을.
에켄은 참지 못하고 렌리 곁으로 다가가 단말에 대고 말했다.
"카, 구야, 니임……."
당장에라도 울 것 같은 목소리가 카구야의 귀에 전달되었다.
일순, 카구야가 숨을 삼키는 소리가 들렸다.
『에켄, 에켄이야?』
"카구야, 니임…… 죄송, 죄송, 해요……. 제가, 잘못했어요……."
『에켄……!』
"정말로, 죄송해요……. 저, 미움받았다고 생각해서…… 제가……!"
『괜찮아? 어디 아픈 데는 없어?』
"저, 괜찮아요……. 하지만, 토오코 씨가…… 카구야 님, 제가……."
에켄은 우느라 제대로 말하지 못했다.
『토오코 씨의 행방도 알고 있어? 아니, 어쨌든 무사해서 다행이야……. 잘 들어, 에켄. 지금 내가 데리러 갈 테니까. 돌아와…… 돌아와, 에켄.』
"……카구야 님…… 카구야 님……."
렌리는 보다 못해 대화에 끼어들었다.

"사수님, 에켄 군에게 대충 사정을 들었는데, 이 아이가 암랑이 되어 사수님을 공격해버린 것에는 제대로 이유가 있습니다. 아이가 한 일이라며 넘어갈 수는 없을지도 모르지만…… 그래도 아이입니다. 에켄 군을 조종한 자도 있습니다."

『……!』

"아마 전부 들으면 후게키 일족의 문제가 표면화되겠죠. 아무튼, 어어…… 가능하다면…… 따뜻하게 맞이해주셨으면 좋겠습니다. 안 그러면, 그게, 권능이……. 에켄 군이 사수님을 습격한 것도 거듭된 정신 불안 때문이라서……."

『알았어……. 권능에 관해서도 직접 얘기한 분에게 보호받고 있다면 일단 안심이야. 내 쪽에서도 부탁하고 싶어. 그 아이는 울보야……. 마음을 진정시키고, 데려와줬으면 해.』

"네. 저희는 지금 류구 신사에 있어서, 사수님 전용 등산로로 이동하여 합류할 생각입니다. 호위진에게 그렇게 전해 주시겠습니까?"

『알겠어. 길은 아는 거지?』

"기밀 사항이라고 알고 있지만, 파악하고 있습니다."

『상관없어. 그럼 신의 의식도 있으니까 이쪽도 계속해서 산을 오를게. 아마 딱 만나거나, 우리를 기다려야 할 거야. 정말로 폐를 끼쳐서 미안해……. 에켄을 잘 부탁해……!』

"네!"

그렇게 말하자 통신은 끊겼다. 렌리는 흐느끼는 에켄의 머리를 쓰다듬어 주고, 중요한 것을 깜빡했음을 깨달았다.

"……내가 있다고 아야메한테 전해 달라고 할 걸 그랬나……."

곤란해서 키미카게 일문 사람들을 보았지만, 다들 어깨를 으쓱였다. 남의 연애사에 휘말리고 싶지 않다고 얼굴에 쓰여 있었다.

—이로써 확실하게 재결합은 무리일지도.

현재 상황을 아야메가 어떻게 받아들일지 예상할 수 없었다. 멋대로 굴어서 민폐라고 말할 가능성이 컸다. 흉조 취급이 어떻게든 해결되더라도, 아야메에게 미움받는다면 본전도 못 찾는 거다.

"……."

"렌리 씨, 괜찮아요……?"

자신을 위로해 주던 사람의 안색이 나빠진 것을 보고, 에켄은 울음을 그쳤다.

렌리는 무리해서 미소 지었다.

—아냐, 내 문제보다 우선 에켄 군이야.

황혼의 사수가 직접 보호를 요청했다. 확실하게 데려다줘야 한다.

"……철수하죠."

이리하여 렌리와 에켄은 류구 신사를 뒤로하기로 했다.

같은 시각, 라이쵸 진영.

라이쵸는 한창 싸우고 있었다. 【늙은 거북】 측도 역시 실력자를 준비했는지, 라이쵸가 우나미를 상대하는 동안 아군이 적과 함께 무너지고, 밀리고, 쓰러져 나갔다.

—얼른 없애야 해.

초조와 분노가 라이쵸의 머릿속을 지배하고 있었다. 원래 같으면 이미 땅에 메다꽂았을 터인 자가 아직도 서 있었다.

"키미카게!"

우나미가 이름을 불러서 의식은 다시 그에게 집중되었다.

"동료가 점점 당하고 있어!"

비웃으며 말하는 것이 짜증 났다. 라이쵸는 성난 음성으로 대꾸했다.

"숫자로 밀어붙이고 있을 뿐일 텐데요!"

여름 오후에 산속에서 난투 중이었다. 둘 다 여름의 마을 출신이긴 하지만, 그래도 더위에 내성이 있는 것은 아니었다. 무기를 휘두를 때마다 땀이 흩날렸다.

—짜증 나는 덩치 새끼!

지고 있지는 않다. 승리가 안 보이는 것은 아니다.

—약이라도 했나!

단순히 눈앞의 남자가 너무 튼튼했다. 때리고, 때려도, 되받아쳤다.

전류에도 뻗지 않았다. 설득해도 이야기를 안 듣는 사람답게 잘 버텼다. 큰 몸집은 그것만으로도 타인과 대치했을 때 우위를 지녔다.

하지만 라이쵸도 지지는 않았다. 착실하게 공격을 가해서 준 부하는 우나미의 몸에 확실히 쌓이고 있는 것 같았다. 움직임은 둔해지고 있었다.

—죽이겠어.

라이쵸는 기분을 억누를 수 없었다. 톤파를 휘두르는 속도를 높였다. 우나미는 밀리며 칼로 방어했다.

—반드시 재기 불능으로 만들겠어.

우나미의 반응 속도가 느려진 지금이 해치울 때였다.

라이쵸는 톤파로 때리며 긴 다리로 발차기를 날려서 우나미의 몸의 축을 무너뜨렸다.

그리고 다시 톤파를 휘둘러 넘어뜨렸다.

머리를 부술 기세로 톤파를 내리쳤다. 하지만 우나미가 옆으로 재빨리 움직여서 피했다.

그와 동시에 그도 다리를 뻗어 라이쵸의 몸을 옭아매려고 했다.

라이쵸는 빠르게 톤파를 바꿔 잡아 전격을 먹였다.

—죽이겠어!

못 움직이게 된 순간을 노려 이번에야말로 우나미의 안면에 톤파를 때려 박았다.

뼈가 부서지는 소리가 났다. 하지만 그건 얼굴이 아니라 우나미의 팔이었다.

"칫!"

맞기 직전에 순간적으로 방어한 것이다. 라이쵸는 혀를 차고 다시 한번 톤파를 휘둘렀다. 우나미는 부서진 팔로 머리를 지키려 했지만, 참지 못하고 비명을 질렀다. 이미 상대는 라이쵸의 지배하에 있었다. 이 이상의 폭력은 필요 없는데도 손은 멈추지 않았다.

"손! 치워!"

몇 번이고, 몇 번이고, 톤파를 휘둘렀다.

"치워!"

이윽고 우나미의 손이 못 쓰게 되면서 힘도 빠졌다.

목숨의 위기에 겁을 먹은 우나미의 얼굴이 드러났다.

"죽어줘요, 루리를 위해……!"

라이쵸는 진심으로 그렇게 속삭였지만, 어째선지 나온 말이 자신의 목소리가 아닌 것 같았다.

분명히 자신이 말하고 있는데, 진짜 자신은 조금 먼 곳에 있고, 정의가 어디에 있는지도 모른 채 그저 조용히 지켜보고 있는. 그런 기분이 들었다.

—정신이 이상해진 걸지도.

하지만 어찌 되든 좋다. 이제 죽일 수 있다.

"정상이 아니라면 죽여도 되는 거잖아요."

눈앞에 있는 남자가 잘못했다.

"나한테는 당신이 비정상이야."

그러니까 이제 됐다.

"그 아이가 어떤 아이인지, 가족에게 사랑받는지, 내 애인이라는 거라든지, 그런 거 전부 어찌 되든 좋다는 거니까, 저도 그럴게요."

—아아, 무슨 말을 하는 거지.

"역겨워. 악인은 항상 그래. 타인 따위 어찌 되든 좋지. 자기만 생각해. 나는 대화를 나누려고 했어. 그걸 거절한 건 당신이야!"

"잠깐, 잠깐! 키미카게!"

우나미는 항복하겠다는 의지를 보였다.

"날 죽이면 네 명예는 땅에 떨어질 거야!"

"뭐……?"

라이쵸는 분노에 찬 목소리를 냈다.

"너의 지금 신분은 뭐지? 사계의 대행자 호위관이 아니야. 그런데 나를 죽인다면 죄는 면할 수 없어! 그래도 괜찮겠어?!"

"당신은 경질범이야……."

우나미는 고개를 저었다.

"나는 그저 명령받았을 뿐이야. 실행을 명한 사람은 네가 말한 대로 이장이야! 우리는 아직 여름의 대행자에게 아무 짓도 안 했어! 지금이라면 방어한 거라고 설명할 수 있지만, 나를 죽이면 그 말도 안 통하게 돼!"

라이쵸는 자신이『죽지 말고 죽이지 말기』라고 말했던 것을 이때까맣게 잊고 있었다. 눈앞에 있는 남자를 제거해야 한다는 생각밖에 없었다.

"……하지만 당신은 살려두면 또 다른 누군가의 밑에서 움직이며 루리를 죽일 거잖아요?"

"안 해! 안 한다고 맹세해!"

"그렇게 간단히 소신을 바꾸지 말아 주세요."

라이쵸는 마음을 고무시키기 위해 톤파를 세게 쥐었다.

"죽이기 어려워지잖아요……."

그리고 팔을 뒤로 젖혔다. 속도를 붙여서 일격으로 끝내고 싶었다.

"키미카게, 하지 마……."

—머리가 멍해.

이 기분 나쁜 감정을 빨리 없애고 싶었다. 그리고 안심하고 싶었다.

라이쵸 본인은 몰랐지만, 몸이 아니라 정신이 이미 한계였다.

줄곧, 줄곧 달려왔다. 자신의『여름』을 지키기 위해.

—이만 끝내고 싶어.

"잔말 말고 입 다물어요."

끝내고, 몇 달 만에 안심하고 싶었다.

—루리.

"얼른, 죽어줘요."

—루리.

해를 입지 않고, 살해당하지 않고, 모욕당하지도 않는.

—루리를 지킬 수 있다면, 전부 어찌 되든 좋아.

그런 미래를 원해서, 노력해왔다.

그래서 라이쵸는 폭력을 정당화했다. 이만 편해지고 싶었으니까.

라이쵸가 사랑하는 여자를 위해 한 사람의 목숨을 앗으려 한 그때.

"모두 무기를 거둬!!"

늠름한 여성의 목소리가 울렸다.

"……!"

라이쵸뿐만 아니라 그곳에 있던 모든 전사의 행동이 정지했다.

갑자기 냉기와 향기로운 꽃 내음이 감돌기 시작했고, 그것들을 느꼈을 때 이미 그들은 공격받고 있었다. 발은 지면에 얼어붙었고, 팔은 화초의 덩굴이 휘감겨 고정되었다. 전광석화와 같은 술식 전개였다. 전부 순식간이었다.

"……젠장!"

라이쵸는 갑작스러운 일에 자세가 일시적으로 무너질 뻔했지만, 어떻게든 버텼다. 톤파도 놓지 않고 세게 꽉 고쳐 잡았다.

"무기를 거둬라! 지금부터 이곳은 『봄』과 『겨울』이 맡는다!"

또렷한 목소리로 경고하고 있는 것은 봄의 대행자 호위관, 히메다카 사쿠라였다.

"사계의 대행자님 앞이다!【늙은 거북】은 얌전히 따르고 투항하라!"

【늙은 거북】,【한 마리의 뿔토끼】는 파벌에 관계없이 현인신을 찾듯 시선이 흔들리기 시작했다.

시선을 차단하듯 국가 치안 기구 특수 부대【호저】가 늘어섰다. 그 옆에는 대행자 측에 있었던【한 마리의 뿔토끼】사람들도 있었다. 동료가 다친 모습을 보고 괴로운 표정을 짓고 있었다.

그리고 삼엄한 분위기 속에서, 보호받듯 에워싸여 숨겨진 자들이 있었다.

그야말로 봄을 구현한 것처럼 가련한 소녀와, 겨울처럼 차가운 눈으로 주위를 노려보는 아름다운 청년이었다.

사쿠라의 말에 무기를 버리는 자도 나오기 시작했지만, 모두가 그렇지는 않았다.

옆에 있던 겨울의 대행자 호위관 칸게츠 이테쵸가 주위를 둘러보며 외쳤다.

"춘하추동 공동 전선에 의거하여, 우리는 여름의 경질을 저지하기 위해 모였다! 이미 십여 명을 체포했다! 쓸데없는 저항은 하지 마라!"

이테쵸의 우렁찬 일갈이 투항을 재촉했다.

대부분의 사람은 몸을 구속당하기도 해서 총과 칼을 떨어뜨렸다.

역적 사냥꾼으로 유명한 겨울의 왕이 있다는 것도 심리적으로 작용했을 것이다. 저항하는 기색을 조금이라도 보이면 무슨 짓을 당할지 상상도 가지 않았다.

"……제, 기, 라아아아아아알!"

하지만 라이쵸만큼은 지시를 무시했다. 손에 휘감긴 덩굴을 온몸의 힘으로 어떻게든 끊고 톤파를 내리치려고 했다. 덩굴이 끊어지는 것보다 라이쵸의 팔이 먼저 부러질 것이다.

—죽일 거야, 죽일 거야, 죽일 거야!

라이쵸는 핏발 선 눈으로 우나미에게 최후의 일격을 가하고자 했다.

"그, 만, 둬!!"

봄의 소녀신, 카요 히나기쿠가 외쳤다. 라이쵸는 저도 모르게 그 비명에 반응했다.

루리 또래의, 연약한 여성의 목소리였기 때문일지도 모른다. 불현듯 고개를 들고 말았다.

"폭력, 안, 돼……!"

소녀가 던진 꽃씨는 눈에 보이지도 않는 속도로 생장했다.

선명한 파란색 도라지꽃이 뱀처럼 뻗어 나와 라이쵸를 휘감았다.

눈앞의 남자를 죽일 생각밖에 없었던 라이쵸의 눈에 파란색이 날아들었다.

—루리.

도라지꽃은 톤파를 든 라이쵸의 손을 조여 무기를 빼앗고, 무릎에 휘감겨 자연스럽게 땅에 무릎 꿇게 했다. 라이쵸는 갑자기 생겨난 도라지 군생지에 쓰러졌다.

얼굴을 박으며 쓰러졌기에 입에 피 맛이 퍼졌다. 다행히 꽃이 충격을 조금 완화해 주기는 했지만, 그래도 온몸에 둔통이 일었다.

"……하아, 윽……."

라이쵸는 무슨 일이 벌어졌는지 바로 이해하지 못했다.

"……하아, 하아."

숨이 거칠었다. 시야도 흔들렸다. 흥분 상태였다.

"……하아…… 하아……."

흔들리는 시야에 파란색이 어른거렸다.

"하아…… 하아…… 하아……."

라이쵸는 파란색을 좋아했다. 파란 꽃은 사랑하는 아가씨를 떠올렸다.

"……하아, 하아……."

그저 파란 꽃을 봤을 뿐인데도 울고 싶어질 만큼 애틋해졌다.

라이쵸의 마음이 이렇게나 어지러워진 원인은 단 하나였다.

상처 입히는 것도, 상처 입는 것도, 많이 경험했지만.

—루리.

사랑하는 사람을 위해 목숨 걸고 싸운 적은 없었다.

"히나기쿠 님! 함부로 다가가면 안 됩니다! 제가 먼저 가겠습니다!"

"로우세이! 히나기쿠 님 옆에 있어! 다가가지 마!"

사쿠라와 이테쵸가 대행자들을 경비망 속에 남기고서, 사람들이 널브러져 있는 전장에 발을 들였다. 그리고 쓰러진 사람을 밟지 않도록 조심히 걸으며 말했다.

"나는 봄의 대행자 호위관 히메다카 사쿠라! 이 중에 키미카게 라이쵸 공은 있는가?"

"나는 겨울의 대행자 호위관 칸게츠 이테쵸다. 우리는 춘하추동 공동 전선의 이름하에 이곳에 왔다! 하자쿠라 루리 님의 약혼자가 【한 마리의 뿔토끼】의 부대장이라고 들었다! 무사하다면 대답을!"

—루리.

갑자기 숨이 잘 쉬어졌다.

라이쵸는 목소리를 냈다.

"……접니다."

처음 나온 목소리는 자신도 깜짝 놀랄 만큼 작았다.

라이쵸는 자신을 질타했다. 그리고 있는 힘껏 크게 외쳤다.

"키미카게 라이쵸, 여기 있습니다!"

그렇게 말하자 두 사람의 발소리가 다가왔다. 히나기쿠와 로우세이에게 신호를 보냈는지, 구속이 약해지더니 몸이 강제로 휙 뒤집혔다. 라이쵸는 접근한 자들의 얼굴을 보았다.

"너인가. 무모한 짓을 하는군……."

라이쵸의 몸을 부축한 것은 가까이서 보고 흠칫 놀랄 만큼 잘생긴 남자였다.

"……이테쵸, 이 녀석 눈에 핏발이 서 있어……. 괜찮나? 대화할 수 있겠어……?"

그리고 내려다보고 있는 것은 꽃이라고 말해도 거짓말이 아닐 미소녀였다.

라이쵸는 자신의 선배가 될 터였던 자들과 처음으로 대면했다.

"아까도 말했지만 나는 봄, 이쪽은 겨울의 대행자 호위관이야."

"겨울의 대행자 호위관, 칸게츠 이테쵸다. 잘 부탁해."

"아…… 루리에게 이름을…… 들었, 습니다……."

"……기억은 또렷하네……. 이봐, 이 손가락 몇 개로 보여?"

"세 개요."

"두 개야. 전의가 너무 고양돼서 정신이 나가버렸어."

사쿠라가 담담히 너무한 말을 했다. 라이쵸는 항의하고 싶었지만, 묘하게 머리가 멍해서 말이 제대로 안 나왔다. 결국 무난한 질문밖에 못 했다.

"저 지금 그런 얼굴을 하고 있나요……? 돌아버렸나요……?"

"눈의 초점이 안 맞잖아. 처음 싸운 거야?"

"아뇨…… 전혀. 저, 진짜, 강하거든요……. 전투 경험도…… 잔뜩……."

"강하긴 한데 냉정하지 않아. 다리를 공격하면 되는데 오로지 얼굴만 때리려고 하고, 그냥 살인귀였어. 그러고도 네가 호위관 후보야?"

"……다리."

라이쵸는 생각지도 못한 말을 듣고 멍해졌다. 반드시 두개골을 깨고 싶다는 마음만 가득했었기에 그 발상은 없었다. 이어서 이테쵸가 말했다.

"라이쵸 군, 이라고 하면 될까? 너 말고도 싸우고 있는 사람이 있었으니까 한 사람에게 고집하지 말고 차례차례 적을 기절시켜서 원호해야 했어. 실제로 역적과의 전투는 이보다 수가 더 많기도 해."

"맞아. 여럿이서 싸우고 소지한 무기가 총이 아니라면 다리를 공격해, 다리를. 상체는 아무리 공격해도 의외로 금방 일어나 버려."

"톤파를 다루는 방식은 훌륭했어. 몸놀림도 좋아. 그만한 전투 센스가 있다면, 이제 냉정함만 갖추면 충분해. 낙담하지 마."

라이쵸는 처음 만난 두 사람에게 싸움을 평가받고 더더욱 어떻게 반응하면 좋을지 알 수 없어졌다.

"……선배님들…… 아주 냉정하고…… 정확한 조언…… 감사드리고 싶지만, 하지만 저는, 저 녀석을 죽여야 해요……. 우나미…… 저 녀석, 루리를 죽이겠다고……."

"뭐? 루리 님에게 그런 폭언을 한 놈이 누구야?"

사쿠라가 묻자 라이쵸는 머리를 움직여 방향을 가리켰다.

"저 녀석, 저기 나뒹굴고 있는 커다란 남자요……."

우나미는 기절은 하지 않았지만, 【호저】의 구속을 거부하려고 다리를 버둥거리며 날뛰고 있었다.

"루리를…… 나의 루리를 망자라고…… 저 녀석, 젠장. 아아~ 이 구속 풀어주시면 안 될까요……? 저 녀석만큼은 죽여야 해……. 용서 못 해……. 루리를 비정상이라고……."

사쿠라와 이테쵸는 얼굴을 마주 보고, 서로 떨떠름한 표정을 지었다.

"우리나라의 여름을 망자라고 하다니, 무엄한 것도 유분수지……."

"그러니까 말이야. 그렇다면 화가 치밀어서 피가 거꾸로 솟을 만도 해."

사쿠라는 그렇게 말하더니, 난동을 부리는 우나미에게 성큼성큼 발소리를 내며 다가갔다.

그리고, 칼집에 넣어 둔 상태이긴 했지만, 가차 없이 칼을 휘둘렀다.

"~~윽!!"

남성의 최대 급소라고 해도 과언이 아닌 곳을 부술 기세로 공격하자, 우나미는 말로 표현할 수 없는 비명을 질렀다. 사쿠라는 한 방 더 정강이를 타격했다.

"으아아아아아악!"

다리를 공격하라는 가르침을 실행해 보였다. 그러고서 말했다.

"로우세이! 이 녀석 커다래서 옮기기 어려우니까, 주차장까지 산길을 얼려줘! 그러면【호저】대원이 편해져!"

이미 저항하지 못하는 상대에게 은근히 비인도적인 행위와 발언이었다.

히나기쿠는 멀리서 안절부절못하고 있었지만, 로우세이는 약간 못돼보이는 웃음을 지으며 엄지를 치켜들었다. 사쿠라는 그가 승낙한 것을 확인하고서, 우나미를 구속하느라 애먹고 있던【호저】대원을 보았다.

"실례했어. 겨울의 대행자가 길을 얼려줄 거니까, 그대로 쓱 미끄러뜨려서 이동시키면 돼. 썰매를 끌 듯이 말이야. 경사면이고, 이 거구는 옮기기 어려워. 직접 걸으려 안 하고 항복도 안 하는 녀석은 그렇게 처리해버려. 수고스럽겠지만 뒷일은 부탁해."

이동 방법을 지시하고서 다시 라이쵸와 이테쵸 곁으로 돌아왔다.

"원수를 갚아줬어."

그 말을 듣고 라이쵸는 어안이 벙벙해졌고, 이테쵸는 쓴웃음을 지었다.

사쿠라는 이테쵸의 반응을 보고 입을 삐죽였다.

"……뭐야, 이테쵸. 남자한테는 이렇게 하라고 예전에 네가 가르쳤어……. 그, 급소를…….”

“딱히 아무 말도 안 했잖아.”

“말하고 싶은 것 같았어!”

“급소를 노리는 건 전투의 기본이야. 좋은 제재였어.”

“……천박하다고 생각 안 해?”

“생각 안 해. 다만 나는 만일의 경우에 그러라고 말했던 것 같은데…….”

사쿠라는『그치만』하고 말하는 것 같은 표정을 지었다. 이테쵸는 그 얼굴을 보고 더 웃고 말았다.

“책망하는 게 아니야. 네가 안 했다면 내가 했을 거야. 내가 했다면 더 심한 제재가 됐겠지.”

“그렇지. 이테쵸가 하면 나보다 훨씬 잔인해. 그럼 됐나.”

된 것 같지는 않았지만, 사쿠라는 화제를 바꿨다.

“이봐, 신인. 이곳은 나의 주인과 겨울의 대행자의 명으로 살생금지인 곳이 됐어. 살려서 치욕을 줬으니까 기분 풀고, 나머지는 법의 심판에 맡겨.”

사쿠라의 말을 듣고 라이쵸는 한동안 멍하니 있었지만, 이윽고 그다운 표정을 되찾았다.

흉악하지만 살갑게 웃었다.

“선배님들…… 멋있어요…….”

라이쵸는 이테쵸에게 도움을 받아 상체를 더 일으켰다. 그러자 자신이 저지른 짓이 잘 보였다. 방계 청년들이 쓰러져 있었다. 피를 흘리는 자도 있었다.

—실패한 건가.

마침내 그런 생각이 들었다. 이래서는 같은 뜻을 가지고서 따라와 준 그들을 버리는 말로 취급한 것과 같다.

저 멀리, 시선을 주게 되는 매력을 가진 청년과 소녀가 있었다.

—겨울의 대행자님과 봄의 대행자님인가.

로우세이는 바로 생명 동결의 힘을 써서 길을 얼리고 있었다.

옆에 있는 히나기쿠는 조금 파래진 얼굴을 하고서도 처참한 현장을 지켜보고 있었다.

—루리가, 처음으로 또래 친구가 생겼다고 했던 그 아이야.

그 아가씨가 이곳에 있었다. 다름 아닌 하자쿠라 자매를 걱정해서.

그리고 라이쵸에게 외쳤다. 폭력은 안 된다고.

그녀의 인생 대부분은 폭력으로 점철되어 있었다.

그런 아이를, 강제로 공격을 막게 하도록 만들었다.

—최악이야.

더는 히나기쿠를 볼 수 없었다. 라이쵸는 고개를 돌렸다.

"……루리랑 아야메 씨와 연락이 안 됐을 텐데…… 오셨네요."

"어떻게 알았어? 연락이 안 되니까 찾으러 온 거야."

"……루리는 혼자가 아니었구나……."

"당연하지. 우리는 봄부터 공동 전선을 펴고 있어. 키미카게 라이쵸. 너한테는 묻고 싶은 게 수두룩해. 아군이라고 인식은 하고 있지만, 과하게 폭주하고 있는 것처럼 보여. 얌전히 우리를 따라 주겠어?"

"……처음부터, 도와달라고 할 걸 그랬나……."

라이쵸는 그 말을 끝으로 입을 다물어 버렸다. 눈썹을 찌푸리는 사쿠라 대신 이테쵸가 속삭였다.

“얌전히 따른다면 나중에 루리 님과 만나게 해줄게. 너는, 루리 님을 위해 이런 짓을 저지른 거지?”

“……바보라고 생각하나요?”

이테쵸는 바이크를 타고서 야마토의 수도를 달렸던 것을 떠올리며 말했다.

“글쎄, 어떨까. 나도 바보 같은 짓을 할 때가 있어.”

당신도 그러는 거냐는 얼굴로 라이쵸가 이테쵸를 보았다.

“중요한 건, 저지른 이후야.”

이테쵸의 말은 라이쵸의 가슴에 쓱 들어왔다.

결코 내치는 말은 아니었다. 오히려 받아들여 주는 것이 느껴지는 말이었다.

사랑을 알고. 뒤쫓고.

상실하고. 고집하고.

다시는 잃고 싶지 않아서 획책하고.

많은 사람을 끌어들이고.

정신없이 날뛰고. 그러고 나니.

“…….”

그저, 자신의 신이자 연인이기도 한 여성이 참을 수 없이 보고 싶어졌다.

—루리.

아마도, 아니, 분명 혼날 것이다.

하지만 자신이 아는 그녀라면 그래도 사랑해 줄 것 같았다.

자만심일지도 모른다. 하지만, 라이쵸는 하자쿠라 루리만큼 애정이 깊은 다른 여성을 모른다.

남에게 잘 사랑받지 못하는 그를, 유일하게 정면으로 사랑해 준 사람은 그녀뿐이었다.

—루리가 보고 싶어.

잠시 후, 라이쵸는 『따를게요』라고 중얼거렸다. 그리고 선배 호위관에게 부탁했다.

"산속에…… 제가 억지로 동료로 끌어들인 친구가 아직 숨어있을 거예요. 그 친구를 보호해 주시면 안 될까요? 루리의 언니인…… 아야메 씨의 소중한 사람이에요."

이리하여, 키메카게 라이쵸의 긴 여행이 끝났다.

무대는 바뀌어 렌리 진영.

렌리는 키미카게 일문의 경호원과 함께 에켄을 데리고서 합류 지점이 될 사수 전용 등산로를 향해 뛰고 있었다.

하지만 기자재들을 안고서 이동하느라 준마처럼 빠르지는 않았다.

"아, 더 오른쪽이에요. 그쪽은 길이 위험하거든요!"

"에켄 군이 있어서 다행이야……."

"도시 사람에게 덤불길은 힘들겠죠."

"마을 출신이니까 도시 사람도 아니지만…… 평소에, 좀 더……

운동을, 해야겠어…….”

말하면서 렌리는 숨을 헐떡이고 있었다.

젊은 16세 소년. 몸을 단련하고, 엄선된 전사인 키미카게 일문의 남성들.

그리고 내근직인 의사. 아마 가장 체력이 없는 사람은 렌리일 것이다.

—한심해.

지금부터 아야메와 만날 건데, 녹초가 되어있을 것 같았다. 가뜩이나 렌리는 가족에게 폭행을 당한 후였다. 그 후 곧장 류구에 왔고, 어제는 심야까지 트레일 카메라를 산속에 설치했고, 노숙하고, 그리고 지금에 이르러 있었다. 단적으로 말하자면 몸은 한계에 가까웠다.

“렌리 씨는 여름의 대행자님의 약혼자죠? 호위관이 되는 건가요?”

“……호위관이 될 녀석이 이래서는 위험하지 않겠냐고 말하고 싶은 거겠지만…… 나는 호위관이었던 사람의 남편이 될 예정이었던 지라…….”

“아, 그런가…… 그랬죠. 죄송해요…….”

“아냐, 사정이 너무 복잡하니까.”

“일이 전부 잘 풀리면, 다시 약혼하게 되나요……?”

“……평범한 내과의가 호위관이 될 수는 없으니, 어떻게 되려나. 아아…… 큰일이야. 이제 다리가 잘 안 움직여져.”

그 이후로 에켄도 입을 다물었다. 별로 건드리지 않았으면 하는 화제임을 눈치챘을 것이다. 남자들은 산속을 달리고, 달리고, 달렸다.

렌리가 모두를 따라 뛰는 것은 오기가 있기 때문이었다.

자신이 할 수 있는 일을 끝까지 했다고, 후회가 없도록 하고 싶었다.

—나 같은 게 아야메의 약혼자가 되는 건 역시 무리였던 거겠지.

라이쵸나 키메카게 일문의 남자들과 함께 지냈기에 알 수 있었다. 자신이 얼마나 힘없는 인간인지를.

그리고 아야메를 둘러싼 세계가 얼마나 폭력으로 넘쳐 나는지도 깨달았다.

—아야메에게 필요한 건, 라이쵸 씨 같은 전사야.

분하지만 그런 생각이 들었다. 자신도 뭔가 할 수 있다고 생각하고 싶지만, 그녀 옆에 있을 자격이 보이지 않았다.

—라이쵸 씨는 괜찮을까.

라이쵸가 그러라고 하긴 했지만, 남겨 두고 와버린 라이쵸와 그의 부하들을 걱정했다.

그리고 역시 자신이 강했다면 좋았을 거라고 생각했다.

“저기…… 뭔가 새가 묘하게 다가오고 있지 않아요?”

에켄이 중얼거린 말에 반응하여, 우울한 사고에 빠져 있던 렌리는 퍼뜩 정신을 차렸다.

새 한 마리가 렌리를 향해 날아왔다.

머리 위를 선회한 후 어깨에 앉았다. 평범하게 등산 중이었다면 훈훈한 분위기가 됐을 일이지만, 그는 이 나라의『여름』을 우러르는 마을 출신이었다.

“이거, 아마『생명 사역』으로 조종하는 새일 거야.”

만지려고 해도 싫어하지 않고 가만히 있었다. 사람을 잘 따른다는 말로는 정리되지 않는 반응이었다. 아마 틀림없을 것이다. 렌리도 에켄도, 키미카게 일문 사람들도 일단 발을 멈췄다.

"여름의 대행자님의 힘인가요?"

"맞아. 우리가 어디 있는지 알려는 거겠지. 봐, 위에도 새가 더 있어. 저 아이들은 아마 알리러 돌아갈 거야."

렌리가 말한 것처럼, 새는 마치 어딘가에 있는 자들에게 신호를 보내듯 상공을 선회하고서 다시 날아갔다.

"그럼 곧 만날 수 있다는 거네요."

"응. 내가 있다는 것도 들키겠지. 어라……?"

하지만 날아갔던 새가 엄청난 기세로 다시 돌아왔다. 게다가 경계를 촉구하듯 울기 시작했다.

—저 새는, 아마 정찰과 보고만을 명령받았을 거야.

여름의 대행자의 생명 사역은 대행자가 적이라고 인지하면 자동으로 공격을 개시하지만, 지금 이곳에 대행자가 없으니 할 수 있는 일은 한정적이다. 그런 상태인 새가 명백하게 이상한 울음소리를 내는 것을 간단히 넘기면 안 될 것 같았다.

동물은 위험을 감지하면 동료에게 알린다.

이건 그 상태에 가까운 것 아닐까. 그런 추측이 렌리 안에서 생겨났다.

만약 그렇다면, 그들은 분명 이렇게 말하고 있을 것이다.

『도망쳐. 포식자가 왔어.』

렌리의 등에 오싹하게 오한이 일었다.

"적이 있습니다!!"

그 말이 끝나기도 전에 총성이 울렸다.

렌리는 에켄을 거의 밀치듯이 밀어내고서 자신도 땅에 쓰러졌다.

키미카게 일문의 대응은 빨랐다. 후방에【늙은 거북】의 잔당이 있음을 깨닫고 재빨리 총으로 응전했다. 상대는 나무 그늘에 숨어서 모습이 보이지 않았지만, 여럿이서 쫓아올 수 있는 지형은 아니었다.

아마 있더라도 몇 명일 것이다.

"에켄 군, 내가 미끼가 될 테니까 그 틈에 도망쳐."

폭력의 소리 속에서, 가냘픈 여성의 목소리가 들렸다. 렌리도 에켄도 엎드린 채 고개만 들었다. 후게키 토오코의 환영이 서 있었다. 위기에 처하면서 에켄의 권능이 자동으로 발동한 것이다.

"아, 안 돼. 토오코 씨, 안 돼……!"

에켄이 혼란스러워했다. 렌리는 소름이 돋았다. 그곳에 확실히 존재하는 여성이 환영이라니.

그녀가 자주적으로 움직이고 있는 것에도 공포를 느꼈다.

"나는 총에 맞아도 안 죽어."

"내가 다친 토오코 씨의 모습을 두 번 다시 보고 싶지 않아서 그래!"

토오코는 못 말리겠다는 듯 어깨를 으쓱였다.

"그럼 더 강한 걸 꺼내도록 해. 나는 벌집이 되는 것 정도밖에 못하는걸."

그렇게 말하고서 토오코의 모습은 아지랑이처럼 일렁이고 사라졌다.

에켄은 얼굴이 창백해져서 머리를 부여잡았다.

"에켄 군, 무리하지 마! 버티면 지원군이 올 거야!"

분노를 잃은 에켄은 이 상황에 그저 겁을 낼 수밖에 없었다.

"로오의 아드님! 그 아이를 데리고 먼저 도망치십시오!"

키미카게 일문의 경호원이 그렇게 말했지만, 어디로 도망치냐는 의문이 들었다. 포복 전진해서 나아가라는 건가. 그걸 물어볼 상황도 아니었다.

"아뇨! 에켄 군을 먼저 피신시키죠! 산길을 아는 아이예요! 지원군을 불러와 달라고 하는 게 나아요! 에켄 군, 어느 방향으로 도망쳐야 하는지 알아?!"

"저는……."

렌리는 에켄을 격려하듯 등을 두드렸다. 그리고 라이쵸에게 받은 총을 들었다.

"안전장치, 풀고…… 젠장…… 손이 떨려……."

정말로 손이 떨리고 있었다. 그래도 렌리는 자세를 바로 하고 총을 겨눴다.

"에켄 군, 부탁해! 사수님과 합류해서 접근하지 말라고 말해줘! 만약 가능하다면【호저】와 근접 보호관 사람을 지원받고 싶어! 아마 새가 이미 알리러 갔을 테니까 합류는 어렵지 않을 거야! 아무튼 너는 도망쳐! 아야메가 가까이 못 오게 해줘!"

렌리는 자신의 어깨에 있는 새를 떨리는 손가락에 옮기고 에켄에게 건넸다.

"가!"

간결한 말이지만, 따르지 않을 수 없는 박력이 있었다.

에켄은 눈앞에 있는 어른을 물끄러미 바라보았다. 그리고 생각했다.

—싫어.

이 상냥한 어른이 죽지 않았으면 좋겠다고 절실히 바랐다.
—죽지 않았으면 좋겠어.
자신이 없는 사이에 큰일이 벌어져서 돌이킬 수 없어지는 것.
왜 그러지 않았을까, 그때 행동해야 했다는 후회.
에켄은 그것들을 질리도록 맛보았다.
—또 누군가가 불행해져. 싫어.
에켄은 줄곧 도망쳤다.
도망치기만 하는 인생이었다.
무서운 어른으로부터, 상처 주는 자로부터, 어쩔 방도가 없는 사태로부터.
도망치고, 도망치고, 도망쳤다.
그 끝에 렌리와 만났고, 그는 지금 말하고 있었다.
"에켄 군, 도망쳐!!"
그저 나이가 많다는 이유만으로 자신을 지키려 하는 모습은, 숭배하는 밤의 신과 비슷했다. 렌리가 등을 돌리고서 총을 쏘기 시작했다. 그가 말한 대로 도망쳐야 한다.
하지만, 에켄은 도망치지 않았다. 그러고 싶지 않았다.

"저는, 도망치지 않아요."

속삭임과 동시에, 그의 몸에서 달처럼 상냥한 빛이 넘쳐흘렀다.
그리고 다음 순간, 세계가 암전했다.
낮이었던 공간이 밤으로 바뀌었다. 뭔가가 꿈틀거리는 소리가 났다.

에켄의 권능인『신성 은폐』가 주위를 침식하고 있었다.

"렌리 씨도, 키미카게 분들도, 여름의 대행자님도, 카구야 님도, 전부 제가 지키겠어요."

에켄에게 밤의 어둠은 가장 큰 아군이었다.

갑자기 밤이 찾아오자, 총을 쏘던 자들이 적군 아군 관계없이 손을 멈췄다.

어둠 속에서 에켄의 눈동자가 짐승의 눈동자처럼 형형하게 빛났다.

그리고 에켄의 등 뒤에는 더 커다란 눈알이 어둠 속에 떠 있었다.

눈알밖에 없던 그것은 곧장 짐승의 형태를 만들었고, 이윽고 거대한 늑대가 되더니 흉포한 이빨이 자란 입을 벌려 높이 울었다.

올여름, 현인신 분야를 혼란에 빠뜨렸던 암랑의 등장이었다.

—커!

렌리는 숨을 삼켰다. 한 번 모습을 보여주긴 했었지만, 그때보다 더 커 보였다.

암랑의 흉포함과 크기는 에켄의 감정에 비례하는 걸지도 모른다.

『쫓아내!!』

에켄이 외쳤다. 사람의 말이긴 했지만, 에켄의 원래 목소리보다 훨씬 우렁찼고, 다른 자가 이중으로 말하는 것처럼 들렸다.

신들에게 받은 권능이긴 해도 에켄이 현인신인 것은 아니다.

생명 사역으로 짐승을 조종하는 루리나 아야메와 명확히 다른 점은 그 힘을 행사하는 것이 불안정하다는 것일까.

『항복시켜! 굴복시켜!! 적을 접근시키지 마!!』

환술을 유지하려면 엄청난 집중력이 필요하다.

조종하는 것이 암랑이라서 그런지, 얼굴도 험악했고 괴로워 보였다.

어쨌든 사람이 가지기에는 버거운 힘이었다.

“에켄 군! 목숨을 뺏으면 안 돼!”

렌리가 말하자 에켄은 소리 내어 대답하진 않았으나 고개를 끄덕였다.

늑대는 나무들 사이를 종횡무진 뛰어다녔다.

적들이 총격을 재개했지만, 전부 암랑을 비껴갔다. 렌리는 나무 뒤에 숨어 조마조마하게 지켜볼 수밖에 없었다.

암랑은 나무들을 넘어뜨려 적을 발견하고, 발로 목을 누르듯 밟은 후에 난폭하게 후려쳤다.

—저거 괜찮은 건가?

이 권능의 무서운 점은 환상이 풀린 후의 심적 부담이다.

아마 괜찮지는 않겠지만, 몸을 물려서 잘근잘근 씹히지 않았으니 그나마 다행이라고 생각해야할까. 암랑은 적을 후려쳐 넘어뜨리고, 마지막으로 옷자락을 물었다.

그리고 성인 남성의 몸을 가볍게 돌리다가 날려버렸다. 실제로는 아무 일도 일어나지 않았다는 것을 믿을 수 없는 광경이었다. 심장 발작을 일으키는 자가 있더라도 이상하지 않았다.

한 사람, 또 한 사람 쓰러지고, 암랑은 마지막 한 명에게 다가갔다.

다리 힘이 풀려서 엉덩걸음을 치는 남자에게 암랑은 이빨을 보이며 크게 포효했다. 그 울음을 듣고 겁에 질린 마지막 한 명은 총을 천천히 땅에 내려놓았다.

추적해 온 적은 총 세 명. 에켄의 각오와 용기 덕분에 제압은 금방 완료됐다.

"……하아…… 하아……."

에켄은 과호흡 증상을 보이고 있었다. 렌리는 재빨리 알아차리고서 에켄의 등을 쓸었다.

"에켄 군, 천천히 숨을 쉬어. 숨을 안 쉬면 괴로워지기만 하니까. 천천히."

과호흡이 처음은 아닌지, 에켄은 손으로 입을 막고서 괴롭게 고개를 끄덕였다.

"괜찮아. 잘했어. 대단했어. 덕분에 살았어……."

극도의 흥분과 감정 불안정 때문이라고 추측한 렌리는 마음을 진정시키듯 일부러 다정하게 속삭였다. 에켄의 정신이 안정됨에 따라 암랑은 서서히 모습을 감췄다.

이윽고 주위를 뒤덮었던 밤의 환영도 소리를 내며 물러가 한낮으로 돌아왔다.

넋이 나가있던 키미카게 일문 사람들이 항복한 최후의 한 명에게 달려갔다.

렌리는 적을 모두 구속했는지 확인하고 싶어서 그쪽을 보았다.

한 명, 두 명, 이미 구속이 끝나 있었다. 렌리와 에켄은 멍하니 일어났다.

하지만 그때, 마지막 한 명이 천천히 손을 움직이는 것이 보였다.

내려놓은 총은 이미 키미카게 일문 사람들이 주웠다.

남자는 품에서 다른 총을 꺼내려 하고 있었다.

—아.

판단은 순간적이었다.

"위험해!!"

있는 힘껏 외쳤다. 그리고 렌리는 에켄의 등을 지키려고 손을 뻗었다.

—늦지 않길.

모든 움직임이 느리게 보였다.

왜 이렇게나 자신의 행동이 초 단위로 흘러가는 것처럼 느껴지는 걸까.

렌리는 에켄을 생각하고 있었지만, 머릿속에는 아야메의 얼굴이 떠올라 있었다.

—늦지 않길.

렌리는 기도했다.

에켄의 등으로 손을 뻗었다. 그리고 몸통박치기를 하듯 그에게 몸을 부딪쳤다.

소년의 총알받이가 된 것이다.

탕, 총성이 울렸다.

탄환이 렌리의 팔을 도려내고 지나갔다.

렌리는 기세를 죽이지 못하고 그대로 쓰러졌다.

낙법을 어떻게 취하는지는 몰랐다.

앞으로 고꾸라지면서 측두부를 땅에 세게 박았다.

렌리 밑에 깔린 에켄이 몸을 움직였다.

렌리는 아픔을 참으며, 아직 움직이지 말라고 손으로 그의 머리를 눌렀다.

—아파.

순식간에 시야가 새까매졌다.

신음조차 나오지 않았다.

아니, 낼 수가 없었다.

—아파.

누구한테 말하고 있는 걸까.

하지만, 고통스럽다고 누군가에게 호소하고 싶었다.

—아파, 아파.

너무 아파서 자연스럽게 눈을 감았다. 어둠이 모든 것을 삼켰다.

어둠 속에서, 렌리는 자신의 과거를 회상했다.

집에서 렌리가 울고 있었다. 일곱 살 정도 됐을 때일 것이다.
형이 도화지에 그린 그림을 찢어서 울고 있었다.
일부러 엄마에게 사달라고 부탁했던 도화지였다.
큰 종이에 자유롭게 그림을 그려 보고 싶었다.
하지만 형이 이런 짓 하지 말고 공부하라고 했다.
지금은 안다. 집안을 짊어지라는 말을 들으며 자란 장남도 괴로웠던 것이다.
그래서 화풀이로 태평한 동생을 괴롭혔다. 로오 일문의 자식인데 의사가 되지 못하면 탄압받는다. 공부하는 것은 렌리를 위한 일이기도 했다. 하지만 어린 렌리는 몰랐다.

—왜 그런 말을 하는 거야.

그저, 그저 울었다.

마치 주마등처럼 기억이 차례차례 떠올랐다.
시험 성적이 안 좋아서 집에 들어가지 못하고 현관에 웅크리고 있는 렌리.
바보한테는 필요없다며 장난감을 뺏기는 렌리.
이윽고 어린 렌리의 눈물은 마르고, 웃는 가면을 쓰게 됐다.
어두운 표정을 짓고 있으면 더 혼난다. 최소한 살갑게 굴라는 말을 듣고 순순히 그렇게 했다.

웃고 있으니 이번에는 존재를 경시당하게 되었다.

—왜 그런 말을 하는 거야.

너는 바보니까. 너는 못났으니까. 너는 아무런 고생도 안 하니까.

그런 말을 들었다. 렌리는 웃는 가면을 쓰고서, 마음은 어딘가 다른 곳으로 날려 보내기로 했다. 마음이 있으면 괴로워지니까 치워 두는 것이 낫다. 자신이 광대를 연기하며 일부러 그들의 공격을 받아 주고 있다는 것을 들켜서는 안 된다.

먹이를 주면 만족하니까. 남을 괴롭히고 가해하여 얻는 자기 긍정이 없으면 안 되는 사람들. 그것이 렌리의 가족이니까, 이제 그럴 수밖에 없다.

렌리가 광대로 있으면 가족이 기뻐한다. 다들 그걸 바라고 있다.

그렇게 노력하면, 언젠가 사랑받을 수 있을지도 모른다.

『……렌리 씨는 의식적으로 자신을 깎아내리는 것 같아요…….』

—왜 그런 말을 하는 거야.

『……싫지 않아요…….』

—왜 그런 말을 하는 거야.

『렌리 씨랑 손잡는 거…… 싫지 않아요. 싫지는…… 않지만…….』

—왜 그런 말을 하는 거야.

『노력하지 않아도 저는 싫어하지 않아요. 줄곧 렌리 씨 곁에 있을 거예요…….』

—왜 그런 말을 하는 거야.

『정말로 노력하지 않아도 돼요. 왜냐하면 저는…… 싫어하지 않을 테니까…….』

—왜 그런 말을 하는 거야.

『싫어할 일은 평생 없어요.』

—왜 그런 말을 하는 거야.

『믿어 주세요…….』

—왜, 그런 말을 해주는 거야?

아야메, 이제 내가 싫어졌겠지.
하지만 나는 아직 좋아해.
왜 내가 이렇게나 너를 좋아하는지 모르지?

평생 몰라도 돼. 내 비참한 모습을 보지 마.

"렌리 씨!"

한순간 의식이 날아갔지만, 소년의 목소리를 듣고 렌리는 곧장 각성했다.

멈췄던 시간이 갑자기 흐른 것처럼 콜록거렸다.

"……커헉…… 헉……."

보호받은 에켄은 똑같이 땅에 쓰러져 있었지만, 몸을 일으켜 렌리의 상태를 보았다.

상태를 보고, 얼굴에서 감정이 단숨에 사라졌다.

찰나. 사라졌을 터인 암랑이 에켄의 뒤에 나타났다.

암랑은 렌리의 머리를 뛰어넘어, 총을 쏜 범인에게 향했다.

『먹어.』

암랑은 그때 해야할 일을 올바르게 했다.

총을 쏜【늙은 거북】추적자의 머리를 씹어 먹었다. 호쾌한 소리를 내며 씹어 삼켰다.

그 모든 장면을 렌리는 보지 못했다. 뭔가 엄청난 소리가 난다고 생각했지만, 엎어져 있는 자세라서 보이지 않았다.

도저히 말로 표현할 수 없을 만큼 끔찍한 환영이 전개되고 있을 것이다. 키미카게 일문 사람들은 목소리도 내지 않고 그 참극을 지켜보았다. 침묵이 흘렀으나, 이윽고 동요한 모습으로 말했다.

"뭐 해! 구속해!"

그 침묵 속에서 암랑은 다시 금세 사라졌다.

"……먹어, 먹어, 먹어."

에켄은 그렇게 중얼거리고 있었지만, 이미 환영은 사라진 상태였다. 저주의 말을 계속 내뱉는 에켄을 부른 것은, 쓰러진 채 고통스러워하던 렌리였다.

"에켄, 군."

부르는 소리를 듣고, 에켄은 겨우 정신을 차렸다.

에켄은 떨리는 손으로 렌리를 일으켰다. 앞으로 고꾸라진 탓에 머리도 얼굴도 땅에 박았다. 가뜩이나 가족에게 맞아서 생긴 상처가 있는데, 이제 엉망이었다.

"에켄 군…… 뭔가…… 했어……?"

"총 쏜 녀석, 혼내줬어요……. 렌리 씨, 죄송해요……."

"에켄 군, 무사해……?"

"저는 무사해요. 하지만 렌리 씨가…… 저는, 저는…… 어떻게 해야……."

"아직, 적이 있어……? 내 눈에는 안 보여…… 시야가 흐려서……."

"렌리 씨가, 렌리 씨가 죽을 거야……. 렌리 씨가……!"

"……내가 죽는다고?"

렌리는 그 말을 듣고 웃을 상황이 아니라고 생각하면서도 웃어버렸다.

"하, 하하…… 안 죽어……."

웃으니 상처가 아팠다.

렌리가 웃은 것을 보고, 에켄은 울면서 놀랐다. 어떻게 웃을 수 있는 걸까.

"있잖아, 팔, 스쳤을 뿐이야……. 이 정도로는 절대 안 죽어……."

"안 죽어요? 정말로?"

"나…… 의사야……. 웃기지 좀 말아줘…… 진짜, 아프니까……."

렌리는 키득거렸다.

순진한 소년이 열심히 해 준 말이 기뻤다. 그러나 진지한 그에게는 미안하지만 묘하게 냉정한 자신도 있어서, 역시 렌리는 웃었다.

웃지 않으면 버틸 수 없다고도 할 수 있었다.

"나…… 비참하네."

한바탕 웃은 후 불쑥 그렇게 중얼거리자, 렌리가 아니라 에켄이 슬픈 표정을 짓고서 오열하며 말했다.

"엄청 멋있어요……. 왜 그런 말을 하는 거예요……!"

그 말은 어째선지 렌리의 마음을 매우 흔들었다.

"그런 말 하지 말아요……. 렌리 씨는 제 영웅이에요……."

"영웅이라니…… 거창하네……."

"정말이에요. 렌리 씨는 제 영웅이에요. 카구야 님에게 그렇게 말하고 싶어요. 렌리 씨가, 저를 지켜줬다고……!"

렌리는 또 웃었다. 이번에는 정말로 그저 기뻤다.

—영웅인가.

광대가, 그런 말을 듣게 될 줄이야.

멋진 모습을 보인 보람이 있었다고, 왠지 구원받은 기분이 들었다.

"로오의 아드님! 괜찮습니까? 죄송합니다!"

적을 다 구속했는지, 키미카게 일문 사람들이 왔다. 재빨리 상의를 벗어 일시적인 지혈대로 써서 처치해줬다.

"괜찮아요……. 추적자들은 전부 구속했나요?"

"완료했습니다. 묶어뒀으니, 방치하고 일단 이곳을 뜨죠."

"일어날 수 있겠습니까? 로오의 아드님."

"어떻게든……."

솔직히 팔이 떨어져 나갔나 싶을 만큼 아팠다. 뭘 하기에도 괴로웠다. 살면서 총에 맞은 적이 없는 렌리의 몸은 공포를 느꼈는지 손발이 계속 떨리고 있었다.

하지만 그래도 마음을 굳게 먹고 일어났다.

자신을 영웅이라고 말해 준 이 길 잃은 소년을 보호자에게 데려다 줘야 했다.

렌리 일행은 공중을 선회하고 있는 새의 안내를 따라 다시 산을 내려갔다.

새는 이쪽이라는 듯 계속 날았다. 오른쪽으로, 왼쪽으로.

미로처럼 늘어선 나무들 사이를 계속 나아가니, 이윽고 사람이 다닌 듯한 길이 나왔다. 사수 전용 등산로였다.

그리고 사람의 실루엣이 보였다.

줄곧 앞에서 날며 안내해줬던 새가 갑자기 나타난 사람을 향해 곧장 날아갔다.

새의 주인이자, 생명 사역의 술자인 소녀 곁으로 돌아가 귀환을 알렸다.

당신이 찾던 사람을 제대로 데려왔다고.

"말도 안 돼……. 정말로 있었어……. 렌리 씨!"

렌리의 귀에 목소리가 들렸다.

일생일대의 대모험을 해서까지 지키고 싶었던 사람의 목소리가.

"……아야메?"

렌리는 아파서 내려가 있던 시선을 들었다.

총성을 듣고 달려왔을 것이다.

하자쿠라 아야메가 거기 있었다.

그녀뿐만이 아니었다.

훨씬 뒤쪽에는 많은 사람이 있었다.

아마 아야메는 새에게 보고를 받고 걱정되어 혼자서 먼저 왔을 것이다.

달려왔는지 숨이 흐트러져 있었다.

렌리는 그녀가 평소와 다름없이 예쁘다고 생각했지만, 아야메도 평소와 비교하면 엉망이었다.

"……아야메."

아야메는 곧장 달려와줬다.

—아아, 나 더러운데.

목욕도 안 했다. 팔에서는 요란하게 피를 흘리고 있고, 울고 싶지 않은데 아파서 흘린 눈물 자국도 얼굴에 있었다.

좋아하는 사람이 거기 있는데, 이런 모습을 보이고 싶지 않았다.

"렌리 씨! 왜 이런 곳에……! 괜찮은 거예요?! 렌리 씨가 있다고 새들이 시끄러워서, 근데 정말로, 어째서……!"

"……아야메……."

"라이쵸 씨와 마찬가지로……? 산에서 싸운 거예요?"

"……."

"렌리 씨, 대답해요……!"

"……응. 아야메를 돕고 싶어서, 바보 같은 짓을 했어……."

아야메는 숨을 삼켰다.

"하지만 거의 아무것도 못 했어……."

에켄은 그 말을 듣고 여러 감정이 북받쳤는지 또 엉엉 울기 시작했다.

"그렇지 않아요……. 여름의 대행자님…… 죄, 죄송, 해요……. 저, 저 때문에 렌리 씨가, 총에 맞아서…… 절 감싸 주셨어요……."

"적에게? 총을 맞았어요……?"

"괜찮아. 걸을 수 있을 정도니까……. 에켄 군, 그렇게 사과하지 마. 네 잘못은 전혀 없어. 내가 멋대로 한 일이니까."

말하면서 아야메를 보니, 그녀는 눈물을 글썽거리고 있었다.

"미안해, 아야메……. 나는 이제 약혼자가 아닌데…… 이런 짓을 저지르고…… 굉장히, 민폐지……?"

"……."

"……화났어……?"

아야메는 고개를 가로저었다.

"화낼 리가, 없잖아요……."

그러면서 아야메의 눈에서 눈물이 떨어졌다.

그리고 렌리 쪽으로 손을 뻗었다.

"아야메……?"

손은, 작게 떨리고 있었다.

"부축, 제가 할게요……."

아야메는 짜내는 듯한 목소리로 그렇게 말했다.

오열도 섞여 있었다.

"렌리 씨, 제가…… 제가, 부축할게요……."

손은 허공을 헤매다가, 이윽고 에켄의 팔을 잡아당기며 자기가 하겠다는 듯 흔들었다.

"아뇨, 제가 부축할게요. 저 때문에 렌리 씨가……."

곤란한 듯 에켄이 거절했지만, 아야메는 눈물을 뚝뚝 흘리면서도 말했다.

이것만큼은 양보할 수 없었다.

"제, 약혼자예요. 제가, 부축할게요……."

거기서 비켜달라고. 그는 내 거라고.

울면서 주장했다.

"……아야메……."

그건 렌리에게 어떤 말보다도 기쁜 것이었다.

"내가, 내가 할 거야……. 내가, 할래……."

처음에는 결의에 찬 모습이었지만, 금세 어린아이가 떼쓰는 것 같은 말투가 되었다.

아야메도 마음이 정리되지 않은 것이리라.

슬픔과 노여움과 기쁨이 뒤섞여 있었다.

"아야메…… 내 팔, 말이야, 피가 나서……. 더러워. 아야메가 만지면, 옷이 더러워질 거야……."

"안 더러워……. 더럽다는 생각, 안 해……."

"하지만, 에켄 군이 부축해주고 있고……."

"내가, 내가, 렌리 씨, 부축하지 않으면…… 죽어 버리니까, 내가…… 으…… 으으으……."

"아니, 엄청 아프지만…… 이것 가지고는 안 죽으니까, 괜찮아."

"하지만, 하지만…… 싫어, 내가 할래…… 내가, 할 거야……."

"안 돼. 나 무거우니까. 그리고, 손가락 잘 움직여…… 신경도 안 다쳤어. 봐. 응? 움직이지……?"

렌리는 중상이지만 죽음에 이를 정도는 아니라고 설명하려고 했지만, 아야메는 역시 들으려고 하지 않았다. 억지로 에켄을 밀어내고 렌리를 부축했다.

거의 안긴 꼴이었지만, 렌리는 조심조심 그녀에게 체중을 맡겼다.

한여름의 햇빛 아래에서 렌리의 체온이 더 올라갔다.

그러는 사이에 사수 진영과 여름 진영, 그리고 가을 주종이 왔다.

"에켄! 거기 있냐!"

카구야도 뒤늦게나마 허둥지둥 다가왔다.

"카, 카구야 니임!"

쉰 목소리이긴 했지만 에켄은 대답했다. 카구야는 에켄에게 일직선으로 달려와 그대로 그를 포옹했다.

"멍청아!"

호통은 쳤으나 애정 어린 말이었다.

에켄은 설마 안아줄 줄은 몰랐는지 아까보다도 더 심하게 울었다. 지켜보던 렌리는 자기 일처럼 안도했다.

다행이라고, 이 아이는 보호받고 있다고.

"……카구야 님, 죄송해요, 죄송해요……."

"……너, 진짜, 뭐 한 거야……! 무사했으니 망정이지!"

"죄송해요……! 저기, 하지만, 먼저 렌리 씨를, 저, 저 대신 총에 맞았어요……. 그러니까, 저…… 죄송해요…… 정말로…… 저 때문에, 전부, 죄송해요……!"

"총에 맞았다고?"

카구야는 에켄에게서 몸을 떼고 렌리와 아야메를 보았다.

"전화 받았던 사람인가?"

"아, 맞습니다……. 어어, 처음 뵙겠습니다, 사수님…… 저는……."

"잠깐만. 먼저 지혈하지. 츠키히 씨! 부상자가 있어! 구급 키트 갖고 있는 사람을 이쪽으로 데려와줘!"

렌리는 이 시점에 조금 불길한 예감을 느꼈다.

—뭔가, 사태가 커지지 않았어?

예감은 적중하여, 모여든 사람들이 이건 큰일이라며 소란을 피웠다.

"언니, 잠깐 떨어져봐."

"루리…… 렌리 씨가……!"

"괜찮아. 나데시코 님이 와줬으니까! 나데시코 님! 이쪽이에요!"

"아야메 님! 이분이 다치신 건가요?!"

"나데시코, 영맥을 쓸 수 있는지 확인해 주세요. 류구다케니까 아마 되겠지만…….”

렌리는 시선을 우왕좌왕했다.

자신을 둘러싼 사람들을 보고 아연해졌다.

—말도 안 돼.

대화를 들어 보면 누가 누군지는 대충 알 수 있었다.

아야메와 똑같이 생긴 아가씨는 설명할 필요도 없이 여름의 대행자 하자쿠라 루리.

가장 어리지만 렌리의 상처를 보고도 눈 하나 깜짝 안 하고 착착 고치려 하고 있는 사람은 가을의 대행자 이와이즈키 나데시코.

그런 그녀를 보좌하고 있는 미청년은 가을의 대행자 호위관 아자미 린도우다.

사계의 혈족이어도 평범하게 지내면 만날 수 없는 거물 중의 거물이었다.

—아니, 나 같은 걸 위해서 모이지 말아줘.

확실히 아프긴 하지만, 이렇게 걱정할 정도는 아니었다.

“저기…… 저는 괜찮습니다.”

렌리는 일단 헤실헤실 웃으며 그렇게 말했지만, 아무도 듣고 있지 않았다.

“린도우, 영맥 있어…….”

“근처에 굴러다니고 있는【늙은 거북】한테서도 흡수할 수 있나요? 나데시코.”

“나데시코 님, 생명력을 흡수할 거면 내 몸에서 흡수해. 그…… 기분 나쁠지도 모르지만…… 사수는 사수로 있는 동안엔 상처도 병도 금방 낫거든. 아마 영맥을 쓰는 것보다 훨씬 빠를 거야. 내 사수 지기를 감싸느라 다친 거니까, 나한테서……."

부상자는 조용히 있으라는 것처럼 렌리를 두고 이야기가 진행되었다.

—아니, 괜찮아. 난 괜찮으니까.

"그렇습니까? 하지만 사수님한테만 맡길 수는……. 나데시코, 영맥만으로는 부족해?"

—정말로 괜찮아.

"영맥을 빌리면 충분해. 카구야 님은 건강하셔야 해요. 아야메님, 약혼자님의 손을 잡아도 될까요?"

—정말로 정말로 괜찮아요!

렌리는 참지 못하고 외쳤다.

"아, 안 됩니다!"

가만히 있으면 엄청난 일이 벌어질 것 같아서 일부러 강경한 자세를 보였다.

"이런 일로 신의 권능을 쓰면 안 됩니다!!"

안 됩니다, 안 됩니다, 안 됩니다…… 하고 렌리의 목소리가 산속에 메아리쳤다.

"제 상처는 병원에서 봉합하면 되는 수준이에요!"

다들 얼떨떨한 모습으로 렌리를 보았다.

"현인신의 권능을 경솔하게 써선 안 됩니다! 영맥에 흐르는 힘도 무한하진 않아요! 지금 제 상처를 고치는 데 쓰면, 대행자님이 이 류구에서 현현할 때 지장이 생길지도 모릅니다! 사수님도 매일 이곳의 영맥을 쓰시잖아요! 영산을 피폐하게 만드시려는 겁니까! 안 됩니다!"

렌리를 둘러싸고 있던 자들이 얼굴을 마주 보았다. 렌리가 한 말은 전부 맞는 말이었다.

그러나 하나같이 『하지만 피가 잔뜩 나고 있고』라는 표정을 지었다.

"하, 하지만, 나는 치료받았어……."

루리가 소심한 태도로 말했다.

"루리 때와는 상황과 입장이 달라. 안 돼! 오늘 다친 사람을 모두 고쳐줄 건 아니잖아요? 마음은 기쁘지만 안 됩니다! 아무튼 저는 괜찮으니까요……!"

"……렌리 씨……."

아야메가 빌듯이 말했지만, 그래도 렌리는 고개를 가로저었다.

"걸어서 산을 내려갈 수 있으니까, 괜찮아."

나데시코는 곤란한 얼굴로 린도우를 보았다. 린도우도 곤란한 얼굴로 나데시코를 보고 말했다.

"이분의 말은 매우 타당하지만……."

그런 다음 렌리에게 시선을 옮기고서 물었다.

"정말로 괜찮으십니까?"

"괜찮아요……. 여러분, 대단히 폐를 끼쳤습니다……. 그게, 여러 가지로…… 저희가 한 일 때문에 물어보실 게 있을 것 같은데……."

"아닙니다, 우선 병원에 가세요. 팀을 나누죠. 아까 칸츠바키 님이 제압을 완료했다고 하셨으니 이쪽에 합류해 달라고 하겠습니다. 그러면 사수님의 호위는 더 견고해지니까요. 【호저】의 인원을 나눠서 하산을 돕겠습니다."

주위를 경비하던 츠키히가 그 말을 듣고 끼어들었다.

"근접 보호관 쪽에서도 인원을 내어 드리겠습니다. 여름의 대행자님…… 같이 하산하고 싶으시죠?"

눈물을 흘리고 있는 아야메에게 츠키히가 물었다.

"약혼자시니까요. 그러셔도 됩니다. 같이 가시겠습니까?"

츠키히에게는 당연한 배려였지만, 아야메에게는 예상치 못한 일이었다.

멍해졌다.

아까는 홧김에 약혼자라고 선언했지만, 자신들은 이제 아무 사이도 아니었다.

어디까지나 전 약혼자였다.

"……네."

하지만, 렌리가 망설이는 사이에 아야메가 대답해 버렸다.

"네, 네……. 같이, 같이 가고 싶어요……."

아무 사이도 아닌데, 아야메는 연신 고개를 끄덕였다.

"아야메……."

두 사람의 모습을 보고, 츠키히는 상냥하게 미소 지었다.

"그럼 하산하시기 전에 저희가 가지고 있는 구급 키트로 응급 처치를 하겠습니다. 카구야 님, 주위에 적이 없는지 이 틈에 확인할 테니, 다른 대행자님과 함께 대기해주실 수 있을까요?"

"알았어. 나는, 나는 에켄이랑 조금 얘기할게……. 울어서 과호흡 기미를 보이고 있으니까, 진정시키고 올게……."

카구야가 불러서 에켄은 발길이 떨어지지 않는 모습으로 따라갔다.

그러는 사이에 봄 주종과 겨울 주종이 합류했다.

라이쵸가 【호저】에게 맡겨져 사정 청취를 받고 있다는 정보를 로우세이에게 듣기도 해서, 루리도 급히 하산하기로 했다.

결국 봄의 주종과 겨울의 주종이 사수 진영의 경호를 맡게 되었다.

가을이 여름을 경호하며 다 같이 산기슭으로 가는 형태였다.

루리와 아야메는 카구야에게 끝까지 함께하지 못해 미안하다고 사과했지만, 애초에 그의 목적은 이미 달성되었다. 심지어 에켄이 보호받게 된 경위가 그녀들의 약혼자와 만났기 때문이라고 하니, 카구야로서는 감사한 마음밖에 없었다.

에켄이 고백한 내용 때문에 한동안 망연자실했었지만, 그래도 그는 산을 그만 오를 마음이 없었다. 하산하는 자들과 헤어지면서 말을 건네줬다.

밤을 부를 거니까, 발밑이 어두워질 테니 조심하라고.

끝까지 하자쿠라 자매와 렌리를 신경 썼다.

이리하여 렌리 일행은 하산하게 되었다.

하산하면서, 렌리와 라이쵸가 왜 류구다케에 있는지 렌리의 입으로 루리와 아야메에게 설명했다.

출혈 때문에 기운이 없는지라 말할 힘도 별로 없었지만, 그래도 설명할 책임이 있다고 생각하여, 라이쵸가 창고를 부수고 들어왔던 것부터 이야기했다.

호통을 듣고 얻어맞더라도 별수 없다고 여겼지만, 루리와 아야메는 둘 다 울기만 했다. 책망하는 말은 끝내 하지 않고 서로 다행이라고 말해서, 렌리는 어떻게 반응하면 좋을지 몰라 당황스러웠다.

루리와 렌리는 오늘에 이르기까지 그리 좋은 관계를 구축하지 않았지만, 루리는 뭔가 느낀 바가 있었는지 연신 몸을 걱정해줬다.

이동하기 편하다면서 자신이 사역한 멧돼지에 태우려고도 했다.

렌리는 아야메 앞에서 도저히 그러고 싶지 않았기에 거절하고 자력으로 걸었다.

산기슭까지 가니, 렌리를 위해 준비된 구급차가 대기하고 있었다.

일반 등산로 쪽에서 벌어진 난투에 대응하느라 이미 구급차 몇 대가 류구다케에 도착해 있었다.

라이쵸는 아직 일반 등산로에서【호저】에게 구속당한 상태라고 하여, 루리는 그쪽으로 가게 되었다.

가을의 주종은 루리와 함께 보내고, 대신 구급차는【호저】의 경호 인원을 많이 동원해 호송받으며 이동하게 되었다.

"약혼자입니다."

동승자를 확인할 때 아야메가 직접 그렇게 밝혔다.

구급차는 신속히 인근 병원으로 이동했다.

다행히 응급 처치를 잘한 덕분에 심각한 수준에는 이르지 않았지만, 혹시 몰라서 그날은 입원하게 되었다. 렌리가 치료를 받고 대기실에서 불안하게 기다리던 아야메와 재회했을 때에는 이미 하늘이

노을빛으로 물들어 있었다.

"렌리 씨. 카구야 님이…… 오늘도 무사히 역할을 다하셨어요."

아야메의 말을 듣고 렌리는 고개를 끄덕였다.

불과 몇 시간 전에 밤을 관장하는 현인신과 대면했었기에 뭔가 신기한 기분이 들었다.

앞으로 렌리는 국가 치안 기구에게 취조받게 된다.

아야메는 아야메대로 다른 대행자와 합류해야 했다.

어느 정도 사정을 들은 【호저】 대원이 10분 정도는 둘이서 얘기해도 된다며 시간을 줬다. 두 사람은 긴 의자에 나란히 앉아 뜨문뜨문 말을 꺼냈다.

"아야메, 나 오늘 입원하래……."

"네……."

"아야메는……?"

"저도…… 이것저것 사정을 얘기해야 하니까 다른 대행자님 곁으로 돌아갈 거예요. 하지만 내일 다시 올게요. 핸드폰…… 제 거, 부서져서…… 내일 새로 만들어서 가져올게요. 새로, 등록해주실 거죠……?"

"……."

"안 되나요?"

"아, 아니, 꼭 할게……."

"일단 한동안 류구에 체재하기로 했는데, 렌리 씨가 어딘가로 간다면 저도 가겠어요."

그게 당연하다는 것처럼 말해서 렌리는 곤혹스러웠다.

"아니, 그건 안 돼."

"어째서요?"

"나는…… 아마, 한동안 국가 치안 기구와 사계청 사람들에게 혼나고 취조받을 테니까 따라오지 마. 부모님이 걱정하실 거야……."

아야메는 안심시키듯 미소 지었다. 지친 탓인지 연약한 미소였다.

"부모님은 내일 비행기로 오신다고 해요. 마을에서 벌어진 일 때문에 국가 치안 기구가 보호하고 있어요."

"어? 왜?"

"이장이 어떻게 보복할지 모르니까요. 일단 피난하는 게 좋겠다고 얘기를 나눠서……."

"아아……."

렌리는 난폭한 이장의 얼굴을 떠올렸다.

"류구다케에 온 【늙은 거북】 사람들이 자백해서 마츠카제 세이란이 쫓기게 됐는데, 모습을 감춰버렸다고 해요. 다른 【늙은 거북】들이 도운 걸지도 몰라요. 그러니 이장이 잡힐 때까지는……."

"……그런가……."

"부모님도 고마워하셨어요. 렌리 씨와 라이쵸 씨에게."

"……거짓말. 진짜로? 왜?"

"왜냐니…… 【늙은 거북】에게 대항하기 위해 싸우는 건 아무나 할 수 있는 일이 아니에요. 그렇게나…… 딸을 아껴준 것이 기쁘다고 했어요……."

렌리는 그 말을 듣고 매우 쑥스러워했다.

"아니…… 거의 라이쵸 씨에게 떠밀려서 참가한 건데……."

"저도 기뻤어요……."

두 사람 사이에 한동안 침묵이 흘렀다. 렌리는, 가장 묻고 싶었던 것을 물어보았다.

“저기, 있잖아…… 아야메…… 아까부터 나를 약혼자로 취급해 주고 있는데……. 나, 아직…… 약혼자로, 있어도 돼……?”

“있어도 되냐니…….”

“그치만, 우리…… 사실은 이미 끝났잖아…….”

“…….”

“약혼자가, 아닌걸……?”

모처럼 울음을 그쳤는데, 아야메의 눈에 다시 눈물이 차올랐다.

“왜…….”

어째서 그런 너무한 말을 하느냐고, 그녀의 눈은 렌리를 책망하고 있었다.

“가문 간의 연결은, 끊어졌어. 아야메는 신이 됐어. 누군가와 결혼할 거면, 나보다 더 강해서, 아야메를 지켜주는 사람이 나아……. 적어도 다른 사람들은 무조건 그렇게 말할 거야. 나도…… 분하지만, 그렇게 말하면 반론 못 해.”

아야메는 렌리의 말에 상처받았다.

“……왜 그런 말을…….”

오늘 하루, 아야메는 많이 울었다. 흐트러진 모습을 보였다.

하지만 지금 흘리는 눈물이 가장 짰다.

“제 약혼자는, 렌리 씨밖에 없어요…….”

아야메는 손을 뻗어서 렌리의 손끝을 잡았다.

“……렌리 씨밖에, 없어요…….”

그 동작도, 음성도, 많은 것을 말하지 않아도, 혼자 두지 말라고 하는 것 같았다.

렌리는 침을 삼켰다. 이대로 전부 아야메의 후의에 넘어가 원래 사이로 돌아가고 싶었다.

하지만, 이제 그래서는 안 된다고 마음이 말하고 있었다.

"……나, 바보 같은 짓을 했어……."

"하지만, 저를 위해서 그런 거잖아요……? 저랑 루리를 지키기 위해서 그래 주신 거잖아요……? 렌리 씨, 순수하게 마을의 정치에 반대하고 싶어서 그러신 건가요……? 로오 가문은 의국 소속이에요. 정변에 쉽게 좌우되지 않는 위치예요. 남쪽 섬까지 와서, 무서운 사람들과 싸울 이유 같은 건……."

"그건, 그렇지만…… 하지만, 그……."

"제가 싫어지셨어요……?"

"아니야……! 애초에, 그 부분이야……. 아야메는…… 나랑, 달라……."

"뭐가요?"

"나랑 달라."

렌리는, 산에서 목을 매달 각오로 물었다.

"나는 널 좋아해. 하지만, 너는 아니잖아……."

그 말을 듣고, 아야메는 시간이 멈춰버렸다.

정말로 일시 정지 버튼을 누른 것처럼 굳었다.

"아야메, 고갯길에서 오도 가도 못하고 있었을 때는…… 날 잊었었어. 하지만 나는 떠올려 주기 전부터 널 마음 한편에 두고 있었어."

"……."

"……나랑 약혼하지 않겠냐고 물었던 것도, 자유를 위해서가 아니야. 결혼만 한다면, 네가 언젠가 날 좋아해 줄지도 모른다고…… 바라는 마음이 있었어."

아야메는 렌리의 손을 놓았다.

"……."

렌리는 그것을 보고 쓴웃음을 지으며 계속 말했다.

—역시, 안 되나.

"나는 널 속였어."

—그런 건 알고 있었어.

"넌 그저 자유로워지고 싶었을 뿐인데…… 나는 널 좋아해서, 정말로 결혼하고 싶었어."

—내가 선택받는 이유는, 항상, 누군가에게 이용당하기 위해서야.

"……배신한 거야……."

—이용 가치가 없으면, 나는 의미가 없어.

하지만 그래도 전하고 싶었다.

렌리는 억지로 웃으며 말했다.

"좋아해서, 미안해. ……하지만 나는 이제 편의적인 계약 결혼은 못 할 것 같아……."

그렇게 말하고 입을 다물었다.

떨어져 나간 아야메의 손을 바라보았다.

아무런 허락도 받지 않고 이 손을 잡을 수 있는 인간이 되고 싶었다.

하지만 그 권리를 스스로 버리고 말았다.

—가만히 있었다면 평생 함께 있을 수 있었을지도 모르는데.

비겁한 놈이 되지 못한 것은, 이전보다 더 아야메를 좋아하게 되었기 때문이었다.

—난 바보야. 벌써 후회하고 있어.

그런 생각을 하고 있으니, 아야메가 가느다란 손을 다시 렌리 쪽으로 뻗었다.

그뿐만 아니라, 아야메는 몸까지 통째로 가까이 다가왔다.

"잠깐…… 아, 야메……."

뺨이라도 때리려나 싶었는데, 거의 갖다 박듯이 포옹했다.

렌리는 가느다란 몸을 어떻게든 받았다.

"……흐으……으."

아야메는 렌리의 품에 얼굴을 묻고서 오열하고 있었다.

"……흑……흐……."

—왜.

하자쿠라 아야메는, 평소에 이러지 않는다.

총명한 아가씨다. 행동거지를 조심하는 아가씨였다.

그런 그녀가 일반객도, 경비원도, 병원 직원도 있는 공공장소에서 안겨 들었다.

이 반응을 어떻게 받아들이면 좋을지 알 수 없었다.

아무튼 얼굴에서 불이 나는 것 같았다. 말도 제대로 안 나왔다.

"……아야메, 저기."

용기를 내서 아야메의 어깨를 잡았지만, 이다음에는 뭘 하면 좋을지 역시 알 수 없었다.

"……흐……으으……."

소리 죽여 울고 있는 아야메의 모습은 눈길을 끌었다. 【호저】 대원이 걱정스레 이쪽을 보고 있었다. 렌리는 허둥지둥 아야메의 등을 쓸어 달랬다.

"아야메…… 왜 그래?"

"……할 거예요."

"어……?"

"저…… 저, 렌리 씨랑, 결혼할 거예요……."

아야메는 울면서 그렇게 중얼거렸다.

"저는, 렌리 씨를 좋아하고, 렌리 씨의 약혼자고, 그러니까…… 반드시, 반드시…… 결혼할 거예요……. 마을이 안 된다고 해도, 부모가 안 된다고 해도, 반드시, 렌리 씨한테 시집갈 거예요."

아주 멀리 돌아서, 마침내 아야메는 렌리에게 마음을 고백했다.

"반드시, 반드시, 렌리 씨의 아내가 될 거예요……."

당신을 좋아한다고.

"……."

렌리는 혼이 떨렸다.

믿을 수 없었다. 그녀가 이렇게나 용기 내서 고백하고 있는데, 곤혹이 더 컸다.

“나, 나보다 좋은 사람이 많아…….”
“없어요.”
“더 멋있는 사람이라든가…… 강한 사람이라든가…… 그 밖에도…….”
“필요 없어요.”
“아니, 필요하겠지……. 아야메의 입장이면…….”
“그런 사람은 필요 없어요.”
“필요해. 너는 신이 됐잖아…….”
“렌리 씨가 아니라면, 전부, 필요 없어……. 원하지 않아요…….”
“……그런 건…….”
렌리는 지금, 고이 간직했던 사랑이 이루어지려 하고 있었다.
하지만 말도 안 된다고, 그럴 리 없다는 부정의 말만이 머릿속에 떠올랐다.
그런 그를 설득하듯 아야메는 말했다.
“저는 렌리 씨를 좋아해요.”
그녀의 눈은 사랑에 빠진 렌리와 다르지 않았다.
“좋아해요…….”
렌리의 인생에서, 누군가에게 이토록 사랑받은 것은 처음이었다.
—거짓말이, 아니야.
저도 모르게 눈물이 흘렀다. 렌리가 흘린 눈물은 아야메의 뺨에 뚝 떨어졌다.
아야메는 그 빗방울을 전혀 싫어하지 않았다. 지그시 렌리를 바라보며, 그에게 자신의 말을 증명하려고 그저 필사적이었다.

"믿어 주세요. 좋아해요."

렌리는 그제야 확신할 수 있었다. 그녀가 자신을 놀리는 것도 아니고, 시험하고 있지도 않음을. 그게 이해되자 기쁘고, 애달파서, 울며 웃었다.

"……그렇구나."

"그래요……. 어째서 자신은 사랑받지 못한다고 생각한 거예요……."

"……나는, 나한테 자신이 없으니까."

"그건 집안사람들 탓이에요. 렌리 씨는…… 상냥하고, 제가 아무리 귀찮은 여자여도 받아들여 주고, 도망치지 않았어요. 지켜줬어요."

"힘이 없는데……."

"남을 배려하는 마음이 있어요."

"거의 가출하다시피 싸움에 참가했으니까, 돌아가면 무직일 거야……."

"그런 건 나중에 생각하죠. 저희 집안의 땅을 둘이서 경작해도 좋고요."

"하하……!"

"먹을 게 있다면 어떻게든 돼요."

"그거…… 난 받기만 하잖아……. 싫어……."

"함께라면 좋잖아요……."

"……."

"저는, 렌리 씨가 살아있다면 상관없어요."

"……."

"제게는 세상에서 가장 멋진 약혼자예요."

"……."

"좋아해요."

렌리는 살면서 줄곧 바랐었다.

누군가 날 좋아해줬으면 좋겠다고.

"……응."

그건 아주 길고 어려운 여행길이라서, 이제 자신에게는 그런 기회가 찾아오지 않을 줄 알았지만, 아야메는 제대로 응답해줬다. 렌리는 이번에야말로 망설이지 않고 아야메의 등에 팔을 둘렀다.

이제 다른 사람이 어떻게 여기든 상관없었다.

지금 끌어안지 않는다면 언제 안는단 말인가.

"……응, 고마워."

작은 맞장구였고, 어색한 포옹이었다.

하지만, 그래도 아야메에게는 충분히 전해졌다.

렌리가 눈물 흘리는 모습을 아야메는 바라보았다.

보지 말라고 했지만, 보고 싶었다.

자신과의 사랑 때문에 마음이 요동치고 있는 그의 모습을 언제까지고 보고 싶었다.

“나를 좋아해줘서, 고마워…….”

언제까지고 당신을 보고 싶다.

어떤 곤란한 날에도 밤은 온다.

그날도, 황혼의 사수가 쏜 화살은 하늘의 장막을 갈라 저녁노을을 불렀다.

서서히 어두운 밤이 오는 모습을, 많은 사람이 류구다케에서 보았다.

밤이 오지 않기를 바라는 사람에게도.

밤이 오기를 기도하는 사람에게도.

어둠은 평등하게 찾아왔다.

악인에게도 편안한 잠을.

선인에게도 평온한 시간을.

그것이 누군가의 노력으로 만들어지고 있는 기적임을 잊고서.

다들 당연하게 받는다.

신이 울며 하늘에 화살을 쏜 것을, 모른다.

누군가가 얻은 행복은, 누군가의 희생으로 이루어진다.

그 사실을 깊이 생각하는 자는 없다.

아무리 비참한 밤을 맞이해도, 이윽고 반드시 아침이 찾아온다.

그리고 바랄 수 있는 것이다.

오늘도, 내일도, 좋은 하루가 되기를.

아직 기도할 수 있는 나날이 있는 사람은 행운아다.

종 장

여름의 춤

레이메이 20년, 10월 23일. 상강, 류구 신사.

야마토 최남단인 류구는 가을이 찾아오면서 살짝 쌀쌀한 아침을 맞이했다.

하지만 다른 지역과 비교하면 아직 온난했다.

사계의 대행자의 현현 여행은 기본적으로 입춘, 입하, 입추, 입동 이후에 시작되며, 약 두 달에 걸쳐 섬에서 섬으로 이동한다.

봄의 대행자와 여름의 대행자는 류구에서 에니시로. 가을의 대행자와 겨울의 대행자는 에니시에서 류구로.

가는 순로도 다르기에, 류구는 이제 겨울의 대행자가 찾아올 때까지 가을을 즐기는 기간이었고, 반대로 최북단인 에니시는 곧 있으면 입동이어서 혹한의 계절을 맞이할 시기였다.

황혼의 사수 후게키 카구야는 평소처럼 커튼을 걷어 동료인 새벽의 사수가 완수한 일의 성과를 확인하고 마음속으로 치하한 뒤 채비를 시작했다.

현재 카구야가 있는 곳은 류구다케 산속에 있는 류구 신사.

예전에 살았던 저택은 후게키 토오코 일도 포함해 다양한 일이 일어났기에 철거하고 새 저택을 짓게 되었다.

예전부터 친교가 있는 신관이 이곳을 임시 거처로 제공해줬는데, 카구야가 현인신이라는 것도 알고 있는 관계자였다. 그래서 카구야는 거리낌 없이 생활할 수 있었다.

—성역과도 가깝고.

최근에는 산에 틀어박혀 있기만 했다.

제공받은 별채의 방에서 복도로 나온 카구야는 이미 일어나 일하고 있는 사람들에게 인사했다.

신사 관계자도 전부 카구야가 어릴 때부터 아는 사람들인지라 친척 집에 있는 감각이었다. 그 후 부엌 겸 식당으로 이동했다. 이곳에서는 카구야가 식사를 차리지 않아도 따로 만드는 사람이 있었다. 아무것도 안 해도 된다고 했지만, 식객이니 웬만하면 돕고 있었다.

부엌에 들어가자 여성의 뒷모습이 보였다.

"……."

카구야는 그 뒷모습에서 다른 사람을 보았다.

그 사람이 웃으며 『카구야 님』이라고 부르는 모습이 머릿속에 떠올랐다.

—아니야.

눈을 감았다가 다시 뜨니 환상은 끝났다. 거기 있던 사람은 모두의 아침밥을 준비해 주는 신관의 늙은 어머니였다.

"어머나, 카구야 님. 안녕히 주무셨나요."

느긋한 말투였다. 덩달아 카구야도 느릿한 어조가 되었다.

"안녕하세요. 에켄은 도와주러 안 왔나요?"

"어제 반찬이 많이 남아서 된장국만 끓이면 되거든요. 밖에 쌓인 낙엽을 쓸어달라고 했어요. 하고 싶다고 하길래요."

"아아……."

카구야는 작게 웃었다.

"무녀에게 좋은 모습을 보여주고 싶은 게 아닐까요……."

현재 후게키 에켄은 이 류구 신사에서 카구야와 함께 지내고 있었다. 복귀한 것은 최근이었다.

그 전까지는 국가 치안 기구의 근접 보호관들이 경호해줬다. 지금은 이제 아무도 남아 있지 않았다.

"아~ 사이좋은 아이가 있죠."

"맞아요. 그 왜, 주말에만 오는 아르바이트생인가……?"

"우리 친척 아이예요. 사무도 도와주고 있어요. 근데 괜찮은 거예요? 카구야 님, 사수지기 일에 지장이 생긴다며 혼내는 건 아니죠?"

그럴 리가 있겠냐는 얼굴로 카구야는 말했다.

"그런 말은 안 해요. 젊으니까 연애 한두 번은 해야죠……."

"어머나."

"저 때문에 누굴 만날 기회도 적으니, 오히려 환영하는 바예요. 아니, 단순한 친구일지도 모르지만. 뭐든 연애와 결부시키면 안 되겠죠. 말하면 에켄한테 혼날 것 같아……."

"어머머."

"저는…… 그게…… 그 녀석이 좋아하는 사람이라면, 딱히 성별이라든가 나이라든가…… 직업이라든가, 뭐든 좋으니…… 어쨌든 행복해졌으면 해요."

"젊은이는 앞으로 남은 행복이 많아요. 카구야 님도 이제부터예요."

"……."

카구야는 이에 뭐라고 말하면 좋을지 알 수 없어서 그냥 웃었다.

몇 달 전에 일어난 류구에서의 경질 미수 사건.

그 진상을 듣고 난 이후로 단숨에 나이를 먹어버린 것처럼 늙어버렸다.

—나한테 남은 행복이 있으려나.

실제로 겉모습은 바뀐 것이 없지만, 아무튼 정신적으로 피로했다.

에켄이 카구야의 마음을 지키기 위해 자기 자신을 죽였던 것. 토오코의 환영과 한동안 생활했던 것.

후게키 일족이 밤을 기능시키기 위해 부득이하게 꾸민 악행이었다는 것.

그 모든 것은 카구야가 감당하기에 너무 무거웠다.

츠키히가 없었다면 분명 견디지 못했을 것이다.

그런 그녀도 임무를 끝내고 지금은 곁에 없었다.

"토오코 씨도, 멀리서 분명『미래』를 위해 힘내고 있을 거예요."

"……네."

한 가지 좋은 점이 있다면, 후게키 토오코는 죽지 않았다는 것이다.

발견했을 때의 상황만 봐서는 토오코가 자살을 기도했는지, 아니면 단순히 계단에서 내려오다가 발을 헛디뎠는지는 알 수 없었고, 그건 여전히 불명이었다.

"힘내줬으면 좋겠어요……."

토오코는 카구야도 에켄도 기억하지 못했기 때문이다.

전날 정신 상태가 불안정했던 데다가 머리를 부딪치기도 해서, 그녀가 품고 있었던 괴로운 일은 깨어나니 모조리 기억에서 누락되어 있었다.

—전부 잊고 싶었던 거겠지.

토오코는 사건 당일 밖으로 옮겨져 근처 병원으로 이송되었다.

의식이 돌아온 뒤, 그녀에게 일어난 일을 의사와 후게키 일족 사람들이 설명했지만, 실감이 없는지 그저 놀랐다고 한다.

자기 발로 고향에 갔던 것도, 매정하게 돌려보내진 것도, 평생 신의 아내로 있으라는 말을 들은 것도, 오빠가 죽은 것도, 전부 잊어버린 상태였다. 제삼자로부터 조용히 전해 들은 것이 좋게 작용했는지, 토오코는 다른 지역의 병원에 아직 입원해 있지만 정신적으로는 안정을 되찾았고, 퇴원하면 류구에는 돌아오지 않기로 했다.

두 번째 인생을 살았으면 좋겠다고 카구야가 청원했다. 토오코는 신의 아내 지위를 반납했다.

토오코의 친가에 대한 후게키 일족의 금전적 지원은 끊겼지만, 카구야 쪽에서 토오코 개인에게 앞으로 생활이 어렵지 않을 만한 자산을 넘겼다. 자신들은 조금 특이한 부부였지만, 확실히 결혼했었다. 타당한 재산 분여라고 토오코를 설득했다. 카구야는 류구에서 나갈 수 없기에 모든 이야기를 전화로 진행했다는 것이 슬프다면 슬펐다.

하지만 직접 만났다면 분명 서로 이 일에 관해 이야기하기 어려웠을 것이다.

이리하여 황혼의 사수님은 반려를 잃었다. 후처는 들이지 않아 독신이 되었고, 대신 아들처럼 예뻐하던 사수지기만큼은 무사히 돌아왔다.

가족을 필사적으로 지키려다가 망가져 버렸던 소년의 잘못은, 후게키 일족의 배신을 책망하는 것으로 불문에 부쳤다. 아직 정신적으로 불안정한 면은 있지만, 카구야가 자신을 줄곧 기다려 줬다는 것이 무척 기뻤는지 그 후로 토오코의 환상을 꺼내지는 않았다.

암랑 사건이 막을 내리면서, 사계의 마을 측에서 화두가 되었던 생태계 파괴와 천벌설은 썰물처럼 거의 사라졌다고 관계자를 통해 들었다.

—음험한 소인배는 어디든 있다니까.

그리고 이번 사건을 일으킨 【늙은 거북】의 무장 집단은, 렌리와 【한 마리의 뿔토끼】 사람들이 지킨 증거들과 붙잡힌 자들의 자백으로 주모자와 협력자가 밝혀졌다.

이번에야말로 각 마을에서 커다란 정변이 일어날 것이다.

몇 달이 지났는데도 마츠카제 세이란의 행방은 묘연한 것 같지만, 이미 사망한 것 아니냐며 생존을 의심하는 목소리도 있어서 아직 조사 중이다.

—제거된 걸지도 몰라.

【늙은 거북】 입장에서 그가 저지른 일은 성공한다면 쾌거고, 실패한다면 단죄해야할 폭주였다. 【늙은 거북】 측은 세이란에게 요청받고 즉각 사병을 빌려줄 만한 무력을 갖춘 집안들이다.

사병을 빌려줌과 동시에 입을 막을 암살자를 근처에 뒀을 가능성은 충분히 있었다.

실제로 세이란이 실종되면서 죄가 밝혀지지 않은 자들은 많을 것이다.

이런 사태인지라 여름의 마을은 여전히 이장이 부재했다.

여름 추부의 관리들은 물밑에서 권력을 둘러싼 투쟁을 벌이고 있는 듯했다.

—여름의 대행자님들이 평온하게 지낼 수 있는 마을이 되면 좋을 텐데.

아마 그러려면 시간이 더 걸릴 것이다.

“카구야 님, 조림은 얼마나 드실래요?”

카구야는 평소처럼 한 그릇만 담아 달라고 대답하려다가 퍼뜩 정신을 차렸다.

“아. ……곧 나갈 거라 된장국이랑 밥만 먹을게요. 오랜만에 몬츠키하카마를 입을 거니까 배가 나오지 않게 조심해야죠…….”

“아~ 그랬죠, 참. 어디서 몇 시였죠?”

“구 류구 정원에서 열한 시요. 가까워서 다행이에요. 두 시에는 이동해야 하는지라 별로 느긋하게 있지는 못하겠지만…….”

“끝나고 다시 간다고 했었나요?”

“네. 밤에 술잔치가 있는 모양이라 야마토에 밤을 전하고 다시 그쪽으로 갈 거고, 오늘은 외박할 거예요. 에켄은 미성년자라서 술잔치에는 끼우지 않을 거지만, 같이 가고 싶어 해서…….”

“카구야 님을 생각해서 이쪽으로 잡아준 거죠?”

“그런 것 같아요…….”

“잘됐네요~.”

카구야는 이번엔 정말로 웃을 수 있었다.

“잘됐어요.”

감회에 젖어 속삭였다.

“여름의 신의 결혼식에 초대받다니…… 정말로 영광스러운 일이니까요.”

오늘, 이 류구에서 여름의 대행자가 결혼식을 올리기로 했다.

구 류구 정원은 예전에 류구의 대지주였던 일족이 소유한 대정원이었다.

그곳을 대형 웨딩 회사가 사들여서 지금은 결혼식장으로 쓰고 있었다.

예전에 아야메와 렌리가 찾아갔던 산속 화원과 비슷한 시설이라고 할 수 있었다.

그쪽이 산에서 보이는 경치를 즐기는 곳이라면, 이쪽은 고지대에서 아름다운 바다 풍경을 바라볼 수 있는 곳이었다.

인기 있는 결혼식장이라서 보통은 1년 뒤까지 예약이 꽉 차 있지만, 어디선가 도와줘서 어째선지 식장을 잡을 수 있었다.

오늘 열리는 결혼식은 식을 올리는 자도 참가자도 국가적 중요 인물이다.

국가 치안 기구에서 파견된 삼엄한 분위기의 근접 보호관들이 엄중하게 예식장 출입을 체크하고 있었다.

카구야와 에켄은 예복을 입고 이래저래 준비하다 보니 출발이 늦어졌다. 결혼식장에 도착하자 이미 아는 얼굴들이 대기실 앞 복도를 걷고 있었다.

"안녕하세요. 오랜만입니다."

카구야가 인사하자 그들이 돌아보았다.

"카구야 님!"

바로 반응하여 손을 흔들어준 사람은 선명한 빛깔의 기모노를 입은 가을의 대행자 이와이즈키 나데시코였다.

가을 현현 여행을 막 끝낸 그녀의 뒤에는 멋들어진 정장을 입은 대행자 호위관 아자미 린도우가 있었다.

"오랜만입니다, 카구야 님. 오셨군요. 다행이다……. 에켄 님도 안색이 많이 좋아졌습니다."

"……류구다케에서는 폐를 끼쳤습니다!"

에켄이 고개를 푹 숙이며 사죄했다. 린도우는 난처한 듯 눈썹을 내렸다.

"아닙니다. 저…… 아마 여러 사람이 말하겠지만, 에켄 님 한 사람만을 비난할 사건은 아니었습니다. 고개를 드세요. 그리고 오늘은 경사스러운 날이니까……."

"경사스러운 날은 즐겁게 지내요."

그렇게 말해서, 에켄은 조심스레 자세를 바로 했다. 카구야는 감사를 담아 인사했다.

"그나저나 용케 몇 달 만에 허락을 받았네요."

카구야는 대기실 앞에 있는 하자쿠라 가문의 팻말을 보며 말했다.

"아하하…… 허락을 받았다고 할까, 이번에 하필이면 이장이 주모자였지 않습니까? 결국 잡히지 않았고, 여름의 대행자님들에 대한 사죄도 어느 부서의 누가 해야 하는지 알 수 없어서요. 책임 소재도 지금 붕 떠 있습니다. 사건 후 대응도 정말 성실하다고는 할 수 없는 모양이라서…… 그렇기에, 그럼 이쪽이 뭔 짓을 해도 할 말 없을 거라며 강행 돌파하시기로 했다고 합니다."

"……뭐랄까…… 어떤 의미에서 강하시네요."

카구야의 감상을 듣고 린도우는 공감하며 고개를 끄덕였다.

"저는…… 기운을 잃지 않아 주셔서 기쁩니다. 실제로 아무도 뭐라고 못 합니다. 말할 자격이 없으니까요."

린도우가 혐오감을 내뱉듯 중얼거렸기에 나데시코가 그의 다리에 찰싹 붙었다.

린도우는 그걸 보고 미소 지었다. 사랑스럽게 세팅한 나데시코의 머리가 망가지지 않도록 조심히 쓰다듬으며 말을 이었다.

"이장이 잡힌다면…… 제 대화 기록을 멋대로 키미카게의 아드님에게 유출했다는 정보상을 알 수 있을 테니, 저로서는 잡혔으면 싶지만……. 여름의 마을이 지금 엉망이라 결혼하게 된 것이기도 해서 매우 복잡한 심경입니다……."

아아, 하고 카구야는 탄식했다.

"키미카게의 아드님은 정보상에 관해 안 가르쳐 주던가요?"

"아뇨, 당연히 국가 치안 기구에서 취조했기에 조사가 들어갔지만…… 그때까지 나눈 대화 기록이라든가 송금 기록, 전화번호도 아주 싹 다 사라졌다는 모양이라…….”

“무서워!”

“그러니까 말입니다. 무서워요. 그래서 지금은 별로 생각하지 않으려고 합니다. 카구야 님도, 만약 묘한 말을 하는 제가 나타나면 의심해 주세요.”

이번 일로 가장 큰 피해를 본 사람은 린도우일지도 모른다.

“슬슬 대기실에 들어갈까요.”

카구야는 린도우의 말에 고개를 끄덕이고서 그를 따라가려고 했지만, 갑자기 누가 하오리를 잡아당겨서 멈춰 섰다.

“카구야 님!”

“왜 그래? 에켄. 화장실 가고 싶은 거라면 지금 다녀와.”

“아니에요! 보세요, 저쪽. 검은 양복.”

에켄이 가리킨 곳에는 오늘 이 예식장을 경비하는 국가 치안 기구 사람들이 있었다.

예식장의 평면도를 확인하며 뭔가 이야기하고 있었다. 낯익은 자들이었다.

“카구야 님, 다녀오세요.”

에켄이 카구야의 팔을 잡아 몸을 돌리고 그대로 등을 밀었다.

“저 이제 질투 안 해요. 저 사람은 카구야 님에게 필요한 사람이에요. 가주세요.”

앞으로 툭 밀어서, 카구야는 떠밀린 대로 몇 발짝 걸었다.

에켄을 돌아보았다. 따라오지 않는 것을 알아차렸는지, 린도우와 나데시코가 에켄에게 말을 걸고 있었다. 에켄이 사정을 이야기했다.

린도우가 웃으며 에켄의 어깨를 두드리더니 카구야를 향해 고개를 끄덕였다. 미성년자는 자신이 챙기겠다는 뜻이리라.

"……."

카구야는 미안함을 느끼며 검은 양복 집단에게 다가갔다.

"다들…… 오랜만이야."

카구야가 그렇게 말을 걸자, 아라가미 츠키히와 그녀가 이끄는 경호 부대 사람들이 웃으며 맞이해줬다. 카구야는 츠키히와 눈을 맞추지 못했다. 그러자 츠키히 쪽에서 대화의 물꼬를 터 줬다.

"카구야 님, 잘 지내셨나요?"

"응…… 츠키히 씨는?"

"저는 잘 지냈습니다. 카구야 님도 잘 주무셨겠죠. 실제로 주무셨고요."

물꼬를 터 주긴 했지만, 살짝 원망이 섞여 있는 것처럼 들렸다.

"……."

"저와 통화하는 중에 주무셨으니까요."

츠키히의 부하들은 히죽히죽 웃으며 두 사람을 보고 있었다.

"아니, 그게, 네 목소리가 듣기 편해서……."

"전화하면 거의 매번 도중에 주무시잖아요."

"……죄송합니다."

"아뇨, 괜찮아요. ……저는 매번 긴장하는데, 카구야 님은 쿨쿨 주무시는 것에 아무런 유감도 없습니다. 함께 생활할 적에는 아주 늦게까지 깨어 계셨는데, 지금은 일부러 그러시는 건가 싶을 만큼 건강한 생활을 하셔서……."

"죄송합니다!"

현재, 후게키 카구야와 아라가미 츠키히는 멀리 떨어져 지내는 친한 친구라는 위치에 머물러 있었다.

친구 이상 연인 미만이라는 미묘한 관계였다.

"만나서 기뻐, 츠키히 씨……."

"……정말로요?"

"정말이야. 있잖아, 내가 그렇게 잠들어 버리는 건 안심이 돼서 그래."

"……."

"일을 끝내고, 돌아와서, 전화하는 게 기대돼서, 그걸 위해 힘내고 있어."

"……."

"츠키히 씨와 얘기할 때면 하루의 피로가 날아간다고 할까…… 힐링돼서…… 아아, 잠깐만. 방금 그건 못 들은 걸로 해. 나, 창피한 소리를 하고 있네……."

"후후…… 네."

사랑이 발전할지 말지는 지켜봐야 했다.

에켄과 가을의 주종이 대기실에 들어가니, 교대하듯 봄의 대행자 호위관 히메다카 사쿠라가 복도로 나왔다. 늘 주인 곁에 있는 그녀가 보기 드물게도 단독 행동이었다.

그리고 더 보기 드물게도 후리소데를 입고 있었다. 아마 주인인 히나기쿠와 맞춰서 입은 것이리라.

입 다물고 있으면 대단히 눈길을 끄는 미소녀인 사쿠라는 거의 뛰다시피 예식장 밖으로 나갔다.

스쳐 지나가는 사람들의 시선 따위 신경 쓰지 못하는 모습이었다. 그렇게 그녀가 만나러 간 상대는 주차장 끝자락에 검은색 차량을 세워 두고서 기다리고 있었다.

사쿠라가 차체를 가볍게 똑똑 두드리자 창문이 내려가고 상대의 얼굴이 보였다.

"히메다카 사쿠라."

"잔세츠 님……."

밀회 상대는 카요 잔세츠였다.

결혼식장의 대기실에서는 사쿠라가 나간 문을 바라보는 자가 있었다.

겨울의 대행자 호위관 칸게츠 이테쵸였다. 그도 주인인 로우세이에게 맞춰 몬츠키하카마를 입고 있었다.

"……."

문을 바라보는 이테쵸를 바라보는 자도 있었다.

"……."

겨울의 대행자 칸츠바키 로우세이였다.

그리고, 문을 바라보는 이테쵸를 바라보는 로우세이를 바라보는 자도 있었다.

"……."

봄의 대행자 카요 히나기쿠였다.

시선의 화살표가 각각 맞물리지 않는 그룹이 있었다. 이미 사쿠라가 대기실을 나가고 십여 분이 지났다. 하자쿠라 가문 측 초대객은 현인신과 그 외 손님으로 방이 나뉘어 있기에, 적은 인원이긴 해도 겨울의 호위진은 평소보다 많이 동원되어 있었다.

사쿠라가 없어도 문제는 없지만, 세 사람은 문제가 있었다.

"……로우세이, 님."

히나기쿠는 조심스레 로우세이의 하오리를 잡아당겼다. 그리고 고개를 갸웃하고서 눈으로 물었다.

『이테쵸 오라버니, 무슨 일, 있어요?』

로우세이는 몸짓을 섞으며 눈으로 대답했다.

『저 녀석, 사쿠라가 신경 쓰여서 그래. 갑자기 경비를 맡기고서 방을 나가버렸잖아. 뭐, 지금은 딱히 경비가 부족하지 않으니까 괜찮지만……』

히나기쿠도 몸짓을 곁들였다.

『사쿠라, 히나기쿠를, 응원해주는, 지원자……랑, 전화, 하러, 갔어요.』

평범하게 작은 목소리로 얘기해도 되겠지만, 이테쵸와 거리가 가깝기에 이럴 수밖에 없었다.

『이테쵸는, 사쿠라가 걱정되는 거야. 그 녀석이 이상한 놈은 아닌지, 교류해도 괜찮은지 속이 타는 모양이야.』

『히나기쿠, 잘, 몰라요. 하지만, 이테쵸, 오라버니가, 걱정, 하니까, 히나기쿠도, 걱정, 되기, 시작해요……. 좋은 사람, 이라고, 생각, 하지만…….』

누가 보면 이상한 손장난을 친다고 인식할 히나기쿠와 로우세이의 말 없는 대화는 이윽고 끝났다.

"야, 이테쵸."

로우세이가 대기실에 준비된 의자에 앉지도 않고 꼿꼿하게 서 있는 그에게 말했다.

"……왜? 로우세이."

이테쵸는 마침내 로우세이와 눈을 맞췄다.

"신경 쓰이면 사쿠라의 모습을 보고 와."

이테쵸는 예상치 못한 말을 듣고 망설이는 표정을 지었다.

"히나도, 그랬으면 한대."

히나기쿠는 고개를 위아래로 열심히 끄덕거렸다.

"통화, 너무, 긴 것, 같아요."

이건 좋은 핑계가 되었다. 히나기쿠가 신경 쓰고 있다면 이테쵸도 움직이기 쉽다.

"이테쵸 오라, 버니. 사쿠라, 데리러, 가, 주실래요?"

"히나기쿠 님……."

"히나기쿠, 로우세이 님이랑, 여기서, 웰컴, 드링크, 마시며, 얌전히, 있을게요."

히나기쿠는 오렌지 주스가 든 잔을 보여 줬다. 대기실에는 바 카운터가 상설되어 있어서 환담하며 즐길 수 있었다. 지금 사쿠라를 찾으러 가면, 히나기쿠가 이 오렌지 주스를 다 마실 즈음에는 돌아올 수 있을 것이다.

"……."

이테쵸는 망설였지만, 대기실에 머무른다면 가을 주종도 있어서 틀림없이 안전하니, 주인들의 배려를 받아들이기로 했다.

"죄송합니다. 그럼 모습을 보고 오겠습니다. 로우세이, 히나기쿠 님을 부탁해."

이테쵸가 빠르게 대기실을 나가자, 로우세이와 히나기쿠는 서로 『임무 완료』라고 말하듯 고개를 끄덕였다.

밖에 내보내진 이테쵸는 붙잡으며 인사하는 관계자들 사이를 빠져나가 예식장을 걸었다.

그러다 아직 츠키히와 이야기 중이던 카구야와 맞닥뜨렸다.

"아아, 겨울의 대행자 호위관님."

"황혼의 사수님, 오랜만에 뵙습니다."

봄과 겨울은 여름의 사건으로 카구야와 안면을 텄다. 경호 부대와 함께 카구야를 성역까지 호위하고, 하늘에 화살을 쏘는 의식까지 견학한 경위가 있었다.

"누구 찾는 사람 있어?"

"네. 봄의 대행자 호위관을 못 보셨습니까?"

"아아, 히메다카 님. 실외 주차장 쪽으로 갔어."

"감사합니다. 부르러 가야 해서 인사는 나중에……. 여러분도 경호 잘 부탁드립니다."

이테쵸는 가볍게 고개를 숙인 뒤 예식장 밖으로 나갔다.

—밖에서 통화 중인가?

히나기쿠에게 들려줄 수 없는 이야기라지만, 너무 멀리 가는 것 아닌가. 그렇게 이테쵸가 생각하고 있는데 검은색 차량이 눈앞을 지나갔다.

"……."

밖에서 안쪽이 전혀 안 보이게 시공된 차량이었기에 이테쵸는 주시했다.

"칸게츠가 전체에 연락한다. 실외 주차장에 수상한 차량이……."

귀에 끼우고 있던 이어폰으로 전체 경비 체제에 경종을 울리려고 했을 때, 간섭이 들어왔다.

『히메다카가 전체에 연락한다. 그쪽은 내 지인이다. 문제없다. 바로 류구 공항으로 갈 거다.』

찾고 있던 아가씨의 목소리가 귀에 울렸다.

사쿠라가 주차장에서 돌아오는 모습이 보여서 이테쵸는 심장이 아팠다.

"……사쿠라……."

잠긴 목소리로 봄의 아가씨의 이름을 불렀다.

안 들릴지도 모른다고 생각했지만, 사쿠라는 알아차렸다.

살짝 숙이고 있던 고개를 들었다.

"이테쵸."

오늘 사쿠라는 히나기쿠와 함께 후리소데 차림이었다. 가련함과 늠름함, 거기에 약간의 요염함을 겸비한 예복 차림은 눈부실 정도였다.

"왜 그래? 무슨 일 생겼어?"

걱정하는 눈.

"아니면 차에 뭐 놓고 왔어?"

어릴 때와는 다른 목소리.

"이테쵸?"

전부 다, 이테쵸가 아는 사쿠라가 아니었다.

모든 것이 사랑스럽다는 점은 옛날과 똑같지만, 그 애정은 확실히 다른 것으로 바뀌고 있었다.

아홉 살 때 그녀는 그저 어리고 귀여웠다.

열네 살 때 그녀는 상처 입어 애처로웠다.

열아홉 살의 그녀는 강하고 아름다운 여성이 되었다.

그리고 지금은 스무 살. 다른 남자에게 청혼받을 만큼 찬란하게 빛나고 있었다.

"사쿠라…… 널 찾고 있었어."

이테쵸는 그녀에 대한 마음에 이제 슬슬 이름을 붙여야 했다.

없으면 찾게 되고, 찾으면 기뻐진다.

그저 거기 있는 것만으로도 행복감을 주는 상대가 대체 무엇인지.

그 정도는 깊이 생각하지 않아도 보통은 알 수 있다. 알고 있었다. 이테쵸도.

"걱정했어……."

이미 알고 있었다.

"미안. 무슨 일 있었어?"

"아니. 그저 늦길래……. 히나기쿠 님도 걱정하셨어……."

"아아…… 그게……."

사쿠라는 우물쭈물 말했다.

"실은 잔세츠 님한테서 전화가 왔거든. 받았더니 지금 주차장에 있다고 해서."

"뭐……?"

"아까 나간 차. 거기 타고 있었어."

아무래도 이테쵸의 감이 조금은 맞았던 모양이다. 그에게 있어 위험인물이 등장한 것을 저도 모르게 알아차렸으니까.

"듣자 하니 지금 아보시 공과 여행 중이라고 해. 겸사겸사 만나러 와주셔서……."

"여기 류구야."

겸사겸사 왔을 리가 있겠느냐고 지적하자 사쿠라는 쓴웃음을 지었다.

"그…… 뭐냐. 직접 얘기하고 싶은 일이 있었기에……."

"……."

"하지만 이제 돌아갔어. 경비를 전부 맡겨서 미안해. 바로 돌아갈게."

"결혼 얘기야?"

"어?"

"직접 하고 싶었다는 얘기는 결혼 얘기였겠지."

이테쵸가 단도직입적으로 묻기도 해서, 사쿠라는 걸음을 멈추고 그 자리에 서 버렸다.

어색한 분위기가 흘렀다. 예전 같았으면 사쿠라는 이 장면에서 화를 냈을지도 모른다.

그런 건 너랑 상관없다면서.

하지만 사쿠라는 예전과 달리 상관없다고 하지 않았다.

"……응, 맞아……."

제대로 이테쵸의 눈을 보고 고개를 끄덕였다. 사쿠라는 쑥스러워했다.

만약 상대가 다른 여성이었다면, 아무런 망설임 없이 새로운 관계를 응원할 수 있었다.

"대답했구나."

사쿠라에게는 절대 그럴 수 없을 것 같았다.

—이건, 독점욕이야.

마음을 봉인했던 것은 죄의식 때문이었다. 자신 곁에서 뛰쳐나갈 만한 슬픔을 안긴 주제에 다시 품에 안고 싶어 하는 것은 파렴치하다고 자신을 꾸짖었다.

"사쿠라……."

없어지고 나서 소중함을 알았다는 이야기는 흔하지만, 그걸 몸소 체험하게 될 줄은 몰랐다.

"내가 이런 말을 하면 안 된다는 건 알아."

로우세이에게 건네받은 전화로 5년 만에 목소리를 듣고, 사쿠라가 울먹이며 『기다릴게』라고 했을 때는 이 아가씨를 위해서라면 뭐든 해 주겠다고 가슴이 뜨거워졌었다.

"……그래도 말하고 싶어."

재회하고, 성장한 것을 보고서 놀랐다.

이전과는 다른 차가운 태도. 그런 건 어찌 되든 좋았다.
무엇보다 중요한 것은 그녀가.

"사쿠라, 잔세츠에게 시집가지 마."

히메다카 사쿠라라는 아가씨가, 칸게츠 이테쵸의 인생에 돌아와 준 것이 중요했다.

멀리 떨어져 있어도, 이어져 있고 싶었다.

"가지 마, 사쿠라."

가지 않았으면 좋겠다.

"……핑계는 대지 않을게."

—나는 어리석은 놈이야.

게다가 염치도 없고 오만하며 자기밖에 모른다고 이테쵸는 스스로 생각했다.

"그저, 내가 원하지 않을 뿐이야."

가장 소중한 아이에게 제일 중요한 말은 못 하면서 붙잡기는 했다.

"가지 마."

하지만 관심 없는 척은 할 수 없었다. 욕을 듣더라도, 이제 후회하고 싶지 않았다.

그녀를 잃고 나서, 이미 평생 할 후회를 다 했다.

"시집가지 마…… 사쿠라."

이제 그런 경험은 하고 싶지 않았다.

"……."

사쿠라는 이테쵸의 말을 듣고 한동안 아연해했다.

그야 그럴 거라고, 말한 장본인인 이테쵸도 생각했다.

이테쵸는 사쿠라의 인생에 참견할 입장이 아니었다. 그럴 자격은 5년 전에 잃었다.

아니라며 누군가 위로해 주더라도 이테쵸 자신은 그렇게 여기고 있었다.

그래서, 놀이공원에서 사쿠라가 사랑하는 주인인 히나기쿠의 『접나무』에 이테쵸도 넣어줬을 때는 가슴이 옥죄어들 만큼 애달파졌었다.

어째서 그렇게 용서해주는 것처럼 구는 걸까, 의아했다.

미움받을 만큼, 상처 입히고 말았는데.

아직 스승으로 있어 달라는 부탁을 받았을 때는 안도했다. 그녀가 누구보다도 의지하는 남자로 있자며 분기했다. 하지만 사쿠라는 그런 이테쵸의 마음을 몰랐다. 이테쵸도 숨겼다.

지금의 그녀에게는 소원해진 남자다. 그런 남자가 결혼하지 말라고 해도 별 느낌은 주지 못할 것이다. 무슨 소리를 하는 거냐고 여길 가능성이 컸다.

이테쵸는 참을성 있게 사쿠라의 반응을 기다렸다.

"……."

이윽고 사쿠라의 얼굴이 서서히 장밋빛을 띠었다.

그리고 살짝 고개를 숙였다가, 부끄러움을 떨친 것처럼 얼굴을 들고 말했다.

"……바보 이테쵸……. 나 결혼 안 해."

의외로 사쿠라는 웃었다.

이테쵸가 오랜만에 본 사쿠라의 미소였다.

밖에는 가을바람이 불고 있었다. 사쿠라의 기모노가 펄럭거렸다. 햇빛을 받으며 자연 속에서 바람을 맞는 그녀는 누가 봐도 아름다웠다.

"……너, 진짜 바보야."

이테쵸는 한동안 사쿠라의 표정에 시선을 빼앗겼다.

"되게 심각한 얼굴로 한다는 소리가 그거라니…… 그렇게 걱정했어?"

"어? 어……."

"바보구나, 이테쵸."

사쿠라는 연신 바보라고 했지만, 무시하는 어조는 아니었다.

오히려 애정이 담겨 있다고 느낄 정도였다.

"……카요의 도련님과 결혼…… 안 하는, 건가?"

"안 해……."

"하지만, 너, 망설였잖아……?"

연상의 완벽한 남자가, 드물게도 허둥대고 있었다.

사쿠라는 그 원인이 자신이라는 것이 역시 기쁜 듯했다.

이테쵸 곁으로 다가와 밑에서 얼굴을 들여다보았다.

"뭐야. 또 보호자 시선으로 걱정한 거야? 너는 남 걱정뿐이구나. 그러다간 위에 구멍 뚫려."

이테쵸는 가까이서 본 그녀의 눈이 커다래서 주춤했다. 긴 속눈썹이 아름다웠다.

"……딱히 보호자 시선은 아니야. 그리고 아무나 다 걱정하지도 않아. 말했잖아."

"……흐응."

"너라서 그래, 사쿠라. 나에게 너는 그런 존재야."

"……."

"그런 네가 바라지 않는 결혼을 하려고 하면 당연히 고민되지 않겠어? 그리고…… 내가 너보다 나이 많은 어른이라서 걱정한 건 아니야. 그저, 내가 싫었어."

상당히 열의가 담긴 말투였다. 이번에는 사쿠라가 기세에 밀려 주춤했다.

"사쿠라, 정말로 거절한 거지? 그것만큼은 제대로 말해줘. 카요의 도련님은 뭐라고 했어? 못마땅해하지는 않았어?"

"……잔세츠 님은 안 그래. 아쉽다고, 마음이 바뀌면 말해 달라고 하긴 했지만……."

"뭐?"

—포기 안 했잖아.

이테쵸는 얼굴을 찌푸렸다.

"……제대로 거절했어. 결혼 못 한다고……. 하지만 원조를 중단하겠다든가 그런 얘기는 안 나왔어. 정말로 그저 나를 걱정해주셨던 거야."

"그저 너를 걱정한 거였다면 청혼 따위 안 했겠지……."

"……이테쵸, 잔세츠 님을 싫어하는구나……."

"너에게 청혼하는 무신경한 권력자가 싫은 것일 뿐, 잔세츠 공을 싫어하는 건 아니야."

그건 거의 잔세츠를 싫어한다는 말이나 마찬가지라고, 사쿠라는 생각했다.

"……그렇게 내가 결혼하는 게 싫어?"

"싫어."

이테쵸는 확실하게 말했다.

"왜, 왜 싫어……?"

사쿠라가 듣고 싶은 말은 따로 있었지만, 이테쵸는 마침내 본심을 고백했다는 열에 들떠서. 그녀가 바라는 말은 하지 않았다.

"싫은 건 싫은 거야. 싫은 것에 이유는 없어. 싫으니까 싫어. 네가 불행해질지도 모르는데 청혼하는 잔세츠 공도 마음에 안 들어."

이테쵸 안에서는 말이 되는 논리였지만, 사쿠라는 그의 마음을 모르기에 얼떨떨해했다.

"……너, 싫어하는 음식처럼 말하지 마."

"절묘한 표현이네."

"……잔세츠 님이 마음에 안 드는 거면, 다른 남자라면 괜찮은 거야?"

"괜찮지 않아. 네가 제대로 행복해질 수 있을지 알 수 없어."

"그럼 누구라면 괜찮은데……."

"……."

그 대답은 붕 떴다.

이테쵸는 역시 이 자리에서 『나』라고는 말하지 못했다.

반했다고도 말하지 않았으니 순서가 틀렸다.

"……바보 이테쵸."

이래서는 사쿠라가 보기에 말도 안 되는 고집을 피우는 것과 같다.

"바보……."

하지만 사쿠라는 기분 나빠하지 않았다. 오히려 기뻐 보였다.

"넌…… 진짜, 아무것도 몰라."

뺨도 점점 사과 빛깔로 물들었다.

"……사쿠라, 뭘 모른다는 거야?"

"아무것도 몰라. 그렇다면 그렇다고 빨리 말해. 자신이 싫다고……."

속삭이는 듯한 작은 목소리로 나무랐다. 이테쵸는 반사적으로 사과했다.

"미안……."

하지만 말하고 나서 의문이 들어 다시 입을 열었다.

"일단 말렸던 것 같은데……?"

사쿠라는 고개를 가로저었다.

"로우세이가 시켜서, 의무감으로 잔소리하는 거라고 생각했어……."

"그러려고 그런 게……."

"방금 그건, 그…… 네가 제대로 싫다고 생각해서 말했다는 게 전해졌어."

"그때도 로우세이의 명령을 구실로 댔지만…… 나는……."

"처음부터 그랬어야 했어."

"……미안."

"나는…… 나는…… 네가 강하게 말한다면, 바로……."

"그래?"

"그래……."

"하지만…… 나 같은 게 말해도 될지 알 수 없어서……."

"……."

"사양하고 말았어."

"……응."

"사실은, 줄곧…… 싫었어."

두 사람 사이에 잠시 침묵이 흘렀다.

묘하게 부끄럽고, 그리고 어딘가 달콤했다.

그리고 대단히 슬프게도, 둘 다 어째서 일이 이렇게 됐는지 제대로 알지 못했다.

—왜 내가 강하게 말하면 그만둬 준다는 거지?

이테쵸는 혼란스러웠다.

—나이 많은 나를 받아들여줄 리도 없고.

이테쵸의 현재 심경을 안다면 사쿠라는 깜짝 놀랄 것이다.

—스승으로서 강하게 이끌어 주길 바라는 건가.

이테쵸는, 자신이 선택받지 못할 거라고 여기고 있었다.

그가 생각하기에, 사쿠라가 함께 있는 것을 허락해 주는 것은 어디까지나 자신에게 아직 이용 가치가 있고, 그녀도 가르침이 필요하기 때문이었다.

스무 살이 된 사쿠라는 이테쵸에게 있어 절벽 위의 꽃이었다.

"……바보 이테쵸."

사쿠라는 사쿠라대로 곤혹스러웠다.

—이건, 보호 본능인가? 아니면 제대로 여자로 봐주고 있는 건가?

남을 못 챙겨줘서 안달인 이 남자는 늘 다정하게 대해 주기에 쉽게 착각한다.

어쩌면 자신에게도 사랑받을 기회가 있는 게 아닐지, 희망을 품게 된다.

—조금은 가능성이 있는 걸까.

하지만 지금 답을 듣지 않아도 좋을 것 같았다.

큰 고민거리를 겨우 없앴다.

지금은 그저 수중에 있는 행복을 느끼고 싶었다. 그가 주는 애정의 종류가 무엇인지 알 수 없어도, 그가 사쿠라를 소중히 여기고 있는 것은 확실하니까.

—내가 결혼하는 게 싫다고 말해줬어.

그게 기뻤다.

—말해줬어.

그게 정말로 정말로 기쁘고 행복했다.

"사쿠라…… 모두가 있는 곳으로 돌아갈까."

"응……."

이테쵸는 사쿠라를 에스코트하듯 손을 내밀었다.

예식장으로 가려면 계단을 올라야 한다. 기모노를 신경 쓴 것이리라.

"……."

망설였지만, 사쿠라는 이테쵸의 손을 잡았다. 어리광 부리고 싶은 마음이 들었고, 단순히 후리소데 차림에 익숙하지 않기도 했다.

"조심히 걸어."

"넘어질 것 같아……. 정장을 입을 걸 그랬어."

"히나기쿠 님과 맞춘 거잖아? 잘 어울려."

"……호위관인데. 기모노, 안 되겠지."

"무슨 소리야? 어차피 총은 가지고 있잖아."

"응."

"오늘은 군대가 와도 이길 수 있는 전력이 갖춰져 있어. 괜찮아."

상냥한 말을 듣고, 사쿠라는 조금 안도했다.

사랑스러운 옷도, 예쁜 옷도, 호위관으로 일하면 입을 일이 없다.

"……고마워."

사쿠라는 히나기쿠에게 하듯이 손을 꽉 맞잡아 보았다.

이테쵸의 팔이 움찔거렸다.

"……."

이테쵸는 조금 망설였지만, 더 강한 힘으로 사쿠라의 손을 맞잡아 줬다.

"있잖아, 이테쵸…… 네가 말한 대로 히나기쿠 님과 제대로 상담하고 정했어."

"……그런가."

"히나기쿠 님도 너처럼 싫다고 말해 주셨어."

"그분은 그렇게 말하겠지. 안 혼났어?"

"……알겠어? 혼났어……. 어제, 아주 호되게."

사쿠라는 그때를 떠올리며 이테쵸에게 간단히 전했다.

사쿠라와 히나기쿠는 전날 류구의 호텔에 묵었다.

목욕하고, 잠옷을 입고, 이튿날 있을 중요한 행사인 하자쿠라 자매의 결혼식에 대비하여 머리카락도 피부도 갈고닦았다. 두 사람 모두 결혼식에 참가하는 것은 처음이라 설레서 잠이 안 왔다. 침대 위에서 밤을 보내며 끝없이 수다를 떨었다.

그리고 사쿠라는 히나기쿠에게 얘기하고 싶었던 일을 보고했다. 청혼받았다고.

상대가 잔세츠라는 것을 숨기고서 자초지종을 설명했다.

봄의 마을의 장래 유망한 청년에게 청혼받았다.

사쿠라뿐만 아니라 히나기쿠에 대한 비호도 기대할 수 있는 상대다.

이 결혼이 성공하면 지금처럼 마을과 거리를 두고서 숨듯이 살지 않고 마을에서 당당히 지낼 수 있다. 남 얘기 하기 좋아하는 자가 있더라도 분명 그 사람이 지켜줄 거다.

아주 합리적이고 좋은 혼담이다. 청혼을 받아들여야 한다고 생각하는데, 결심이 서지 않는다. 히나기쿠는 어떻게 생각하는지 알고 싶다고.

사쿠라는 히나기쿠가 곤란해할 거라고 예상했다.

그건 틀림없었지만, 실제로는 양상이 달랐다.

『……사쿠라, 이테쵸, 오라, 버니, 는?』

히나기쿠의 목소리에는, 분노와 절망이 깃들어 있었다.

『좋아하는 사람, 있는, 데…… 히나기쿠, 를, 위해, 서, 그러려는, 거야……?』

현재 진행형인 첫사랑을 처음부터 물어서, 사쿠라는 답이 궁해졌다.

『그딴 녀석, 안 좋아해요……. 그건 옛날에 끝나서…….』

『거짓, 말.』

『……거짓말이 아닙니다. 제가 지금 좋아하는 사람은 히나기쿠 님뿐이에요.』

『거짓말쟁이, 사쿠라.』

경애하는 주인이 거짓말쟁이라고 하는 것은 견디기 어려웠다.

하지만 더 괴로운 표정을 짓고 있는 사람은 히나기쿠였다.

『거짓말, 쟁이, 사쿠라! 거짓말, 쟁이, 미워!』

『히나기쿠, 님…….』

—사후 승낙을 받는 게 나았나.

사쿠라의 인생은 히나기쿠의 것이라고, 적어도 사쿠라 자신은 그렇게 여기고 있었다.

그래서 주인인 히나기쿠에게 의견을 물은 것이다. 옳은 일이라고 느꼈다.

『미워……!』

이렇게 혼란에 빠뜨리고 싶었던 것은 아니다.

『죄송해요……. 제 일인데 판단을 맡기듯이 물어서 죄송합니다. 못 들은 것으로 해 주세요.』

『안, 해…… 못 들은 걸로, 안 할 거야.』

『……내일은 여름분들이 새 출발을 하는 멋진 날입니다. 이 얘기는 그만하고 이만 자죠.』

『그만, 안 해.』

히나기쿠는 단호하게 거절했다.

이 문제를 없었던 일로 할 수 없다고 확실하게 목소리에 의지가 담겨 있었다.

『……죄송합니다.』

『왜, 사과, 해?』

『고작 제 일로 히나기쿠 님의 마음을 어지럽힐 마음은 없었습니다…….』

『……사쿠라는, 히나기쿠가, 세상에서, 가장, 좋아하는 여자아이, 야. 「고작」 아니야!』

늘 부드러운 말만을 쓰는 히나기쿠가 강한 어조로 대꾸했다.

그리고 일변하여 목소리가 조용해졌다.

『히나기쿠, 좋아한다고, 항상, 말, 했는데…… 안 전해진, 거야……?』

본인도 격정을 억누르려고 노력하는 모습이 보였다.

이 상냥한 신이 이런 괴로운 표정을 짓게 하다니, 자신은 대역죄인이라고 생각했다.

그와 동시에, 미치도록 기쁘기도 했다.

주인의 관심이 자신에게 있는 것이 기뻤다.

『히나기쿠 님께서 총애해주시는 것은 알고 있습니다. 그래서…….』

『모르고, 있어……. 히나기쿠를, 위해, 사쿠라, 안 좋아하는, 다른, 사람이랑, 사는 거. 그건, 아니, 야……. 사쿠라, 안, 행복, 하잖아…….』

『행복으로 이어집니다. 저는 제 입장을 확고히 해서 평생 히나기쿠 님 곁에 있을 수 있다면…….』

히나기쿠는 몹시 슬픈지 눈물을 글썽거리고 있었다.

『이테쵸 오라버니, 좋아, 하는데?』

그 말을 듣고, 사쿠라는 무심코 고개를 숙였다. 주먹 쥔 자신의 손이 보였다.

『…….』

『사쿠라, 행복, 보고, 고른다면, 누구를, 택할 거야……?』

『…….』

『히나기쿠한테도, 말, 못 해……?』

움켜쥔 사쿠라의 주먹에 히나기쿠의 손이 포개졌다.

『히나기쿠, 사쿠라를, 정말로, 좋아해. 좋아하고, 좋아하고, 아주 좋아해.』

그렇게 꼭 감싸 쥐면 더는 놓을 수 없다.

『히나기쿠를, 위해, 사쿠라, 그럴, 바에야, 히나기쿠, 마을, 필요 없어.』

히나기쿠는 변하지 않았다.

그녀도 로우세이를 사랑하지만, 그 눈 오던 날, 오직 사쿠라를 위해 봄의 길을 만들어 줬던 그때 그 신인 채였다.

『마을, 안 돌아가도, 돼. 어머니의, 무덤, 못 보게, 돼도, 좋아.』

누구보다도 상냥하게 망가진 이 소녀가, 종자에게만 망설이지 않고 좋아한다고 말한다.

『사쿠라가, 있다면, 필요 없어.』

사쿠라에게도 히나기쿠는 둘도 없는 사람이다. 그래서 사쿠라에게는 히나기쿠의 말이 가장 깊이 박혔다.

『괜찮아. 히나기쿠, 강해, 졌어.』

신과 인간 사이에 흐르는 특별한 감정 때문만은 아니었다.

『이제, 지지, 않아. 누군가, 히나기쿠한테서, 사쿠라, 뺏는 사람, 있으면, 히나기쿠, 싸울 거야.』

그저, 두 사람은 같은 마음이라고 말할 수밖에 없었다.

히나기쿠는 사쿠라가 제일이라고 한다. 사쿠라는 히나기쿠를 가장 존중한다.

『싸워서, 못 이길, 상대, 라면…….』

두 사람의 사랑은 무적에 가깝다.

사랑하기에, 히나기쿠는 눈물을 뚝뚝 흘리며 말했다.

『둘이서, 온 세상, 어디로든, 도망치자, 사쿠라.』

주인이 자신을 놓지 않겠다고 했다.

그렇게 말해준 히나기쿠가, 사쿠라의 눈에는 호흡을 잊을 만큼 아름답게 보였다.

그 말을 듣고 사쿠라의 머릿속에서 잔세츠의 청혼은 사라져 버렸다. 생각이 짧았음을 곧장 사죄하고, 청혼은 거절하겠다고 말했다. 히나기쿠는 울음을 그치는 데 시간이 걸렸다.

눈이 새빨개져 버렸기에 황급히 둘이서 눈을 식히고 잤다.

그러한 결혼식 전야였다.

사쿠라는 자신이 주인에게 사랑받고 있음을 기쁘게 말했지만, 이테쵸는 맞장구를 치면서 문득 생각했다.
—혹시 내가 먼저 마음을 알려야 할 상대는 히나기쿠 님인가.
히메다카 사쿠라라는 아가씨를 사모하고 있다는 것.
그 마음을 품는 허락을 받아야 할 것 같았다. 뭔가 행동하기 전에 사쿠라의 주인에게 의견을 묻는 것은 호위관으로서 마땅한 모습이라는 생각이 들었다.
—당신의 종자를 제게 주십시오, 라고?
생각만 해도 부끄러워졌다.
"……그래서 히나기쿠 님이."
—어쨌든 지금은 벌레가 꼬이지 않게 막을까.
당장 할 수 있는 일을 하는 것이 제일이라고, 성실한 그는 생각했다.
"사쿠라."
"응? 왜?"
"오늘은 히나기쿠 님이 한층 더 아름다우셨어."
갑자기 화제가 바뀌어서 사쿠라는 의문스러워하면서도 바로 고개를 끄덕였다.
"……이테쵸, 너도 알겠어?"
사쿠라는 히나기쿠 얘기라면 뭐든 좋아했다.
"엄선한 일급품을 입으셨어. 오늘 히나기쿠 님은 그야말로 선녀 같아."
눈을 반짝이고서 한숨을 흘렸다.
"그분은 청순가련함을 구현한 것 같은 분이니까……. 아름다운 모습을 볼 수 있어서 나는 기쁘지만……."

“기쁘지만?”

“오늘은 사람도 많아. 발칙한 놈이 접근하지 못하도록 정신을 바짝 차려야겠지?”

“……맞아!”

사쿠라는 단숨에 호위관의 얼굴이 되었다.

“네 말대로야. 열심히 경비해야겠어!”

사쿠라는 기모노를 입었으면서 발차기를 연습했다. 그걸 보고 이테쵸는 만족했다.

—좋아.

오늘은 이 정도면 될 것이다.

히나기쿠와 사쿠라를 같이 지키는 것은 이테쵸에게 행복이었다.

나중에 이번 청혼 소동의 결과를 들은 로우세이는 벌레 퇴치 작전에 매우 찬성했다.

한편, 예식장을 나온 차량은 류구 공항으로 가고 있었다.

차내는 매우 조용했다.

“…….”

잔세츠만을 위해 존재하는 어린 종자는, 차내에서 눈을 감고 있는 주인에게 말을 걸었다.

“……모습을 안 보고 가셔도 되나요?”

츠바메가 묻자, 잔세츠는 눈을 뜨고 대답했다.

“내가 동생을 보고 싶어서 여기 왔다는 건가?”

건조한 웃음을 흘렸다.

"……아뇨. 첫째 목적은 히메다카 님을 우리 편으로 만드는 거겠지만……."

"차이고 말았으니까."

그 말을 듣고 츠바메는 대단히 슬퍼하며 눈썹을 내렸다.

"……히메다카 님은 잔세츠 님을 아직 잘 몰라서 그래요. 잔세츠 님의 매력을 알면……."

위로하려고 하는 츠바메의 말에 잔세츠는 웃음을 터뜨렸다.

이번 웃음은 진짜 웃음이었다.

"재미있는 말을 하네. 내 매력이 뭔데?"

"잔세츠 님은, 아주 멋있고."

"……."

"근면하고 우수하세요."

"……호오."

"하지만, 내버려두면 영양제만 드시는 것이 매력이에요."

웃고 있던 잔세츠가 정색했다.

"……너, 그건 내 식생활에 대한 쓴소리잖아."

츠바메는 두 손을 움켜쥐고 역설했다.

"아뇨, 아니에요! 종자로서는 그런 부분이 가슴을 울리거든요."

"……."

"제가 있어야 한다는 생각이 들어서 좋아요!"

"……."

잔세츠는 이해할 수 없다는 표정을 지었다. 그리고 담담한 모습으로 말했다.

"내가 끼어들기엔 너무 늦었어. 패인은 그것뿐이야."

조금 쓸쓸하게 들리는 말투였지만, 미련은 없어 보였다.

"봄의 사건이 일어나기 전에 말을 꺼냈다면 받아들였겠지."

잔세츠의 추측이 아예 틀린 것은 아니었다.

사면초가 상태로, 도움을 구할 자도 없이, 더듬더듬 모색하며 히나기쿠를 지키던 고독한 사쿠라라면 분명 제안을 받아들였을 것이다. 하지만 그녀는 칸게츠 이테쵸와 재회하고 말았다.

잔세츠 식으로 말하자면 끼어들 틈이 없었다.

히메다카 사쿠라도, 칸게츠 이테쵸도, 서로를 잃었다면 다른 가능성은 있었다. 이제 그 선택지는 없다.

"……아쉬워요. 히메다카 님이라면…… 마님이라고 부르며 시중을 드는 것도 불만 없는데."

"……."

"잔세츠 님…… 아직 포기하지 않으실 거죠?"

"……."

마치 츠바메가 차인 것처럼 슬퍼했다.

"……그렇게 한탄하지 마. 히메다카 사쿠라는 계속해서 히나기쿠 곁에 있게 할 거야. 내 편이 될지는 모르겠지만, 어쨌든 지켜준다면 됐어."

—역시, 이것저것 말씀하시지만 최종적으로는 동생분을 위한 일이야.

츠바메는 한숨을 쉬고서 잔세츠의 단정한 옆얼굴을 보았다.

본인은 고집스럽게 그 부분을 밝히지 않았다. 그게 츠바메는 답답했다.

—청개구리 잔세츠 님.

언젠가 이 남매가 정답게 이야기하는 날이 올까.

그런 희망을 가져도 되는 건지도 알 수 없었다.

"그나저나 마츠카제 세이란은 어떻게 하실 거예요?"

"……어떻게 할 거냐니?"

츠바메는 입을 삐죽 내밀고서 말했다.

"그 사람, 감금당하고 있으면서 아주 거들먹거려요. 빨리 처리하면 안 돼요?"

아주 잔혹한 말을, 해맑고 사랑스러운 얼굴로 속삭였다.

"빨리 처리하지 않았기에 오늘의 경사가 있는 거야."

"……그러네요. 역시 잔세츠 님……."

"솔직히 어떻게 다룰지 난감해. 이번에 매우 도움을 준 키미카게 라이쵸와 로오 렌리의 공적에 보답하려면 그의 존재와 파생된 문제를 허공에 띄울 수밖에 없었어. 무사히 결혼에 이르렀으니 죽여도 되지만…… 살려서 도구로 쓰는 방법도 있어. 감옥에 있는 아들이나 남은 가족을 보호해 주겠다고 하면 그는 얼마든지 우리의 개가 되어 주겠지."

"그럼 너무 심한 짓은 하면 안 되나요? 요전번에 저한테 침을 뱉었는데……."

"……네가 혼내주고, 치료해서, 며칠 만에 회복할 정도라면 보복해도 돼."

"그래도 돼요? 와아~."

츠바메는 바로 기분이 좋아졌다. 잔세츠는 자신의 어린 종자가 작은 괴물임을 알고 있었다.

그리고 그 광기를 때로 사랑스럽게, 때로 추하게 여겼다.

—추악한 아이야.

그렇게 생각하는데, 잔세츠는 다시 츠바메에게 손을 뻗었다. 찰랑찰랑한 머리를 쓰다듬자 츠바메는 강아지처럼 잔세츠의 손에 뺨을 비볐다. 동생에게는 못 했던 일을, 앞으로도 아마 하지 않을 일을, 이 소년에게 함으로써 무언가를 충족시키고 있었다.

잔세츠는 사실 텅 비었으나 츠바메와 마찬가지로 약간의 광기를 지녔고, 하지만 완전한 악도 되지 못하며, 정의라고도 할 수 없는 『무언가』였다.

작은 괴물과 큰 괴물은, 둘이 있을 때면 편하게 숨을 쉴 수 있었다.

"【복룡 동자】는 한동안 휴가야. 츠바메, 이대로 놀이공원에 갈까?"

"어……? 그래도 돼요? 와아~."

츠바메는 폭력을 허락받았을 때와 똑같은 온도로 기뻐했다.

잔세츠는 그런 츠바메를 보고, 역시 만족스럽게 미소 지었다.

장소는 돌아와서 구 류구 정원.

사계의 대행자의 후손은 춘하추동의 신들에게 기원한다.

당연히 결혼 서약도 사계의 신에게 올린다.

그래서 결혼식장은 사계절의 꽃과 계절의 모티프를 이용해 환상적으로 꾸며져 있었다. 창문으로는 류구의 바다도 보였다.

테마는 설월풍화(雪月風花)로, 관계자는 예식이 시작되기 전의 분위기를 마음껏 즐기고 있었다.

오늘의 주역들은 예식장에 속속 들어오는 사람들과는 다른 장소에서 대기하고 있었다.

이 멋진 날에, 여름의 대행자가 결혼한다.

하자쿠라 루리와 하자쿠라 아야메 중 누가 결혼하는가에 대한 답은, 두 남자가 신부 대기실 앞에 서 있는 것을 보면 알 수 있었다.

"아직 멀었어요?"

키미카게 라이쵸가 문을 노크했다.

이에 루리인 것 같은 목소리가 『아직이야~!』 하고 대답했다. 라이쵸는 한숨을 쉬었다.

"어차피 예쁘니까 빨리 보여줘요."

목이 조여서 답답한지 턱시도 타이를 풀며 투덜거렸다.

오늘의 주역 중 한 명인 로오 렌리가 황급히 라이쵸의 손을 잡았다.

두 사람은 서로를 빤히 마주 보았다.

예전에는 라이쵸를 무서워했던 렌리가 지금은 무서워하지 않았다.

"라이쵸 씨, 옷 흐트러지면 안 돼요."

무서워하기는커녕, 이 거친 남자를 제어하는 분위기조차 보였다.
"……그치만, 이거 힘들어요."
"몇 시간만 있으면 돼요!"
"……몇 시간이나 이러고 있어야 한다고요?"
"여자는 더 힘들어요. 타이 정도는 참아요."
"……사이즈가 안 맞는 것 같아요. ……뭔가 저 이상하지 않아요?"
"안 이상해요, 안 이상해. 멋있어요. 라이쵸 씨는 보통 사람보다 체격이 좋아서 옷 고르기가 어려워요. 포기해요."
"렌리 군의 턱시도는 문제없어 보이는데."
"저는 평범하니까요."
말하면서 렌리는 라이쵸의 타이를 고쳐 맸다. 라이쵸는 그런 렌리를 내려다보며 말했다.
"거짓말. 렌리 군이 평범할 리가 없어요."
평소처럼 흉포한 웃음을 짓고서 기쁘게 말을 이었다.
"『마을이 엉망인 이 틈에 식을 올려버리죠. 빨리 결혼해버리면 자기들이 어쩌겠어요』라는 말을 꺼낸 책략가가 평범할 리 없어요."
렌리는 시선을 피했다.
"뭔가 그거, 아주 나쁜 놈 같은데요……."
"렌리 군의 좋은 점은 상식적이면서 비상식도 받아들이는 부분이에요."
"……라이쵸 씨도 적극 찬성했잖아요. 저 혼자만의 생각이 아니에요."
"그야 저는 나쁜 짓을 좋아하니까요. 루리와 결혼할 수 있다면 뭐든 좋고.”

라이쵸는 다시 노크했지만, 이번에는『시끄러워~!』하고 또 루리가 호통쳤다.

“……가족분들은 어때요?”

렌리가 묻자 라이쵸는 쓴웃음을 지었다.

“반대하고 있어서 안 왔어요. 하지만 괜찮아요. 시간이 해결해 줄 거예요. 제가 루리와 아야메 씨의 호위관이니까, 언젠가는 납득해야만 해요. 허용하지 못하는 건 제가 큰 사건을 일으킨 장본인이었다는 점이죠. 그쪽은요?”

“……저는, 그 왜, 원래부터 가족과 좀 그랬던지라…….”

“서로 가족 관계로 고생하네요.”

“그러게요…….”

“장인어른과 장모님이 멀쩡한 분이어서 다행이에요.”

“동의해요……. 세상에는 가족을 험하게 대하지 않는 가정도 있다는 걸 알면 안심이 되죠. 이것저것 쓴소리를 들었지만, 최종적으로는 아군이 되어 주셨고.”

이번 결혼식은 로오 렌리와 하자쿠라 아야메, 키미카게 라이쵸와 하자쿠라 루리, 두 쌍의 합동결혼식이었다.

여기까지 도달할 수 있었던 것은 거의 기적이었다.

여름의 류구다케 사건 후, 렌리와 라이쵸를 어떻게 처벌해야할지가 문제로 떠올랐다.

마을의 허가 없이 행동하고, 무기를 소지하고, 영산에서 폭력 사태를 일으켰다.

원래 같으면 국가 치안 기구에 넘겨져도 별수 없지만, 사계의 대행자 측이 무력으로 개입하여【늙은 거북】측을 찍어 누르기도 해서, 매우 미묘한 위치에 놓이게 되었다.

두 사람과 키미카게 일문의 청년들이 저지른 일을 비난하면 사계의 대행자도 규탄해야 하기 때문이다. 그러면 반론이 나온다.

생태계 파괴부터 천벌설, 온갖 음해를 방치했기에 이렇게 됐다.

왜 사계청도 마을도 입을 꾹 다물고 있었는가?

이 사건과 관련된 책임자를 전부 해고하고 나서【한 마리의 뿔토끼】가 저지른 일을 비판해라.

나오는 게 당연한 의견이긴 했다.

이런 싸움은 후게키 일족 측에서도 일어난 모양이라, 황혼의 사수뿐만 아니라 새벽의 사수까지 현인신을 둘러싼 환경에 관해 쓴소리를 했다.

물론 카구야도 약속대로『밤과 여름의 이번 공동 전선으로 암랑 사건은 무사히 해결됐다. 우리에게 하자쿠라 자매는 길조인 신이다』라고 공식으로 성명을 냈다.

이번 사건에서 일어난 은폐 문제에 관해 사계청 직원과 사계의 마을 중진들이 사죄와 해명을 위해 왔을 때, 하자쿠라 자매와 그 약혼자들의 방어전을 월권행위라고 한다면 그쪽의 대응은 뭐냐고 논리적으로 추궁했다. 아침도 밤도 계절도, 현인신 분야는 전부 시끄러워졌다.

결국 다음과 같은 두 가지 타협점을 보게 되었다.

경질 사건을 실제로 일으킨 자들에게 엄중한 형벌을 가할 것.

경질을 저지하고자 움직인【한 마리의 뿔토끼】에 관해서는 불문에 부칠 것.

이에 따라 범죄자로 여겨졌던【한 마리의 뿔토끼】전원이 무사히 해방되었고, 렌리와 라이쵸는 자유의 몸이 되었다. 쌍둥이의 흉조 취급은 아직 완전하진 않아도 철회되었다.

애초에 하자쿠라 자매는 흉조라고 소리 높여 말하던 여름의 이장이 경질 사건의 주모자로 판명되었으니, 그에게서 파생된 대행자 탄압은 즉시 철회되어야 했다.

다만 여전히【늙은 거북】은 사라지지 않았고, 한번 퍼진 소문이 당장 수그러들지는 않았다.

이후의 과제로 꼽힌 것은 역시「앞으로 쌍둥이신으로 활동할 대행자의 호위 체제를 어떻게 할 것인가」였다. 마을 내라면 안전하다는 생각은 이미 깨부숴졌다.

사계청 직원이 거주지를 경호하는 것은 당연하고, 국가 치안 기구도 순찰을 돌기로 했다. 원래는 무슨 일이 일어나지 않는 한 외부 관계자를 마을에 들이지 않지만, 마츠카제 세이란의 행방이 여전히 묘연하니 어쩔 수 없었다.

남은 문제는 「호위관을 어떻게 하느냐」인데, 이 소동을 겪고서 쌍둥이의 호위관으로 입후보하는 자는 없었다.

라이쵸가 호위관이 된 것은 잠정적 조치였지만, 거의 결정 사항이었다.

렌리는 의국에서 사직하는 형태가 되었고, 대신 사계청 직원으로서 새로이 일하게 되었다.

배속된 곳은 사계청 보전부 경비과 여름 부문.

무예의 소양은 없지만, 앞으로 다양한 훈련을 받은 후 사계의 대행자를 옆에서 모신다.

겨울의 주종이 상담사 자격 소지자를 찾았던 것처럼, 의료 자격을 가진 자는 사계의 대행자 호위진에서 귀하게 여겨진다.

전부 타당한 결과로 수습되었다.

이리하여 오늘 두 청년은 행복한 신랑이 된다.

"렌리 군, 나중에 가을의 대행자 호위관님한테 같이 가주면 안 돼요?"

"어? 왜요?"

"그 왜, 제가 그 사람의 성대를 빌렸잖아요……. 류구다케에서 잔뜩 혼난지라 인사하는 게 무서워서……. 루리는 『자업자득』이라며 편들어 주지 않을 테고."

"린도우 씨는 좋은 사람이에요."

"어색하다고요……. 같이 가줘요……. 다른 사람도 분명 저한테 화났을 테니까 같이 가요……."

"알겠어요. 그나저나, 둘 다 늦네……."

렌리와 라이쵸가 신부 대기실을 노크했지만, 루리와 아야메가 동시에『아직이야~!』하고 대답했다.

문 안쪽에는, 마음이 풀어져 있는 신랑들과 달리 긴장과 불안을 품은 쌍둥이가 있었다.

"나, 화장 너무 진한가? 하지만 사진 찍을 거니까 이 정도는 해야겠지?"

루리는 화장대 앞에서 몇 번이고 화장을 확인하고 있었다.

그녀가 입은 것은 본인의 사랑스러움을 한껏 연출한 프린세스 라인의 웨딩드레스였다. 전체적으로 매우 화사했다. 이게 바로 신부의 의상이라며 여성이 동경할 만한 것이 전부 담겨 있었다. 부드럽게 퍼지는 드레스 자락은 물론이고, 상반신의 매력 포인트인 오프숄더 부분의 봉제가 빼어났다. 투명감과 모양이 아름다운 실크 오건디 소매가 달려 있어서, 맨살을 드러내면서도 우아한 인상을 줬다. 느슨하게 묶은 머리를 장식하는 것은 신부다운 헤드드레스. 뒤에서 봐도 청순가련한 리본이 등을 꾸며, 소녀의 꿈이 흘러넘쳤다.

"립컬러도 이거 괜찮나……. 화장해 주시는 분한테 한 번 더……."

루리가 바쁘게 움직일 때마다 귀를 꾸미는 리본형 귀걸이가 흔들렸다.

기다리고 있는 라이쵸가 보면 감격해서 극찬할 것이다. 불안해할 필요가 없는 찬란한 모습이지만, 루리는 납득하지 못한 듯했다.

그런 그녀를 타이르듯 아야메가 말했다.

"루리, 그만 체념해. 할 수 있는 건 다 했어."

동생과 비교하여 언니는 지극히 냉정하게 결혼식 진행표를 보고 있었다. 자신의 드레스를 꼼꼼히 확인하는 시간은 이미 끝난 모양이었다.

"아야메! 평생에 한 번뿐이야! 좀 더 힘내자!"

"이미 힘냈는걸."

확실히 아야메의 웨딩드레스 모습은 더 보탤 곳이 보이지 않을 만큼 완벽했다.

뷔스티에 타입 드레스의 치맛단은 무릎 위에서 끝나고, 그 위에 클래식한 레이스를 단 실크 오건디 천이 머메이드라인으로 봉제되어 있었다. 얼핏 보면 시스루 소재를 걸친 미니드레스 같지만, 야해 보이지는 않았다.

어딘가 신비로운 분위기조차 느껴지는 것은 하자쿠라 아야메라는 여성의 내면에서 배어 나오는 품위 때문이리라. 귀에 단 귀걸이는 단아한 꽃. 느슨하게 땋은 긴 머리에도 작은 꽃이 장식되어 있었다. 얌전하고 성실한 아야메치고는 아주 대담하고 전위적인 드레스지만, 정말 잘 어울렸다. 아름다운 꽃들로 꾸며진 그녀 자신이 큼직한 한 송이 꽃이라고 말하고 싶어질 만한 모습이었다.

아야메는 요란하게 구는 루리를 보고 한숨을 쉬고서 그녀와 함께 거울 앞에 섰다.

"봐. 우리…… 살면서 오늘이 가장 예뻐. 스타일리스트도 메이크업 아티스트도 본인이 가진 모든 기술을 쏟아줬어. 이 이상 걱정하는 건 노력해준 사람들에게 실례야."

쌍둥이지만 전혀 방향성이 다른 신부 의상은 나란히 서니 통일감이 있었다. 이 정도 친화성을 내려면 상당히 고생해야 한다. 두 쌍이 합동결혼식을 올리기로 했을 때부터 그녀들이 수없이 이야기를 나눠 드레스를 정했을 것이 눈에 보였다.

하지만 역시 루리는 아직 준비가 부족하다며 걱정하고 있는 것 같았다. 아야메도 불안한 표정을 짓고 있지만, 그녀의 불안은 관계자석의 배치라든가 전체의 흐름에 관한 것이었다.

초대에 응해준 현인신들에게 적절한 대접을 할 수 있을지, 그 생각만 하고 있었다.

"이제 거울은 그만 보자. 루리도 진행표 머릿속에 넣었어?"

"……라이쵸 씨가 기억하고 있으니까 괜찮아."

루리의 대답을 듣고 아야메는 울컥한 표정을 지었다.

"오늘만큼은 나랑 같이 행동하는 일이 많아. 둘이서 피로연 복장으로 갈아입기도 할 거니까 너도 외워둬. 기모노도 입을 거야. 그때 립스틱도 다시 바르잖아. 지금 고민해도 또 나중에 고민할 거야. 그보다 진행표를 봐."

"……나는 컬러 드레스 입고 싶었어."

"안 돼, 안 돼. 엄마와도 얘기해서 절충안으로 그렇게 됐으니까 그냥 납득해."

"아야메가 심술궂은 말을 해……."

무슨 말을 해도 루리는 이러쿵저러쿵 탄식했다. 결혼식 직전에 결혼 전 불안 증후군이 나타나버린 듯했다.

"……."

하지만 아야메는 루리의 투정에 익숙했다.

"이제 됐어. 렌리 씨랑 라이쵸 씨, 안에 들이자."

말을 안 듣는다면 이쪽도 안 들으면 그만이다.

"으아~! 잠깐만!"

그러자 루리가 아야메의 팔을 끌어안고 만류했다.

"루리…… 내 드레스는 자수가 많아서 올이 풀릴 거야."

"……."

"루리, 놔."

"조금만 더 기다려줘……."

정말로 불안한지 루리의 목소리는 작았다. 아야메에게 휘감은 팔도 작게 떨리고 있었다.

"……."

아야메는 곤란한 표정을 지었지만, 그 이상 화내지는 않았다.

"뭐가 무서운데?"

대신 상냥하게 물었다.

"……."

"루리, 말해봐. 뭐가 무서워서 그래?"

"……이제, 이후로는…… 두 사람이 아니게 되잖아."

그녀의 말은 매우 추상적이었다.

"우리, 늘 둘이 함께 있었는데……."

하지만 무슨 말을 하고자 하는지는 알 수 있었다. 루리는 자매의 세계가 끝나버리는 것을 말하고 있었다. 문을 열고 신랑을 맞이하면 이제 식을 올린다. 루리와 아야메, 서로만 있었던 시절은 과거가 된다. 현재와는 다른 형태가 된다.

"그렇지만 집도 가깝잖아. 라이쵸 씨가 내 호위관도 겸하고 있고……."

"몇 채 건너잖아……. 멀어."

"빈집이 거기밖에 없었어."

"같이 살고 싶었어!"

아야메는 절망적인 표정으로 고개를 저었다.

"싫어……."

그 반응을 보고, 루리는 상처받은 것처럼 풀이 죽었다.

"아야메는 매정해……."

끝내는 눈물을 글썽거리기 시작했다.

"신혼 생활을 즐기고 싶을 뿐입니다. 루리, 화장 망가져. 눈 비비지 마."

"……."

"정말…… 사흘에 한 번은 만나러 갈게."

"……."

"아직도 못마땅해? 용케 라이쵸 씨가 너랑 결혼해줬네……."

루리는 참지 못하고 눈물을 한 방울 흘렸다. 그리고 말했다.

"……아야메가 제일이어도 괜찮다고 말해줬단 말이야."

가장 사랑하는 언니는, 자신이 제일이 아니다. 그 사실을 곱씹고 또 울어버렸다.

"……내가, 아야메를 제일 좋아하더라도 괜찮다고 말해줬어……."

"루리……."

"라이쵸 씨, 상냥한걸……. 그래서, 나는…… 행복해지지만, 하지만……."

하지만, 하고 한 번 더 덧붙이고서 루리는 오열하며 말했다.

"조금만 더, 나를 제일 사랑해줘……."

아야메가 손을 움직여 루리를 포옹한 것은 거의 자동적이었다.

"……루리."

어떤 여름의 대행자 호위관은 신이 된 동생에게 마법의 말을 거는 것이 일이었다.

똑같이 생긴 쌍둥이 여자아이.

많은 이의 행복을 위해 자신의 행복을 버려야 했던 여자아이.

그 아이가 신으로서 분발하게 하는 것이 언니의 역할이었다.

동생에게는 언니가 자신을 원한다는 것이 유일한 구원이었다.

"바보구나……. 너는 앞으로 평생 나랑 같이 야마토에 여름을 선물할 거야."

호위관일 적과 지금은 조금 다르지만, 그래도 근본은 달라지지 않았다.

"전혀 외롭지 않고…… 다른 집에 산다고 해서 소원해진 건 아니야."

그래서 동생은 어릴 때처럼 언니를 쫓고 있었다.

『언니, 사랑해줘』라고.

그녀들은 사실 대등하여 우열도, 서열도 없다. 하지만 뒤틀려서 이러지 않으면 기능할 수 없다.

아야메도 예전에는 고민했었다. 지금은 아니었다.

"이전보다 훨씬 더 같이 있게 됐는데, 왜 울어?"

두 사람의 형태는, 다른 자매보다 비틀렸고 별나더라도 괜찮은 것이다.

우여곡절을 거쳐, 지금 가장 올바른 형태에 이르렀다고 아야메는 생각했다.

"나, 여름의 대행자가 돼서 다행이야."

신 따위 되고 싶지 않았던 자매는, 인간으로는 돌아갈 수 없지만 둘이서 하나가 될 수 있었다.

"더는 무서울 게 없어."

속삭이다 보니 아야메도 왠지 눈물이 났다.

두 사람에게 걸린 저주는 영원하지만, 이제 무섭지는 않았다.

"맹세의 말 같은 게 없어도, 죽을 때까지 함께야."

무섭지는 않았다.

"사랑해, 루리."

둘이 함께라면, 세상과도 싸울 수 있다.

"언니, 나도 사랑해."

그러한 자매가 여름을 떠받치고 있음을, 세계는 모른다.

■작가 후기

당신 곁에 여름은 왔을까요. 밤과 늑대와 여름의 이야기는 어떠셨나요.

봄에는 많은 사랑과 슬픔이 있었습니다. 그리고 여름은 연애를 잔뜩 담았습니다.

모든 연애가 아직 발전 중이지만, 이야기의 여백에 분명 다양한 일이 일어나고 있을 겁니다.

야마토의 현인신들의 사랑을 앞으로도 응원해 주시면 좋겠습니다.

여름을 당신에게 전하겠다며 의욕적으로 이야기를 자아냈지만, 솔직히 꽤 난항을 겪었습니다. 봄의 춤을 쓸 때도 이걸로 괜찮을지, 당신에게 건넬 수 있는 이야기가 됐는지 고민되어 울어버렸었는데, 여름도 울어버렸습니다.

너무너무 괴롭다고, 정말로 힘들다고, 슬프다고 생각하며 어떻게든 완성했습니다.

왜 이렇게 힘든지 여러모로 원인을 생각해 봤는데, 제가 지내는 북쪽 지역은 여름이 짧고, 그래서 살면서 여름에 관해 깊이 생각한 적이 없기 때문이지 않을까, 라는 생각에 이르렀습니다. 결코 싫어하는 건 아닙니다. 그저 친근하지 않을 뿐이에요.

제게 여름은 어느새 사라져 버리는 친구 같은 것입니다. 하지만 매년 와서 웃는 얼굴만큼은 보여주죠. 돌아가버린 것을 알면, 축제가 끝난 뒤처럼 쓸쓸해요. 그게 여름이었습니다.

짝사랑 상대입니다. 쉽사리 말을 걸 수 없어요.

앞으로도 그럴 줄 알았지만, 이 이야기를 쓰고 나니 여름과의 관계도 조금 달라질 것 같습니다. 여름에 관해서도 좀 더 알아보고 싶어요.

하자쿠라 자매의 여름이니까, 즐기고 싶어요.

세상 어딘가에 있을 당신도 그런 생각이 드셨다면 이보다 기쁜 일은 없을 겁니다.

마지막 순서가 되었지만 감사 인사를 드립니다. 본작부터 이 이야기를 도와주시는 분도 더 생겼습니다. 출판사, 장정가님, 담당자님들, 서점 직원, 발행부터 당신에게 이야기가 전달되기까지 관여하는 모든 일꾼에게 감사합니다.

가족과 친구들, 언제까지고 꿈속에 있는 저를 가끔 현실로 불러줘서 고마워요.

아름다운 표지로 함께 세계관을 만들어 주신 스오우 님. 보기 드문 재능과 노력의 증거인 기술을 이번에도 춘하추동 대행자에 쏟아 주셨습니다. 정말 감사합니다.

그리고 하늘로 화살이 쏘아지는 모습을 함께 봐 준 당신께. 곁에 있어 주셔서 고마워요.

당신은 분명 제가 생각하는 것보다 훨씬 더, 끝까지 함께 있어 준 것을 별일 아니라고, 감사받을 일도 아니라고 여기고 있을지도 모르지만, 제게는 그렇지 않습니다.

당신과 함께 여름을 보낼 수 있어서 정말 좋았습니다. 만나서 기뻤습니다. 건강히 지내시길. 마지막은 언제나 조금 쓸쓸해서 이별이 슬픕니다.

당신에게 멋진 계절이 다시 찾아오기를.

춘하추동 대행자
여름의 춤 下

초판 1쇄 발행 2023년 9월 20일

지은이_ Kana Akatsuki
일러스트_ Suoh
옮긴이_ 송재희

발행인_ 신현호
편집장_ 김승신
편집진행_ 권세라 · 최혁수 · 김경민 · 최정민
편집디자인_ 양우연
관리 · 영업_ 김민원

펴낸곳_ (주)디앤씨미디어
등록_ 2002년 4월 25일 제20-260호
주소_ 서울시 구로구 디지털로 26길 111 JnK디지털타워 503호
전화_ 02-333-2513(대표)
팩시밀리_ 02-333-2514
이메일_ lnovellove@naver.com
L노벨 공식 카페_ http://cafe.naver.com/lnovel11

SHUNKASHUTO DAIKOSHA NATSU NO MAI 2 GE

ISBN 979-11-278-7030-0 04830
ISBN 979-11-278-6811-6 (세트)

값 12,000원

춘하추동 대행자 여름의 춤 上권

아카츠키 카나 지음 | 스오우 일러스트 | 송재희 옮김

세상에 계절은 겨울밖에 없었고,
겨울은 고독을 견디다 못해 자신의 생명을 깎아 봄을 만들었다.
그리고 대지의 소원으로
여름과 가을이 탄생하여 사계절이 완성되었다.

세상에 계절을 불러오는 자,
「사계의 대행자」.

사계의 신으로부터 받은 계절은 『봄』.
어머니에게 받은 이름은 「히나기쿠」.

그녀의 마음속에는,
신화와 같이 겨울을 향한 연모가 있었다.

L BOOKS

라이트노벨의 새로운 빛! L북스의 신간은 매월 20일에 발매됩니다. http://cafe.naver.com/lnovel11

L BOOKS
volume 2
Kon Hoshizaki
호시자키 콘 일러스트 Niθ
신의 변덕으로 강제 방송 중
절망에서 시작하는 이세계 생활,
나에겐 이 어둠이 아늑했다
L BOOKS